KB260066

# 천하가 이 손 안에 있소이다

## (상)

최 문 재 지음

명 지 사

# 천하가 이손 안에 있소이다

## (상)

# 들어가는 말

지금 내 먼 시선 끝단에는 5백년 전 한명희가 살아 숨을 헐떡거리며 서 있다. 5백년이 지난 지금에도 여전히 고통받는 민초(民草)들은 영문도 모른 채 그냥 민초로 남아 있고, 통치 행위는 역사의 수레바퀴가 무의식에 끌려가듯 그렇게 끌어가고 있다.

성종 시절 한때 그가 이루었던 치세(治世)는 언제 그런 시절이 있었나 싶게 까마득히 잊혀져 이제는 달팽이, 아니 그보다도 못한 아메바의 촉수처럼 작아지다 못해, 마침내 무색해져 나(그)의 시야에서 저만의 세계로 벗어나고 있다.

그(나)는 늘 꿈을 꾼다. 아니, 늘 깨어 있다. 그 깨어 있는 꿈속에서 흡사 거세고 황량한 물줄기를 쉬지 않고 거슬러 황하의 등용문을 뛰어오른 용으로 변신한 물고기가 황홀한 눈빛으로 자신의 바뀐 몸과 별천지를 바라보듯, 단초(丹草 ; 살맞나는 세상에만 자란다는 전설의 풀) 핀 초원 위로 파랑새가 떼지어 나는 모습을 그(나)와 바라다본다. 꼭 그래야겠다.

우울했던 80년대가 종반으로 접어들 무렵, 돌연 내 눈앞에 벌어진 참혹한 죽음들 앞의 존재란 것에 무력감을 느끼며, 당시 방송작가로서 쌓아올린 개미 언덕처럼 조그마한 나의 기득권을 포기하고, 속된 말로 뽀따리를 싼 후 미련없이 낙향을 하였더랬다.

20대의 혈기 서린 몸으로 나를 분노에 떨게 하며 오랜 기간 밤잠을 설치게 했던, 당시 임대차보호법의 치기어린 동네 양아치의 발길질처럼 서툰 시행으로, 약삭빠른 집주인들이 갑작스레 번갯불에 콩볶듯 올린 전월세값을 폭등이란 말로 바라보며 길바닥에 내쫓긴 대부분의 도시 서민이며 근로자였던 그들이, 참다 못해 악에 받쳐 선택했던 기득권의 행패로부터 유일한 탈출구로서의 죽음! (당시 전월세자로 세들어 살던 도시 서민 80명 가량이 자결했고, 그들 중 상당수가 휘발유 등으로 분신했다.)

그런 어처구니없는 죽음들을 더 이상 좌시할 수 없다는 생각에 온몸을 던져서 막아보려는 신념으로 노동변호사가 되기 위한 고시 준비를 위해 낙향한 후, 강원도 어느 산골 마을에서 칩거를 시작한 나는 준비해 간 법률 서적을 비롯한 이념 및 동서양 철학책들을 무섭도록 파고들었고(미래 사회의 진보적 비전을 찾기 위해), 그렇게 2년여의 세월을 보내면서 내가 얻어낸 중요한 것은 앞으로 우리 사회를 밝게 이끌어줄 통치 철학으로서의 실학(實學)의 발견이었다.

좀더 구체적으로 말하자면, 실학자 정약용 선생이 전생애를 통하여 보여주신 민본사상(民本思想)을 오늘의 통치 원리로 우리가 되살려 국민들이 진정으로 살맛나게 살 수 있는 세상을 만들어야 되겠다는 것이다.

그리고 그 실학자들이 가슴으로 존경했던 원시유교(정치적 도구로써 권위주의로 변질된 당시의 유교가 아닌)의 창시자로서의 공자의 천명(天命 ; 공문에서 군자의 요긴한 덕목)을 겸허히 받아들이기로 작정한 난, 살맛나는 세상을 만들어줄 인재들과 천명을 받을 통치자적 인물을 알아볼 수 있는 눈을 얻기 위해 성인을 흉내내어(공자는 제자들의 관상을 보아 인물을 평가했고, 천문을 보아 정확히 비를 예측했다고 함) 관상학을 공부하기 시작했다. 하지만 더 이상 여건이 허락치 않아 애초의 목적은 시도도 못해 본 채 다시 서울로 돌아온 후 방송작가로 일하며, 계속하여 국내 유명한 관상가들을 찾아다니면서 관상학에 정진했다.

그러던 중 우연한 기회에 역학에 관한 연구로 박사학위를 취득하신 모대학 교수 한 분을 만나, 관상학의 극히 감각적 영역(체험적 직관)이며 가장 터득하기 어려운 물형편을 익힘으로써 어느 정도 관상학적 완성을 갖게 되었다. 부족하지만 남다른 시야를 갖게 된 나는 그 후로 암울한 세상을 진정으로 서민의 입장에 서서 살맛나는 세상으로 이끌어줄 위대한 지도자가 될 분을 한시도 쉬지 않고 찾고 있고, 또 나는 내가 찾게 될 그분을 위해서라면 나의 모든 것을 포기하고 종이라도 될 각오로 매순간을 맞는다. 하지만 아직은 보이지 않는다.

답답해진 나는 그간 내가 체험과 열정을 통해 배운 것들을 5백년 전 나와 같은 시선으로 세상을 보았던 한명회를 통하여 구현하려 했다(물론 나는 혁명론자는 아니지만). 관상, 천문 등을 통하여 천명을 헤아렸던 그는 수양대군을 임금의 재목으로 알아보고 혁명을 성공시켜 수양을 보위에 오르게 함으로써, 천명이 있음을 분명히 보여주었다. 나는 한명회를 통하여 천명과 천리가 이 지구상의 어느 누구라도 비켜갈 수 없음을 보여주고자 이 글을 썼던 것이다.  그리고 살맛나는 세상에 관한 이야기들도……

지금…… 펜을 놓으려는 이 찰나에도 나는 그의 헐떡이는 숨소리를 듣고 있고, 단초 핀 초원 위로 파랑새가 나는 것을 보고 있다.

2001년 4월 19일                                              최문재

# 차례

# 만  남

　물건이 성하면 반드시 쇠하고, 흥함이 있으면 망함이 있으며,
속하게 이루어지는 것은 굳지 못하고, 급히 달리면 엎어짐이 많
다. 곱디고운 정원의 꽃은 일찍 피어서 시들고, 더디고더딘 시냇
가의 소나무는 무성하여 늦게까지 푸르르다.
　운명을 타고남에는 빠르고 더딤이 있고, 청운(靑雲)은 사람의
힘으로 이루기 어렵다.

―소학(小學)

　자준은 한명회의 호이다. 칠삭둥이라는 그의 별칭에 걸맞게
누가 보아도 금세 웃음이 터질 것만 같은 그의 용모에 어울리지
않게 달변으로 능청스레 떠들어대는 이야기에, 주모는 아까부
터 육덕 좋은 엉덩이를 머리로 한 채 대(竹)로 짠 평상 위를 행주
로 훔쳐가며 장단을 맞추었다.
　“그년의 가슴이 어찌나 크던지, 가만! 주모의 엉덩이와 맞먹
겠어, 하핫!”

"에그, 생원님두 참! 주책스럽긴, 그래서요?"

"볼일 다 봤다 싶어 바지를 막 치켜올리려는데, 글쎄 고것이 다시 달려들어 말리며 끌어안지 뭔가?"

"에그, 망측해라!"

"뭐 그러면서 나보고 천하장사라나?"

한바탕 떠들어댔음인지 자준은 탁배기잔을 들어 단숨에 들이켰다.

"커! 좋다!"

"에그, 어르신 입심을 누가 말리겠어요."

익살떠는 자준이 매양 싫지 않음인지…… 술 따르는 주모의 볼이 약간 상기되었다. 주막을 감싸안은 산자락에 걸린 석양빛이 치세의 어진 재상의 눈빛처럼 그윽함을 자아내고 있었기에, 한명회는 내심 집으로 돌아갈 생각을 하고 있을 때였다.

"거 젊은이! 나 좀 봅시다."

아까부터 한쪽 구석에 앉아 둘 사이를 지켜보던, 허름한 차림의 칠순을 바라봄직한 노인이 이쪽을 향해 소리쳤다. 목소리는 나지막하면서도 카랑카랑하여 뭔가 에리하게 찌르는 맛이 있었다.

"저 말입니까?"

술기운이 도는 자준의 얼굴은 그나마도 보아주기 어려울 정도로 형색이 초라하기 이를 데 없었다.

"그렇네."

다짜고짜 말을 탁 놓은 이 노인을 어떻게 받아들일 것인지, 그의 머리속은 복잡하고 잽싸게 움직였다. 남루한 삼베옷에 짚으로 짬직한 망태기가 노인 옆에 놓여 있다. 자준은 약간 당황한 몰골로 쳐다보았다.

“거 사람, 이리 와 보라니까?”

“예, 그러겠습니다.”

노인에게 다가선 자준을 찬찬히 뜯어본 후, 이윽고 그는 쏘는 듯한 강렬한 눈빛과 어조로 말했다.

“장래 재상이 될 재목이 어찌 그리 서 있기만 하는가? 거기 좀 앉게.”

이 무슨 뜻밖의 소리란 말인가? 생면부지의 사람이, 그것도 처음 만난 자리에서 자신을 지목하여 장래 재상의 재목이라 호언하고 있으니? 평소 배짱이라면 장안에서 둘째 가라면 서러워할 자준이건만, 가슴이 움찔 조여옴을 느끼며 흠칫 주모 쪽을 바라보았으나, 어느새 부엌으로 가고 없고 휑하니 빈 주막에 노인과 둘뿐이다.

“어르신, 소생이 불민해서 잘못 알아듣겠사오니 좀더 소상히 말씀하시죠. 방금 저보구 재상의 재목이라 하셨습니까?”

“그렇네.”

노인의 대답은 단호할뿐더러, 뭔가 형용치 못할 성스러움까지 감돌았다. 순간 한명회는 위압감마저 느끼며 범상찮은 노인에게 자신이 어딘가로 끌려 들어가는 듯했다.

“내 자네 형상을 보니, 춘(春)절을 맞아 먹이를 찾으러 산에서 내려온 호랑이의 상이고, 몸 전체의 기(氣)가 들쑥날쑥한 몰골이니 크게 솟아오르는 화(火)의 형상을 하고 있으며, 머리, 가슴, 다리를 천지인으로 보아 그 주인된 인(人)이 잘 조화를 이루었으니, 마땅히 대재대용(大材大用)의 그릇이라, 훗날 치세의 재상감인 게야.”

무릇 대장부는 자기를 알아주는 사람을 위해 기꺼이 목숨을 바친다고 했다. 자준은 자신을 한눈에 알아주는 이 노인에게 어느새 감화되어 가고 있었다.

"어르신, 몰라 뵈어 죄송합니다. 보시다시피 전 칠삭둥이인지라 변변치 못하온데, 절 그리 평가해 주시니 몸둘 바를 모르겠습니다. 제가 한잔 따라 올리겠습니다."

한껏 예의를 갖춘 자준의 말에는 아랑곳하지 않는다는 듯, 노인은 잔을 받아 단숨에 마셨다.

"가세. 따라와."

마치 노인은 집안 사람 다루듯 말을 던지고는 일어섰다.

"가다뇨, 어딜?"

"와보면 알아."

자준의 술값까지 주모에게 주고 나서, 노인은 곧장 어디론가 향했다. 엉거주춤 따라 나선 자준의 심정은 그저 남이 던진 돌에 맞은 사람처럼 어안이벙벙할 따름이었다.

노인을 따라 나선 지 이, 삼각(刻)쯤 흘렀다. 주위는 벌써 칠흑같이 어두웠다. 손에 잡힐 듯 가까워 보이는 초승달이 둘 사이를 가르고 있었다. 뒤따르는 자준은 영문을 몰라 뒤쫓으며 몇마디 물어보고 싶었지만, 뭔지 모를 상서로운 기운이 자기를 감싸고 있다는 기분에 그냥 포기하고, 칠삭둥이 특유의 걸음으로 발걸음을 재촉했다.


노인의 집은 목멱산(木覓山 ; 지금의 남산) 동남쪽 밑에 자리하고 있었다. 지은 지 오래되어 마치 사람이 살지 않는 곳처럼 보였다.

"들어왔으면 앉지 그러나?"

"예, 그보다 절부터 받으시지요."

절을 올리고 난 자준은 그 동안 답답해 하던 말문을 틔우기 시작했다.

"소생의 성은 한(韓)가라 하옵고, 본관은 청주, 이름은 명회(明澮)라 하옵니다."

"한명회라……."

가부좌로 앉아 있던 노인은 그때까지 굳었던 표정을 약간 풀고 말했다.

"그분은 개국(조선왕조) 초에 예문관제학을 지내시고, 명나라에 가서 조선이라는 국호를 받아온 문열공(文烈公)이 아니신가? 내 자네 관상(觀相)을 보고 귀한 집안의 자손이라는 것은 이미 짐작했네."

자준은 슬그머니 방안을 둘러보았다. 한쪽켠에 서적들이 가지런히 쌓여 있다. 황토를 발라 대충 지은 집치고는 비교적 소박한 멋을 자아내고 있었다. 방 중앙에 걸려 있는 서너 자 폭의 그림에 자준의 시선이 멈추었다. 세간에 전해 오는 관상도(觀相圖)였다.

"하온데 어찌하여 저를 여기까지 데려온 것인지요?"

관상도를 보고 더욱 호기심을 느낀 자준의 질문이었다.

"천명(天命)이기 때문이네."

"방금 천명이라 하셨습니까?"

자준은 천명이라는 말에 등골이 오싹한 듯한 느낌을 받으며 두 눈이 휘둥그레졌다.

"그렇다네. 내 자네를 만나 상법(相法)을 전수함이 속세에 대한 마지막 천명인 줄 아네."

"하오면 오늘 만남이 이미 예정된 일이었단 말씀입니까?"

"당연하지. 자네 같은 인재를 만나기 위해 무던히도 애를 썼건만, 지금에야 뜻을 이루었네."

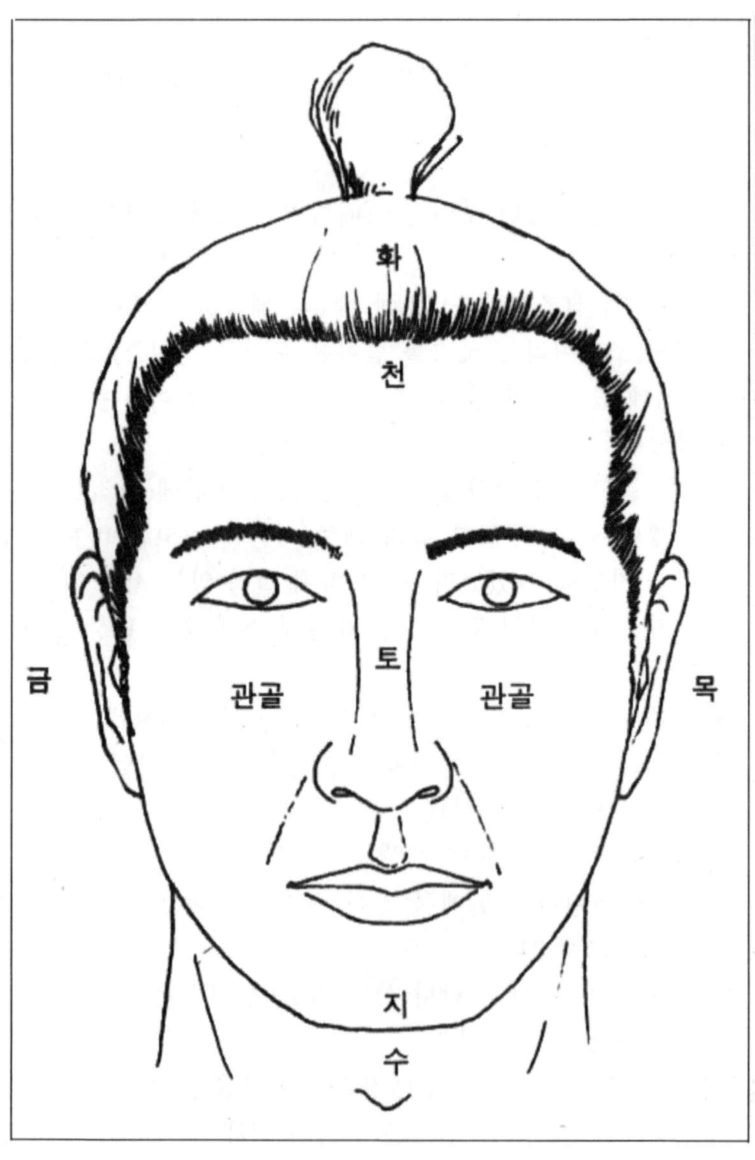


관상도

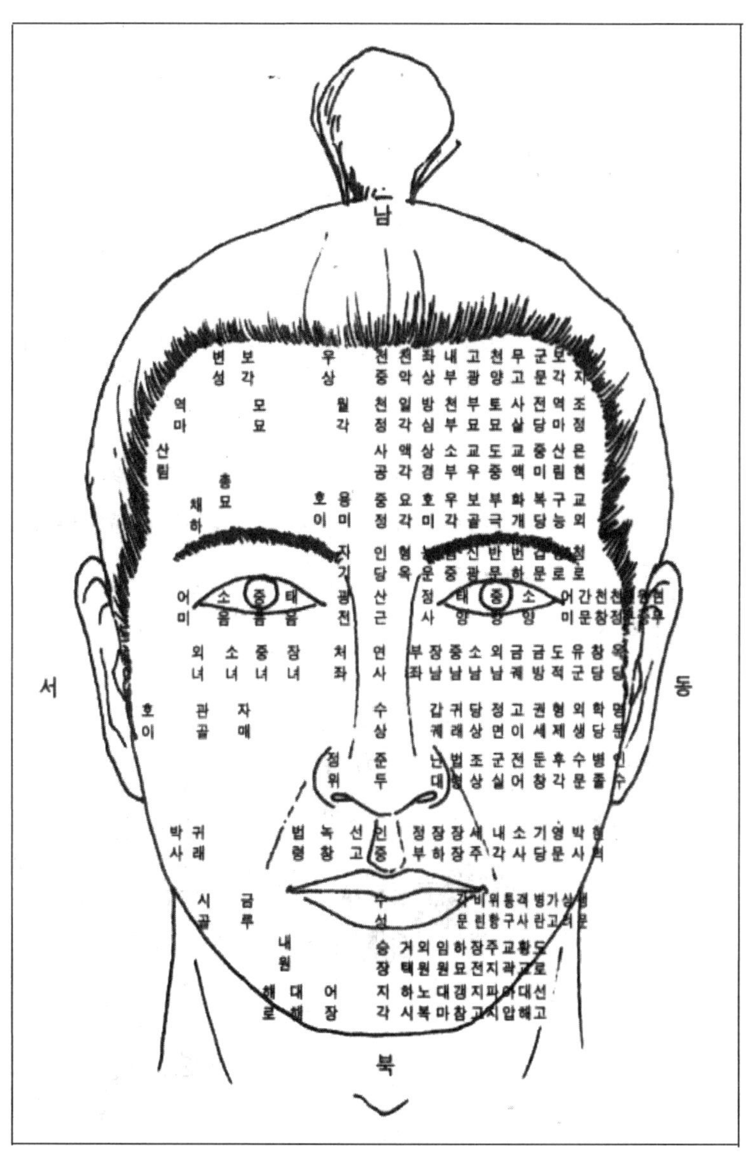

면상 260혈도

처음 만난 노인게에서 이토록 의미심장한 이야기를 듣고 있던 자준은, 그 동안 칠삭둥이로서의 회한의 세월 서른다섯 해가 폭풍의 눈처럼 폐부에 휘몰아침을 느끼며, 천하를 평정한 장수의 위용과도 같은 자긍심이 가슴에 솟구쳐 왔다.

"외람된 말씀이오나, 그것을 어르신께서 어찌 아시는지요?"

"하하하, 그것이 궁금한가 보구먼."

호랑이의 포효처럼 우렁찬 노인의 웃음이 방문을 떨리게 하는 듯했다.

"자고로 상법을 터득하면 사람의 앞일에 대해 귀신보다 더 신통하다고 그랬네. 상법은 천기와 같아 그것을 아무나 알 순 없지만, 일단 터득하고 나면 일국의 장래도 손바닥 보듯 훤히 볼 수가 있거늘, 그까짓 일 가지고 뭘 그리 놀라나? 자, 이것 좀 보게나."

노인은 방 한켠에 놓여 있는 서적들더미에서 책 한 권을 골라와서는 자준의 시선 앞에 내놓았다. 표지에 「달마상법」이라고 적혀 있다. 노인의 손놀림이 한번 있고 나자, 조금 전 벽에서 보았던 관상도와는 다른, 복잡해 보이는 관상도를 펼쳐 놓았다. 자준은 천천히 그것을 뜯어보가 시작했다.

면상 260혈도(穴圖)였다.

"이 속에는 인간사의 길흉희비 모든 것이 들어 있네. 일찍이 중국에 불법(佛法)을 전하신 달마대사께서 처음 포교를 시작하시자, 중국인들은 이미 고대 복희씨 이후에 왕성해진 음양오행의 원리에 따른 인간사의 길흉 보는 일에 익숙해져 있어 새로운 이방의 신을 받아들이려 하지 않아, 포교에 많은 어려움이 따랐다고 하네. 해서 마대사는 기존의 음양오행론의 꽃이라 할 수 있는 중국의 관상법을 공부하시고 미비한 부분을 더욱 넓히시기 위해, 다시 인도로 돌아가 9년 동안 면벽수도(面壁修道)한 후, 관상학의「물형비법」(物形秘法)을 만드셔서 다시 중국으로 돌아와 관상과 함께 포교하시자, 불법을 전하는 일이 가능하게 되었다고 하네. 이처럼 관상학은 여러 성인의 손을 거쳐서 오늘에 이르렀으며, 달마대사에 의해 완성되었네. 또 관상의 관(觀) 자는 주역에 있는 괘의 이름으로 임금을 뜻하는데, 이는 곳 치세(治世)를 위한 통치의 학문이지, 세력이 크든 작든간에 일신과 집안의 안일만을 도모하는 세간의 시정잡배들이 논할 수 있는 학문은 결코 아니라는 것을 자네도 명심해야 할 것이네.”

노인의 눈빛은 위엄으로 가득 차 있었다. 말은 지엄하고 엄정하여, 듣고 있던 자준은 한기마저 느꼈다. 노인의 이야기는 아까부터 도도히 녹아내리는 황촛불과 함께 계속되었다.

“이제 원론적인 이야기는 차후로 미루고, 우리 이야길 하세.”

자준은 귀가 쫑긋해졌다.

“내 오늘 자네를 만날 것을 미리 안 것은 관상학의 찰색(察色) 편을 응용한 것일세. 여기 면상부에 보면, 방심(放心)이라 하여 사제간의 길흉을 나타내는 부위가 있네.”

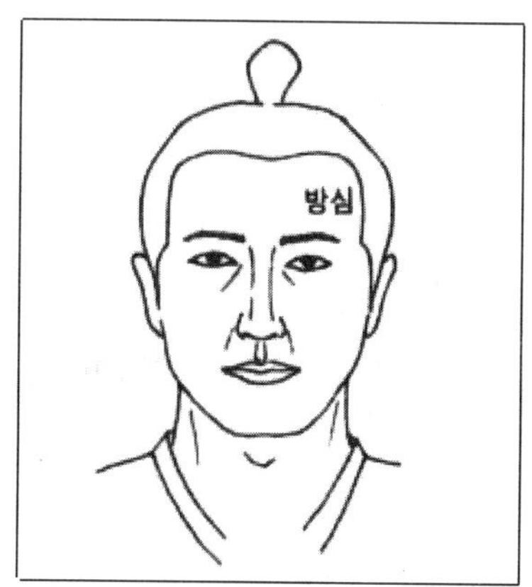


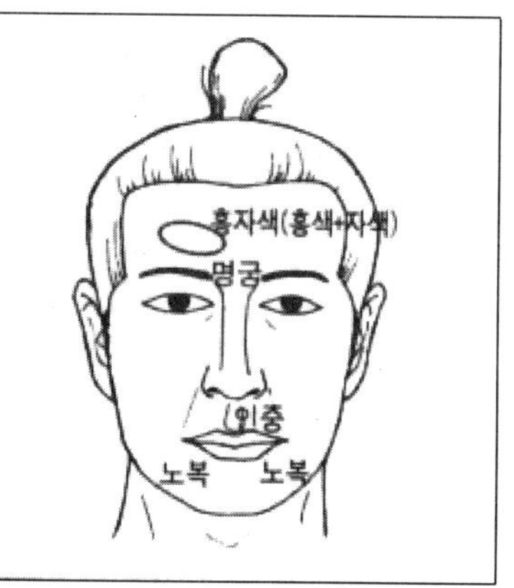

　노인은 이내 지필묵을 준비하고는 간단한 관형찰색도를 그리기 시작하더니, 잠시 후 붓을 놓았다.

　자준은 숙달돼 보이는 그의 손을 보고 있다가 이내 완성된 그림 쪽에 눈빛을 멈추었다.

　"면상 260길흉도가 보기에는 복잡해 보이지만, 그것은 주로 길게는 1년에서 짧게는 하루의 길흉을 보는 것이니, 태극이며 무극인 저 무한한 우주의 운행을 본(本)으로 하는 상학의 범주로 본다면, 오히려 작은 부분이라고 할 수 있네. 내가 오늘 자네를 만난 것은, 며칠 전부터 여기 방심 부위가 홍색(붉은색)으로 윤기를 내고 있었으며, 오늘 새벽 일출 시간에 맞추어 다시 감정해 보니, 드디어 자색까지 겹쳐 명궁(미간)에 이르렀고, 다시 양쪽 귀와 인중(코밑 홈), 그리고 노복궁(양 입끝 바로 밑에서 턱까지)에 밝은 홍색이 깃들어 있어, 틀림없이 대재대용의 자네를 만날 것을 알고 있었기 때문이네."

　자준은 노인의 입을 통해 듣는 상법의 오묘함에 새삼 놀랐으며, 더욱더 노인에게로 빨려들어갔다. 사실 자준도 한때 취미삼아 상법책을 본 적이 있고 해서, 인간의 얼굴에 따른 이목구비의 형태를 보고 타고난 단편적인 귀천상과 성격 정도는 조금 알고 있었지만, 오늘 노인에게서 듣고 본 것에 비한다면 비교조차 할 수 없었다.

　"어르신, 하온데 오늘 제가 그곳에 올 것을 어찌 아셨던지요?"

　노인의 팔이 다시 면상도를 가리켰다.

　"여기 코를 중심으로 좌측은 동쪽을 말함이요, 우측은 서쪽이니, 양쪽 귀가 정(正) 방향이고, 이마는 남쪽이며, 입과 턱은 북쪽의 길흉을 늘 나타내는 것이라네. 헌데 오늘 우측 이마에 아까 말한 방심 부위에서 길(吉)색이 나타났고, 윤색(윤기 있는 색)이 명궁과 가까웠으니, 필시 이곳에서 서남간 가까운 곳일 것이라 생각했고, 그곳의 번화한 주막에 사람들이 많이 모일 것이니, 반드시 대어(大魚)를 낚을 장소라 생각했네. 이제 이해가 좀 가는가, 자네!"

"참으로 신통하다 아니할 수 없군요. 예부터 전해 오기를, 수상(手相)이 불여(不如) 족(足)상이고, 족상이 불여 사주(四柱)이며, 사주 불여 관상이라고 하여, 사람의 관상이 운명에서 가장 소중한 것이라 들었사온데, 오늘에야 그 뜻을 헤아릴 것 같습니다."

"옳은 이야기일세. 하지만 사주가 관상만 못하다고 하나, 무엇보다 심상이 먼저 밝아야 직(直)하니, 마음을 잘 닦아야 복도 받는 거지."

그 동안 노인에 대해 궁금했던 것이 조금이나마 풀어지자, 자준은 노인의 신분이 더더욱 궁금해지기 시작했다. 자준은 조심스레 입을 열었다.

"어르신, 결례인 줄 아오나, 올해 춘추는……?"

노인은 즉시 되받아 말했다.

"나에 대해 궁금한 모양이구먼. 하긴 졸지에 자네를 여기까지 끌고 왔으니 그럴 만도 하지. 내 나이 올해로 칠십일곱이네. 본관은 밀양, 성은 박(朴), 이름은 만성(萬成)이라 하네. 난 원래 소실의 자식으로 태어나 학문은 했지만 벼슬길이 막혀서 한때 방탕한 세월을 보냈지. 어머님마저 세상을 여의자, 그 집에서 쫓겨나다시피 하여 유랑처럼 전국을 헤매다 어떤 계기로 불문(佛門)에 입문하게 되었네. 얼마 전 입적(타계)하신 나의 스승 큰스님께서 나의 법명을 명인(明人)이라고 지어 주셨는데, 그분은 상법에 달통하셨던지라 오늘의 일을 훤히 내다보시고 법명을 그리 지으신 것일세. 명인이란 속세 사람의 눈을 틔우게(明) 하란 뜻이 아니겠는가?"

자준은 얼른 그 뜻을 헤아렸다. 지엄한 천명이 자신을 통해 세상에 펼쳐진다는…….

산더미 같은 파도가 자신을 휘감는 듯한 전율을 자준은 느꼈다. 반쯤 타들어간 황촛불에 허공을 날던 날벌레 한 마리가 뛰어들더니 이내 방바닥에 곤두박질했다.

"하오면 상법은 그분에게서 배우신 거군요?"

"그렇다네. 그분의 형상은, 코가 길고, 얼굴은 둥글면서 모진 데다, 귀가 길고 두터우며, 눈동자는 둥글며 모양은 길고, 체형은 뼈와 살이 잘 조화된 토(土)형이신 고로, 코끼리상 물형(物形 ; 동물의 형상) 상품(上品)을 갖추셔서 속(俗)가에 계셨으면 대부호가 되셨을 분이요, 불가로 보면 타고난 큰스님의 재목이셨네."

"방금 말씀하신 물형은 운명에 어떤 작용을 하는지요?"

"좋은 질문이네."

핵심을 찌르는 자준의 질문인 듯싶었다.

"달마대사 이전의 중국 관상학에도 단편적인 물형법이 있었네. 실례를 들면, 한(漢)나라 말 허교라는 명관상가가 일찍이 시랑(侍郎)이란 미관말직에 있던 조조의 상을 보고 말하기를, 그대는 봉(鳳)의 눈썹에 용의 형상을 하고 있소. 필시 치세에는 어진 신하이나, 난세에는 간웅(奸雄)의 형상이요(과연 조조는 예언대로 되었다), 했다고 전해지는 것을 보아도 물형법이 존재했음을 알 수 있네. 하지만 그것은 극히 제한적인 것이어서, 후일 달마대사의 혜안을 빌려서야 위대한 완성을 보게 된 것이지. 이

제 물형의 작용에 대해 이야기함세. 물형은 상학에 있어 가장 큰 비중을 차지하네. 그러므로 물형을 볼 줄 모르고는 관상을 반에도 훨씬 못 미치게 본다고 할 수 있지. 물형은 말 그대로 사람이 천지순환의 기운과 인간의 인과응보의 경중에 따라 타고난 동물의 형상이네. 이는 곧 천명이라고 바꾸어 말할 수 있지. 가령 백수(百獸)의 왕이라 할 수 있는 사자, 호랑이에서 용, 봉황의 물형을 타고났다면 천하를 호령하는 큰 인물이나 왕에서 천자의 자리에 이르게 되고, 쥐나 닭, 족제비…… 등으로 타고난 물형이라면 그 품수(品數)에 따라 다소 세력의 차이는 있겠지만 필시 서인(평민)의 운명이고, 그것이 천분(天分)인 것이네.”

황톳집 초가지붕에는 참외 한 입 베어 먹음직한 초승달이 걸려 있었다. 멀리서 들려오는 승냥이의 울음소리가 비수처럼 날카로웠다. 시간은 어느덧 자정에 가까웠다.

“천분을 벗어날 수는 없는 것입니까?”

“물론이네. 하지만 간혹 빈천한 상으로 분에 지나치게 넘는 지위를 얻는 경우가 있는데, 결국 오래지 않아 본인은 물론이고 가문까지 멸망하게 되는 것이 정녕 천리인 것이네. 조금 전 조조 이야기를 했네만, 당시에 천하 재사 제갈공명과 맞먹을 정도로 출중한 재주를 지닌 방통이란 책사가 유비에게 발탁되어 높은 지위를 얻었지만, 그는 빈천지상인지라 종내는 과분한 지위에 오래 머물지 못하고 비명횡사하는 운명을 자초하고 말았던 거지.”

명인 노인은 눈을 지긋이 감았다. 감겨 있는 그의 눈에 모든 인간사가 담겨 있는 듯했다. 자준은 더 물어보고 싶었지만 경건한 그 자태를 범하는 것 같아 그만두었다.

“이제 자네를 데려온 까닭을 알겠나?”

　잠시 후 눈을 뜬 노인의 첫마디였다.
　"소생이 워낙 불민한지라……."
　자준은 짐작만으로 대답하기에 부족하다 생각되었기에 그렇게 대답했다.
　"자네는 크게 쓰일 인물일세. 하지만 얼굴에 파격(破格 ; 얼굴의 좌우 균형이 잡히지 않음)이 들어 일대 파란을 겪은 후, 호랑이가 정상에 올라 크게 포효하게 될 걸세. 그럴러면 사람들을 끌어모아야 하고, 사람들을 끌어모으려면 사람 보는 눈을 가져야 할 것이야. 일찍이 공자께서 천명을 모르면 군자가 아니라 하셨네. 또 서경에 이르기를, 지혜의 근본은 사람을 알아보는 것이라 했네. 상학은 그 천명을 보는 첩경이라 할 것이야."
　명인 노인의 말이 끝나기가 무섭게, 자준은 쏜살같이 민첩하게 벌떡 일어나 큰절을 올렸다.
　"이제 확연하게 어르신의 고명한 뜻을 알겠사옵니다. 변변치 못한 소생을 제자로 거두어 주십시오."
　"그것은 이미 천명이라 하지 않았던가? 늦었으니 오늘은 그만하세."
　명인 노인은 곧 곁방으로 들어갔다.
　홀로 남은 자준은 길게 기지개를 켠 후 자리에 누웠다. 아직도 명인 노인에 대해 궁금한 것들이 많았지만, 늘상 그래 왔기에 오늘도 어디론가 사라져 한동안 못 오겠거니 생각할 부인 민씨를 생각하다 자준은 곧 잠들었다.
　산의 고요와 함께 찾아드는 아침은 사람의 마음을 들뜨게 한다. 명인 노인은 아까부터 부엌 쪽에서 뭔가 조리하는 소리를 내고 있었다. 선잠 속에서 그 소리를 듣고 있던 자준은 이내 자리에서 일어났다.

어제 노인에게서 들은 이야기들이 먹이를 찾아나선 이리떼의 발자국처럼 머리속으로 몰려들었다. 그것은 벅찬 용기로 전환되어 그의 가슴을 뒤흔들었다.

"그만 일어나게."

지난밤과 달리 인자스런 명인 노인의 음성이었다.

"이것 좀 받게."

냉이국과 몇 가지 봄나물로 만든 반찬을 놋그릇과 옹기접시에 담은 나막상을 들고 명인이 들어왔다. 자준은 얼른 받아 내려놓았다. 열려진 방문 사이로 보이는 각진 산의 정경이 자준의 시장기와 함께 성큼 다가왔다. 소박한 밥상과 어우러져 한층 미각을 돋운다.

그러고 보니 어제 주막에서 탁배기와 함께 먹은 안주거리가 자준이 먹은 전부였다.

"많이 먹게."

"예."

시장기를 가시기 위해 자준은 허겁지겁 먹기 시작했다.

"앞으로 이런 건 제가 준비하겠습니다."

노인은 당연하다는 듯 그저 덤덤히 수저를 움직인다.

"자네 먹는 걸 보니 자네답군."

"무슨 말씀이온지……?"

"자고로 대장부는 호(虎)식이나 용(龍)식을 한다고 했고, 행보 또한 호보나 용보를 한다고 했네. 자넨 용보에 호식이네."

"……"

그때였다.

"노인장 계십니까?"

사립문을 제치는 소리와 함께 들려오는 중년 남자의 음성이었다. 젖혀진 방문 사이로 재차 목소리가 들렸다.

"노인장 안에 계십니까?"

"들자하니 벼슬 하는 분 같은데, 무슨 일이시오?"

노인은 음성만으로 사내의 신분을 파악하는 듯했다. 다급한 걸음으로 방문 앞에 다다르나 싶더니만 얼른 방으로 들어와 노인 앞에 앉는 사내였다. 자준은 얼른 그릇을 비우고 상을 물렸다.

"맞습니다, 어르신. 소생은 수원 고을의 염진사라 하옵니다. 다름이 아니오라 저희 어머님께서 노환으로 오래 전부터 고생해 오셨는데, 근방의 용한 의원들이 다 다녀갔으나 특별한 처방이 없던 중, 엊저녁 삼경부터 온몸에 신열이 돌아 위중하옵니다. 마침 여기 고명하신 어른이 계시다기에 이렇게 찾아뵈었습니다. 부디 살펴주십시오."

"자네 어머님은 심장이 안 좋으시네."

"맞습니다요. 아버님이 몇 해 전 소실을 들여 울화병이 걸리셨죠."

명인 노인은 어느새 그의 찰색을 뜯어보고 있었다. 자준은 둘을 번갈아 바라보며 내심 경탄했다. 노인은 잠시 밖에 나가 동천(東天)의 해를 살피고 나서 다시 들어왔다. 감정 당시 시간의 중요함을 뜻하는 것이었다.

"자네 집에서 서북간으로 백여 리쯤 되는 마을에 목(木)자 성(木자가 들어 있는 성. 예를 들면 李, 朴 등……)을 가진 의원을 찾게. 그럼 쾌차할 것이네."

자준의 놀라움은 경탄을 넘어 신음에 가까웠다.

"고맙습니다, 고맙습니다."

사내는 연신 굽신거리다가 허리춤에서 엽전 꾸러미를 내놓았다. 백냥쯤 되어 보이는 돈이었다.

"약소하지만 받아주십시오."

"고맙네. 자네는 가산이 좀 있는 상이니, 내 받아 잘 쓰겠네."

노인의 얼굴에는 추호도 사양의 빛이 없었다.

"그럼 전 이만 물러가겠습니다."

마지막으로 큰절을 올린 후 올 때처럼 갈 때도 황급히 물러가는 사내였다.

그로부터 달포 후 명인 노인의 지시대로 서북간으로 백여 리 떨어진 행진(杏津 ; 은행나무)이란 마을에서 목씨 성을 가진 임(林)의원이란 명의를 만나 처방을 올리자 모친의 병이 쾌차되었다는 이야기를, 인사차 찾아온 염진사를 두 사람은 접하게 된다.

"그것은 자네가 넣어두게."

명인 노인의 눈은 염진사가 주고 간 엽전 꾸러미를 향했다.

"아닙니다. 제가 어찌 그걸……."

"자네 상판에 지금 돈이 없다고 돼 있어. 암말 말고 넣어두게."

사실이 그러했다. 비록 명문 집안의 자제이나 어려서 양친을 여의고, 처갓집에서 대어주다시피 하는 식물(食物)에 의존해 살아가는 그로서는 돈이 넉넉할 리가 없었다. 자준은 상법에 능통하면 귀신보다 더 신통하다던 노인의 말을 재차 실감했다.

"그럼 염치없지만 분부로 알고 넣어두겠습니다."

"하하핫, 장래 임금의 보상(輔相)감이 그런 일로 뭘 그리 삼가나!"

노인의 웃음소리가 커지더니 집채만한 바위로 변하여 자준의 앞을 가로막는 듯했다.

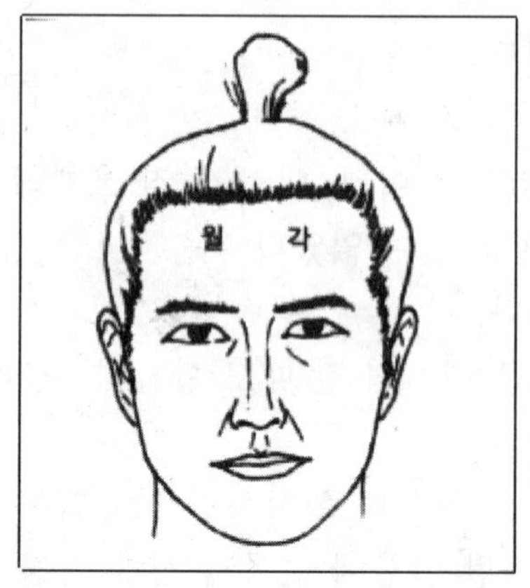


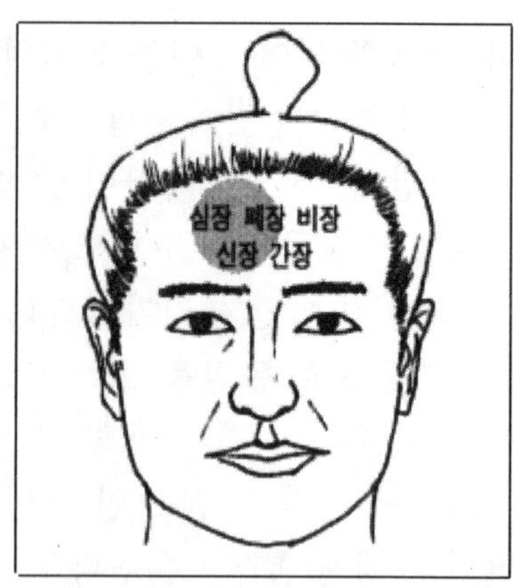


"염진사 일을 공부해 보세."

어느새 지필묵을 앞에 놓고 노인은 관상도를 그려나갔다. 자준의 시선이 광채를 발하며 빠른 붓놀림을 쏘아보고 있었다.

"이것이 조금 전 다녀간 염진사의 얼굴일세. 이마 좌측을 일각(日角), 우측을 월각(月角)이라 하여, 부모의 안위를 보는 자리이네. 아까 염진사의 우측 이마에 암색(暗色 ; 적색, 흑색, 청색의 윤기 없는 색)이 월각을 중심으로 덮여 있어, 모친이 병환임을 알았네. 오장(五臟 ; 폐장, 비장(위), 신장, 간장, 심장)의 기운은 늘 해당 부위에 나타나므로, 염진사의 우측 이마 월각 상부의 강한 적점을 보고, 심장 소모에 의한 홧병임을 알 수 있었네."

자준은 그저 경이로울 뿐이었다.

"같은 맥락으로 생각해서 양 눈밑을 누장이라고 하는데, 거기도 이와 같이 오장의 기운을 나타내지. 좌측은 사내아이, 우측은 여식의 건강 상태를 그 부모의 얼굴을 보고 알 수 있네(남자의 경우 좌측 눈밑이 아들, 여자의 경우 우측 눈밑이 아들이므로 서로 반대임). 병을 알았으면 명의를 만나야 하는 것일세. 염진사의 역마궁(이마 양쪽)이 발동(홍색의 윤기를 말함)했는데—
이는 곧 출행할 일이 생김을 뜻함—인당(미간)의 윤색(밝은 색)
이 우측 눈썹과 코 사이로 뻗쳐 있어 서북간으로 판단했고, 윤
색의 길이를 가늠하여 대략 백여 리라는 것을 알 수 있었네. 또
목(木)자 성의 의원을 찾으라 했던 것은, 염진사는 화(火)성이므
로 오행 법칙상 목생화(木生火)라 하여, 불은 나무를 만나야 뜻
을 이루므로 그리 말한 걸세."

자준의 흥미는 점점 고조되었다. 나아가 상법을 터득하면 천
하를 자기 손에서 마음대로 주무를 수 있겠다는 생각을 하며,
입 안에 괸 침을 다부지게 삼켰다.

"하온데 어떻게 음성만으로 염진사의 신분을 파악할 수 있었
는지요?"

노인의 자태는 여전히 꼿꼿했다.

"오! 내 잊을 뻔했구먼. 인간의 목소리는 기의 결정(結晶)이라
고 할 수 있네. 인체는 곧 기라 할 수 있고, 생(生)과 사(死)는 기
의 이합집산에 다름아니야. 따라서 운명을 잘 타고난 사람은 그
만큼 잘 조화된 기를 가졌다고 할 수 있고, 불운한 사람은 조화

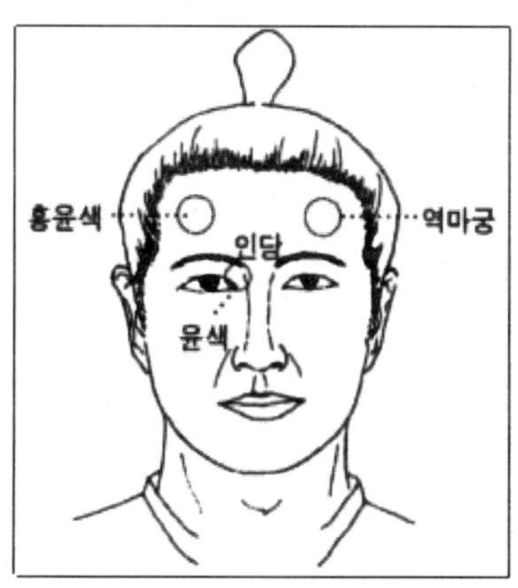

되지 않은 탁기(濁氣)를 가졌기에, 음성에서도 그것을 숨길 수가 없는 것일세. 남자는 크고 맑게 울리는 것이 귀인(貴人)의 목소리이고, 여자는 부드러우며 낭랑하게 울리는 것이 또한 귀인의 음성이라고 할 수 있네. 걸쭉하고, 낮고, 찢어지는(파성음) 듯하고, 쉰 듯하고, 분명하지 못하고, 너무 느리고, 이중으로 울리고, 우는 듯하고, 울림이 없는 것은 모두 천인(賤人)의 음성이네. 아까 염진사의 음성은 맑고 고왔으나, 그 크기가 없고, 약간의 탁기(가라앉은 목소리)가 섞여 있어, 벼슬을 한다 해도 큰 벼슬을 할 인물이 아니었네. 그리하여 진사쯤은 될 것 같아서, 내 그리 말했던 걸세."

둘 사이에 한동안 침묵이 흘렀다. 잠시 후 명인은 방 한켠의 책 무더기에서 몇 권의 책을 자준 앞에 꺼내 놓았다.

"우선 이걸 보게. 달마대사의「물형비법」만을 골라 내가 덧붙인 것과 고금의 명관상가들의 행적들을 정리했네. 그리고 나머지 한 권은 나의 사부님께서 물려주신 걸세."

명인은 곧장 일어섰다. 어디론가 떠날 기세였다.

"사부님, 어디 가시려는 겁니까?"

"며칠 혼자 지내게. 난 이 산 중턱에 머물며 좌선 좀 해야겠네. 부엌에 가면 요깃거리가 있을 것이니, 자네가 알아서 하게."

명인은 미리 준비해 두었음직한 납작한 바랑을 등뒤에 걸치고는, 여든 살을 바라보는 노인답지 않게 빠른 걸음으로 집 뒤켠의 협소한 능사형 길을 따라 올라갔다. 멀리서 소쩍새 울음소리가 파편처럼 부서지듯 들려왔다. 자준의 가슴에 벅찬 무언가가 응어리져 용솟음치고 있었다.

# 입 문

　한동안 명인이 주고 간 책을 들여다보던 자준은 그중의 한 권을 골랐다. 「관상보감」(觀相寶鑑)이라 적혀 있었다. 그 책은 명인 노인이 말한 바와 같이 고대 이래로 영웅호걸들의 관상을 모아 예언했던 명관상가들의 실례들이었다. 개중에는 예전에 자준이 읽었던 「사기」(史記)나 「자치통감」(資治通鑑)에서 접한 내용도 있었다.

　내용인즉 전국시대 진(晋)문공은 변협(騈脅), 즉 갈비뼈가 하나로 된 통뼈이고, 인물이 후중지상(厚重之相)으로 잘생겼으나, 일찍이 내란으로 자국(自國)에서 쫓겨나 무려 19년이란 망명 생활을 했는데, 망명 시절 정나라에 갔을 적에 원로대신 숙첨(叔嚕)이란 자가 그의 관상을 살펴보고는 임금에게 고하기를, 문공의 용모가 출중하고 통으로 붙은 갈비뼈로 보아, 후일 우리나라가 그의 지배하에 들어갈 것인즉, 지금 죽여 버려 후환을 없애심이 어떻습니까? 하니, 정나라 임금은 그까짓 망명공자가 어떻게 그렇게 된단 말이오? 하고 모욕을 주어 진문공 일행을 타국으로 보냈는데, 오랜 세월이 흐른 뒤 진문공은 외국의 원조를 받아 자국으로 들어가서 대권을 장악했고, 그 후 얼마간 치국에 힘쓰더니, 탁월한 통치력으로 급기야 전 제후국을 통솔하는 제후국들의 맹주로 천하패권을 쥐게 되니, 숙첨의 예언이 정확하게 들어맞은 것이다.

이후 그는 제후국의 패왕으로서 천하국들의 상하 질서를 바로 했고, 망명 시절 그를 박대했던 정나라를 정벌했으며, 그를 죽이자고 했던 숙첨을 도륙(屠戮)하여 비참히 죽였다. 사람을 알아보고 천명을 헤아리지 못한 대가였다.

또 내용인즉, 항우와의 건곤일척(乾坤一擲)으로 승리하여 천하를 차지한 한고조(漢高祖) 유방(劉邦)의 이야기였다. 유방은 패(沛)란 곳에 살았는데, 용모는 높은 코에 용형의 얼굴이었고, 그의 왼쪽 다리의 허벅지 쪽에는 무려 72개의 사마귀(흑점)가 있어, 당시 중국의 지형을 닮은 모양이었다고 한다. 유방의 성품은 원래 사람을 아끼고, 주기를 좋아하며, 활달하고 도량도 큰지라, 범인의 눈으로 보기에 착실하여 집안 살림을 잘하는 그의 형과 반대로 가정을 돌보지 못했다. 해서 그의 부친은 늘 유방에게 그의 형을 본받으라 했다고 한다.

그 어느 날 단보라는 곳에 사는 여공(呂公)이란 유명 관상가는 그 유방의 관상을 보고는, 제가 수없이 많은 사람들의 관상을 보아 왔습니다만 당신과 같이 좋은 관상을 본 적이 없습니다 했고, 재차 말하기를 후일 어지러운 이 세상을 평정하신 후 천하의 주인이 되실 겁니다. 다만, 다만? 귀하는 용상의 관상인지라 반드시 수염이 많이 나야 진품인데, 지금은 별로 수염이 많지 않은지라 아직은 때가 아니오니, 사람들을 후일에 모아 천하의 일을 도모토록 하십시오 했고, 또 말하기를 자기에게 딸이 있는데 봉황의 상인지라 내심 의아해 하던 중, 오늘에야 하늘의 뜻인 줄로 아오니 부디 거두어 달라며 유방의 아내로 맞이하기를 원해, 유방이 즉시 취했다. 후일 여공의 예언대로 진나라를 패망시키고, 이어 항우를 꺾고 난 뒤, 유방은 천자가 되어 천하를 통치했다. 봉황의 상이라던 여공의 딸 여후(呂后)는 국모의 자리에 올라 부귀영화를 누리다가, 유방의 서거 후에는 그녀와 여씨 일족이 대권을 잡아 천하를 통치하기 무려 10여 년이었다. 관상으로 본 여공의 예언대로 된 것이다.

그 밖에「관상보감」에는 유방이 어느 날 못가에서 잠자던 큰 뱀을 죽인 일과, 어느 노파가 나타나 그 죽은 뱀은 하늘의 서방(西方) 신인 백제(百帝)의 아들인데, 방금 적제(赤帝)의 아들(유방)이 그것을 죽였다고 유방의 부하들에게 말한 뒤 사라졌다는 이야기며, 월왕(越王) 구천(勾踐)을 도와 오(吳)나라와의 오랜 싸움에서 이긴 책사 범려(范蠡)는, 크게 공을 치하하며 임금의 다음 지위인 재상에 임명하려는 구천의 배려를 한사코 사양하고, 즉시 월나라를 떠나면서 동료들에게 말하기를, 구천의 관상은 비록 임금의 관상이기는 하나 목이 길고 굽었으며, 특히 입이 까마귀 주둥이처럼 휘어져 굽었는데, 이런 사람은 상법에 의하면 곤란한 처지에서 함께 고생하며 공업을 이룰 수는 있어도, 성공한 후에 안락한 생활을 함께 누릴 수 없다고 했다. 그러니 자네들도 명심들 하게, 하며 떠나 도라는 땅에 가서 도주공이라 이름을 고치고는 재산을 불려 다시 수억대의 부자가 되었다. 월나라에 남아 있던 수많은 그의 동료들 중 상당수가 모함에 의해 구천에게 죽임을 당한 고로, 범려의 지혜로움이 돋보였던 이야기와, 진나라 말기 도적떼의 두목이었던 경포(黥布)란 자가 어느 날 관상을 보니, 후일 죄를 지어 얼굴에 죄인의 상징인 낙인이 찍힌 후 임금이 될 것이라고 어느 관상가가 말했는데, 기가 막히게도 세월이 흐른 뒤 그가 도적질로 죄를 지어 얼굴에 낙인이 된 후 혼란한 시대였던 그 시절에 함께 하던 도적떼들을 몰아 유방과 항우를 오가며 돕더니, 나중에는 임금으로 봉해졌고, 순임금과 항우는 중동이라 하여 눈동자가 각각 한 눈에 두 개씩 있었다는 이야기……. 그 외에 한신(韓信), 진섭(陳涉), 오광(吳廣), 번쾌(樊噲), 진평(陳平), 주발(周勃)…… 등의 인물에서 후한말, 그리고 명나라에 이르기까지 수많은 인물들의 관상들과 관상가들의 이야기가 두루두루 실려 있었다. 그리고 수많은 서적들을 뒤적이며 발췌하고 정리했을 명인, 아니 스승의 땀과 노고가 눈에 보일 정도로 자준에게 느껴졌다.

이어 마지막 장에 쓰여진 명인의 글이었다.

세간의 망령된 자들이 천리(天理)를 알지 못하고 헛되이 관상을 논하고 지껄여, 관상학이 작금에 이르러 시정잡배의 학(學)으로 곡해됨이 서인(庶人)들 사이에 없지 아니한데, 이는 큰 잘못이다.

천(天)이 인간을 사랑하여 땅과 더불어 만물을 육성하고, 그 중에 제일이 인간인지라. 어지러운 세상에 어진 임금을 보내 세상을 바로잡는 것이고, 그 어진 자를 알아보는 것이 관상인지라. 천리를 알고 따르는 자만이 그것을 터득하며, 천(天)은 그자를 어진 자(王)에게 인연지어 대업을 이루기까지 자중자애하게 하고, 감히 발설치 못하게 하는 것이다. 고로 관상을 배우는 자는 먼저 천리를 알고 따르며 사심에 빠지지 않도록 수양을 게을리하지 말아야 한다. 본책에 기록된 인물들은 모두 관상가의 예언대로 적중되어 하늘의 뜻이 지엄함을 생생하게 입증하고 있다. 아울러 본서의 내용은 「자치통감」, 「통감절요」, 「사기」, 「십

팔사략」등의 역사서를 통해 기록된 내용들을 내가 뽑아(발췌)
정리하고 나름대로 보충한 것이니, 추호도 의심할 바가 없다.

—명인


　자준은 몇 번이고 되풀이하여 읽으며, 명인의 깊은 뜻을 되새
겼다.
　밖은 이미 어두워졌다. 자준은 시간도 잊은 채「관상보감」을
덮고 다음 책을 집어들었다.「물형비법」이라고 적혀 있었다.
　물형에 관한 그림이 한눈에 들어왔다. 관상학에서 가장 중요
한 부분이 바로 물형에 있다던 명인의 말이 자준의 머리를 스쳤
다. 뭔가에 홀린 사람모양 그는 득달같이 안광에 힘을 주고 있
었다. 인간은 누구나 인과응보에 따라 물형(物形)을 타고나며,
물형에 따라 천분(天分)이 주어진다.
　명인이 준「물형비법」은 이렇게 서두를 시작했다.


## 용상

용(龍)상은 극귀(極貴)한 인물로, 상품(上品)일 경우 천자나 임금이 되며, 그 품수가 떨어져도 재상 같은 큰 인물이 된다.

용의 형상은 행동이 출중하고, 위의(威儀)가 당당해 보이며, 얼굴이 길고, 코가 이마로부터 뻗어내린 듯하고, 콧방울이 크고 선명한 모습이며, 눈이 길고 안광이 매서우면서도 온화함을 동시에 가지고 있다. 특히 용상은 수염이 잘생겨야 하는데, 수염이 없으면 큰 뜻을 이루지 못하는 이무기로 전락한다.

황제가 된 유방이 40세까지 건달 생활을 한 것은 바로 수염이 그때부터 왕성했기 때문이다. 무릇 모든 물형은 그 형상에 따라 상·중·하품으로 나누는데, 상품은 그 물형의 최고 형상을 말하고, 하품은 형상이 약하게 타고났음을 말한다.

용상 상품의 인물은 주로 왕에서 천자의 지위를 얻는데, 한고조, 유방, 명태조, 주원장 등이 그 대표적 인물이다.


## 봉황상

봉황(鳳凰)의 형상을 한 인물은 최고의 물형을 타고났다고 할 수 있다. 이 상을 한 사람은 천자에서 성인(聖人)에까지 이르며,

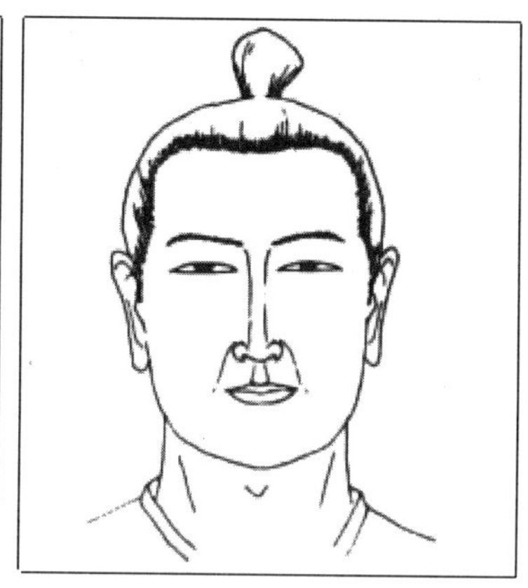

후세까지 이름이 영구히 전해진다.

　봉황의 상은 목이 길고, 눈이 길고, 눈빛은 강하거나 또는 지극히 온화하다. 몸이 날씬해 보이거나 뚱뚱해도 민첩해 보이고, 코가 이마에 붙어서 높고 오똑해 보이며, 얼굴은 길어 보이면서도 둥근 맛이 있다. 입은 다물면 작으나 벌리면 커 보이는 특징이 있고, 얼굴은 전체적으로 잘 조화되어 미남미녀로 보인다.

　봉황상의 대표적 인물로는 석가모니(부처), 공자, 단군, 태조 이성계, 선덕여왕 등이 있다.

## 호랑이상

　호랑이(虎)상을 한 자는 문무겸전하게 되며, 제왕에서 주로 장군, 대부(大富)에게 많은 것이 특징이다. 여자가 호랑이상일 경우 재복은 있으나, 결혼한 후 심하면 3년 안에 남편을 꺾고 과부가 되어 한많은 생을 살게 된다.

　호랑이의 상은 이마가 모지고, 입이 크며, 입술이 붉고, 이는 희다. 또한 귀는 작은 편이고, 눈이 크며 무서운 맛이 있다. 음성은 우렁차고, 일을 처리함에 있어 주저함이 없다.

호랑이상의 인물로는 김유신, 강감찬 등이 있다.

일찍이 나(명인 노인)는 속가에 있을 적에 나와 한 동네에 살던 만석군 정가란 자가 있었는데, 안사람을 만나 혼례를 치르고 석 달만에 죽는 것을 보았고, 정가의 부인은 과부가 되었다. 당시에는 몰랐으나 상법을 터득한 후 생각해 보니, 그때 정가의 부인이 호랑이상이었음을 알 수 있었던지라, 새삼 상법의 이치가 오묘함을 절감했다.

자준은 자신의 물형이 호랑이상이라던 명인의 말이 생각나서, 한동안 뚫어지게 훑어보고 나서 다음 장을 넘겼다.


## 족제비상

족제비상은 주로 장사치(상인)나 소부(小富)에게서 많이 볼 수 있다.

족제비상은 인물이 경박하고 좀스럽다. 형상은 얼굴이 좁고 길며, 몸은 마른 편이 많고 간혹 살찐 사람도 있다. 측면에서 보면 얼굴과 뒷머리의 거리가 좁아 보인다. 또한 이목구비가 모두 작아 보이고, 눈은 가늘고 긴 맛이 있다.

 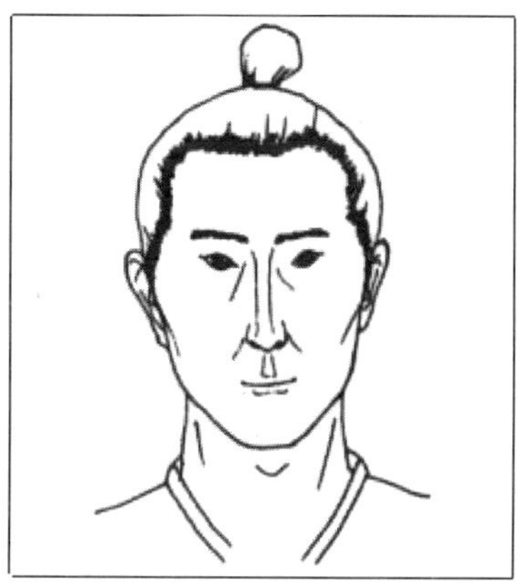

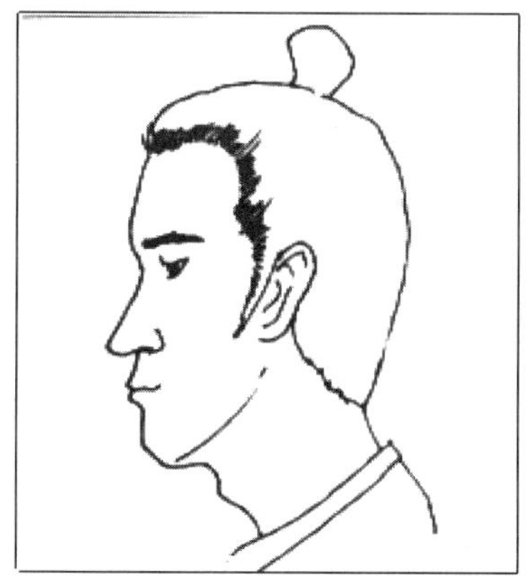

　이렇게 생긴 자는 성품이 간교함이 많고, 특히 이익을 탐하며, 재물에 인색하여 남에게 베푸는 것을 모른다. 또 남의 그런 행위를 보면 오히려 비웃는다. 따라서 천리에 크게 어긋나므로, 말년에는 재산이 날아가는 비운을 맞는다. 하지만 자신을 수양하고 적선을 즐기면 오히려 길한 운명이 된다.

　언젠가 시전에서 포목상을 하는 심가를 만난 적이 있는데, 그가 족제비상이었다. 심가는 그곳에서 꽤 많은 돈을 끌어모았으나 돈을 쓸 줄 몰라, 주위 사람들은 물론 친척들에게까지도 욕을 먹고 있었다. 심지어 그는 굶어 죽어가는 사람을 보고도 모른 체할 정도였다.

　내 그의 운명이 곧 재앙이 닥칠 형상임을 말하고, 이제부터라도 적선하기를 권했지만, 그는 족제비처럼 고개를 연신 두리번거리며 건성으로 듣고 있을 뿐이었다. 그로부터 6개월 뒤 그는 천벌을 받아 급체로 인해 급살했다.

## 닭상

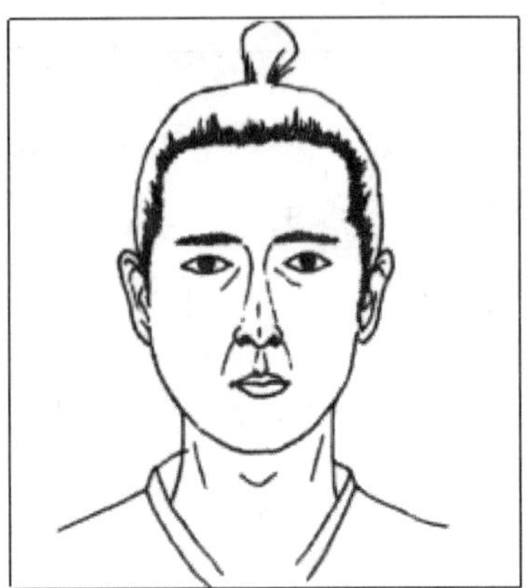

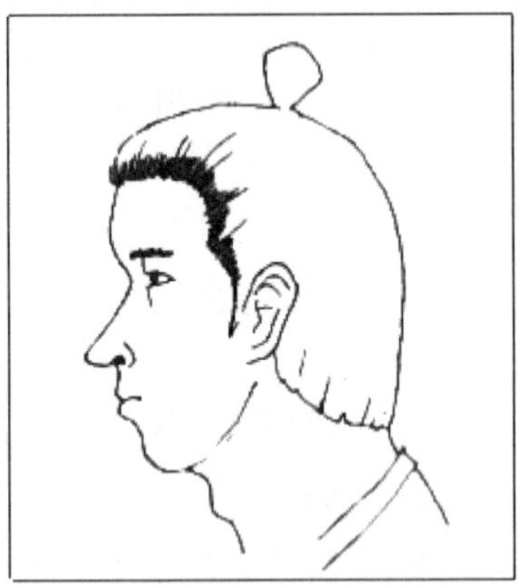

　　가장 흔한 상으로 사람들의 40~50% 가량이 이 상을 지녔다. 닭상은 초저녁 잠이 많고, 새벽에 일찍 일어난다(물형은 그 동물의 성품을 닮기 때문임). 인정이 많고 부지런하며, 그 형상은 얼굴이 긴 편이고, 코가 단단하며, 산근(코뿌리)이 낮고, 입이 약간 튀어나왔다.

　　이 상은 어느 직업에나 두루 퍼져 있고, 품수에 따라 부자도 있는 반면, 농사를 짓는 자나 종도 있어서 다양하지만, 큰 부귀는 바랄 수 없다.

## 코끼리상

　　코끼리(象)상은 주로 고승(高僧)들에게서 많이 볼 수 있고, 고관대작들이나 큰 부자들에게 많다.

　　코끼리상은 코가 길고, 또한 인중(입술 위의 홈)이 길며, 눈이 크고 둥글다. 이마가 넓고, 정수리(머리 꼭대기)가 높으며 울퉁불퉁한 사람도 있다. 몸집은 뚱뚱한 사람이 많고, 또는 기골이 장대하다.

　　코끼리상은 마음이 어질고 착해 남을 위해 헌신적으로 봉사

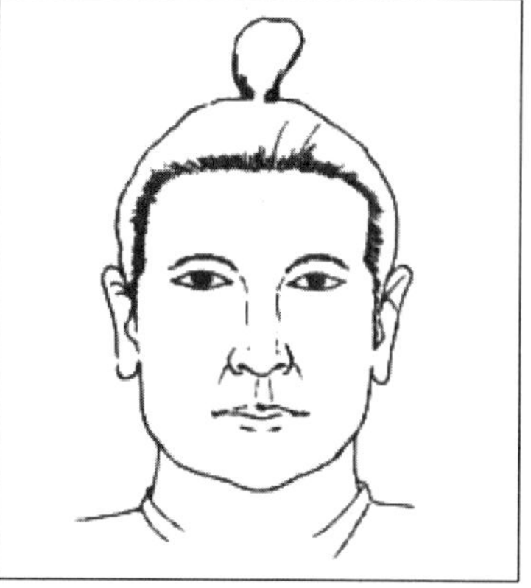

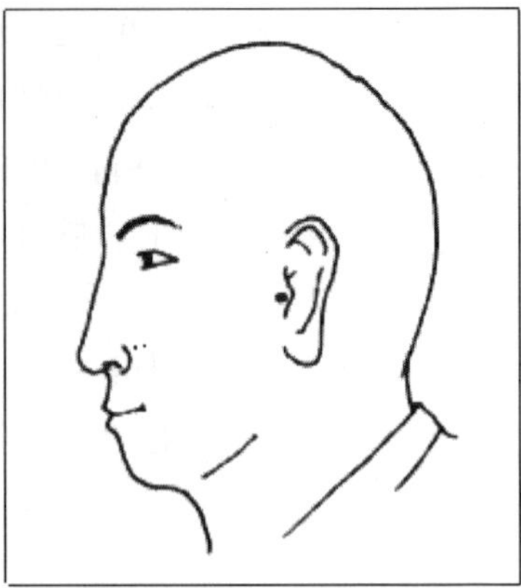

하는 사람이 많다.

몇 해 전 상주 고을의 큰 부자 김씨는 자신이 죽도록 고생하며 모은 만석 재산을 자식들에게는 논 몇 마지기씩만 남겨준 채 모두 어려운 사람을 위해 나누어 주어, 상주 고을이 떠들썩했는데, 그가 바로 코끼리상이었다. 또 나는 불문에 든 이후로 여러 사찰들을 둘러보았는데, 각 사찰들의 많은 주지승들 대부분이 코끼리상이었고, 나의 스승님 역시 코끼리상이셨다. 코끼리는 불가에서 숭상하는 코끼리이기에 아마 그런 모양일 것이다.

## 여우상

여우상의 남자는 간교하여 배신을 잘하고, 여자는 정실 부인으로 가면 파혼당한다. 그러나 첩으로 가면 길하다.

여우상은 얼굴이 남녀 모두 고운 사람이 많으나, 그렇지 않고 추한 경우도 있다. 사골(四骨 ; 이마 좌우와 양턱)이 넓고 코가 오똑하나 눈에 간교한 빛이 흐르거나 독기가 있는 경우와, 이마는 넓으나 턱이 쭉 빠져 뾰족한 얼굴의 경우가 있는데, 모두 성질이 급하며 폭언을 서슴지 않는다.

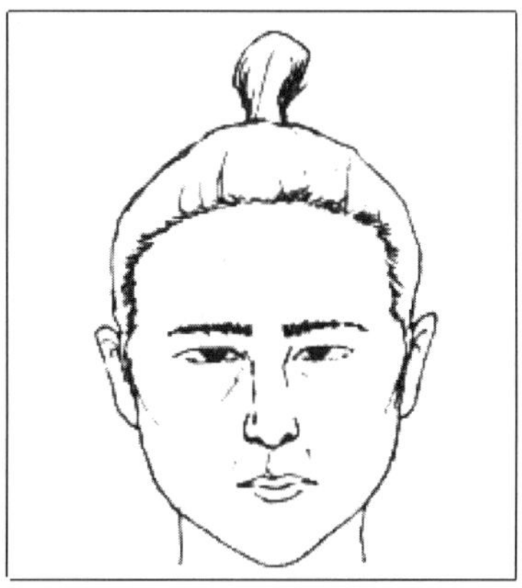

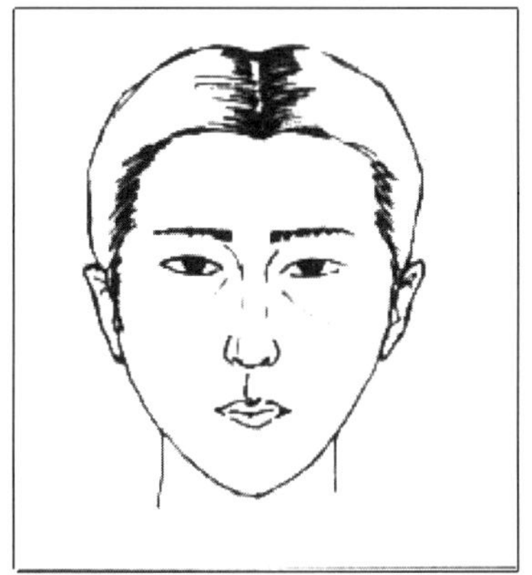

　여우상은 주로 거간꾼, 협잡꾼, 탐관오리 등에게 많고, 여자의 경우 기생, 주모, 들병이, 방물장수, 후실, 첩 등에게 많이 있다. 하지만 여우상을 지닌 자라도 수양에 힘쓰고 덕을 찬양하면, 흉이 길로 전환되어 훌륭한 모사나 책사가 될 수 있을 것이다.

## 곰상
곰의 상은 주로 군위(장교)나 장군, 부자에게서 많이 볼 수 있

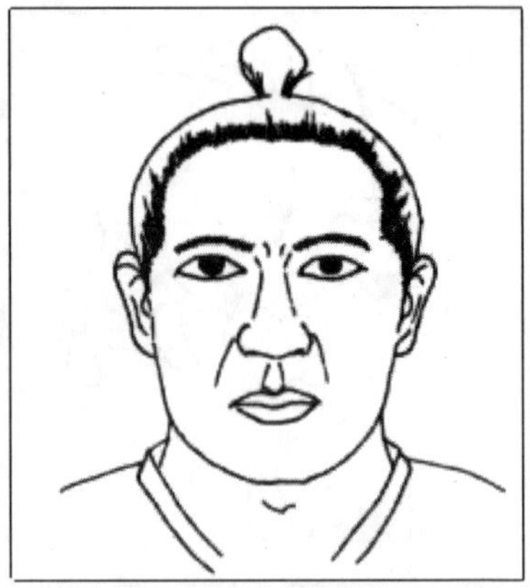

다. 곰상은 등이 둥글고 체격이 장대하며 피부가 검은 편이나, 그렇지 않은 자도 있다. 눈은 길면서도 둥글고, 동자는 검고 크지만, 맑은 빛이 없는 경우도 있다. 코는 크고, 입술은 두텁게 보이는 자가 많다.

이런 자는 잔꾀는 많으나 크게 지혜롭지(멀리 보는 안목) 못하다. 재운은 좋아서 부자가 되지 않으면 군(軍)으로 진출하여 품수에 따라 군위(장교)가 되거나 장군이 된다.

삼국지에 나오는 여포(呂布)가 곰상이었다고 전한다.


## 까마귀상

까마귀상은 백정, 포졸, 무당, 점쟁이에게서 많이 볼 수 있다. 얼굴형은 닭상과 비슷하며, 코가 단단하고, 입이 뾰족하나, 눈에 음산한 기(氣)가 흐르는 것이 특징이다.

一의 형의 사람처럼 이마가 넓고 형이 바른 사람은 변덕이 많으나, 위에 열거한 직업에 종사하면 성공할 수 있고, 타고난 예지력(까마귀는 죽음을 예고하는 새이다)을 가지고 있어 포졸, 무당, 점쟁이가 되면 능력을 십분 발휘하게 된다.

二의 형은 뒤집혀서 날아가는 까마귀상이라 하여 얼굴 전체가 비뚤어지고, 이마 좌우가 균형이 없다. 거기에다 머리숱도 드문 편이거나 아예 없다. 一의 형도 머리숱이 적은 자가 많다. 형모가 이러한 자는 마음이 수시로 변해 상종하기 어려우니, 남다른 수양을 해야 할 것이다.

**매상**

매의 상은 고관에서 시정배에 이르기까지 넓게 퍼져 있는 것

이 특징이다.

　매상은 잘 타고났을 경우 장군이나 고관이 될 수 있고, 품수가 낮을 경우 장사꾼, 포졸, 소부(小富)가 되기도 하며, 범죄자가 되기도 한다. 매의 형상은 눈이 매섭고, 심하면 살기까지 있다. 코는 매우 뾰족하고 단단해 보이며, 코끝이 밑으로 굽은 모양이 많으나, 그렇지 않고 뾰족하게만 생긴 자도 있다. 입은 작고 야무지며, 사람을 깔보는 경향이 많다.

　매상의 성품은 일전을 주고 만냥을 바라고, 자기가 최고인양

잘난 체하기를 좋아하며, 재물에 인색하여 과히 혀를 내두를 정
도이다.

　따라서 수양을 하면 변하여 착해지나, 그렇지 않을 경우 지극
히 상종하기 어렵다. 특히 매상은 적선을 하지 않을 경우 50세
이후에 날던 매가 날개가 꺾이듯 급흉한 일을 당해 모든 것이
수포로 돌아간다.

## 이무기상

이무기상은 형모가 좋을 경우 고관이나 큰 부자가 되고, 욕심이 지나칠 경우 역적의 우두머리나 도적떼의 두목이 되기도 하는데, 품수가 떨어질 경우 일생 파란 많은 삶을 살다 간다.

이무기 형상은 얼핏 보면 용상과 비슷하여 얼굴이 길고 모지나 더 길어 보이고, 코가 이마에 뻗쳐 잘생겼으며, 콧방울이 선명하고, 입이 커서 사람을 위압하나, 눈의 살기가 더 강하고, 미모가 용상보다 떨어지며, 피부가 검은 편이 많다.

이무기상은 이무기가 소를 잡아먹듯 욕심이 많은 게 특징인 반면, 대범하고 결단력이 강해 대인의 일면도 있다. 따라서 분수를 지키고 수양을 하면 나름대로 큰 인물이 될 수 있으나, 큰 욕심을 내어 정상에 오르려다 보면 낭패는 물론 목숨마저 위태롭다. 이는 이무기가 분수를 넘어 용이 되려다 땅바닥에 떨어져 죽는 이치와 같으니, 이무기 형상은 필히 분수를 지킬 일이다.

이무기상은 예로부터 난신적자(亂臣賊子)에게 많았으며, 그 인물로는 삼국지의 동탁, 요승, 신돈이 있다.

## 학상

학상은 인물이 학처럼 고고하여 주로 문(文)관으로 출세한다. 학의 형상은 몸이 날렵하면서 키가 큰 편이며, 머리가 둥글고 이마가 넓다. 특히 눈이 온화하여 선하고 맑으며, 코가 가는 듯하고 길며, 입은 작은 편이다.

또 측면으로 보면 앞뒤(얼굴과 뒷머리)가 적당히 평행을 이루는 경우가 많다. 성품은 학처럼 깨끗하여 불의를 싫어하며, 적선을 좋아하고 학문을 좋아한다. 상품일 경우 남녀 모두 귀히 되어 고관대작이나 귀부인이 되며, 일생을 절도 있게 살아간다. 품수가 떨어져도 남의 스승(훈장)이 되고, 여자의 경우 고독하

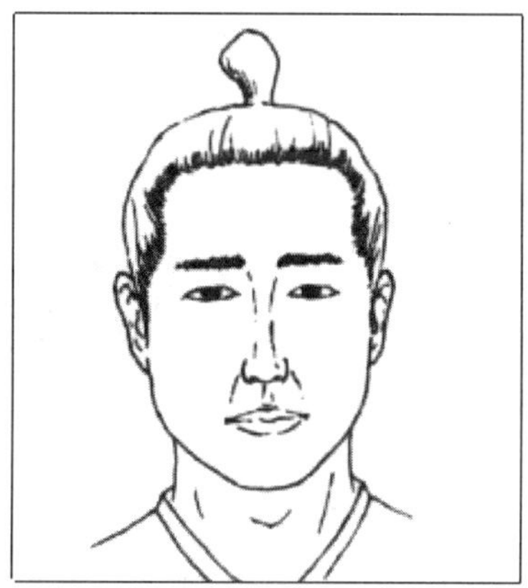
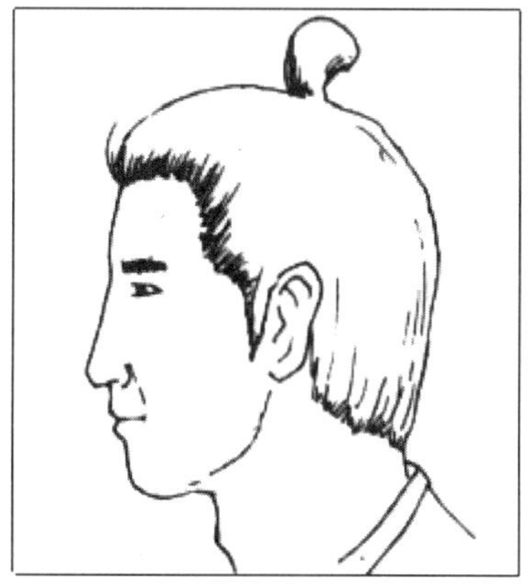

게 살다 간다.

또 조정의 대신들 중 상당수가 학상이 많아 품수에 따라 정승, 대신, 그리고 하급 관리에 걸쳐 다양하다. 학상의 인물로는 황희, 최치원, 제갈공명이 있다.

## 쥐상

쥐상은 거짓말을 잘하고, 간교, 교활, 경박 등 나쁜 성품을 지녀 상종하기 어렵다. 쥐상은 덩치가 큰 자도 있고 작은 자도 있으나, 이목구비는 작아 보이는 자가 많다.

특히 눈에 독기가 있거나, 눈동자가 탁해 보이는 것이 특징이다. 모든 부위가 다 잘생겼다 할지라도 눈이 그러하면, 그자는 필히 쥐상으로 보아야 옳다.

쥐상의 직업은 매춘 종사자나 기생, 노름꾼, 고리대금업자, 협잡꾼, 염탐꾼, 백정, 무당, 거간꾼 등이 많고, 간혹 상품일 경우 쌀가게를 하는 자도 있다. 천품이 경망하므로 필히 수양을 요한다.

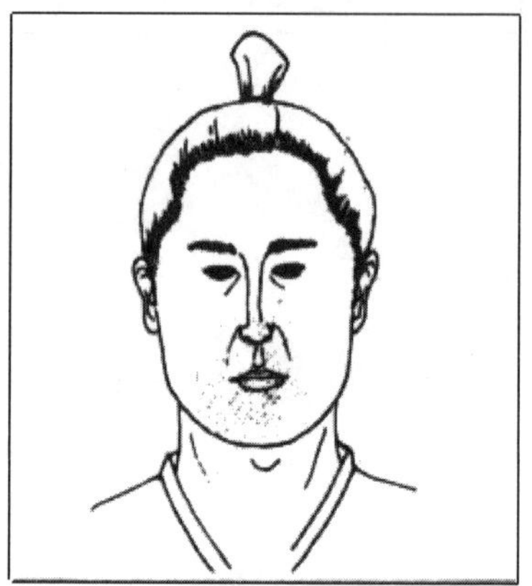
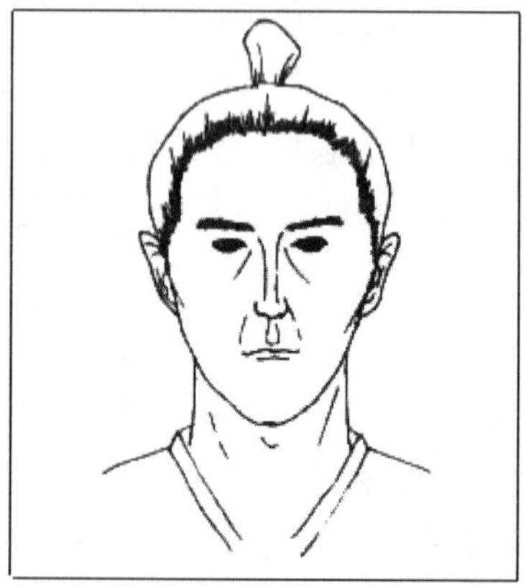

## 기린상

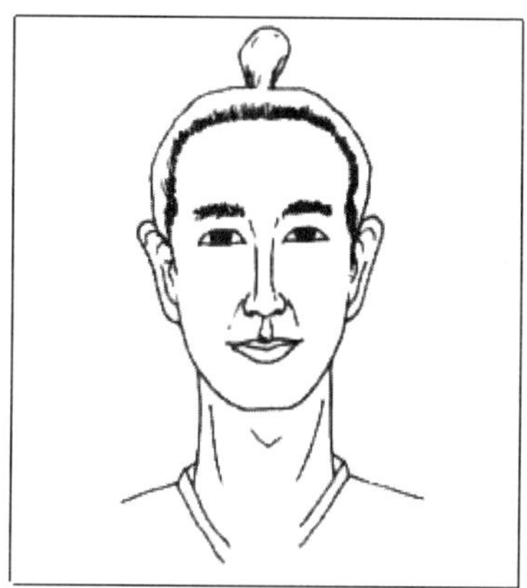

　기린의 형상은 행운이 많이 따르는 상으로 고관이나 귀부인이 된다. 기린상은 키가 큰 사람이 많고, 눈빛과 얼굴이 온순하고 길며, 목이 길다. 눈썹의 털은 많은 편이고, 칙칙한 자도 있다. 이목구비가 모두 시원하여 긴 맛이 있고, 음성이 느리거나 화순(和順)하다.

　성품은 어질고 착하며, 기린과 닮아 싸움을 싫어하고 복종을 잘하며 친화력이 좋아, 특히 윗사람의 총애를 받는다. 행운이 많이 따르는 자를 일컬어 기린아라 하듯이, 기린상은 일생 행운이 함께 하여 행복한 삶을 누린다. 이 상의 인물로는 …….

　「관상보감」에는 그 밖에도 백여 가지 이상의 물형을 논했다. 천자에서 제후의 상인 사자상, 고관에서 장군의 상인 표범상, 그 바로 밑의 지위에 이르는 승냥이상, 천상기생인 제비상, 출세하나 음큼한 원숭이상, 고독지상인 사슴상, 무관무록(無官無祿)의 노루상, 앵무새상(관운), 말 잘하는 까치상, 얌체이고 앙

큼한 고양이상, 재복이 있으나 죽어서 시체를 해부한다는 돼지상, 잘생기면 대신에서 부자에 이르고 못생기면 평생 고된 일생인 소상, 잘생기면 천리마가 되어 고관에 이르고 못생기면 고생 많은 말상, 재복이 있으나 호색하는 토끼상, 고생하는 당나귀상, 성질 못된 염소상, 다성다패(多成多敗)인 외가리(해오라기)상, 떠돌아다니는 기러기상, 오래 사는 거북상, 부귀하는 공작상, 일생 분주한 참새상, 비명에 죽는 물고기상, 재복 많은 두꺼비상, 교만한 지네상, 사람을 해치는 뱀상, 재복이 있는 구렁이상, 욕심 많은 너구리상, 담비상, 귀여운 다람쥐상, 음산한 박쥐상, 인정없고 탐욕스런 독수리상, 주걱턱 저어새상, 귀부인에서 화류계에 이르는 고니(백조)상, 싸움 잘하고 사나운 늑대상 등등……

피로가 무섭게 몰려왔다. 그러고 보니 아침 나절에 배를 채운 것밖에 없다는 생각을 하며, 시장기도 몰아치는 잠 속에 합류되는 듯, 금세 자준은 잠에 빠져들었다.

찬연하게 빛나는 태양이 있다고 해서 세인이 따사로움을 느낄 수 있는 것은 아니다. 인군(仁君)의 자애로운 보살핌이 함께해야 한다. 유(酉)시의 서(西)녘으로 기울어진 햇살을 바라보는 자준의 심정이 그러했다.

가솔들의 얼굴이 떠올랐다. 이렇다 할 벌이도 없고, 한번 집을 나가면 달포에서 심하면 두어 달씩 행적조차 모를 자신을 말없이 내조해 온 부인 민씨, 장모의 득달 같은 투정과 괄시를 받아왔지만, 고생해 온 민씨를 생각하면 그까짓 거 아무것도 아니라고 자위해 온 그였다.

　멀리 황톳집이 내려다보이는 맞은편 산중턱 바위에 걸터앉은 자준은, 그때까지 늦잠을 잤던지라 관솔과 참나무 장작으로 방에 훈기를 지펴 놓고는 사방을 주유할 적에 익힌 솜씨로 늦은 조반을 한 후였다.
　갑작스레 한 다량의 독서였는지라 머리가 조금 지끈거렸지만 몸은 가뿐했다. 「물형비법」에서 보았던 물형들이 유형화되어 그의 머리에 떠올라 주위 사람들의 얼굴과 대조해 보았으나, 이것인 것도 같고 저것인 것도 같아 좀처럼 확신이 가지 않았다. 자준은 계속해서 얼굴들을 떠올리며 안간힘을 썼다.
　그로부터 아흐레쯤 지나 명인이 돌아왔다. 자준은 그 동안 「관상보감」과 「물형비법」을 반복하여 훑어보았고, 「마의 상법」과 진희이(陳希夷) 선생이 저술한 「신상」 전편과 「상이형진」 등을 읽은 후였다.
　"그 동안 좀 보았는가?"
　행장을 원래 있던 툇마루 위 사벽질한 곁벽의 나무 선반 위에 얹어놓고 방으로 들어온 명인이, 방 아랫목의 훈기를 감지하며 던진 말이었다.
　"예, 읽어보았습니다만……."
　"그럴 걸세. 남의 속을 들여다보는 일이 어디 그리 쉽겠는가? 당분간 쉬고 나중에 다시 하세."
　당분간이란 말뜻에 의문이 갔으나, 자준은 그냥 잠자코 있다가 조심스레 물었다.
　"수행은 어떠셨는지요?"
　"늘 하던 짓인데 수행이랄 게 뭐 있겠나? 그나 저나 서두르게. 내 입적할 날이 얼마 남지 않은 것 같네."
　입적이란 말에 자준은 소스라치듯 가슴이 움찔했다. 입적이라면 곧 타계를 의미하기 때문이다.

"방금 입적이라고 하셨는지요?"

명인은 예전처럼 지긋이 눈을 뜬 채 태연히 말했다.

"이 사람, 뭘 그리 놀라나? 올 때 되면 오고 갈 때 되면 가는 게지……. 그러나 너무 염려 말게. 내 입적을 좀 미루더라도 자네 눈이 뜨여지는 것을 보고 갈 테니까."

"하오면 이미 해탈을 얻으셨는지요?"

대단히 송구스런 표정이 역력한 자준의 질문이었다.

"글쎄…… 그것이 해탈이었는지는 몰라도 일순간 법계(法界)가 공(空)으로 보였고, 우주가 한눈에 내 가슴에 들어오더니 일체가 되었는지, 나도 없고 그것도 없고, 내가 있으면 그것도 있었네……."

자준은 자기도 모르는 새 엎드렸다.

"사부님…… 부디…… 저를…… 일깨워…… 주십시오……."

자준은 한동안 엎드린 채 일어날 줄을 몰랐다.

자준이 준비한 저녁을 먹고, 두 사람은 약속이나 한 듯 곧장 잠을 청했다. 곁방에 누운 자준은 잠을 청하려고 했으나, 명인의 말이 뇌리에 떠올라 종횡으로 달음질했기에 통 잠을 이루지 못하다가, 새벽녘이 다 된 묘(卯)시쯤에야 잠이 들었다.

아침 나절이었다. 막 식사를 마친 그들은 마주 앉았다.

"사부님, 저는 언제쯤이면 세상에 나가 뜻을 펼 수 있겠습니까?"

명인을 만나기 전부터 준비해 둔 듯한 자준의 질문이었다. 꽤 망설임 끝에 나온 말이었다.

"만리 길을 갈 사람이 뭘 그리 조급해 하는가?"

물끄러미 그를 바라보던 명인이 대수롭지 않게 말했다.

남
변성
천중
변성
산림 보골 월각
천정
월각 보골 산림
총묘
사공
구능
중정
채하 자기
인당
능운 번하
어미 소음 중음 태음 광전
정사 태양 중양 소양 어미
산근
연사
관골
수상
관골
서
동
준두
정위
난대
호이
호이
법령 녹창 선고 인중 선고 식창 법령
귀래
귀래 서골
시골 금루
수성
금루 파지
아압 지고
지고
노복
승장
노복
지각
북

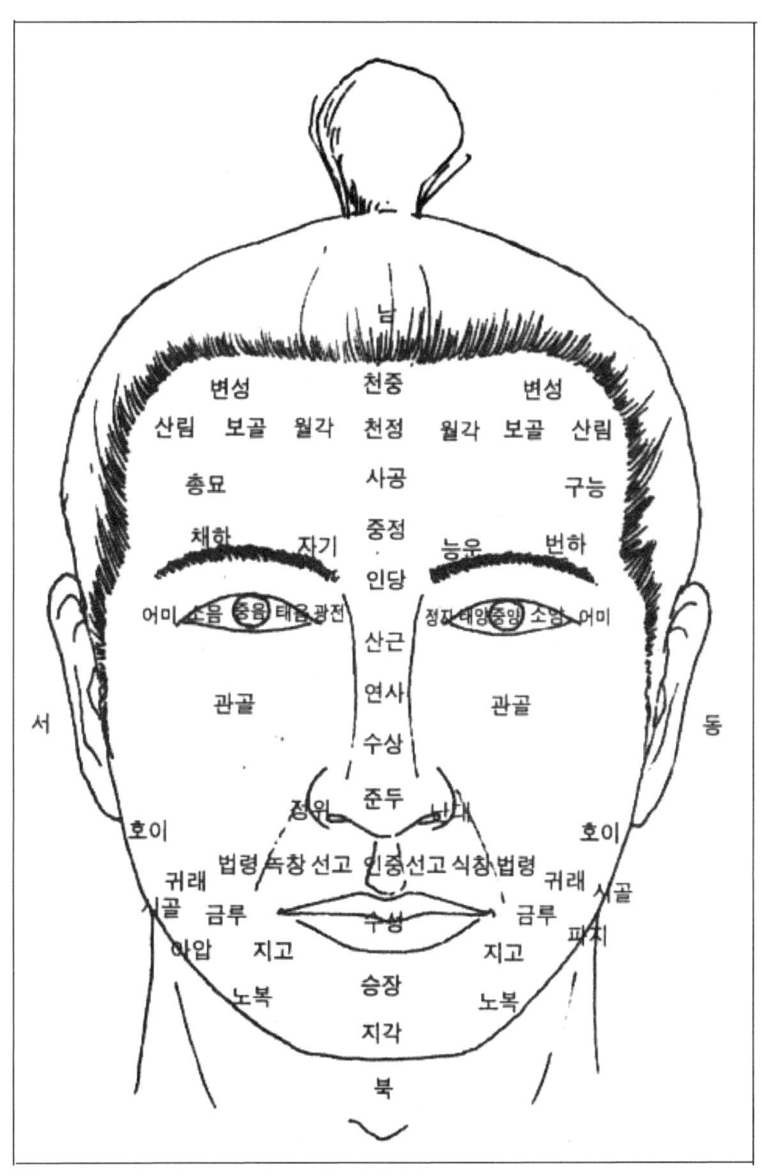

유년도

"전 다만 궁금해서 올리는 말씀입니다만……."

명인은 대답 대신 지필묵과 함께 「마의 상서」를 가져와 어느 부분을 펼쳤다. 지난번 자준도 훑어보았던 '유년도'(流年圖)였다.

"이것이 사람의 진퇴를 보는 '유년도'일세. 세인의 말을 빌리자면, 팔자가 필 때를 보는 거지."

자준은 뭔가 각오한 사람처럼 '유년도'를 쏘아보았다. 그만큼 그는 배움의 열정에 사로잡힌 듯했다.

-이것을 모두 배워야 해. 그래서 그 동안 나를 얕잡아보던 자들의 코를 납작하게 할 만큼 세상을 내 손으로 주므르고 말 것이야. 흐흐흐…….

속으로 그렇게 생각하며, 자준은 설명을 기다렸다.

"이미 말했다시피 자네는 호상이라, 때가 오면 천하를 호령할 것일세. 허나 호랑이도 눈 덮인 적막강산을 만나면 호령은커녕 제 먹을 것도 없어 쩔쩔매게 되어, 흡사 물에 빠진 생쥐마냥 처량하기 그지없네. 이제까지 자네가 그 꼴이었어. 그래서 옛날 한비(한비자)는 용이 자기가 있을 곳을 찾지 못하면 지렁이와 같다고 했네."

자준은 고개만 끄덕일 뿐 대꾸하지 않았다.

"여기 보다시피 이마는 초년(30세)이요, 눈을 포함하여 코와 관골(광대뼈)은 중년(50세)일세. 자네 이마는 가운데는 곧고 반듯하나 좌우(이마 양옆)가 비뚤어졌네. 따라서 부모도 일찍 여의고 고생이 많았던 게야. 또 자네 눈썹은 속살이 보일 듯 말 듯 고르게 나서 이른바 용눈썹이라고 하는데, 채(彩 ; 윤기)가 부족하네. 따라서 지혜는 용처럼 신출귀몰하고 변화무쌍하나, 초년 운엔 도움(눈썹이 윤기 있고 고르게 잘생기면 초년 운에 대단히 도움이 된다)이 되지 못하네. 그러나 자네 눈은 전형적인 호랑이 눈으로, 범이 몸을 낮추고 먹이를 노려보는 모습처럼 약간 가늘면서 길어 대단히 길하네. 하지만 주위에서 보호해 주어야 할 눈썹이 제 역할을 못하므로, 본격적으로 눈이 힘을 발휘할(운을 말함) 35세에서 40세까지(눈은 평생 운에서 가장 중요하나, 단기적으로는 35세에서 40세의 운을 말함) 힘을 쓰지 못하네. '유년도'를 보다시피 자네가 때를 만나려면, 눈의 힘과 더불어 잘생긴 코가 어우러지는 40세 이후부터 시작하여 52세에 절정을 이룰 걸세."

"절정이라면?"

나지막이 깔리는 목소리였지만, 자준의 눈에서는 불똥이 튀고 있었다.

"호랑이가 정상에 올라 발밑에 내려앉은 천하를 바라다본단 이야기일세."

그 순간 자준은 천군만마를 얻은 듯한 뿌듯함에 온몸이 전율했다.

"자네, 사나흘 집에 좀 다녀오게."

자준의 표정을 뜯어보더니, 명인이 말했다.

"집엘 다녀오라뇨……? 저야 원래 밖에서 살다시피 해 온지라……. 무슨 말씀이온지……?"

대답 대신 명인은 붓을 놀리면서 말을 이었다.

"그렇지가 않을 걸세. 여길 봐!"

자준은 상당히 효과적인 학습법이라 생각하며 그림 쪽을 향했다.

"그간 책을 보아 자네도 여기가 간문이란 것은 알고 있을 걸세."

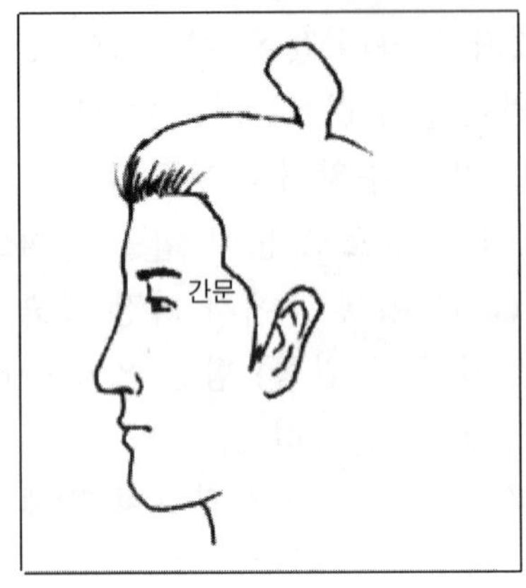


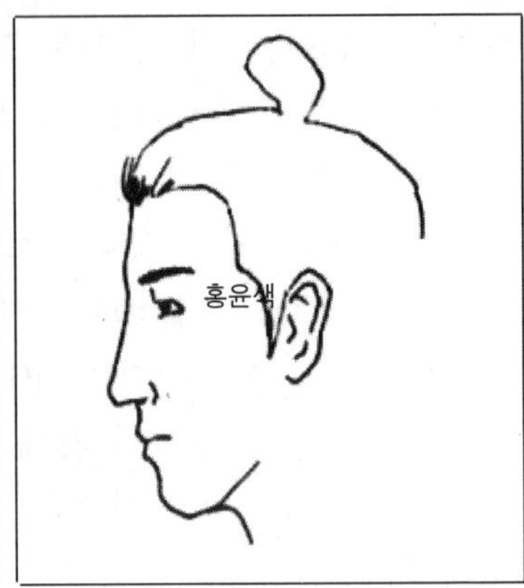


"예, 그렇습니다만……."

"이곳을 다른 말로 부부궁이라고도 하는데, 이곳의 색깔을 보아 부부간의 일을 알 수 있네."

"……."

"내 어제부터 자네 간문 양쪽에 홍윤색(윤기 있는 홍색)이 발하고 있음을 알았는데, 그곳은 신장의 기운이 머무는 곳일세. 신장은 정력을 대표하는 곳이어서, 부부궁인 간문에 홍윤색이 있음은 둘 다(좌측은 남자, 우측은 여자) 육체적으로 그리워하고 있음일세. 또 처녀 총각이 그곳에 홍윤색이 늘 나타나는 자가 많은데, 그것은 서로 음·양이 합치기를 원하기 때문이네. 따라서 혼례를 올리고 합방을 하고 나면, 그 색이 없어져서 윤기가 나지 않게 되는 걸세. 그러니 암말 말고 집으로 가서 부인과 동침하고, 사나흘 후 다시 돌아오게."

도통한 스승의 말치고는 조금 선정적이라고 자준은 받아들였다.

"사부님, 듣기에 민망하옵니다."

"그런가! 하하하…… 주책이란 생각은 말게. 나야 그런 것과 별개의 사람이지만, 자넨 속(俗)의 도를 닦는 사람으로서 그건 중요한 일일세.「사기」(史記)에 보면, 남녀간의 음양을 모르면 어찌 천명을 알 수 있으며, 또 군자가 아니라고 했네. 또 성현의 말씀에, 부부는 백성의 시초요 만복의 근원이라고 하셨네. 이 이야기는 다른 뜻이 아니라, 우주는 곧 음양의 기로 이루어졌고, 소우주라 할 수 있는 인간은 남녀간의 음양 교류를 통하여 우주가 늘 음양을 교류하듯 그 본을 받으란 이야기일세. 자네 부인은 다행히 자네의 그 강한 기를 한편으로 억제하고 한편으론 돕는 기를 지녔으므로, 아직 때를 만나지 못한 그대로선 부부가 합하여 기를 조화시킴이 중요하고, 또 상법의 이치이기도 하네.”

그제서야 자준은 납득했다는 듯 고개를 끄덕였다. 그때였다.

“어르신 계십니가?”

인기척과 함께 너댓 명쯤 됨직한 발자국 소리가 문 밖에서 들려왔다.

“오늘 손님이 오기로 돼 있었네. 자넨 옆에 앉아 잘 지켜보게.”

잠시 후―.

# 앉아서 천리를 보다

방안은 칠순쯤 되어 보이는 노인과 젊은 아낙을 포함하여 세 명의 장정들이 명인의 주위에 앉아 있었기에, 구들장이 내려앉을 듯 꽉차 보였다.

"이쪽은 아우이고, 나머지 분들은 모두 저와 절친하옵기에, 일전에 약조받은 날짜에 맞춰 실례를 무릅쓰고 어르신을 뵈러 왔습니다."

"모두들 오시느라 고생이 많았겠소이다."

그중에 전부터 안면이 있어 보이는, 구레나룻과 덩치가 어우러져 듬직해 보이는 장정의 말을 받은 명인의 말이었다.

"그래, 요즘 어떠신가?"

"예, 어르신 말씀대로 서남간 5백리 되는 안동 고을을 벗어나 낙평 남각산에서 금맥을 발견하여, 그 동안 빚진 것을 모두 갚고도 수만냥을 거둬들였습니다. 모두가 어르신의 분부받자온 덕택입니다."

그의 안광에서 존경과 감격의 눈빛이 철철 흘렀다.

"아닐세, 자네를 만난 것은 다 인연이 있었던 거네. 다행히 자

네의 그릇과 때가 왔기에 내 조금 거들어준 것이니, 그리 생각
할 것은 없네. 그리고 노인장께선 너무 걱정 마십시오. 아들이
옥에 갇혔으나 죽지는 않을 겁니다.”

들어올 적부터 풀수세미처럼 어깨를 축 늘어뜨리고, 시체 끌
듯 몸을 거동하며 얼빠진 듯 앉아 있던 칠순 노인을 향해, 명인
이 다짜고짜 말을 하자, 일행은 모두 안색이 하얗게 질렸다.

상법에 달통한 줄은 모두 알고 있었으나, 이 정도까지 정곡을
찌를 줄은 미처 몰랐다는 눈치들이었다. 옆에서 지켜보던 자준
도 마른 침을 꿀꺽 삼켰다.

“맞습니다요. 이분의 3대독자 외아들이 멀리 명나라로 통상
을 떠났는데, 그만 살인 누명을 쓰고 옥에 갇혀 있다는 서찰을
인편으로 보내 왔기에, 저희가 생사라도 알려고 이리 모셔 온
거지요.”

같이 온 장정의 말이었다. 아들이 죽음을 면한다는 이야기에,
아까부터 칠순 노인은 화색이 도는 듯했다.

“지금이 춘4월이니, 9월경이면 상봉할 수 있을 겁니다.”

그 노인의 얼굴에 화색이 만면해지기 시작했다.

“소생은 행상을 하던 김가라고 하온데, 늘그막에 이런 흉한
꼴을 보게 되니 살아 있으나 죽은 목숨만 못하던 중, 이렇게 고
명하신 어르신을 만나 뜻밖의 길보를 들으니 기쁘기 한량없습
니다.”

비록 장사치로 살아온 인생치고는 예를 갖춘 말이었다. 명인
은 대답 대신 빙긋이 웃었다. 그리고는 일행 중 여인을 향해 말
했다.

“기방의 여자가 여긴 뭣하러 왔소?”

그러자 그걸 어떻게 아느냐는 듯, 그 아낙이 부끄러운 표정으

로 명인을 바라보았다. 자준은 새삼스레 그녀를 훑어보았다. 한편 차가운 말과는 달리 명인은 자애로운 눈빛이었다.

"이년의 팔자가 사나워 시집간 지 열흘만에 서방이 죽자, 시어르신 되시는 분이 저를 쫓아내어 그 후 기생 팔자가 되었사온데, 요즘 원진사란 자가 저에게 수차 첩실로 들 것을 청하는지라, 이 몸의 팔자가 걱정이 되어 이분들을 졸라 예까지 왔습니다."

타고난 교태가 몸에 밴 듯한 그녀의 말이었다.

"올해 몇이신가?"

"서른일곱이옵니다"

"3년만 더 참게."

"점쟁이 말이, 이 몸은 청상과부 팔자라고 하던데…… 어르신 분부대로 따르면 과부 팔자를 면할는지요?"

"자넨 과부 팔자가 아니고 본시 첩의 팔자네. 그러니 괘념치 말고 내 말대로 하게. 그리고 3년 후라는 것을 명심하게."

좌중은 모두 고개를 끄덕이며, 약조라도 한 듯 명인의 입언저리를 쳐다보고 있었다.

"도망간 여편네를 찾아서 무엇에 쓰겠는가? 다 팔자겠거니 하고 그만두게."

아까 칠순 노인의 3대독자 아들의 이야기를 대변했던, 뼈가 다부지게 생겼으며 살은 단단하나 다소 험상궂어 보이는 말만한 장정에게 무안스레 던진 명인의 말투였다.

일행은 모두 동정하면서도 무안스러워하는 듯한 눈치였으나 아랑곳하지 않고, 그는 이제까지 감정을 억눌러 오던 것을 토해내듯 눈의 살기를 쏟아내며 말했다.

"내 그년을 잡기만 하면 요절을 내고야 말 겁니다."

숨을 씩씩거리며 털어놓은 그의 이야기인즉, 그는 소금장수로 한번 집을 나가면 15야(夜 ; 보름)에서 어떤 때는 두어 달 가량 집을 비우는데, 오다 가다 만난 그의 아내가 그가 집을 비우기가 무섭게 인근 고을 남정네들과 놀아난 게 한둘이 아니었다. 어느 날 그가 집에 돌아와 보니, 대낮부터 어떤 놈과 그 짓거리를 하고 있기에, 마당에서 부싯갱이를 들고 들어가는 사이 사내놈은 냅다 줄행랑을 쳤고, 그래도 창피했는지 구겨진 도랑치마로 아랫도리를 가린 그의 아내를 득달같이 닦달해 보니, 그간 해온 짓거리가 실로 가관이었다. 연놈들을 모두 잡아다 박살을 내고 자신도 콱 죽어버릴까 생각도 들었지만, 그의 아내가 한번만 살려주면 개과천선은 물론이요 요조열녀가 되겠다고 애걸했기에, 그간에 자기를 만나 고생한 처지를 생각하여 재차 다짐을 받고, 그날 저녁 함께 잠자리까지 한 후, 새벽녘이 되어 사나운 꿈자리 끝에 깨어 보니, 그년은 이미 줄행랑을 치고 없더라는 것이다…….

"자네 팔자는 아내를 세번 바꾸어야 하네. 그러니 부질없는 생각 말고 마음 단단히 먹게."

"분통이 터져 못살겠습니다. 어르신께선 앉아서 천리를 보시니, 고것이 쳐자빠져 있는 곳을 아실 것이 아닙니까? 제발 좀 잡게 해 주십시오."

거칠게 숨소리를 씩씩거리며 거침없이 내뱉는 그를 쏘아보며, 명인의 표정은 엄숙해졌다. 방안의 공기는 냉랭해졌다.

"자네 아내를 찾는 것쯤은 어렵지 않으나, 그 득달 같은 사나운 성미에 필시 살상이 날 것인즉, 내 어찌 그걸 말하겠나? 몇 년 지나면 현숙한 여잘 만나 옛말 하고 살 날이 있을 걸세. 그러니 더 이상 업을 짓지 말고 쓸데없는 객기를 버리게! 자네 아우

는 학문하는 사람이거늘, 무엇이 그리 궁금해서 예까지 데려왔
는가?”

분에 겨워 눈물까지 글썽해진 그를 외면한 채, 금맥을 잡아
횡재했다는 구레나룻의 장정과 그 아우를 동시에 우러르며, 명
인의 질문은 계속되었다.

“제 아우가 올해로 과거를 준비한 지 10년쩬데 번번이 낙방
하는지라, 서른이 되고 보니 저나 가솔들 모두 답답해 하옵기에
동행했사옵니다.”

“…….”

명인의 예언은 거침없이 계속되었다.

“서른다섯이 되고 보면 미관말직이라도 찾아서 맡을 것이니,
그간 학문을 게을리하지 않으면 될 걸세.”

“…….”
“…….”
“…….”
“…….”

일행들의 상을 모두 보았음인지, 명인은 다시 태연자약한 표
정으로 돌아가 시선을 고정시켰다. 그들은 나름대로 소기의 목
적을 이루었다는 듯 슬슬 떠날 채비를 하더니, 금맥을 잡았다는
그 장정이 족히 3백냥은 되어 보임직한 엽전 꾸러미를 내놓았
고, 나머지 사람들도 몇 냥씩 거두려는 눈치를 보이자, 명인은
구레나룻의 장정 것만 받고는 모두 사양하여 돌려보냈다.

명인과 함께 사립문 밖까지 배웅을 마친 자준은, 오늘 겪은
일을 지면에 그리기 시작하는 명인 앞에 자리를 틀고 앉았다.
다시 엄숙해진 표정으로 명인의 강의가 시작되었다.

“금맥을 찾은 사내의 이야기일세.”

　자준은 굶주린 호랑이가 살찐 멧돼지를 포획한 듯 고개를 달려들며 쏘아보았다.

　"그자가 금광의 길흉을 묻기에, 여기 금루(金縷)라는 곳이 광산의 길흉을 보는 자리인 고로 찰색을 살펴보니 홍윤색으로 길운을 나타냈고, 금을 캐낼 장소를 찾으려고 다시 찰색을 보니 인당(미간)에서 우측 이마의 역마궁(관자놀니) 쪽으로 길게 윤색이 뻗었음을 보아 서남간의 먼 곳이란 것을 알았지. 정확히 거리를 짚어보니 양 입가의 통구라는 곳에서 역시 홍윤색이 발

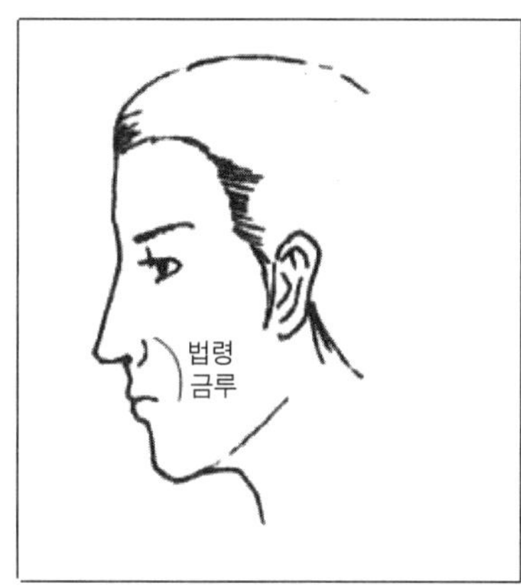


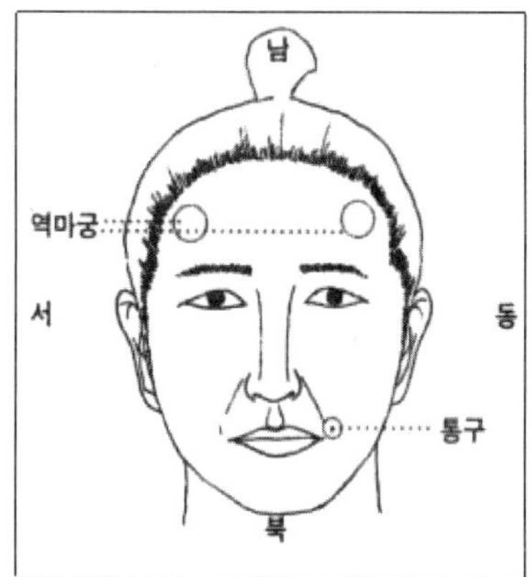


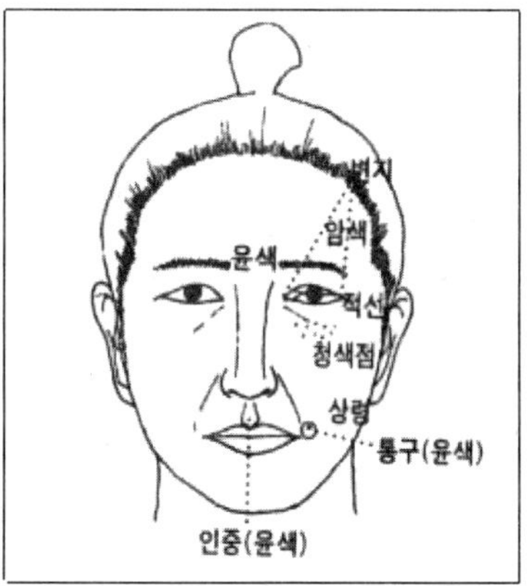

견되었는지라, 그곳은 멀리 가야 함(5백리 이상)을 뜻하는 곳이기에 인당에서 윤색의 길이와 함께 가늠하여 서남간 5백리 되는 곳에 가면 금맥을 캐어 횡재할 것이라 말하여 적중한 걸세.”

명인의 말은 계속되어 다음 그림으로 이어졌다.

“3대독자가 옥에 갇힌 노인의 이야기이네. 먼저 아까 그 노인의 좌측 눈동자를 관통하는 적선(붉은 선)을 보아 신변이 위태롭다는 것을 한눈에 보았고, 눈밑은 자녀궁인지라 우측은 여아이고 좌측은 남아(여자는 반대)를 뜻하는데, 어쨌든 그곳에 좁쌀 같은 청색의 점을 발견하곤 아들이 옥에 갇혔음을 단정했지(눈밑의 청색 점은 자녀가 옥에 갇힘을 뜻하는 것임). 눈밑에서 출발한 암색(윤기 없고 거무스레한 색)이 역마궁을 지나 변지에 이르고, 행상을 뜻하는 상려라는 곳 역시 어두운 색이며, 먼 곳을 뜻하는 통구라는 곳이 윤색을 발했더군. 따라서 대단히 먼 곳을 뜻하는 변지와 통구가 동시에 색을 발하므로 타국(명나라)의 일로 보아야 하고, 상려궁이 어두운 고로 상업의 일로 갔다가 변을 당했음을 알 수 있네. 천만다행으로 희망사의 성취를 뜻하고, 명궁(미간)과 수명과 자녀의 길흉을 보는 인중의 색이 홍자색(윤기 있는 엷은 홍색)을 품고 있어, 그 아들의 누명이 벗겨져 출옥될 수 있다는 길보를 말하게 되어 내심 기뻤네.”

“아까 구(九)월달에 부자가 상봉한다고 하셨던 걸로 압니다만…….”

“그랬지……. 자, 여길 보게.”

명인이 잘 정돈해 두었던 책 더미에서 한 권을 골라 펼쳐 놓았다. 일전에 자준도 뒤적여 보았던 「관상비결」이라 적힌 책이었다. 명인의 중지(中指)가 월운도(月運圖)를 가리켰다.

“여기 보다시피 좌측 턱 쪽으로부터 시작하여 우측으로 돌아

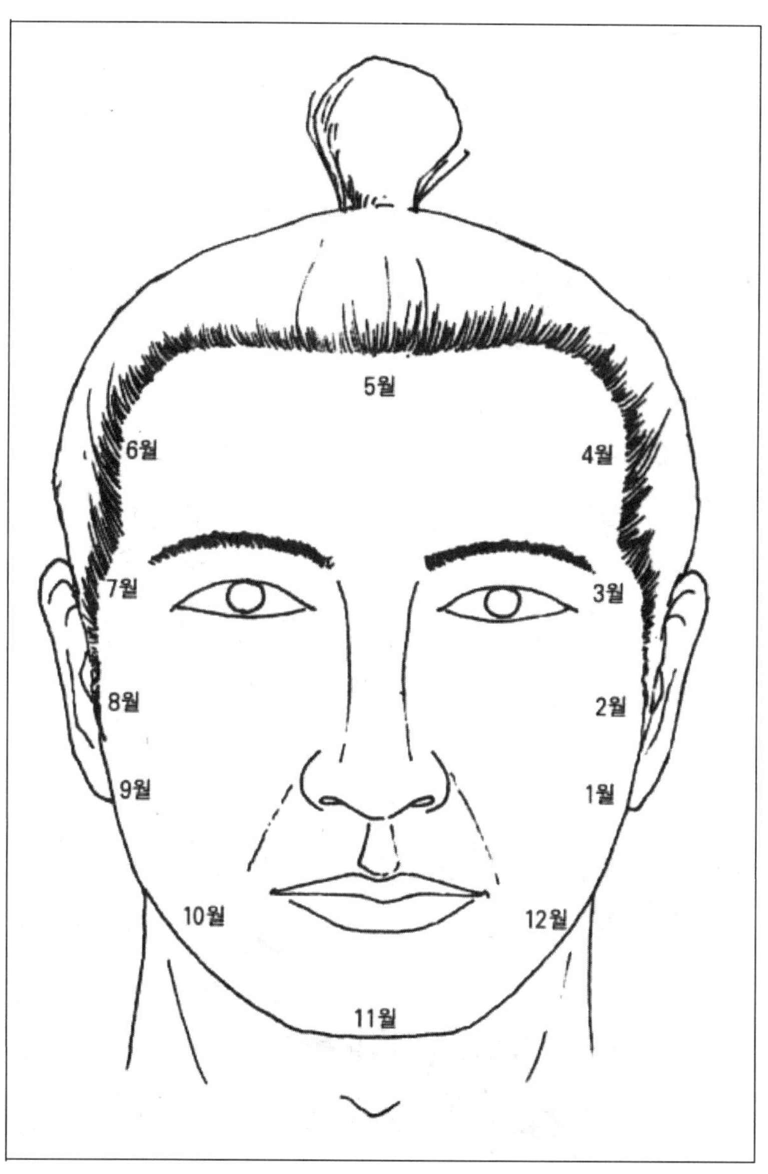


월운도

오는 1년간의 운수가 표시된 것일세. 아까 그 노인의 얼굴 구월달 끝에 해당되는 부위가 길하게(피부가 밝고 깨끗하며, 부기가 없고 탄력하게 보임) 보였기에, 구월달에 부자가 상봉할 수 있다는 길보를 전한 걸세."

들고 있던 자준의 태도는 이마에 땀이 맺힐 정도로 진지해 보였다. 그런 자준을 명인은 한편으로 대견하게 생각하는 듯했다.

"아까 왔던 그 아낙네는 어찌하여 첩상이라 하셨던지요?"

"자네도「물형비법」에서 보았을 걸세. 그 책에서 보았다시피 바로 그 아낙이 여우상일세. 여우상의 여자는 첩의 운명이라고 했네. 더 자세히 이야기하면, 그 아낙은 늙은 여우가 무덤가에서 뼈를 희롱하는 형상일세. 거기다 그자는 눈썹이 없어 남편운이 거의 없고, 눈에 물기가 넘쳐 화류계(기생) 팔자(눈에 물기가 지나치게 흐르는 자는 화류계나 藝人의 운명이다)인지라, '유년도'에서 보아 알다시피 눈의 운기가 가장 강력한 35세에서 40세를 넘은 이후라야 남자에게 해를 안 주어 첩살이라도 할 수 있는 걸세. 그리고 한 가지 더 말해 줄 수 있는 게 있네. 여기 보이는 이문(귓구멍) 바로 앞이 명문이란 곳인데, 그곳은 신장의 기운을 대표하는 곳이며, 아울러 수명을 보는 장소이기도 하지. 아까 그 아낙은 그 부위가 대단히 윤기를 발했다네. 이는 정숙한 요조숙녀에게는 나타나지 않는 것으로, 여러 남자와 관계를 갖고 몸을 팔아먹고 사는 자나 혹은 애정 생활이 문란한 자에게 나타나며, 신장(정력)의 기운을 지나치게 쓰고 있는 것을 말하네. 하지만 그런 자도 한 남자 혹은 한 여자만 상대하게 되면 자연히 그 윤기는 없어지게 되는 걸세. 그래서 그자를 몸을 파는 기생으로 알아보았던 것일세."

"……."

"그리고 금광을 한다던 자의 아우는 인당(미간)이 눈썹으로
덮여 답답해 보였다는 것을 자네도 보았을 걸세. 그곳이 막힌
자는 일생 크게 관운이 없으나, 그자는 다행히 안광이 좋아 그
곳이 운을 발하는 35세가 되면 미관말직이라도 하게 되는 걸세.
마지막으로 아내가 도망간 자의 이야길 해 보세."

"……."

"여기 간문에 백색이 보이면 아내가 간통했음을 뜻하는 것일
세(적색이나 흑색일 경우에는 주로 병에 걸렸다는 뜻임). 아까

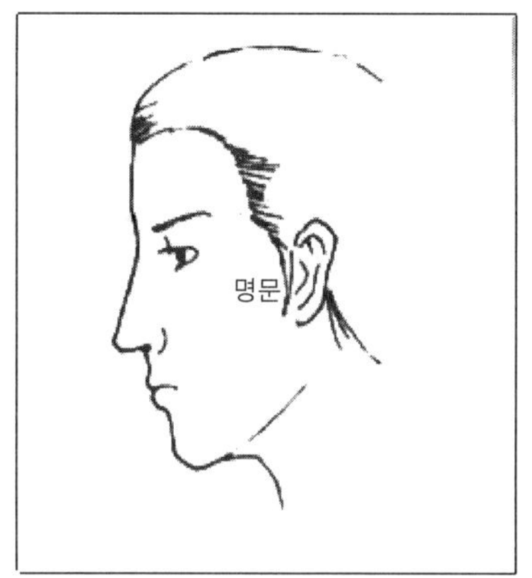


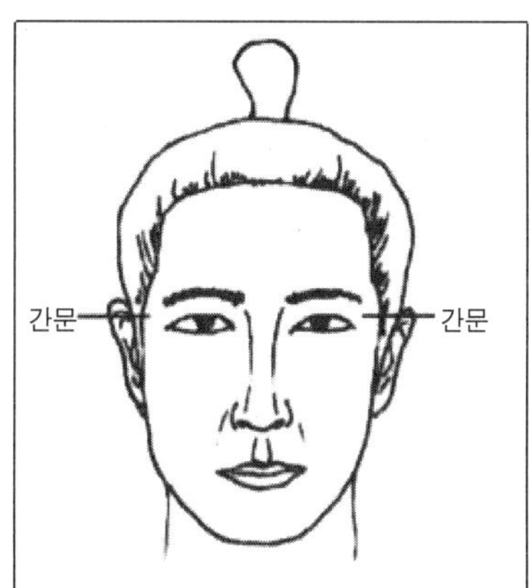


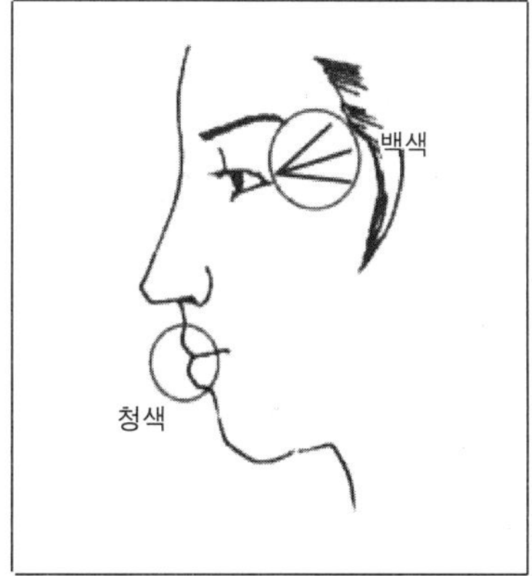

그 남편되는 자의 간문에 윤기 없는 백색이 보였고(윤기가 있는 백색은 현재 간통이 진행중이거나 喪妻함을 뜻함), 아울러 입술에 청색이 서려 있었으며, 그 청색은 아내가 도망감을 뜻하는 고로, 그자의 아내가 통정 후 줄행랑을 친 것을 알아 그리 이야기하여 적중한 것일세. 또 그자의 간문은 함께 보았다시피 쏙 들어가 있어 부부운이 전혀 없었음을 볼 수 있었으며, 거기에 주름 삼문(三紋)까지 있어 필시 여러번 장가갈 팔자였네(주름의 숫자만큼 아내를 얻는다고 함)."

"……."

"……."

설명을 다 마친 명인은 채근하여 자준을 귀가토록 일렀다. 자상한 스승의 가르침에 감은한 듯, 자준은 정중히 하직 인사를 올리고 사립문을 나섰다.

# 명기를 찾아라
## (名器)

　권남은 수양대군저를 나와, 자신을 기다리고 있을 홍윤성을 생각하며 집으로 향했다. 한명회 자준과 막역지교인 그는 길창부원군 권근(權近)의 손자이자, 우찬성을 지낸 권제(權題)의 아들이었다.

　"대군 나리께선 좀 어떠시던가요?"

　주안상을 사이에 두고 홍윤성이 건네주는 잔을 권남이 받았다.

　"편할 리가 있으시겠는가? 상감께서 환후가 점점 깊어만 가시니……."

　수양대군의 부친인 세종은 태종의 셋째아들로 태어나 왕위에 오르신 뒤, 역사상 가장 훌륭한 유교정치와 찬란한 민족문화를 꽃피우신 위대한 성군이셨다. 하지만 혁혁한 업적이셨음에도 불구하고 병약하신지라, 즉위 초부터 소갈증(당뇨병)으로 고생하시면서 집권기 절반을 병석에 누워 정사를 보시더니, 이때에 이르러 견비통에 요통까지 겹쳐 병세가 악화된 것이다.

　권남은 그런 수양대군의 불편한 심기에다 근자에 들기 오래

전부터 여러 시인 묵객들과 책사, 잡사들과 뻔찔나게 교류를 해
온, 그리고 그 움직임이 심상치 않게 느껴지는 자신의 아우 안
평대군의 일로 답답해 함을 달래고 온 것이다.

몇 순배의 잔이 돌 무렵, 가복(家僕)의 음성이 들렸다.

"한생원님께서 오셨습니다."

"이 사람 권남, 날세."

무척이나 반가운 듯 우악스레 문을 박차고 들어서는 자준이
었다.

"이 사람 자준이!"

"그 동안 별일 없었나?"

자준과는 초면인 듯 홍윤성은 술잔을 입에서 떼며 둘을 빤히
바라보았다.

"아참, 인사하게. 아우처럼 지내는 사람일세."

"홍윤성이라고 합니다."

육중한 큰 몸집에다 두터운 입술, 부리부리한 큰 눈을 가진
홍윤성이 정중하게 인사를 올렸으나, 자준의 형모를 보고는 웃
음을 머금과 동시에 약간 실망한 빛이 얼굴에 감돌았다. 자준
또한 그를 예리하게 뜯어보며 자리에 앉았다.

"난 한가고, 이름은 명회라고 하네."

그보다 10살 아래의 홍윤성이었으나, 꼭 서리맞은 황(黃)호박
처럼 변변찮게 생긴 자가 초면에 말을 놓는지라 미간이 찌그러
졌으나, 권남이 얼른 말을 받는다.

"앞으로 형님으로 깍듯이 모셔야 할 것이네."

"그래, 그간 어디서 무얼 하고 지내셨나?"

못 본지 꽤 오랜지라 섭섭함이 섞인 권남의 말이었다.

"자네도 알다시피 나야 정처가 따로 있게 살아오지 않았건만!

새삼스레 그런 건 왜 묻나? 자, 술이나 마시자구.”

다시 술이 몇 순배 돌며, 좌중은 시국 이야기에서 세간잡사로까지 두루 이야기가 오가며 무르익었다.

“지금 몇 신가?”

“밖이 어두워진 걸로 보아 유(酉)시쯤 됐네. 근데 별안간 시간은 왜 따지나?”

자준의 말에 의아한 듯, 권남이 물었다.

“오늘 윤성이 아우도 생기고 했으니, 내 한턱 단단히 내지. 나갈 채비를 하게.”

잠시 후 자준 일행이 당도한 곳은 종로의 시전거리를 끼고 터를 잡은, 제법 화류 수준이 높게 보이는 춘월각(春月閣)이었다.

“이리 오너라.”

가복의 안내를 받은 자준은 마치 제집처럼 걸음을 옮겼다. 권남과 홍윤성은 그 뒤를 따랐다.

“여긴 좀 과한 듯하네.”

사(四)칸 정도의 장방(長房)에다 선(仙)학이 나래짓하는 네다석 폭의 산수(山水)화를 둘러보며 권남이 말했다.

“돈은 걱정 말게. 오늘 한번 취해 보세나!”

산을 내려오며 명인에게서 받은 백냥과 떠나올 때 한사코 사양했지만, 나에겐 별 필요없는 돈이니 자네가 쓰게, 라시며 건네준 수십 냥이 수중에 있던지라, 자준은 호기에 차서 말했다.

이윽고 춘월각 주인 여자가 엉덩이를 흔들며 방으로 들어왔다. 자준이 뭐라고 하자, 기다렸다는 듯 여덟 명의 기녀가 우르르 들어왔다.

“나으리들, 왕림해 주셔서 감사하옵니다.”

일제히 나열한 기녀들의 인사를 받자, 주색이라면 사족을 못

쓰는 홍윤성은 얼굴까지 붉어지며 입이 함빡 벌어졌고, 권남은 덤덤한 표정이었으나 내심 싫지 않은 듯했다.

"어디 상판 좀 볼까."

자준은 관상비결에서 본 명기(名器)를 소유한 기녀를 고를 작정으로 시선을 바삐 움직이며, 아직 서툰 솜씨지만 물형비법의 물형을 떠올렸다. 고년은 참새상, 고것은 닭상, 조것은 여우상, 쥐상, 지네상, 꾀꼬리상, 물총새상…….

대충 그럴 거다 생각하며 자준은 그중 세 명을 골라 자리에 앉혔고, 나머지는 모두 나간 후였다.

"자, 오늘은 밤새도록 마셔 볼까?"

"이 사람 자준이, 자네가 술이 세다 해도 윤성이 아우만은 못할 걸세."

"형님들 덕분에 잘 마시겠습니다."

순간 자준은 흠칫한 기분을 느끼며 그때까지 잘 보이지 않던 두 사람의 물형을 보았다.

권남은 학상, 홍윤성은 곰상으로 보였다. 지난날을 돌이켜보아도 잡스러운 것을 싫어하며 뜻이 크고 고고했던 권남의 성품이 물형비법에서 본 학상의 성품과 똑같다 생각되어 새삼 놀라움마저 들었다. 그렇다면 저 곰상인 홍윤성은 그 성품이 이럴 것이니까 고렇게 다루면 되겠구나 하는 생각도 동시에 들었다.

"나으리, 제가 한잔 올리겠습니다."

아까 꾀꼬리상으로 보였던 기녀였다.

"오, 그래, 고마우이. 난 술 주는 사람이 젤 좋지 뭔가? 하하하."

"형님두 그러슈? 저두 마찬가집니다. 하하핫."

춘월각, 사칸 장방에서 자준 일행의 밤은 유흥과 함께 깊어만

갔다. 자준은 기녀들의 상판을 새삼 뜯어보며 각각의 명기를 떠올렸다.

 관상비결에 홍윤성 옆에 앉은 저 꾀꼬리상 기녀는 인당(미간)이 좁고, 이문(耳門) 옆(귓밥 위의 홈)이 좁아 그곳(음문)이 꼭 조이는 명기(名器)라고 했고, 권남 옆의 참새상 기녀는 인중(코밑 홈)에 직문(直紋)이 있어 그곳이 지렁이 천마리가 들어 있는 듯한 느낌이라고 했으며, 자준의 옆에 앉은 여우상의 기녀는 치열(이빨)이 고르지 않고 들쑥날쑥 생긴데다 양볼에 보조개가 있

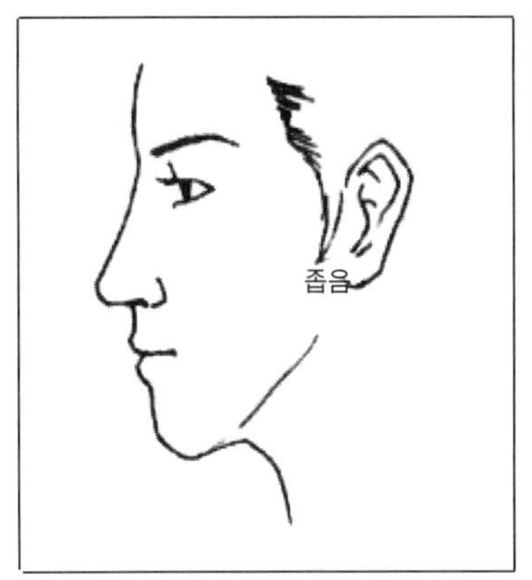


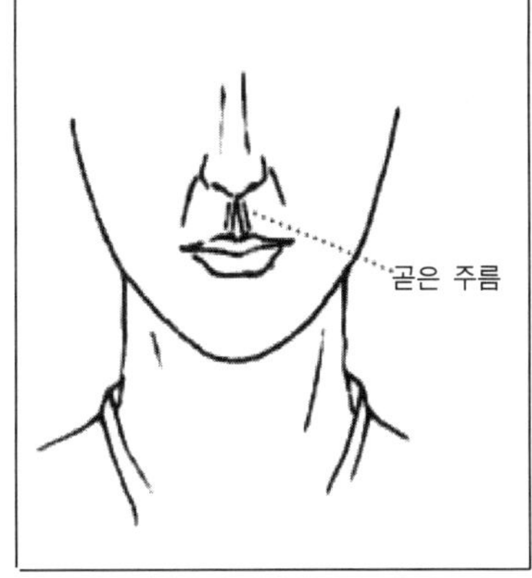


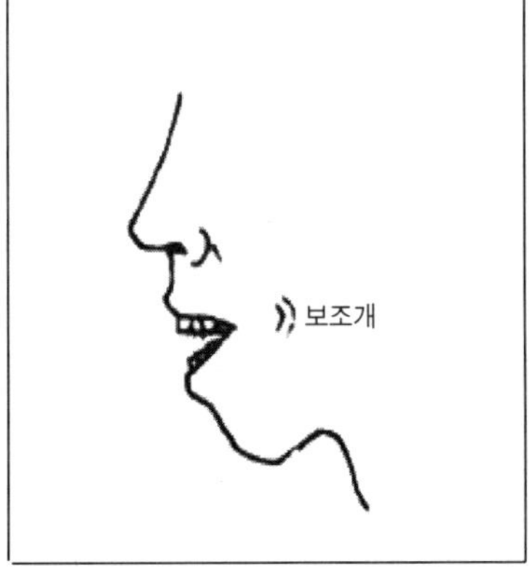

어 비결에 이르기를, 치열이 고르지 못할 경우 그곳의 내부 구조가 특이하여 남성을 즐겁게 하며 보조개는 그것을 압박한다고 했기에, 자준은 묘한 기대감에 부풀어 사지가 저려옴을 느꼈다.

축(丑)시경에 이르러서야 자리를 파한 그들은 각자 기녀들에 이끌려 춘월각 내의 다른 방으로 제각각 안내되었다.

십오야(十五夜)의 교교한 달빛 아래 드러난 여체의 곡선들은 자준을 숨가쁘게 했다. 세세히 훑어보니 가슴은 아래로 처지고, 유두(乳頭)는 검붉어야 좋은데 흰빛이었고, 그곳(음문) 또한 위치가 처져 엉덩이 쪽으로 가까운데다, 음모는 거칠어 흡사 쑥대풀처럼 무성한지라. 비결에 적힌 천상(賤相)이었지만(가슴이 위로 향하고, 유두가 검붉고, 음문이 위에 붙고, 음모가 부드럽고 길며, 냄새가 나지 않아야 귀히 된다) 새삼 명기의 소유자임을 상기하며 여체를 쓰다듬어 내려갔고, 이내 끌어안았다.

"과연 명기로구나!"

한동안 소란스레 황홀경을 넘나들던 자준의 탄성이었다. 비결에 적힌 대로 그녀와 그 짓을 하던 순간부터 각진 동굴 속으로 빨려들어가는 느낌에다 세차게 조여오는 긴장감이 더해, 그야말로 무릉도원에 올라 청학이 춤춘다는 황홀경을 바라보았다. 그 후 몇번의 소란과 탄성이 있더니, 자준은 무섭게 곯아떨어졌다.

중식(中食)의 식경을 넘은 햇살은 종로시전의 한일자로 늘어선 점포들을 넉넉하게 비추며, 일전이라도 이문을 남기려고 질러대는 상인들의 고함 소리며 호객(客) 소리를 북돋웠다. 밤새

요란했던 짓거리를 말해 주듯, 그새 휑한 얼굴을 한 권남과 홍윤성의 몰골을 보며 웃어 자빠지기라도 하듯, 자준은 저잣거리 입세를 들 때부터 키득거리며 너털웃음을 자아냈고, 사대부집 자제로서 못 볼 꼴을 보였다는 듯 권남은 민망스런 얼굴을 했으며, 지난밤 격정의 여운이 남아서인지 홍윤성의 얼굴에는 홍조가 감돌았다.

"그래, 지렁이 맛이 어떻던가?"

참새상의 기녀를 떠올리며 짓궂은 얼굴로 자준이 권남에게 물었다.

"……."

권남은 뭔가 들킨양 움찔했다.

"자넨 괜찮던가? 어땠어?"

"에유, 형님두 참…… 말두 마슈. 내 생전에 그런 밤은……."

"힘!"

민망해 하며 쏘아보는 권남의 눈빛에, 홍윤성은 입을 다물었다.

"그게 다 오묘한 이치라네."

"오묘한 이치?"

"그런 게 있네."

"자, 그럼 예서 헤어지세나. 윤성 아우도 몸조심하게."

"예, 형님."

자준은 이내 시전거리 인파 속으로 유유히 사라졌다. 한동안 그의 뒷모습을 지켜보던 권남은 늘 엉뚱하면서도 속이 깊은 친구라고 새삼 생각하며, 홍윤성과 함께 자준이 간 반대편 저잣거리로 향했다. 늘상 자랑하며 이야기로만 듣던 권남의 친구 한명회, 자준이란 자가 실제로는 칠삭둥이인데다 인물도 변변치 못한 것이 보기와는 달리 호협하고 뭔가 함부로 할 수 없는 위엄을 상대에게 느끼게 하는 작자라고 생각하며, 홍윤성은 그의 뒤를 따랐다.

윤성의 본관은 회인(懷仁)이며, 홍제년(洪齊年)의 아들이었다. 곰의 형상을 한 그는 성질이 사납고 욕심이 많은 자였으며, 출세를 하고 싶었으나 마땅한 연줄이 없어 찾아 헤매던 중, 명문의 자제인 권남이 성균관 시절부터 수양대군과 교분이 두텁다는 사실을 알고 그에게 접근하여 호형호제하는 처지였던 것이다.

자준의 가솔들이 살고 있는 대룡동(大龍洞)은 도성의 남쪽이었다. 시전 포목점에 들러 부인 민씨의 옷감으로 비단 한 필을 사서 날랜 호보(虎步)로 동리 입세부터 즐비한 기와집들을 지나, 낡은 기와들이 엉기어져 쇠락해 보이는 본가에 이르러 가복을 불러냈다.

"에구! 서방님 오셨습니까?"

"그래, 내당엔 별고 없느냐?"

"예, 서방님."

중문을 거쳐 큰딸과 이제 막 걸음마를 시작한 아들 보(堡)를 안은 부인 민씨의 인사를 받으며 내당으로 들어섰다.

"명진(明晉)인 어딜 갔소?"

한명회의 동생 명진의 안부를 묻는 지아비의 질문에, 아들 보를 끌어안고 반가운 기색이 역력한 부인 민씨는 평소 착실한 성품대로 다소곳이 말했다.

"아침 나절부터 안 보이십니다요."

"그래? 어디 봅시다. 고녀석 당신 닮아 착하기도 하지."

아들 보를 끌어안고 자애롭게 부인 민씨를 바라보았다.

"그간 별고 없으셨는지요?"

생계를 꾸려 나가야 할 가장으로서 일전 한푼 벌지도 못하면서 늘 쏘다니다 가끔씩 나타나곤 하는 지아비를 한번도 싫은 내색 없이 대하며, 어렵게 살림을 꾸려가는 부인 민씨를 바라보는 자준의 눈은 무척 사랑스러웠다.

"나야 원래 천하를 내 집으로 하는 사람인데, 팔도에 내 집이 아닌 곳이 어디 있겠소? 그보다 부족한 나를 만난 임자가 고생이구려."

"……."

자준은 부인의 손을 꼭 잡았다.

"조금만 참구려. 호강할 날이 반드시 있을 것이요."

모처럼 식솔들과 오붓한 식사를 마친 자준과 부인 민씨는, 득달 같은 성미의 장모가 오셔서 한바탕 소식 두절의 한서방을 질타하고 간 이야기며, 늘 관대하신 장인 어른 이야기며, 그간 집안 잡사 이야기를 나누다가 어느덧 자(子)시인지라 함께 자리에 누웠다.

그러다가 문득 명인의 말이 떠올라 민씨의 간문을 찰색하던 중, 과연 그곳에 홍윤색이 진하게 깔렸음을 보고, 자준은 미안한 생각에 세차게 아내 민씨를 안았다.

멀리서 성질 급한 닭이 울어대는 시각, 자준은 비결에 적힌 문구를 떠올리며, 부인 민씨의 비단 같은 육체가 모두 상격(上格)을 갖춘 귀상(貴相)이라 느끼며 잠을 청했다.


세종대왕—.

황룡상(黃龍相)의 최고 관상을 지니셨고, 곰의 등에 이리의

허리를 갖추서서 복록과 지략을 무궁히 타고나셨다. 땅은 사시
(四時)의 운행에 맞추어 만물을 육성하여 그 명(命)을 수행하듯,
그분의 형모 또한 토(土)형의 체형이신지라 대지(大地)의 본성
(本性)과 같이 억조창생을 고루 육성하여, 면면히 이어온 반도
(半島)국 조선의 태평성대를 이룩하실 천명을 받고 이 땅에 오
신, 타고난 성군이시자 온 겨레의 축복이셨다.

그러한 그분이 지금 구중궁궐 용침에 누우셔서 환후 중이시
라, 궐 안은 여느 때와 달리 술렁거리고 있었다.

"천하의 환후는 좀 어떠신지요?"

방금 알현을 마치고 경회루(慶會樓) 쪽으로 황망히 오고 있는
좌의정 황보인을 바라보며, 우찬성 김종서(金宗瑞)가 다그치듯
물었다.

"방금 어의에게 듣기론, 탕제로 다스린 후 조금 차도가 계셨
다고 하더이다."

"오, 천만다행입니다."

한동안 말없이 연지(蓮池)로 눈을 향하던 김종서가 조심스레
입을 열었다.

"불충한 말인지라 차마 입에 담기 어려우나, 워낙 환후가 오
래 되신지라 주상전하의 수(壽)가 그리 길지 않으실 것 같아 걱
정입니다."

"동감입니다. 거기다가 세자(문종)마저 병약하여 등창(등의
종기)으로 저리 늘 고생하시니, 장차 사직의 장래가 어찌 되라
고……?"

"……."

"……."

두 사람은 멀리 청천(靑天)을 바라보며 수양과 안평을 떠올렸

다. 대통(大統)이 흔들린다고 느낄 때 가장 민감한 반응을 보이는 것은 대신들이다. 위로 주상과 세자(문종)가 병약하여 침전을 떠나지 못하는데다, 세손(후일 단종)은 열 살 남짓한 보령이었던 당시가 그러했다.

세종이 승하하고 병약한 문종이 보위에 오른다 해도 결코 장수하지 못할 것이 확연했고, 그렇다면 수렴청정할 의지처도 없는 세손(단종)을 보필할 대의명분을 갖춘 자가 의당 수양대군과 안평대군이었기에, 묘당(廟堂)의 사석(私席)에서는 향후 조정 대권(大權)의 향방을 조심스레 수군거리는 중신들…….

그들 중 발빠른 자, 약삭빠른 자, 명분을 세우려는 자 등은 미래의 실세를 가늠하여 무리를 이루려는 움직임이 일었고, 그 대상이었던 안평대군저에서는 조정 중신들과 시인 묵객, 재사, 잡사에 이르기까지 연일 내객들의 내왕으로 떠들썩했고, 이에 반해 수양대군저는 상대적으로 그 수가 적고 뜸했다.

그러한 포석의 차이는 두 사람의 판이한 성격에 있었다. 안평대군은 바라보기만 해도 따스한 봄햇살을 느낄 만큼 수려한 외모에, 걸맞게 온화한 성품으로 사람을 끌어들이는 마력이 있는데다, 학문이 높고 풍류를 좋아하여 그를 흠모하는 내객들의 발걸음이 늘상 분주했다.

거기에 비해 수양대군은 헌헌장부의 기질로 헌걸차고 늠름했고, 학문보다는 무예를 좋아하여 궁수(弓手)와 말타기에 능했으며, 사람을 위압하는 위엄 있는 용모에다 직설적인 성품이어서, 사람들로 하여금 두려움을 느끼게 했다.

고로 향후 문종이 여차하면 어린 세손(단종)의 전면에 나서서 정국을 이끌어갈 인물로는 타협하기 어려운 성품 쪽의 수양보다는 장안의 민심을 얻은데다 독선이 없는, 타협의 기질을 지닌 안평 쪽으로 조정 중신들은 기울었고, 장래를 도모하려는 세간의 벼슬 못한 무리들 또한 안평 쪽으로 몰려들어, 수양저는 늘 한산하고 냉기마저 감돌았다.

한성 외각 서편을 거슬러 유유히 흐르는 삼개(麻浦)와 서강은 황해도와 경기, 충청, 전라도의 물류(物流) 이동의 종착지였다. 도도한 물살을 가로지르는 판옥선(板屋船)이며 조운선(漕運船), 염선(鹽船), 목선(뗏목선), 인파를 머금은 나룻배가 간간이 시야에 드러나는 서강을 바라보며, 자준은 자신의 앞일에 닥칠 거취를 점치고 있었다.

과장에 나가 번번이 실패한 자신을 입신케 하여 함께 천하를 호령할 인물…… 수양…… 안평…….

작금의 술렁이고 있는 조정의 실태와 두 사람을 놓고 저울질해야 하는 자준의 머리는 무겁기만 했다.

두식경쯤 백사장을 배회하던 자준은 문득 툭툭 털고 일어나 홀연히 명인이 있는 초옥으로 향했다. 산간 초옥에는 어느덧 땅거미가 찾아들었고, 그 시각에 즈음하여 자준이 사립문을 열고 들어섰다.

"누가 부부 상봉하고 오랬지, 기방 출입을 권했던가?"

황촛불을 사이에 두고 막 문안을 마친 자준에게, 미소를 머금은 명인의 말이었다. 자준은 아차 싶다는 생각이 들어 자초지종을 고하기로 작정했다.

"실은 내자(아내)를 만나기 전 동문수학하던 절친한 친구를 만나 회포도 나누고…… 비결에서 읽은 것을…… 실험도 하고파…… 기방엘 갔었습죠."

"껄껄껄! 잘했네. 자네다운 짓이야. 남달리 양기를 많이 타고

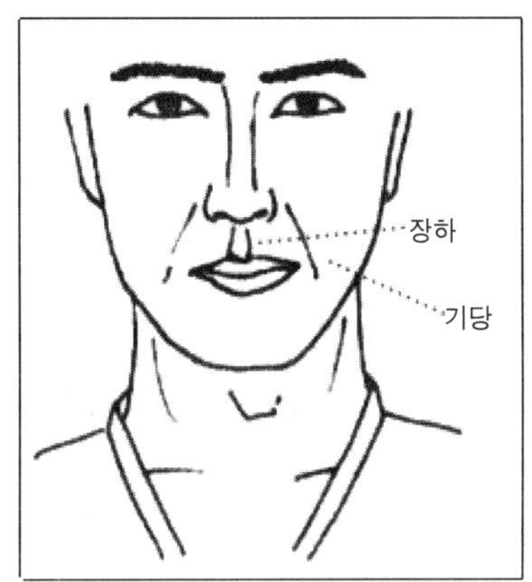


난 자네는 간혹 그리 발산해도 괜찮을 걸세…… 하하핫!"

　모처럼 명인이 호탕하게 웃는지라, 자준은 더욱 송구스러웠다.

　"자네도 앞으로 모두 암기해야 할 면상 260혈(穴)에서 인중 옆의 장하(帳下)와 그 옆으로 볼 쪽의 기당(妓堂)이란 곳이 있는데, 장하란 곳은 욕실(목욕)에서 부인 이외의 여자로 인한 사용이요, 기당은 문자 그대로 기생이나 부인 이외의 여자와의 운우지정(雲雨之情)을 보는 자리인 고로, 자네 상판의 그 두 곳이 모두 밝게 빛남을 올 적부터 보았기에, 내 물어본 걸세."

　"……."

　"그래, 비결의 내용을 확인했는가?"

　"예…… 틀림없는 것…… 같습…… 니다."

　"으하하핫!"

　초막이 날아갈 것 같은 명인의 웃음이었다.

　"그래서 놀랐는가?"

　"사부님을 만난 이후 여러 사람을 감정하시는 걸 보고 줄곧 놀랐는데, 이번에두 또한…… 하온데……."

“말해 보게.”

“면상 260혈도를 보면 각 부위별 명칭들이 흡사 개미떼처럼 촘촘하여, 찰색을 시도해 보았으나 이것인 것도 같고 저것인 것도 같아…… 헷갈리는지라, 어찌 판단해야…… 될지……?”

“나두 예전에 나의 사부님께 상법을 배울 당시 자네와 같은 질문을 드린 적이 있네.”

조금 전과는 달리 명인의 표정이 진지해졌다.

“면상 260혈도가 많은 것 같으나, 실상은 좌측 130혈, 우측 130혈을 합친 것이라, 실제로는 130혈만 알면 되는 것이네.”

“그것은 저도 보아서 압니다만…….”

“그런데 그 내용 중에는 거의 같거나…… 비슷한 내용이…… 겹쳐 있어서, 찰색 당시 어느 일이건 두 곳(혈)에 걸쳐 길흉색이 나타나기 마련이므로, 그 두 곳의 찰색을 살펴서 그 내용을 말하면 반드시 칼로 찌르는 것과도 같은 적중을 할 걸세.”

“…….”

“나머지는 앞으로 차차 정진하도록 하게.”

“…….”

이튿날 자준은 명인을 따라 좁은 능사형 길을 오르고 있었다. 명인의 토담집에서 뒷길로 올라 그리 멀지 않은 목멱산 중턱의 참나무숲을 헤치고 나니, 싸리꽃 향기가 주위에서 흘러들어와 물씬 머문 듯한, 제법 넓고 길쭉하여 5~6명의 남정네가 족히 기거할 만한, 암석으로 둘러싸인 토굴이 있었다.

명인이 켜 든 촛불을 따라, 등에 취사도구며 상서(相書)를 얹은 자준이 약간 숨을 거칠게 쉬며 들어왔다. 벽면 아래 놓인 백석(차돌) 위에 명인이 촛불을 고정시키자, 서서히 토굴 내부가 훤히 보였다. 오랜 기간 수련했던 명인의 흔적들이 곳곳에 눈에 띄었다. 이윽고 명인이 한쪽 벽면에 면상 260혈도를 붙이고는, 가져온 짐을 정리하는 자준을 향해 말했다.

"이것을 마주보고 나처럼 앉게."

명인은 어느새 가부좌로 앉아 있었고, 자준도 곧 따라 했다.

"이 우주에서 인간에게 가장 영향을 미치는 금목수화토(金木水火土) 성(星)의 다섯 별을 다른 말로 오행(五行)이라고 하는데, 바로 이 자세(가부좌)는 사람의 몸에 지닌 그 오행을 가장 조화로운 위치에 놓는 걸세. 알아듣겠는가?"

"글쎄요…… 전……?"

"이목구비를 포함한 머리는 화성이고, 양팔과 손은 각각 목성(좌측), 금성(우측)이며, 가슴과 배는 토성, 그리고 양다리를 포함한 하체는 수성을 뜻하네. 따라서 가부좌를 하게 되면 토성인 가슴과 배를 중심으로 온몸이 적당한 거리를 두게 되고, 오므린 양다리 위로 좌우의 손을 놓게 되니, 음양의 상극상생 원리로 따지면 금생수(金生水) 수생목(水生木)과 동시에 토성인 가슴과 배를 수성인 하체가 잘 받치고 있어, 땅의 수분이 충분해서 만물을 기르는 천지의 이치와 같아, 온몸에 기가 가장 잘 교류되어 수련자의 심신을 맑게 하는 조화로운 우주의 운행을 본뜬 것일세."

# 비를 부르고 범을 부르다

난생 처음 해 보는 가부좌인지라 한참 동안 끊어질 듯한 요통으로 절절매던 자준은, 너댓 식경을 지난 후에야 조금씩 적응했고, 그 와중에도 땀을 흥건히 흘리며 260혈도의 각 부위별 뜻과 명칭을 암기해 나갔다. 그리고 다시 몇 시각이 지났다.

"보여줄 것이 있네. 따라오게."

한쪽에서 꼿꼿한 자세로 선(禪)을 행하던 명인이, 한마디 던지고는 곧장 토굴 밖으로 걸어갔다. 밖은 이미 초저녁을 조금 지난 후라, 서녘 하늘을 메운 별들이 유난히 밝게 보였다.

"거기 앉아 기다리게."

토굴 밖 싸리나무 숲속에 자리한 두어 자 높이의 바위 위에 사뿐히 걸터앉은 명인이, 그 밑에 대(大)호박만한 잔 바위를 가리키며 한 말이었다. 자준은 낼름 앉아 순진한 얼굴로 다음 말을 기다렸다.

"내 오늘 자네에게 처음으로 기(氣)의 실체를 보여줌세. 잠시 후면 내 호랑이를 부를 것이니, 자네가 하는 물형 터득에 도움이 될 것인즉 잘 보아두게."

"호랑이라구요……?"

외마디 비명 같은 소리가 목구멍을 통해 기어올랐으나, 자준은 꿀꺽 삼켰다. 그리고 온몸에 소름이 덮쳤다.

명인은 눈을 지긋이 감은 채 꼿꼿한 듯하나, 동시에 유연한 기운도 느끼게 하는 묘한 자세로 뭐라 중얼거렸다. 얼마 지나지 않은 순간, 섬뜩한 기분이 자준의 사지를 엄습했다.

"저…… 저건……!"

4, 50보 건너편 쪽의 파란 광채를 보고 자준이 놀란 것이었다.

"으…… 으……!"

파란 광채가 20보 정도 좁혀지자, 파란색 주위로 붉은 기운의 색이 겹쳐 있었다.

"호랑이……다……!"

대장간 풀무질로 달군 벌건 쇳물이 흐르는 듯 호안(虎眼)에서 발산되는 안광에, 기가 질린 나머지 사지에 오한에 가까운 진동을 하며, 자준이 혀가 목에 걸린 듯한 소리를 토해냈다.

"허으흥!"

수백 개의 쇠북소리가 한꺼번에 울리는 듯한, 코앞 호랑이의 포효가 밤공기를 더욱 써늘히 하여, 인근 산천초목이 모두 떨리는 것 같았다. 명인은 기다렸다는 듯 눈을 지긋이 뜨고는 말했다.

"오느라고 수고했다. 좀더 가까이 오렴."

마치 자신의 친손주를 대하는 듯한 말투를 알아듣기라도 하듯, 호랑이는 7, 8보 앞까지 다가왔다. 자준은 마른 침을 삼킬 엄두조차 나지 않았다.

"잘 보아두게. 물형을 터득하는 데 있어 이만한 공부도 없을 걸세."

　황소 두 마리를 합친 몸집을 한 호랑이를, 명인은 그저 뜰앞에 노는 병아리 정도로 보는 듯 태연했다.
　"어디 좀더 가까이서 보려는가?"
　"아…… 아닙니다……!"
　"그럼 저두 할 일이 있을 터인즉 보내야겠네."
　"예…… 그러…… 시죠."
　명인이 호랑이를 향해 뭐라 소리치자, 크게 한번 울고 나서는 유유히 사라지더니 저만치에서 쏜살같이 내달았다.
　"휴……!"
　내장 저편에서 올라오는 듯한 자준의 긴 한숨이었다.
　"많이 놀랐는가?"
　"생전 처음 당해 본 일이라……. 하온데 호랑이가 나타날 것을 어찌 아셨는지요?"
　"나타난 것이 아니라 부른 걸세."
　"예? 부르다뇨?"
　"자네를 만나기 몇해 전 어느 날, 난 우주의 기와 내 몸 안에 있던 기가 서로 활연관통하여 일체가 됨을 체험한 후로, 내 체내의 기를 마음대로 조절할 수 있게 되었네. 다시 말해 천지간에 흐르는 기와 일체가 된 것이지……. 오늘 내가 호랑이를 부를 수 있었던 것은, 그것이 오행상 금(金)기를 많이 지닌 동물이기에 다른 금수와 천성이 구별되어 사나운 걸세. 그래서 내 몸 안에 흐르는 기를 일시적으로 호랑이와 같은 금(金)의 기가 되도록 하여 동기상구(同氣相求)의 원리(같은 기가 서로를 끌어당기는 원리)로 호랑이를 부르고 또 쫓아보낸 것이네. 그와 같은 이치로 금강산 중턱의 삼지연(三芝淵) 깊숙이 살고 있는 천년 묵은 이무기를 불러낼 수가 있었는데, 이무기나 용은 음정수신

(陰情水神)의 맑은 수(水)기를 지녔으므로, 나의 몸을 일시 청수(淸水)의 기화(氣化)로 전환시켜 그리 했던 것이고, 경상도 구지산(九池山)은 원래 산에 기가 탁하여 습지가 많은 곳인데, 구지산 계곡의 절벽 아래턱 쪽의 습한 동굴 속에 천년이 훨씬 넘은, 길이가 20척은 족히 될 지네가 살고 있다고 해서 그곳을 찾아가, 나의 몸에 일시 탁기(濁氣)화된 기를 활용하여 그 요물을 불러내어 보니 과연 그런지라, 화기(火氣)를 뿜어내어 제거할까 하려다 천년 후엔 용이 되어 승천할 업물(業物)이었기에, 탁기를 정화시켜 인가(隣家)의 사람들에게 해꼬지를 못하게 한 후 살려주었었네……."

"하오면 정말 용이나 이무기 같은 것이 실재한다는 말씀입니까?"

긴장이 풀린 자준이 믿기지 않다는 듯 말했다.

"그렇네."

당연하다는 듯한 명인의 표정이었다.

"용이나 이무기, 아까 말한 큰 지네 같은 것이 존재할 수 있는 것은, 인간의 기질이 조금씩 틀려 천인천색(千人千色)이듯, 만물을 길러내는 대지(大地) 또한 한냉청탁의 기를 달리하므로, 간혹 극청극탁(極淸極濁)한 곳에서 그러한 영물들을 역시 동기상구의 원리로 길러낼 수 있는 것이지……."

"……?"

한동안 밤하늘 저편의 북극성 주위를 바라보던 명인이 경이스런 얼굴로, 자신을 바라보는 자준을 흘깃 보고 나서 다시 말을 이었다.

"속세에서두 천자나 제후 같은 고귀한 자에게서나 볼 수 있는 봉황상, 용상, 호랑이상을 일반 서인(庶人)이 감히 볼 수 없듯이,

그러한 영물(이무기, 용, 지네)들도 지혜를 감추고 숨어 살기에 세인의 눈에 쉽게 뜨이지 않을 뿐이지……."

"……."

천천히 명인은 밤하늘을 바라보았다. 그리고 다시 자준을 향하여 말했다.

"자, 이제 내가 비를 부를 걸세."

"비를 말입니까?"

"고서에 보면, 방술(龐術)에 능한 자들 중에 오리무(五里霧)를 쓴 자들도 있다고 기록되었는데, 이 몸 또한 그들처럼 체내의 한습기(寒濕氣)를 동원하여 천기(天氣)를 움직이면 5리에 한해서 비를 내리게 할 수 있네……."

"……."

자준은 놀라다 못해 명인이 신처럼 느껴졌다. 쏟아질 듯 영롱한 별빛들을 머리에 이고 명인이 뭐라 중얼거리기 시작하자, 방향을 알 수 없는 한 줄기 소슬바람이 두 사람을 스치고 지나갔다. 그러자 서서히 바람이 일고 있음을 자준은 느꼈다. 그러더니 이윽고, 한두 방울 몸에 꽂히더니 점차 세차게 비가 내리기 시작했다.

"비다! 빕니다…… 사부님."

자준은 떨리는 목소리로 경건하게 무릎을 꿇었다. 구름에 가린 주위를 제외하고는 저 멀리 밤하늘에는 별이 여전히 영롱했기에, 명인의 도력에 의해 내리는 비가 틀림없었다. 어림잡아 사방 5리 정도였다.

"내가 오늘 자네에게 보여준 것은 삼라만상을 공(空)과 색(色)으로 보는 내가, 결코 보여주기 위함이 아니라, 깨닫게 하여 주기 위해서이니라…… 체내의 기를 어떻게 쓰느냐에 따라 변화무쌍할 수 있듯, 상법 또한 기의 변화무쌍함을 보는 것에 다름 아닌 것이지.”

“…….”

세차게 내리는 비에 온몸을 씻기며 카랑카랑 내뱉는 명인의 음성을, 자준은 온몸이 굳어버린 듯 듣고 있었다.

“귀상, 천상, 빈상, 부귀상, 위맹상, 고괴상, 장수상, 고상, 과부상, 화류계상…… 물형비법에 수많은 물형상들이 각각 모든 인간의 얼굴에 있어 흡사 무한한 저 우주처럼 천태만상을 하고 있는 것이네.”

“…….”

“혹자들은 그까짓 상판(얼굴)과 체형이 따지고 보면 거기서 거기인 것 같은데, 무얼 그리 팔자를 좌우하느냐고 설왕설래할지 모르나, 그 각각의 상판과 체형이 천지간에 흐르는 변화무쌍한 기와 늘 교류하여, 위로는 천자에서 서인에 이르기까지 길흉화복과 소장생멸(消長生滅)에 한치의 오차 없이 작용하는 이치를 모르기 때문이지. 오늘 자네가 실제 보았다시피 기는 생생히 실재하는 것이고, 인간의 상판과 체형이 지닌 기 또한 그에 못지 않게 천지의 기와 늘 교류하며, 때론 살상을 부르고 또한 복락을 얻게 되니…… 그러한 이치를 깊이 명심해야 될 것이네.”

“소생 불민하오나, 뼈에 새긴 듯 명심하겠습니다. 아울러 사부님의 그와 같은 깊으신 배려에 충심으로 사의를 드리옵니다.”

명인의 도력으로 생긴 빗방울은 어느덧 멎었고, 차가운 밤공기가 쉼없는 천지의 순환을 명인을 대신하여 이야기하는 듯, 그 밤은 말없이 마주앉은 사제간의 깊은 침묵과 더불어 깊어만 같다.

지난밤에 겪은 놀라움과 신비 때문인지, 토굴 속의 자준은 해가 동천을 한참 내달은 후에야 짚더미 위의 삼베를 깔은 자리에서 일어났다. 명인은 벌써 일어나 어디론가 가고 없었다.

잠시 후 나타난 명인은 향기로 보아 약초인 듯한 것을 양손에 가져와서는, 그것을 한쪽켠에 내려놓았다.

"난 생식으로 곡물(쌀)을 취했으니, 자네는 지어 먹도록 하게."

"저두 그럼 생식을 하겠습니다."

그렇게 하는 것이 사제간의 어떤 의리로 생각되었기에, 자준이 한 말이었다.

"그럴 필요 없네."

"어째서지요……?"

"생식이란 나처럼 속가를 떠난 사람에게 어울리는 것일세. 자네처럼 속가의 사람은 늘 활달함을 간직하여, 그것이 생업이건 대의를 위하는 일이건 활기에 차서 열심히 해야 그 나름의 목적을 이룰 수 있는 것일세. 따라서 활달한 양기의 표본이라 할 수 있는 화(火)의 기로 곡물을 익혀 먹는 화식(火食)이야말로 속인의 양기를 북돋는 데 큰 힘이 되는 것이니 그리 하게."

"일상으로 먹는 음식에도 그런 뜻이 있는 줄은 미처 헤아리지 못했습니다."

"그럼 난 좌선할 것인즉, 곡기를 채우도록 하게."

명인이 좌선하는 동안, 자준은 솔가지를 모아 토굴 밖 남켠에서 어제 지고 왔던 약간의 쌀로 밥을 지은 후, 산나물을 뜯어다 장에 찍어 이밥과 함께 먹은 다음 토굴 속으로 들어왔다.

기다렸다는 듯 명인은 좌선을 풀고 한 보 건너편에 마주앉은 자준에게, 토굴 속에 보관해 두었던, 케케묵어 퇴색되었으나 보관의 정성이 배어 있는 책을 살짝 던지듯 내려놓았다.

“보게.”

약간 위엄이 서린 말투였다.

“내 사부님께 물려받은 걸세. 물형 공부에 참고하게. 다시 강조하지만, 물형은 상법에서 가장 중요한 것이므로, 절차탁마의 자세로 매진해야 될 것이네.”

겉장에는 아무것도 쓰여 있지 않은 그 책을, 자준은 명인의 면전에서 훑어 내려갔다. 삼황오제(천황씨, 인황씨, 지황씨, 제요, 제순, 황제, 문왕, 무왕)에서 시작하여 역대 황제를 비롯한 삼국, 신라, 고려에 이르는 임금들의 화상도와 물형의 설명이 기술된 것이었다. 처음부터 훑어 내려가던 자준은 어느 장에선가 문득 멈추었다. 악명 높은 진시황의 화상도였다.

“진시황제…… 물형은…… 현무상……? 현무라면 청룡, 백호, 주작과 함께 북방의 수호신으로서 세상에 무서운 재앙과 살상을 불러들인다는…….”

자준은 바짝 흥미를 느끼며 현무도와 진시황제의 물형도를 번갈아 보았다. 형명(刑名 ; 혹독한 법치주의)의 치(治)로 가혹한 정치를 하여 분서갱유와 폭정으로 악명 높은 진시황제는 물

형에서 매우 희귀한 현무상이었다.

매우 드물고 드문 상으로서 이 상을 타고나면 무서운 살상을 저지르는 인물이 되며, 세상을 크게 혼란시키나, 상품(上品)일 경우 천하를 지배하는 폭군이 되고, 하품(下品) 이하를 탔더라도 재복이 있어 따르는 무리가 있으나, 역시 무서운 살상으로 세상을 혼란케 한 후 비참하게 죽기 쉽다. 이는 현무의 성품을 그대로 닮았기 때문이다.

현무상 물형의 형상은 전체적으로 길고 잘생겨 학이나 봉황의 체형과 비슷하나, 긴 눈의 동자가 쥐눈(쥐눈은 짧다)과 흡사해 탁한 기운이 있음을 유념해야 한다. 특히 귀는 위가 뾰족하고, 귓밥도 길쭉한 칼귀에 가깝고, 입은 내민 편이고, 등은 거북 등처럼 수북하고, 가슴은 둥근 듯 약간 튀어나온 편이다. 그리고 코는 용코처럼 이마에 붙어서 내려오고, 콧방울이 반듯하여 잘생겼으나 용코보다는 가늘다.

「사기」에는 진시황제의 형상에 대해, 뾰족한 입에 새가슴을 했으며, 목소리는 승냥이 소리가 났다고 적고 있으나, 이는 현무상이 타고난 강한 음기로 인한 탁성(濁聲)의 다른 표현인 것이다.

희귀한 현무상의 인물로는 진시황제가 있었고, 한(漢)말에 혹세무민으로 무수한 양민들의 살상을 초래했던 오두미도(五斗米道) 교주 장로(張魯)와 역시 태평도(太平道)란 교를 만들어 황건적으로 활동하며 백성을 전란으로 몰아넣었던 황건적 두목 장각(張角)이 바로 현무상이었다.

"사부님, 그럼 여기 적힌 진시황제와 같은 폭군도 천명을 받은 것입니까?"

책을 훑어본 자준의 흥분된 어조였다. 그윽한 눈초리로 그런 자준을 지켜보던 명인이 순간 동공을 확대시켰다.

"물론이지. 자고로 천명을 받지 못하면 임금이나 황제가 될 수 없음이네."

"하오면 어찌하여 그런 폭군에게 하늘에서 천명을 부여하신단 말씀입니까?"

잠시 침묵으로 황촛불을 한번 응시하고 나서, 다시 명인이 말을 이었다.

"얼핏 생각하면, 자네 말도 일리가 있네……. 그것을 이해하려면 먼저 쉼없이 기(氣)의 순환을 계속하고 있는 생생화육(生生化育)의 도인 저 천지를 포함한 우주를 알아야 할 것이네."

"……."

"대저(夫) 인간의 운명과 국가의 흥망은 무릇 가장(家長)과 국가를 통치하는 군왕의 덕에 달린 것이지 따로 정해진 게 아니라고 여공(呂公 ; 강태공, 여상,「육도삼략」에 보임)께서 말씀하셨네. 이를 다른 말로 헤아리면 화기(和氣)를 말함일세."

"화기란 무엇을 말함입니까?"

"화기라 함은, 말없이 생생화육의 덕(쉼없이 만물을 육성시키는 천지의 도)을 펼치는 지고지인(至高至仁)의 천지의 덕을 본받은 인간의 덕을 말함이야."

"……."

"……."

"좀더…… 소상히 말씀해 주십시오."

"항간에 부자가 3대를 못 잇는다고 했네. 또 상법을 비롯한 역학에서도 부자의 자식은 반드시 불초(不肖)하여 가업을 종국에는 해치게 됨이 필연의 법칙이라 했는데…… 이는 하늘이 부자나 권력자를 낼 때는 가난하고 힘없는 자를 위하여 부(富)를 베풀고 권력을 정의롭게 사용하라는 지엄한 뜻을 헤아리지 못하고, 대개 몽매한 그자들이 탐욕에 빠져 베풀고자 하지도 않고 정의롭지도 못해, 하늘이 불초한 자식을 보내시어 끝내는 그들 자식의 작태로 인하여 멸문을 당하거나 빈천에 이르는 걸세. 이에 반하여 덕을 베풀기를 즐겨하고 적선을 즐기는 자는 비록 당대에 선대의 부덕(조상)으로 인해 빈천했다 할지라도, 반드시 훌륭한 자손이 태어나 사회에 중용됨은 물론, 적선을 계속한다면 영구히 대를 이어 그 가문에 영화가 있음은 철칙이라 할 수 있네.”

“…….”

“화기란 바로 덕과 적선일세. 덕과 적선을 몸소 행하면 오행으로 이루어진 인체가 조화되어, 마치 봄을 맞은 대지처럼 화(和)기를 축적하고 탁기를 몰아내어 스스로 편안해지고, 흉을 길로 변하게 하여 운명마저 바꾸어놓을 수 있음이야.”

침을 한번 꼴딱 삼킨 후, 자준은 재차 물었다.

“그럼 타고난 팔자도 바뀐다는 말씀이신지……?”

“물론일세. 항간에 혹된 무리들이 마치 팔자가 정해진양 양민들을 현혹하여 부적을 팔거나, 굿과 해괴한 짓거리로 혈전(血錢)을 뜯거나, 옳지 않은 일을 해도 팔자가 부귀할 팔자이니, 몇 살에는 그리 될 것이다, 지껄이어 그들로 하여금 허송세월을 보내다 종국에는 크게 망신케 되는…….”

“…….”

“팔자란 사람의 행위에 따른 덕과 적선에 있는 것이지, 결코 정해졌다 할 수 없네. 그래서 관상불여심상(觀相不如心相)이란 것이지. 그 원리가 궁금할 것이네.”

“원리……?”

　"관상과 사주를 비교하여 설명하여 보겠네. 사주란 사람이 태어날 당시, 생년월일시에 받은 천기와 지기를 말함인데, 인체는 그것을 담는 그릇(器)이라고 할 수 있지. 헌데 사람마다 그 체형을 다르게 타고나며, 또 환경에 따라 변하는 것이 사람의 몸이므로, 태어날 당시 천기와 지기(사주)를 잘 타고났다 하더라도, 그 기운을 담은 그릇인 신체가 거기에 걸맞게 담아주지 못한다면, 마치 그릇에 구멍이 생겨 물이 새어나가는 이치와 같아 타고난 사주가 힘을 발휘하지 못하고, 따라서 그것을 보고 예언해 주는 자도 적중하지 못하고 낭패를 볼 걸세. 허지만 관상이란 바로 그자가 당시 지니고 있는 형상을 보고, 천기와 지기의 조화된 양을 곧바로 보아 장래의 길흉을 예측할 수 있으므로, 바른 심성으로 옳게 관상을 보아줄 수 있는 자라면 운명을 정확히 예측하여 적중할 수 있는 걸세……."
　"그래서 예로부터 사주가 아무리 좋다 해도 관상의 좋음만 못하다고 하셨군요."
　"물론이지. 이제 그 원리를 설명해 줄 기(氣)에 대해서 말해 보세. 사주나 관상 모두 기를 보는 방법의 다름아닐세. 나아가 국운(國運)을 보는 것 또한 그 국토 내에 흐르는 기를 보는 것이야. 사람이 태어나는 것은 그 선대(조상)의 공덕(共德)의 경중에 따라 기를 좋게 타고나서 일생 행복하게 살거나, 아니면 탁한 기운을 타고나서 고난의 세월을 보내다 생을 마감하기도 하는데, 이는 꼭 그렇게 된다고는 할 수 없네."
　"어째섭니까?"
　"바로 심상일세."
　"심상?"
　"인간의 관상은 태어나서 스무 살 정도에 다 갖추어지는 걸세. 그래서 산모가 아이를 배었을 당시 행실이 바르고, 또 그 아이가 태어나서 성장할 동안 그 부모된 자가 행실이 곧고, 적선을 일관되게 하며 살아간다면, 부모 자식은 늘 기를 교류하는 천륜인 고로 그 기운이 전해져, 비록 사주가 나쁜 운명일지라도 관상이 좋게 바뀌어 길한 운명으로 살아갈 수 있는 것이지. 그래서 상법에서 그 부모가 간교하고 주책맞으면, 그 자신이 대단히 고생하는 운명을 타고난다고 했네……. 더 깊이 들어가 보세. 집안이 잘된다는 것은 대대로 덕과 적선을 쌓아 그 가문이 크게 부귀를 누리는 것을 뜻하는데, 이는 다른 말로 그만큼 화(和)기를 쌓았다는 걸세. 무릇 상법에서 그 가문이 사회의 존경받는 인물을 배출하려면 오대(五代)의 공덕을 쌓아야 한다고 했고, 큰 부자가 나오려면 10대의 공덕을 쌓아야 하고, 천자나 임금이 태어나려면 수십대의 공덕을 쌓아야 가능하다고 했네. 그래서 천명(임금)은 아무나 받을 수가 없는 것이지……."

"……."

들을수록 무서운 이야기였다. 자준은 새삼 덕과 적선이 얼마나 중요한 것인가를 깨달으며, 명인의 이야기로 끌려들어갔다.

"이렇듯 생생화육의 천지의 덕을 본받아 덕과 적선으로 화기를 쌓은 자의 가문은 대대로 영화를 누리는 걸세."

"……."

"국가의 장래 또한 그와 마찬가질세. 군왕의 성총이 밝아 풍속을 규율하고 백성을 잘 보살펴 풍족케 하여 치세(治世)한다면, 온 나라가 화기로 가득 차게 되어, 천기가 고르고 땅이 호응하여, 모든 것이 안정되고 국운이 면면히 이어질 걸세. 이와 반대로 군왕이 어리석어 상하의 질서가 어지럽고, 백성이 자연 헐벗게 되면, 온 나라가 탁(濁)기로 휩싸여 임금과 백성이 모두 혼란에 빠지고, 그 탁기를 다 몰아낼 성군이 나타나기 전까지 폭군이나 어리석은 군왕이 나타나 백성을 괴롭히고 핍박하게 되는 걸세……. 따라서 가정이나 국가나 모두 덕과 적선을 바탕으로 한 화기를 띠어야 번영하는 걸세.”

“그럼 진시황제는 바로 탁기로 인해 태어난 거로군요?”

“결론적으로 말해서 그렇다고 할 수 있네.”

당시는 춘추와 전국시대가 막을 내리는 시점이었기에 수백년 동안 혼란의 역사가 반복되었고, 그로 인해 도덕적 타락과 혼란이 극에 이르렀으며, 심지어 자식이 그 아비를 죽이는 사건이 왕실에서 수차례나 있었던 대혼란의 시대였다. 그로 인해 천지간에 쌓인 인간의 죄가로 인한 탁기가 절정에 이르러, 마침내 그 탁기를 인간들의 피를 흘리게 하는 대가로 상쇄시킬 천명을 받고 진시황제가 나타나 천하를 통일하고는 무수한 살상으로 그 대가를 치른 후, 한고조(한나라 유방)가 나타나 다시 천하를 평정한 뒤 선정으로 화기를 열어, 무려 400여 년을 치세케 했던 것이다.

“아……!”

온몸에 전율이 왔다. 명인의 입에서 흘러나온 무서운 역사의 철칙 앞에, 자준은 고개를 숙였다. 설명을 다 마친 명인은 곧장 좌선으로 들어갔다. 토굴 속은 유달리 컴컴한 정적을 자아냈다.

# 상법대결

"게 누구 없소?"

두 사람이 토굴에 기거한 지 보름 가까이, 자준이 식량을 가지러 명인의 초막 토담집에 한번 다녀온 것 외에는 줄곧 좌선과 물형, 찰색, 십이궁(十二宮)…… 등의 암기 터득에 전념했다. 그날 새벽녘에야 잠이 들어, 진시에 이르도록 잠이 든 자준의 귓전에, 토굴 밖에서 인기척과 함께 사람을 찾는 소리가 들렸다. 밖에 나가 보니 중년에 중갓을 쓴 사내와 그의 가복인 듯한 남정네 두 명이 일제히 자준의 시선과 마주쳤다.

"어인 일로 오신 뉘시오?"

가복들의 주인으로 보이는 사내에게 자준이 묻자, 그는 남사당패 삿갓 돌리듯 고개를 아래위로 돌리며 자준을 살피고 나서 말했다.

"당신이 관상깨나 본다는 자요?"

눈꼴시리다는 듯 내뱉은 그자 말에, 자준은 어이가 없었다.

"……"

"거 밖에 손님이 온 모양인데, 어서 모셔 오거라!"

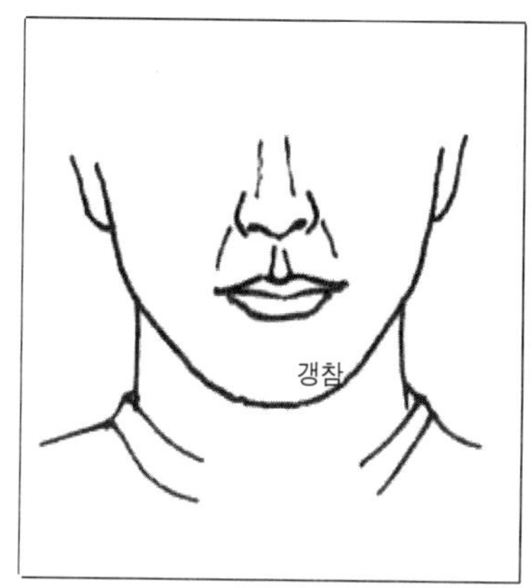



밖의 일을 훤히 본 듯한 위엄서린 명인의 음성이 토굴 속의 진동음과 함께 더욱 엄숙함을 자아냈다.

"무슨 일로 예까지 왕림하셨소?"

가복들은 밖에 있게 하고 자준을 따라 토굴 속으로 들어온 그 자는, 명인을 보고 조금 기가 죽은 눈치였다.

"전 한성에서 관상보는 것을 2대째 업으로 하고 있는 맹달성이라 하오. 일전에 선생께 상을 보고 간 기생을 우연히 만났는데, 글쎄 장안의 제일이라고 소문난 저보다 더 달통한 분이 계시다기에 이렇게⋯⋯."

자준은 기생이란 말에 지난번 칠순 노인과 남정네 셋을 동반하여 왔던, 첩상이라던 여우상의 그 기녀를 떠올렸다.

"그래, 여기는 어떻게 찾았나?"

"예, 사시는 집은 그 기생 기집에게서 들었고, 이 토굴 근처까진 찰색하여 산림궁(山林宮 ; 이마 양쪽)의 윤색으로 방향을 짚어 왔습죠."

사뭇 당당해진 말투였다.

"기왕이면 갱참(坑塹 ; 지하실의 길흉을 봄)의 찰색도 보아 토굴 속까지 알아내지 그랬나?”

“…….”

“거기까진…….”

아직 명인처럼 면상 260혈도 길흉법을 터득하지 못한 듯한 그자의 답변이 흐렸다.

“기왕 왔으니 게 앉게.”

자준 옆에 놓인 짚단을 가리키며, 명인이 말했다.

“그래, 상을 몇 년이나 보았는가?”

“예, 햇수로 20년 정도 되었습니다만…….”

“그럼 팔상(八相)을 알겠구먼.”

“알다마다요.”

맹가의 얼굴에는 조금 전과 달리 바짝 호기(好氣)가 올랐다.

“첫째가 위상(威相)으로 풍모가 엄숙하고, 목소리가 우렁차며, 골격이 좋고 다부져서, 범인들로 하여금 두려움을 갖게 하는 사람을 위상이라 하는데, 천하를 호령할 권세를 쥐게 되는 자입니다. 둘째가 귀상(貴相)으로 이목구비가 반듯하고, 골격과 살이 적당하고, 언어가 단정하며 수려하고, 목소리에 절도가 있으며 또한 울림이 있는 자로서, 주로 큰 선비나 명사(名士)가 되는 자입니다. 셋째가 복상(福相)으로 살이 부드럽게 골격을 감싸고, 눈빛은 온화하여 사람들로 하여금 편안함을 느끼게 하는 맛이 있고, 목소리 또한 화기가 넘치는 자를 복상이라 하는데, 부와 귀를 함께 할 자입니다. 넷째가 장수(長壽)상으로 인중과 귀가 크고, 미간이 넓고, 함께 하고 있으면 마치 큰 저택에 편안히 앉아 넓은 정원을 바라보듯 평화로움을 느끼게 하고, 뼈와 살이 적당하나 뼈가 굵고 단단해 보이는 자로서, 오래도록 자손과 함께 영화를 누리는 자입니다. 다섯째가 빈상(貧相)으로 형모가 왠지 흡사 비맞은 닭처럼 쓸쓸해 보이고, 뼈와 살이 조화를 이루지 못하고, 이목구비와 얼굴이 틀어져서 왠지 측은한 생각이 드는 자로서, 이러한 자는 일생을 가난하고 고단하게 살 자입니다. 여섯째가 단명상(短命相)으로 척 대면했을 때 마치 바람에 흔들리는 촛불을 대하듯 기력이 없어 보이고, 하관(턱뼈)이 빠르고, 몸이 지나치게 뚱뚱하거나 또는 말랐고, 미간이 눈썹으로 덮여 답답해 보이고, 목이 길지 못해 없어 보이거나, 눈썹이 없고 코가 납작한 자, 여기에다 입술이 이를 가리지 못하는 자를 단명상이라 하는데, 이러한 자는 타고난 기력이 약해 심하면 비명에 횡사(橫死)하거나 일찍 죽게 됩니다. 일곱째는 고독상(孤獨相)으로 얼굴이 마치 오뉴월 무르익은 수박처럼 코만 앞으로 내밀고, 나머지는 모두 뒤로 후퇴하듯 자빠졌거나 미간에 주름이 두 개 이상 있고, 뼈가 들쑥날쑥 심한 자로서, 이러한 자는 일생 홀로 적막강산하여 고독한 자이지요. 여덟째는 악상(惡相)으로 눈빛이 간교하거나 독기가 있고, 왠지 사람을 깔보는 듯한 느낌이 들고, 산근이 낮고(코뿌리), 눈 모양이 삼각형이거나 환목(고리눈으로 활처럼 휜 눈)이고, 몸에 털이 지나치게 많은 자를 악상이라 하는데, 이러한 자는 비루(지저분한 성격)하고 음험하여 늘 악한 일을 도모하는 자입니다.”

달변으로 달달 외듯 하는 맹가를 보고, 자준은 경탄하듯 바라보았다.

“그럼 관상을 보아주는 자의 팔상을 아는가?”

“예……?”

“여적 그것도 모르는가? 내 이야기해 보겠네. 첫째가 성관(聖觀)으로 위로는 천문(天文)과 아래로는 지리(地理)에 통하고, 이미 천도(天道)를 알아 삼라만상의 물류(物類) 변화를 꿰뚫고, 나아가 신(神)을 궁구하는 자로서, 사람을 관상함에 앉아서 천리를 보고, 오직 성인의 마음으로 천하를 이롭게 하고자 하여 인재를 골라 격려하며, 세상의 큰 재목으로 키워주는 자를 가리켜 성관이라 하네. 둘째는 지관(至觀)으로 성관처럼 삼라만상과 수십대에 쌓인 업보로 인해 관상을 꿰뚫지는 못하나 당대 일을 훤히 내다보아, 역시 인재를 알아보고 천명을 받을 때까지 자중자애토록 해주는 자를 가리켜 지관이라 하네. 셋째는 달관(達觀)으로 사람의 앞일을 맞힘에 9할 정도에 이르고, 사심 없이 세인을 위해 상을 보아주는 자를 달관이라 하고, 넷째는 업관(業觀)으로 비록 생업을 위하여 사람의 상을 보아주나, 특별히 재물을 탐하여 감정하지 않고, 있는 그대로 보아주나 적중률이 7할 정도에 머무는 자를 말함이요, 다섯째는 잡관(雜觀)으로 관상만으론 실력이 부족해서 사주나 점술을 이용하여 보면서, 말로는 관상으로 보는 체하는 자를 잡관이라 하고, 여섯째는 이관(利觀)이라 하여 시정잡배의 소인에 지나지 않는 자를 부추겨, 관상이 좋으니 앞으로 크게 귀히 된다고 터무니없이 지껄이고 돈을 갈취하는 자를 말하고, 일곱째는 사관(詐觀)이라 하여 제 얼굴도 제대로 못 보는 주제에 남의 관상을 보아주고 얼토당토않게 과부상이니, 급살맞아 죽을 상이니, 또는 아이를 못 낳을 상이라며 겁을 주고는, 시답잖은 부적 나부랭이를 적어 그걸 지니면 팔자가 바뀌어 면할 수 있다는, 전대미문의 헛소리를 하여 크게 재물을 빼앗는 자를 말하며, 여덟째는 해관(害觀)으로 자신이 용렬하여 상법을 공부해도 깨우치지 못하면서, 달리 스승을 구하여 공부하거나 또는 스스로 분발하여 터득할 생각은 아니하고, 내가 공부해 보니 상법이 맞지 않는다고 사람들에게 떠들어, 위로는 사람의 각자 상을 내리신 천명을 욕되게 하고, 아래

로는 사람들로 하여금 그것을 신뢰치 못하게 방조하여 스스로
방자하게 만드는 자이며, 효험 없는 방술로써 그것이 효과가 있
다고 양민을 현혹하여 돈을 뜯어내는 자를 가리켜 해관이라고
하는 걸세.”

“제가 소싯적에 지금의 우찬성 김종서, 좌의정 황보인 대감이
지금의 자리에 오를 것을 알아보고 예언했는데, 장안의 소문을
듣고 몰려든 여러 관상가들을 만나봤지만, 선생께서 말씀하신
관상가의 차등이 그렇게 많은 줄은 몰랐습니다.”

그러고 보니 항간에 떠도는 맹가의 관상짓거리를 얼핏 들은
기억이 자준의 머리를 스쳤다. 둘 사이에 오가는 이야기를 속으
로 숙지하며, 자준은 들뜬 듯했다.

“그럼 부귀상과 빈천상을 구분해 보게.”

더욱 우쭐해지는 맹가의 태도였다.

“자고로 상법에, 지장불여복장(智將不如福將)이라 하여 제아
무리 지혜로운 자라 할지라도, 복 많이 타고난 자를 못 당한다
했으니…… 타고난 복이 많아 부귀할 상은, 첫째로 인물이 준수
하고 활달하여 남의 이목을 끌 만하고, 멀리서 바라보면 위의가
당당하고, 가까이 보면 마치 고산준령을 보는 듯이 수려한 느낌
을 받고, 말은 분명하여 총기가 서려야 하고, 둘째로 이마는 넓
되 울퉁불퉁하거나 주름이 혼란하지 않고, 뒤로 자빠지지 않아
마치 간을 엎어놓은 듯하고, 색이 밝아야 하고, 셋째로 눈썹은
너무 짙지도 그렇다고 너무 없어도 안 되며, 속살이 약간 보일
듯 눈보다 길고, 특히 털에 윤기가 있어 부드러워야 하고, 넷째
로 관상에서 제일 중요한 눈은 튀어나오지도 그렇다고 너무 쑥
들어가 있어도 안 되며, 적당히 나와야 좋고, 아울러 눈의 길이
가 가늘고 길어야 좋고, 광채가 너무 밖으로 나오지 않으며, 멀

리 산을 바라보듯 눈빛이 멀리 가야 좋고, 다섯째로 코는 코뿌리(산근)가 이마에 붙어서 내려온 듯 낮지 않게 코끝까지 뻗어야 하고, 살집이 좋고, 콧방울이 코끝을 잘 감싸서 마치 쓸개를 매단 모양이거나 대나무를 쪼개어 없은 듯해야 하며, 여섯째로 입은 크고 꽉 다물어져 힘차게 보이고, 입 양끝이 위로 향하고, 입술은 붉어야 하며, 일곱째로 인중(입술 위의 홈)은 위는 좁고 아래는 넓어 마치 대나무를 쪼개 뒤집어놓은 듯하고, 여덟째로 턱은 좌우의 뼈가 두툼하고 살이 넉넉하여 풍후하게 보이며, 남자는 수염이 적당히 나야 좋고, 아홉째는 귀는 윤곽이 분명하며, 약간 위로 붙어 귀끝이 입 쪽으로 향하고, 색깔이 윤기 있게 희거나 붉어야 좋고, 귓밥이 있어야 좋고, 열번째로 좌우 관골이 코를 잘 감싸듯 너무 솟지 말아야 하고, 이마와 턱이 너무 뾰족하게 생기지 말며, 체격이 좋아 뼈와 살이 서로 적당하고, 체중이 60관 이상 되어야 부와 귀를 동시에 가진 자이나, 그중 반만 지녀도 나름대로 부귀를 누리는 것이지요."

자준은 흡사 오리 주둥이처럼 쉬지 않고 지껄이는 맹가를 신기한 듯 바라보았다.

"다음은 빈천상을 이야기해 봅지요. 그 첫째로 얼굴의 이목구비를 뜯어보면 나름대로 잘생긴 것 같으나, 모두 함께 보면 잘 조화가 되지 않아 궁상이 흐르고, 비단으로 된 좋은 의관을 입으면 어울리지 않고 허름한 베옷을 입으면 어울리는 자요, 둘째로 비록 이마가 넓으나 울퉁불퉁하고, 색깔이 어둡고, 모양이 반듯하지 않고, 혹은 좁거나 잔주름이 많고 뒤로 젖혀진 자요, 셋째로 눈썹이 너무 거칠면서 짙거나 또는 아예 없는 듯하고(여자는 남편 복이 없다), 눈뚜껑까지 눈썹이 나서 답답해 보이며, 윤기가 없고 너무 짧은 자, 넷째로 눈은 빛이 탁하여 광채가 없고, 눈꺼풀이 삼각지거나 눈에 독기가 있고, 동그랗고 혹은 짧은 자요, 다섯째로 코가 납작하고 비뚤어졌거나 주름이 있고, 혹은 뼈가 튀어나와 보기 흉하고 굴곡진데다, 콧방울이 작은 자, 여섯째로 입은 너무 작고, 빛깔이 푸르거나 희고, 혹은 검은 자, 입을 못 다물거나 입이 긴장되지 못하고, 근육이 풀려 보이고, 이빨이 누렇고 숫자가 28개 미만인 자, 일곱째로 인중은 골이 희미하고 수염이 없으며, 너무 짧거나 이빨이 드러나고 주름이 있는 자, 여덟째로 코를 제외한 얼굴 전체가 뒤쪽으로 자빠지고 턱이 송곳처럼 뾰족한 자, 아홉째로 귀는 얇고, 색깔이 어둡고, 희어도 윤이 없어 힘이 없어 보이며, 윤곽이 선명치 못한 자, 열번째로 관골(광대뼈)이 좌우 균형이 없어 제멋대로이고, 살이 없어 뼈만 툭 불거지고, 하관(아래턱) 또한 살이 없어 뼈만 툭 나온 자, 몸 전체가 건강해도 뼈가 너무 억세어 살을 이기듯 튀어나온 자, 또 사람을 대할 때 지나치게 굽신거리는 자(비굴하게 보인다)를 빈천상이라 일컬어, 일생 고생 많고 고단한 삶을 살게 된다고 했습죠."

"……."

자준은 명인의 답을 기대하며 목젖을 길에 움직였다.

"잘 들었네. 그럼 자네가 생각할 때 자네 상판은 어떤가?"

"……? 전 체형이 통통하고, 크게 귀안은 아니오나 그런 대로 정기가 눈에 있어, 적어도 중귀(中貴)는 하는 눈이옵고, 사고(四庫 ; 이마 양쪽과 턱 좌우)에 뼈가 두둑하고, 살이 잘 감싸고 있어 중간 정도의 복상(福相)이라, 지금까지 어려선 선친의 덕으로 고생을 몰랐고, 자라선 상법을 생업으로 해서 호강하며 살아왔고, 앞으로 남은 말년 또한 법령(입가의 주름)과 인중을 품은 하관(턱)이 좋아, 그런 대로 호사롭게 살 것으로 봅니다만……."

"틀렸네."

별안간 명인이 벽력같이 소리를 질렀다.

"……."

"자넨 앞으로 내리막길 고생뿐이야."

맹가는 순간 당황한 듯 눈동자를 휘번득거리며 따지려 들었다.

"아니, 대체 어째서 그렇단 말씀입니까?"

"2년 전부터 마누라가 앓아 눕고, 자식과 불화로 헤어지고, 가산도 지금 달랑거려, 머잖아 다 날아가게 생겼는데, 자네가 어찌 부귀상이란 말인가?"

명인의 말에 소스라치듯 놀란 맹가였다.

"……."

한동안 눈알을 굴리던 맹가는 숨을 토하며 말했다.

"꼭 맞습니다요. 제 처지가 지금 딱 그렇습니다. 근데…… 제가 이제까지 장안의 내노라 하는 고관들의 관상을 보아 훗날을 족집게처럼 맞혀 왔사온데…… 어찌하여 제 상판의 관상은 맞지 않습니까?"

맹가의 말은 금세 하소연으로 바뀌었다.

"자네가 보았던 자들은 모두 선비로서 수양을 쌓아 천리에 맞게 길을 갔기에, 자네가 본 대로 그 타고난 바를 찾아간 것이고, 자넨 남의 상판을 보아주면서 그 잘난 재주를 뽐내어 대가를 크게 뜯어내고, 힘없고 어려운 자들을 긍휼히 여기지 않고 그저 돈을 갈취하는 상대로만 생각하고 살아왔기에, 이는 천리에 크게 어긋나서 자네 몸에 자연 대음(大陰)의 탁기가 쌓여, 비록 하관이 좋아 타고난 말년이 좋다고 하더라도 빈천상으로 바뀌어진 걸세!"

순간 맹가는 쓰러질 듯 아찔해 했고, 자준도 명인의 말에 바짝 귀를 기울였다.

"어르신…… 방금 대음의 탁기라 하셨는지요?"

"그렇네만."

"……."

"좀더 소상히 말씀해 주십시오."

"그럴 수밖에……. 대음의 이치를 알았으면, 자네 팔자가 그리 처량하게 변하지 않았음이 아닌가?"

"……."

"대음이란 자네처럼 순리를 크게 어기고 산 자들에게 자연 발생하는 찰색을 이야기함이네. 이 색은 범인의 눈으로 살피기는 어렵고, 당시의 길흉을 보는 찰색과는 다른 것이어서 얼굴 전체의 기운으로 배어나오는 색을 말함인데, 순리에 따르고 정심(正心)을 가진 자만이 홀연 알아볼 수 있는 것으로, 상판을 보고 있노라면 마치 만월(滿月)을 바라보는 듯한 색을 나타내고, 이 색이 나타나는 자의 성품은 흡사 달빛이 어두운 곳을 비추어 은밀한 것을 들추어내듯, 남의 비밀과 단점을 세간에 폭로하길  좋아하고, 자기보다 나은 자를 시기하며, 남이 안 되기를 좋아하지. 또한 남이 잘되는 것을 배아파 하고, 적선을 하지 않으며, 나아가 남의 선행까지 비웃게 되지. 고로 이러한 자는 자연 신체에 음(陰)의 탁기가 쌓여, 말년과 노년이 비참하기 이를 데 없는 것이네."

"……."

"이에 반해 소양(小陽)의 상이란 해가 막 뜰 무렵의 기색을 가진 자로서, 비록 그 관상이 빈천의 상을 지녔다 하더라도 결코 빈천하게 살지 않을뿐더러 오히려 부귀하는 걸세."

맹가의 고리눈이 펴지더니 나지막이 입을 오므렸다.

"소양……?"

"소양의 기색을 품은 자는 그 성품이 군자에 가까워…… 남의 괴로움과 슬픔을 몸소 같이 하고, 천하를 위하여 기꺼이 몸을 던지고자 하는 자에게 자연 나타나는 기색인 거네……. 무릇 남의 관상을 보아주는 자는 의당 대음, 소음, 소양, 대양의 기색부터 살펴야 백발백중할 수 있는 거지……."

"도사님……몰라 뵈었습니다……. 부디 저를 깨우쳐…… 주십시오……."

맹가의 태도는 마치 수제자처럼 바뀌었다. 자준은 그러고 보니 그 동안 명인의 얼굴에서 줄곧 나타나던, 알 수 없는 희뿌연 밝은 빛이 나는 것이, 방금 전에 들은 소양의 색이라 생각했다. 한동안 흐르던 침묵을 깨고, 명인의 음성이 계속 이어졌다.

"인간의 몸은 늘 천지와 쉬지 않고 기를 교류하기에 천지인일체(天地人一體)라 했네……. 일출과 함께 미간에서 천지와 교류한 기가 뿜어져나와 온몸으로 고루 퍼진 후, 다시 일몰과 동시에 미간(명궁)으로 들어가 가슴으로 숨는 걸세……. 그래서 미간을 명궁(命宮)이라 부르는 거지. 헌데 우리 체내의 오행(머리-火, 가슴-土, 왼팔-木, 오른팔-金, 다리-水)을 조절하는 것이 심기(心氣)로서, 그 상태에 따라 오장(심장-火, 위장-土, 신장-水, 간-木, 폐-金)에 영향을 미쳐, 그것이 서로 상생(相生 ; 서로 도움)하게 하기도 하고 상극(相剋 ; 서로 싸움)하게 하기도 하여, 운명의 실체라 할 수 있는 신체의 기(氣)를 움직이게 되는 거지……. 따라서 수양을 쌓아 마음이 늘 평온하고 정의로운 자는 자연 덕과 적선을 즐겨하기에 심기가 오장과 오체의 기운을 조화롭게 하여, 몸 속에 오행의 기운이 서로 화(和)하게 되어, 저 우주에 상존하는 법칙인 동기상구(同氣相求 ; 같은 氣끼리 서로 끌어당김)의 원리에 따라 천지에 화(和)기와 조화되고…… 역시 같은 원리로 화기를 지닌 자(수양이 되어 선한 자)를 자연 끌어들여 인연을 맺게 되니, 그와 관계를 맺는 자는 모두 귀인이 되어 서로 돕고 해가 되지 않으며, 자연 부와 귀가 따르고, 형모 또한 천지의 화기를 받아들여 소양의 기색을 갖추게 되는 걸세……. 이와 반대로 심기가 악독한 자는 그 심기로 인해 체내의 기가 모두 상극되게 만들어져, 천지간의 청탁음양(淸濁陰陽)의 기운 중 동기상구로 탁음(濁陰)만을 받아들여 화(和)기가 없는 소음 또는 대음의 기운만이 상판과 체내에 있는 고로, 인연을 맺는 자가 모두 탁기를 지닌 악인뿐인 고로 해악만 끼치게 되어 자연 하는 일이 모두 허망하고, 종국에는 패가망신에 이르는 거지……. 따라서 인간의 팔자란 자기 행실의 선악에 따르는 체내의 기의 청탁에 불과한 것이지, 다른 것은 결코 아니네……."

"……."

"덧붙여 말하자면, 소양의 기색은 해가 막 뜰 때의 색을 나타내는 자로, 그 색은 백색 또는 홍색을 포함한 밝은 색이고, 대양의 색은 수양이 부족하여 점차 소음이나 대음의 색으로 변하는 자로서, 해가 막 지기 전의 색인지라 상판 전체에 암적색이 번진 듯하며, 소음의 색은 대음의 색과 마찬가지로 악독한 성품을 지닌 자로서, 해가 지고 달이 막 뜰 무렵의 빛깔을 말하는데, 어두운 황백색이나 황적색을 상판 전체에 나타내게 되는 걸세."

"……."

"아무튼 소음, 대음의 색이 나타나는 자는 그 관상이 좋고 나쁨에 상관없이 소인배로서 항차 비참한 운명만이 기다릴 뿐이네……."

“…….”

맹가를 쏘아보며 강조하듯, 명인은 조금 전에 한 말을 반복했다.

“아까 천지에 상존하는 법칙이 동기상구라 했네만…… 소우주라 할 수 있는 인간사 또한 이와 같아, 선인(善人)은 선인을 만나 자연 영화를 누리게 되고, 악인은 악인을 만나 자연 멸망하게 되는 걸세. 마치 덕있는 선비가 또한 덕을 지닌 선비를 만나고, 시정잡배나 협잡꾼은 그들과 비슷한 부류의 인간만을 만나게 됨을 피할 수 없는 것과 같은 것이네.”

“꼭 맞습죠. 글쎄 얼마 전 제 자식놈이 소싯적 그 아이 친구라며 갑자기 나타나, 남쪽 어디에 금맥(金脈)을 잡았다고 꾀어 떼돈을 벌게 해준다며, 저두 몰래 그 많던 가택과 문전옥답을 빼돌려주고 나니, 그자의 말이 모두 농간인지라, 이제 제 신세가 길바닥에 나앉을 판이요, 거기다가 마누라는 그 바람에 울화병으로 그 모양이고…… 자식마저 그 후로 행방이 묘연해져…… 앞날이 캄캄할 뿐이라…… 어휴!”

맹가의 긴 한숨은 그 동안 부덕의 소치라는 듯, 명인의 눈빛이 측은함을 발했다.

“감히 여쭙겠습니다만, 간혹 일생 부정한 짓을 하고도 죽을 때까지 별 재앙을 받지 않고 영화를 누리다가 가는 자들은 어찌 해석해야 할지……?”

순간 명인의 눈이 또렷이 빛을 발함을 자준은 보았다.

“자네도 물형을 알 걸세?”

“예, 상서에 전하는 80여 개 정도를 알고 있으나, 아직…….”

“자네처럼 천하를 위하는 정심(正心)을 갖지 못한 자들의 눈엔, 체내의 탁기로 인한 장애로 상대의 물형이 이것인 것도 같고 저것인 것도 같아, 정확히 꿰뚫어 투시할 수 없는 걸세……. 따라서 상법은 아무리 오래 공부한 자라도 심지(心志)가 바르지 못하면 정곡을  꿰뚫지 못하는 걸세…….”

“…….”

맹가의 말은「사기」를 집필했던 사마천이 맹가처럼 천리를 의심했듯이, 자준도 평소 궁금해 하던 것이었다.

“아무튼 자네가 말했다시피, 항간에 간혹 일생 부정한 짓만 일삼아도 명이 다할 때까지 영화를 누리는 자들도 있는데, 그것은 바로 물형을 잘 타고났기 때문이네…….”

“……?”

“대체로 금수의 세계에서 힘이 세고, 다른 금수에게 잘 잡아먹히지 않는 동물인 백조, 승냥이, 표범, 호랑이…… 등의 상이 있네……. 그중 백조(고니)상은 횡재수를 타고나 그 품수에 따라 혹 고관의 지위에 있는 자에게서 총애를 받거나 또는 고관의 부인이 되어 천만금을 희롱하며 살게 되거나, 혹은 궁녀나 고급 기생이 되어 임금이나 고관대작들과 교류하여 그들의 도움으로 수만금을 쌓아놓고 안락하게 살게 되는 것이네…….”

“외람되오나 백조상은 상서에선 못 봤는뎁쇼?”

“당연하지. 그것을 후세에 전하신 달마대사의 깊은 뜻일 걸세.”

“뜻이라면……?”

자준도 이 대목에 더욱 흥미를 느껴 목을 쭉 빼냈다.

“당연하잖은가! 만일 상서에 전해지는 80여 가지 외에 온 지상에 존재하는 금수의 종류만큼 많은 수백 가지의 물형을 모두 상서에 기록했다면, 세상의 허다한 자네 같은 허드레 관상가들이 제대로 알지도 못하면서 남의 상판을 보고 제각기 십인십색,

백인백색(十人十色, 百人百色)으로 한 사람의 상판을 놓고 제각각 다른 물형이라 지껄일 것인즉…… 그리하면 제각각의 타고난 물형 속에 지엄한 천명을 담은 뜻을 세인들이 혼란케 되어 상법을 신뢰하지 않게 되고, 나아가 천명이나 천리를 부정하게 될 걸세……. 이제 달마대사의 깊은 뜻을 헤아리겠는가?”

“예…….”

“암튼 방금 전 말한 백조, 승냥이, 표범, 호랑이상 등의 강한 물형을 지닌 자는 그 품수에 따라 다르겠지만, 적어도 5대 이상 선조(조상)의 선행 덕을 받아 태어난 자이기에, 비록 부정한 일생을 살았더라도 조상의 덕을 상쇄시키고 자신의 몸을 안락하게 하여 부귀를 누리다 가나, 필시 그자의 생전에 쌓은 탁기가 그대로 자손에게 전해져서, 탁기를 타고난 불초한 자손이 태어나 그 부모의 부덕함을 본받아 살게 되므로, 그자의 자손대부터 쇠운을 맞아 종국에는 패가(敗家)되거나, 대가 끊기게 되는 것이 천지간의 철칙일세…….”

“…….”

“허나 범인들은 모두 타고난 물형들이 닭상에서 쥐, 참새, 까치, 까마귀, 족제비…… 여우 등에 이르기까지 선대 조상의 선행이 적어 대부분 물형이 약한지라, 선행을 쌓지 않고 부정하게 살았을 경우 자네처럼 50대 이후에는 몸에 쌓아온 탁기로 인해 재앙이 밀물처럼 몰려들어 인간의 힘이나 지혜로는 막을 수 없는 것이네.”

“어찌하여 50대부터인지요?”

자신의 딱한 처지를 상기한 듯한 맹가의 질문이었다.

“의서(醫書)에 전해지듯, 우리 인체는 태어나서 15세까지가 가장 양기가 세고, 그 후론 점차 양기가 줄고 음기가 남게 되는

걸세. 그래서 50대가 양에서 음으로 체질이 바뀌는 시점이기에
…… 흔히 우리가 말하는 덕(德)이란 음양으로 나누자면 음에
속하는 것이기에, 음덕(陰德)이란 말은 있어도 양덕(陽德)이란
말은 없는 것이므로……. 그 나이까지 쌓은 선행과 악행의 결과
가 어김없이 나타나는 거랄 수 있네. 해서 일찍이「주역」을 집
필하신 공자께서, 40세 이후에 남에게 욕만 먹고 선행이 없는
자는 더 이상 아무 볼 것도 없다 하신 걸세.”

“한마디로 불쌍한 자로군요!”

자준이 얼른 거들자, 명인이 묵묵히 수긍했다. 침묵이 흘렀
다. 그 침묵을 깬 것은 탄식어린 맹가의 떨리는 음성이었다.

“감히 또 여쭙사오만…… 명의(名醫)는 못 고치는 병이 없다
했고, 명필은 붓을 가리지 않고 언제나 달필이라고 하던데……
저처럼 일생 부덕하게 살아온 자가 재앙을 피할 길은 없사온지
요?”

맹가의 고리눈에는 어느새 괸 눈물이 흘렀다.

“답은 이미 자네가 들었네.”

“……”

“제…… 제가요…?”

그 눈물을 향하여, 명인이 또렷하게 힘을 주어 말했다.

“성인의 말씀에, 마음을 늘 꽉 잡아당긴 활시위처럼 천하를
위해 어진 뜻을 팽팽히 긴장시킨 자는 하늘이 이를 돕고, 굳건
히 방종에 흐리지 않고 분수를 지키며 덕을 쌓는 자는 땅이 돕
는다고 했네.”

“……”

“지금부터 열불나게 작정하여 한 3년 굳건히 덕을 쌓으면, 흉
이 길(吉)로 점차 바뀔 걸세.”

"덕이라면……?"

"하루라도 어질게 마음을 작정하면, 온 천하가 모두 자네 가슴에 어질게 들어와 품고 남음이 있는 것이네……. 그리 마음을 먹고, 어렵고 힘든 자들을 궁휼이 여기며, 자네 분수껏 도우며 열심히 생업에 종사하다 보면, 예전에 내 보아주었던 수원 고을 박초시란 자가 실덕하여, 쌀 한톨도 어렵고 힘든 이웃에게 보태줄 심보 없이 쉰 살 넘게까지 살아온 작태로 인해, 자식들 서너 명은 모두 불초하여 온갖 패악과 노름질과 환향질로 가산을 탕진하고, 그중 두 자식은 죄를 지어 옥에 갇히고, 나머지는 요절한지라…… 거기다가 박초시 그자 부부 또한 영문 모를 병에 걸려 백약이 무효로 투덜대며 팔자 탄식하던 중, 우연히 나를 만나 관형찰색하여 보니, 자네처럼 실덕으로 인해 대음의 기색이 상판을 덮었기에, 죽을 작정으로 이제부터라도 적덕하며 살면 병도 낫고 재앙도 그칠 것이라 했더니, 그자가 작심하여 곡간을 열고 어려운 처지에 놓인 자들을 무시로 도와주며 착하게 산지라…… 내 3년 후에 들러 보니 과연 병도 낫고, 자식들도 모두 선해진데다, 전해 가을 늦둥이 아들까지 얻었다고 기뻐하며, 버선발로 박초시 부부가 이 몸을 반긴 것을 내 본지라…… 자네도 그리 하면 될 걸세."

"그 말씀 뼈에 새긴 듯 명심하겠습니다."

"그럼 됐네."

토굴 밖에 맹가의 가복들이 조금 전까지 기웃거리더니, 저희들끼리 무얼 하는지 잠잠했다.

"자네, 내 찰색 좀 보아주겠는가?"

"찰색요?"

"……?"

"일시적 길흉을 보는 찰색이라면 조금 전 말씀하신 대음, 소음, 대양, 소양의 색은 몰라도, 예전에 김진사네 집 뒤터에 묻힌 시체를 그자 상판을 보아 찾아낸 적이 있고, 이초시란 자의 상판에 구능과 총묘 부위를 찰색하여 선영(조상 묘)을 누가 도굴하여 파헤친 것을 알아낸 적이 있고, 그 외에도……."

"그럼 내 상판 좀 보아주게."

명인은 황촛불을 끌어다 면(面)이 맹가에게 잘 드러나게 한 후 느긋하게 앉았다. 자준도 맹가와 함께 안색을 살폈다. 순간 평소와 다르게 명인의 얼굴이 변해 가고 있었다.

"아!"

자준이 외마디 비명을 터뜨렸다. 명인의 이마를 중심으로 자색이 온 얼굴에 번져, 흡사 황혼에 휩싸인 태양빛을 연상케 했다.

"사공(이마 중앙)을 중심으로 자색(엷은 홍색) 기운이 온 얼굴로 번지시니, 이는 대길색(大吉色)을 말함이라…… 필시 국가의 부름(어명)을 받는 대경사가 있을 것이외다."

맹가의 음성은 자기 눈을 의심하는양 분명히 떨고 있었다.

"다시 한번 봐 주게."

자준도 다시 찬찬히 살피자, 이번에는 얼굴이 창백해지기 시작하여 점차 변하다가 종국에는 마치 백분을 칠한 듯이 변했다.

"헉! 이…… 이런…… 곧…… 죽을 상입니다요……."

"그럼 이번엔……?"

다시 명인은 청색빛이 흡사 오이색처럼 변하고 나서는 다시 적색으로 바뀌더니, 마지막에는 칠흑처럼 검게 변했다. 맹가와 자준은 동시에 전율로 소스라쳤다.

"그만! 제발 그만하십쇼……."

맹가는 흡사 염라대왕 앞에 끌려온 것처럼 무릎까지 꿇으며, 손을 삭삭 빌기까지 했다. 자준도 마치 그믐밤 상여집에서 상복에 산발한 귀신을 본마냥, 온몸이 섬뜩하며 떨고 있었다.

"으하하하……!"

거나하게 웃고 있는 명인은 어느새 본래의 얼굴색을 했으며, 놀란 뒤에 보아서 그런지 한층 인자한 표정이었다.

"놀랐는가……?"

"예……!"

맹가는 사시나무 떨 듯했다.

"자네, 아까 국가의 부름을 받는 대경사가 있을 것이라 했는데…… 이 굴 속 노인에겐 당치도 않는 소릴세……."

"예…… 그건 가만…… 찰색이……."

"잘 봤네. 자네 말대로 그곳(사공)에 자색이 가득하여 온 상판에 퍼지면 곧 어명으로 국가의 큰 부름을 받는 경사가 일문(一門)에 있을 것이요, 아녀자일 경우 남편이 천하가 모두 부러워할 정도로 출세하는 걸세."

"……?"

"내 자네에게 지금 여러 찰색을 보인 것은 자네들을 놀라게 하고자 함이 아닐세."

"하면……?"

"상법에 보면, 유유자적하여 스스로 천지와 함께 살아가는 성인은 관상을 보지 않는다고 했네."

"……?"

"내 비록 성인은 아니나, 체내에 음양으로 나뉜 오행의 기운을 마치 어린애 다루듯 자유자재할 수 있으니, 내 상판의 찰색을 내 뜻대로 할 수 있음을 자네들에게 보인 걸세……."

“…….”

“성인도 이와 같이 사시와 절기에 맞춰 천지와 함께 체내의 기조절을 자유자재하시므로, 내 자네들에게 입증해 보인 걸세.”

“…….”

맹가는 머리를 땅에 박고 존경에 겨워 신음을 토했다. 자준도 명인을 향해 경건하게 고개를 내렸다.

# 닭의 관상을 보다

맹가를 추슬러 명인 일행이 향한 곳은 종로 시전 골목을 지난 허름한 객점(客店)이었다. 중노미에게 이끌려 행랑채로 들어선 그들의 등뒤로, 여덟 마리는 족히 될 중닭 한 무리가 땅을 파헤치며, 무얼 그리 분주히 놀고 있었다.

중노미에게 명인이 닭백숙 두 마리를 각각 행랑채와 맹가의 가복들이 자리한 툇마루로 주문했다. 먼저 탁배기와 전이 나왔다.

"저 중닭들 중에 어느 것이 먼저 우리 상으로 올라올 것 같은가?"

황당히 생각되는 명인의 질문인지라, 맹가와 자준은 놀란 토끼눈이 되었다.

"저기 보이는 흑색 무늬가 섞인 놈이네."

"아니, 그걸 어찌⋯⋯?"

"⋯⋯."

"두고 보면 알 걸세."

맹가의 눈알이 튀어나올 듯한 동작을 보고, 자준도 들고 있던 탁배기잔을 놓치듯 내려놓고 중닭들 쪽으로 향했다. 명인의 말이 끝나기가 무섭게 중노미가 성큼 걸어오더니, 명인이 지적했던, 까만 무늬로 온몸을 두른 그 중닭을 낚아채어 낼름 목을 비트는 것이었다.

"고것 참 되게 몸 실하다."

중노미가 뱉은 말과 함께 사라졌다.

"다음은 저 벼슬이 푸르고 몸이 붉은 저 놈일세."

명인이 또 다음 중닭을 지적했다. 반식경이 채 안 되어서 아까 그 중노미가 오더니, 명인이 지적한 닭을 이번에는 목을 비틀어 사발그릇에 피까지 받아내고 가져갔다.

"닭의 관상을 본 것일세."

흡사 어린아이처럼 신기해 하는 맹가와 자준을 다독거리는 듯한 명인의 음성이었다.

"닭의 관상을요……?"

"삼라만상이 모두 쉼없이 생장소멸하거늘…… 닭이라고 어찌 그렇지 않겠나……?"

"그 이치가 궁금하옵니다, 사부님."

"……?"

"들어보게. 아까 우리가 이 집에 도착할 당시가 미(未)시에서 막 신시(申)로 접어들기 직전이었네. 미시는 오행상 토(土)에 속하고, 처음 죽은 닭은 흑색이 적색과 산란하게 섞인 인간의 관상과 비교하면, 파격(破格)상을 하고 있어서 닭의 몸 자체가 지닌 수(水 ; 흑색) 극화(克火 ; 물이 불을 이긴다는 뜻으로 흑색과 적색(火)이 상극됨)에다 미시의 토와 닭은 수(흑색)가 또한 상극이 되므로 그 닭이 죽을 운수였네……."

"하오면 두번째 죽은 닭은 그것과 무늬가 같은 닭이 보다시피 두 마리나 더 있사온데, 어찌된 건지……?”

“두번째 닭이 죽을 당시의 시각은 이미 신시로 넘어왔었네. 신은 오행상 금에 속하고, 금은 또한 백(白)색이어서, 아까 죽은 벼슬이 푸른 닭과는 금극목(백색의 금과 청색의 목은 서로 상극 관계임)이이므로 그 닭의 운수가 살성(殺性)을 띠었네. 거기에 다 역시 벼슬이 푸르고 몸이 붉은 다른 두 마리 닭과는 달리, 그 닭은 벼슬의 모양이 바르지 않고, 부리가 더 많이 휘었고, 좌우 눈의 위치가 비뚤어져 있었네. 이는 타고난 파격상(일명 단명 상)인 고로, 신시의 상극과 겹쳐 죽을 운수를 맞은 걸세…….”

“아……!”

“……!”

맹가와 자준은 거듭 탄성을 토했다. 곧이어 대쟁반에 담겨온 닭백숙을 맛도 느끼지 못하고 멍하니 먹어대던 맹가와 헤어지기 전, 명인이 자준을 가리키며 말했다.

“자네가 볼 때, 나의 수제자는 어느 정도 인물 같은가?”

맹가는 입을 훔치며 쭈욱 아래위로 뜯어보고 나서, 대수롭지 않다는 듯했다.

“제가 볼 땐 그저 한 고을의 부자 소리를 들을 정도 팔자의 인물 같사오만…….”

“어째서 그리만 보는 건가?”

“몸은 등이 길고 수북하며, 거기다 하체가 균형잡혀 너무 살찌거나 마르지도 않게 잘생겼고, 몸의 주인이랄 수 있는 상판의 이마는 제법 반듯하나, 귀는 당나귀처럼 생겨 초년 고생이요, 눈은 비록 총기롭게 귀안을 지녔으되 전체적으로 얼굴이 틀어지고 수려함이 없으니…… 크게 되긴 어려울 것으로 보아, 그리 말한 겁니다.”

“그것은 물형을 제대로 파악하지 못한 자네 말일 뿐일세.”

“……?”

“이목구비를 포함한 상판의 균형으로 보면, 자네 말이 맞는 걸세. 허나 그것은 물형을 모르는 경박한 관상가의 의견이고, 이자의 물형은 호랑이상이므로 크게 천하를 진동시킬 큰 인물이 될 걸세.”

“…….”

맹가는 창피한 듯 자준의 상판과 명인을 번갈아 보았다.

“물형은 그 사람이 지닌 기의 총체이자 천명을 보는 첩경이므로, 십이궁(十二宮)을 위주로 한 이목구비와 골격만으로 관상함은 그 한계가 있는지라, 천하를 위해 크게 쓰일 큰 재목을 작게 보아 크게 실수하기 십상이니, 상법에 더욱 정진하여 실수가 없도록 유념하게.”

“어찌하면 물형을 확연히 볼 수 있사올지……?”

답답해 하듯 맹가는 물었다.

“자네는 뒤집혀서 날아다니는 까마귀상인지라, 죽음을 미리 알려주는 까마귀처럼 타고난 예지력이 있어 상법 터득에 도움이 되나, 동시에 썩은 고기를 좋아하는 까마귀의 식성처럼 탁기를 함께 타고나서, 그 탁기가 물형을 파악하는 데 장애가 되는 걸세. 그러나 수양과 덕을 함께 쌓아 몸에 지닌 탁기를 몰아내면, 자넨 물형을 볼 수 있게 될 걸세.”

“…….”

“…….”

사위는 이미 어두워지기 시작했다. 맹가에게 마지막 일침을 가한 명인은, 자준과 함께 서둘러 산간 초옥으로 향했다.

후들짝 방문이 열리면서 놀라고 황급한 표정이 역력한 거한이 명인을 보고 머리를 조아렸다. 동시에 놀란 가슴으로 명인의 초옥을 방문한 자가 누구인가 자준이 살펴보니, 일전에 면식이 있는, 금맥을 잡아 대부자가 되었다는 바로 그자였다. 문지방 너머로 낯선 여인 둘이 보였는데, 한 여자는 마치 학질에 걸린 것처럼 몸을 부들부들 떨면서, 거기다가 혼절한 듯 눈이 뒤집혀 흰자위만 보이는 게, 흡사 구미호에게 홀려 무덤가로 끌려온 것 같았다.

"큰……일 났습니다, 어르신……."

"기별도 없이 어인 일인가?"

"워낙…… 다……급……한지라……."

자준이 방문을 닫고 앉자, 명인이 사정을 들을 사이도 없이 사시나무 떨 듯 괴로워하는, 미혼인 듯한 여인에게 달려들어 손을 잡고 뭐라뭐라 떠들자, 이내 조용해지더니 잠이 든 듯 떨림을 멈추었다.

"어찌된 건가?"

"무병(巫病)이옵죠."

사내 대신 그녀를 부축해 주던 예순 줄의 아낙이 대답했다.

"무병이라면, 신(神)이 내렸단 말인가?"

"그러하옵니다."

그 말을 받아 그 사내의 사연인즉, 그 사내의 성씨는 송가(宋)이고, 중인의 집안에다 근자에 금맥을 잡아 횡재까지 하여 과천 고을에서 남부러울 것 없이 사는 처지인데, 몇년 전부터 오늘 데려온 누이동생이 시름시름 앓으면서 가끔씩 헛소리까지 하는지라, 처음엔 대수로이 여기지 않고 약첩을 지어 먹였으나, 차도가 없고 증세만 더해 가기에, 마침 인근 마을에 용한 무당이 있어 데려다 물어본즉, 틀림없이 신(神)이 내리려고 무병에 걸린 것이라 하여, 행여 남이 알까 무서워 이제까지 숨겨 오다, 얼마 전부터 한밤중에 옷을 훌렁 벗어던지고 중문을 넘나들며 앞뒤 마당을 돌면서 춤추는가 하면, 새벽녘에 그 몸으로 달을 향해 뭐라 중얼거리기가 예사인지라, 오늘 같이 그 무당과 함께 데려온 것이라 했다. 비록 중인의 집안이긴 하나 천민이나 하는 무당짓을 어찌 누이동생에게 시킬 수 있겠느냐며, 명인에게 막을 방도를 통사정조로 졸랐다.

"알았네. 게 좀 있어 보게."

단호하게 내뱉은 명인의 말에, 송가는 일순 마음이 놓인 듯이 보였다.

"자네 누이동생은 암까마귀상에 음기가 지나치게 강하여, 팔자가 무당팔자일세."

"그러니 어떻게 좀 막아……."

"하지만 그것도 타고난 천명인지라, 팔자대로 받아들여야겠지만…… 나를 만난 것도 인연이고…… 또 세상 도는 큰 줄기와 상관없는 한갓 여인의 사소한 운명에 불과하니…… 내 한번 손을 써 보겠네."

명인은 웃목 작은 장롱 속에서 영사와 그것을 사용할 때만 쓰는 소필(小筆)을 꺼내, 작은 사발에다 자준이 부엌에서 가져온 참기름과 함께 영사를 섞은 후, 걸쭉해진 영사 위로 부적을 적어 방 사위에 붙여 놓았다. 청룡(靑龍), 백호(白虎), 주작(朱雀), 현무(玄武)라고 적힌 붉은 영사 글씨가 방안 동서남북쪽의 벽에 붙여졌고, 송가의 누이동생 옆으로 나란히 놓인 적색 몸의 촛불이 요염하게 타올랐다. 송가 그리고 그와 함께 온 무당은 그저 넋이 나가듯 바라보았다.

"세인들은 무당이나 점쟁이를 모두 신통하거나 이상스럽게 생각들 하는데, 기실 그들은 남들보다 체내에 음기를 많이 타고 났을 뿐이네……. 해서 그들 몸에 허공에 떠도는 귀신들이 출입하기 용이한 기가 흐르기에, 신이 들려 마치 딴 사람처럼 보이는 게지……. 왠고하면 귀신은 양기가 전혀 없는 음기로만 형성된 영물(靈物)이거든. 그러니 그들은 타고날 때 귀신과 궁합이 맞도록 된 자들이지. 모두가 우주의 오묘한 조화속일세……."

"……."

"하오면 잡신을 통제하는 지고하신 천지신명님들은 어떠하신지……?"

계속 묵묵히 듣고만 있던 무당이 자기 딴에는 어렵게 입을 떼었다.

"천지신명이란 천지간의 모든 억조창생들과 늘 기를 교류하는 천지에 흐르는 기의 총체라고 할 수 있으니, 크게는 통치능력에서 오는 백성들의 기쁨과 원망에서, 작게는 개인의 덕과 부덕에 따른 복과 재앙에 늘 기로써 교류한다고 할 수 있네……. 때문에 국가나 개인에게 있어 가장 큰 부적은 덕과 적선일 것이네……."

시각은 이미 자(子)시로 접어들었다.

"자, 이제 시간이 됐으니 시작하겠네. 내 사방에 흐르는 상극 상생의 기를 내 몸으로 활용하여 자네 누이동생의 체내 음기를 적당히 몰아내어, 적어도 무당팔자만큼은 막아볼 터인즉, 모두 마음을 바르게 단속하여 행여 부정스런 기운이 방에 들지 않도록 하게."

이어 가부좌로 앉은 명인의 입을 통해 염불소리가 흘러나왔다. 반식경쯤 지났을 때, 갑자기 송가 누이동생의 몸이 상하로 요동쳤다.

"허! 괘씸하다. 나를 쫓아내!"

누이동생은 남자 목소리에 가까운 소리를 질러대고는 다시 잠잠해졌다.

"잡귀가 빠져나간다!"

마치 귀신이 눈에 보이는 듯 무당이 소리를 치더니, 혼자 뭐라 중얼대며 빌기 시작했다. 자준은 요상스러운 방안 공기에 아까부터 오금이 저려 왔다. 얼마나 시간이 흘렀을까……? 벌써 몇 시간째 송가는 졸린 눈을 떠받치고 있었다.

"……."

"……."

마치 깊은 잠에 빠져 아무 일도 없었다는양, 송가의 누이동생이 부시시 일어나 부끄러운 듯 낯선 곳과 사람을 살폈다.

"이제 됐네."

명인이 모두 끝났다는 듯 자세를 풀고 송가에게 몸을 돌려 말했다.

"어이구, 어르신, 이 은혜를 어찌 다 감당하올지……."

감격에 겨워 엎드린 송가의 어깨가 파르르 떨리고 있었다.

"이젠 자네 누이의 체내 기가 조화되어 극음의 기가 사라졌으니, 무당팔자는 면할 걸세. 허나 골격이 원래 음기가 강해 극음지상(極陰之相)인 고로, 남달리 선행을 쌓아 체내에 음의 탁기가 스며들지 못하게 해야만 팔자를 장담할 수 있음을 명심시키게……."

"여부가 있겠습니까? 꼭 그리 하지요. 베푸신 은혜, 참으로 고맙사옵니다."

저간의 상황을 파악한 듯 송가 누이동생이 일어나 큰절을 올렸다.

"좀 있으면 날이 밝으니, 좀 쉬었다 가게."

"한 가지 여쭤봐도 되올지……?"

무언가에 한풀 꺾인 듯한 표정을 한 무당의 질문이었다.

"해 보게."

"전 30년째 오로지 무당 일만 해 왔사온데…… 천리를 훤히 아신다고 들었사온지라…… 저희들같이 한많은 팔자들은 어찌하여 생겨나는지 알고 싶사옵니다."

"그보다 먼저 나의 수제자에게 관상부터 보시구려."

등뒤에 앉은 자준을 향한 명인의 말에, 자준은 몹시 당황했다.

"저…… 그게…… 소인은 아직 미흡한지오라…….

"어렵게 생각할 것 없네. 자네 실력도 볼겸 어디 한번 해 보시게."

스승의 눈이 워낙 강경해 보였고, 그 동안 쌓아온 상학 공부에 어느 정도 자신을 가졌던지라, 자준은 다시 한번 무당의 상판을 훑고 나서 말문을 열었다. 이미 운명의 핵심이라 할 수 있는 물형을 파악한 뒤라 서슴없이 말했다.

"보건대……."

"……?"

"까마귀 상판에다 극음지상과 고상(孤相)을 함께 하고 있는지라, 무당으로 타고난 팔자이옵니다."

"잘 보셨네. 계속해 보게."

스승의 칭찬을 받자, 자준은 한층 자신감이 차올랐다.

"귀의 색이 어둡고 이마가 뒤로 후퇴한지라, 어려서부터 부모덕을 입지 못했고, 눈썹이 거의 없고, 미간에 팔(八)자형의 두 주름이 잡혀 고형문(孤形紋)으로 남편복과 형제는 물론, 육친의 덕을 못 타고났으며, 사고(四庫 ; 이마 좌우, 턱 좌우)가 모두 후퇴하고, 코만 홀로 튀어나와 외로우니 이름하여 고상이고, 눈이 성난 듯 사람을 쏘아보니 밝은 양기가 없고, 음몰(陰沒 : 음기로만 되어 있음)된 독기뿐인지라, 일생 귀함이 없고 천하여 홀로 살 팔자입니다.”

“바로 보셨네.”

이어 명인이 무당 쪽을 향하여 말했다.

“어떤가?”

“그 스승에 그 제자이군요. 보아주신 그대로입니다.”

대견한 듯 바라보는 명인의 시선에, 자준은 부끄러운 듯 양볼이 붉어졌다.

“7남매 둔 소작농이셨던 저희 부모님께선 막내인 저를 낳으시고, 그나마 어렵게 꾸려가시던 살림이었사오만 그해 마을에 돌림병이 돌아, 당해 부모님과 위로 다섯 형제가 모두 죽었지요. 바로 위의 언니는 대처 어느 양반댁의 하녀로 팔려간 뒤 아직 상봉도 못했고, 저 또한 마침 그곳을 지나던 스님에게 이끌려 작은 암자에서 기거하며 성장하던 중 무병에 걸려, 하산하여 내림굿을 받고 무당이 되었지요…….”

“다 숙세(宿世)의 업일세.”

명인이 합장을 풀고 말을 시작했다.

“그대를 비록 사람들이 업수이여기고 천하게 여기나, 부여된 천명은 무거운 것임을 알아야 할 걸세.”

“……”

“하늘이 성인을 내시고, 성인의 말씀을 통하여 만민을 교화케 함으로써 하늘의 뜻을 대신하시네. 허나 그중에는 교화되지 않고 어리석은 자들도 많아 하늘과 성인의 말씀을 두려워하지 않을뿐더러, 방만하고 교만하여 크게 천리에 어긋나는 소인배들이 많은지라, 그런 자들이 순리에 어긋나게 살아온 대가로 당연히 발생하는 재앙에 부딪히면 요행이나 혹은 노력 없는 대가를 바래, 또는 일문(一門)이나 일가(一家)의 오직 안일만을 바래, 찾는 곳이 자네들 같은 무당인 것이네. 해서 하늘이 그자들을 교화하시는 마지막 수단으로 자네 같은 사람들을 내시어, 방만한 인간 위에 늘 지엄한 신의 뜻이 계심을 알리자는 걸세……."

"……."

"허나 그러한 하늘의 뜻을 헤아리는 무당이나 점쟁이는 드물고, 모두 사리사욕에 눈이 멀어, 자신을 의지하여 찾아오는 자들에게서 금품을 뜯어내기에만 몰두하는지라 맑은 천기가 전해지지 못하고, 때문에 신통하지도 못해 잡신들의 말을 전할 뿐이니…… 세간에서 혹세무민이라 하여 자네들을 그리 몰아붙이는 걸세……. 그러니 자네 같은 사람일수록 더욱 마음을 바르게 하여 잡신을 멀리 하고, 지엄하신 천지신명을 받들어, 자네를 찾는 자들에게 순리에 맞게 뜻을 전해야 할 것일세……."

"……."

"어떤가? 궁금한 것이 풀렸는가?"

"예, 이제야 제 팔자를 이해할 것 같사옵니다."

기쁨을 담은 무당의 얼굴에, 동트는 태양빛이 문살을 타고 들어왔다. 잠시 후 송가 일행이 돌아간 뒤였다.

"아까 말씀하신 신(神)이란 무엇입니까?"

단도직입적인 자준의 질문이었다.

"신이란 다름아닌 기의 조화를 말함일세."

"기의 조화……?"

"광활한 우주에 무한한 청탁한냉의 기가 인간 행위의 선악에 따라 서로 교류하여, 선한 자에게는 자연 맑은(清) 기가 교류되어 복을 부르고, 악한 자에게는 탁(濁)한 기가 교류되어 자연 재앙을 발생시키는 게 바로 기의 조화 작용일세. 그것을 가리켜 인간들은 신이라 일컫는 거지……."

"……."

미간이 좁혀지며 자준의 머리속에 기, 신, 선과 악, 조화의 단어들이 서로 엇갈리며 복잡하게 획을 긋고 지나갔다. 사립문쯤에서 요란스레 까치 소리가 들려왔다.


그 다음날 아침—.

불길한 적색이 교우궁(交友宮 ; 눈썹 바로 위)에 감돌았다. 명인의 허락을 얻어 집으로 향하던 자준의 발길이 멈추어졌다. 떠나기 전 동경(銅鏡)으로 자신의 상판을 찰색할 당시, 친구의 길흉을 보는 혈(穴)인 교우궁의 암색을 떠올리며, 다시 방향을 바꾸어 곧장 권남의 집으로 향했다. 중문을 지나 사랑채에 당도하니, 그새 얼굴이 반쪽처럼 말라 초췌한 몰골의 친구 권남이 자준을 엉거주춤 맞이했다. 자준은 다시 한번 불길한 찰색을 떠올렸다.

"이 사람, 꼴이 이게 뭔가?"

"사정은 나중에 듣고, 우선 볼 사람이 있네."

권남이 뭐라 소리쳐 예쁘장한 여자 종을 불러들였다. 가슴선과 부푼 엉덩이가 잘 조화되어, 물씬 여인의 향기를 느끼게 했다.

"인사 올려라."

"곱실이라 하옵니다."

“나이는?”

“열여덟입니다.”

“됐다. 그만 나가 보아라.”

여종이 뒷걸음으로 물러나자, 권남은 한치 앞으로 몸을 내밀며 말했다.

“어떤가?”

“뭘?”

“글쎄…… 그게…….”

권남의 표정과 찰색으로 보아, 자준에게 뭔가 짚이는 바가 있어 넌지시 말했다.

“자네 첩감으로 말인가?”

“…….”

권남은 대답 대신 고개를 끄덕였다.

“대가 셀 대로 센 자네 부인은 어쩌려구?”

“그러게 말일세……. 무슨 방법이 없을까?”

사실 당시 세태로 보아 사대부집 남정네가 첩실 한둘쯤 들이는 것은 당연지사와도 같았으나, 권남의 부인 이씨가 워낙 억세고 내 주장이 강한지라, 언감생심 자기집 여종을 첩으로 삼을 엄두도 못내어, 한동안 속앓이를 하던 권남이 그만 상사병에 이른 것이다. 해서 권남은 한숨을 토해내며, 그 동안 곱실이를 볼 적마다 가슴을 조인 일이며, 자나 깨나 그녀의 무르익은 모습이 아른거려 식음을 전폐하다시피 하여 그 몰골에 이른 저간의 사정을 자준에게 모두 털어놓았다.

“원 그래, 명색이 사내란 자가 그깟 첩실 하나 못 들여 몰골이 이렇단 말인가, 쯔쯧……?”

“조용하게, 이 사람아.”

행여 말이 샐까 권남의 안광이 초초했다.

"너무 걱정 말게. 방도를 찾아볼 것인즉……."

"방도?"

자준은 그 동안 숨겨 왔던 명인과의 만남과 상법 공부에 대해 사정을 털어놓은 다음, 신비해 마지않는 권남에게 내가 알아서 할 것인즉, 부인 이씨를 부르라고 했다.

"아까 그 아인 얼굴이 둥글고, 살결이 부드러워 여자의 본성인 음(陰)의 성질을 잘 갖추었고, 이마 살이 두텁고 반듯하며, 눈썹이 윤기 있고 털이 부드러우며, 모양이 초승달처럼 굽어 스스로 남편복을 타고난데다, 또 남자의 운을 도우니 첩실로 들여도 무방하이."

권남의 안색이 피어나고 있었다.

"거기다가 입 끝이 위로 향한 앙월구(仰月口)에 붉고 두터운데다, 입술에 주름이 많은 환대문(歡大紋)에 인중이 길어 자손에 복이 많고, 환대문의 여잔 잠자리에서 탄성을 지를 만큼 남정네를 기쁘게 한다 했으니, 첩실로는 그만이지…… 암!"

모처럼 권남의 얼굴에 화색이 돌고 있을 때, 인기척과 함께 권남의 부인 이씨가 들어왔다.

"납시었는지요?"

"아 예, 그간 별고 없으신지요?"

평소 자준을 그저 놀고 먹는, 탐탁찮은 인물로 생각해 온 이씨 부인의 달갑잖은 기운이 섞인 말에, 천연덕스럽게 자준이 답했다.

"제가 그 동안 어느 이인(異人)을 만나 천기를 보는 법을 배우고 있사온데, 모처럼 이 친구를 보니 앞날이 심상치 않아 부인을 뵙자고 한 겁니다."

"심상치 않다뇨?"

"글쎄 그게⋯⋯."

자준이 난감한 표정을 짓자, 그 동안 원인 모를 병에 보약을 몇 첩이나 다려준 남편이 별효험이 없어 고민해 오던 차에, 자준의 이야기를 들은 이씨 부인은 더욱 답답한 심정이 되었다.

"그러지 마시고 어서 말씀을 해 보시지요."

일부러 애를 태우듯, 자준은 입맛을 쩝 다시고는 서서히 입을 뗐다.

"그럼 내 말하옵지요."

"⋯⋯?"

그러고는 이씨의 상판과 수족을 내밀게 한 후, 좌우로 살피고는 고개를 무겁게 끄덕이며, 자준이 말을 이었다.

"실은 부인께서 상판에 지닌 팔자가 세어서 이 친구가 이렇게 까닭 없이 아픈 겁니다."

"예? 제 팔자가요?"

듣기 민망하다는 듯, 권남은 고개를 천장으로 돌렸다.

"5년을 못 넘기고 요절할 겁니다."

"예? 요⋯⋯ 요절⋯⋯?"

"부인, 죽고 사는 건 다 하늘의 뜻이거늘⋯⋯ 저 친구 말, 신경쓰지 말구려!"

놀라 쓰러질 듯한 이씨를 보며, 권남이 자준의 말을 거들었다. 이에 자준은 이씨의 좌측 눈썹 중간의 끊어진 곳을 바라보며 관상 비결을 떠올렸다. 비결에 보면 좌측 눈썹이 끊어지면 남자 형제와 사별 또는 헤어지게 되고, 우측은 여자 형제간에 그리 되는 것이며, 이는 남자의 상판을 놓고 볼 때 그리 보고, 여자일 경우 그 반대로 본다고 했다. 이씨 부인의 경우 심하게 끊겨져 있어 사별로 보았다.

"부인께서 출가하시기 전 여동생을 사별하셨군요?"

"아니, 어찌 그걸 아십니까?"

순간 이씨의 얼굴이 질린 듯 하얗게 변했다. 권남 또한 의아해 하는 표정이었다.

"사실…… 서방님께서도…… 모르시는 일로, 바로 밑의 여동생이 태어날 적부터 몸이 건강치 못하더니, 시름시름 앓다가 세 살 되던 해에 절명했지요."

"저런, 안됐군요!"

예전에 자준을 대하던 이씨의 태도가 돌변하자, 작정한 일이 잘될 것 같은 표정을 본 자준은 계속 말을 이었다.

"제가 시키는 대로 하시면 서방 겪을 팔자도 면하시고, 후일 정승부인이 되시어 떵떵거리시며 사실 겁니다."

자준은 무슨 복수라도 하듯 이씨의 안쓰런 표정을 살피며 내심 쾌재를 불렀다.

기실 이번 길에 권남의 관상을 그간 해 온 실력으로 살펴보니 학상에 상품(上品)인지라, 이는 능히 정승의 반열에 오를 귀한 상이었다. 부인 이씨 또한 눈빛이 상큼하게 맑고 이마가 반듯이 곧은데다 둥근 난(卵)형 상판에 입이 작은 듯 약간 솟아 품수를 잘 타고나 영락없는 까치상에 남편운을 잘 돕는지라, 정승 재목이라 말한 것이고, 후일 실제로 권남은 그리 되었다.

이어 자준은 이씨의 눈밑 도적(盜賊) 부위에서, 이곳은 문자 그대로 도적을 맞거나 물건을 잃어버릴 것을 예고하는 자리인데, 그곳에서 흑색으로 콩알만한 암색을 발견함과 동시에 양귀에 그것을 찾았다는 윤기 있고 홍색이 깃든 것을 보고는, 다시 일침을 가할 생각으로 이씨의 불안 섞인 눈빛과 마주쳤다.

“정말 시키는 대로 하면 제가 청상팔자도 면하고, 이 양반이 정승을 바라보오리까?”

“물론입죠. 그나저나 오늘 잃으셨던 물건을 다시 찾으셨으니 기쁘시겠소이다.”

거듭되는 자준의 뜬금없는 소리에 황당한 권남의 눈빛과 아! 하고 신음을 통해내는 부인 이씨였다.

“정말 신통하시구려. 안 그래도 며칠째 일전에 시어머니께서 득남하란 뜻을 담아 하사하신, 순금으로 된 두꺼비를 잃어버려 이 양반도 모르게 속앓이를 하며 아랫것들을 닦달하여 오던 중, 오늘 우연히 장롱 밑 깊숙한 곳을 치우다 다시 찾은 그것을 알아맞히시니, 그 신통방통함에 탄복하겠소이다 그려.”

“……”

비단 이씨 뿐만 아니라 남편 권남 또한 마치 용한 점쟁이를 보는 듯이 자준을 우러렀다.

“이 사람아, 그래 그 시킨다는 게 뭔가? 어서 말을 해 보게.”

지금이 기회라는 듯한 권남의 채근이었다.

“근데 그게 좀…… 어려…… 운 일이어서…….”

“어렵다뇨? 괘념치 마시고 말해 보시구려.”

이때다 싶다는 듯 자준이 긴장되게 말했다.

“어디 상판 좋은 첩실을 하나 들여 아주머니의 센 기를 낮추도록 해야 제 말대로 될 겁니다.”

“……?”

“……”

“첩?”

표정이 돌처럼 굳어진 이씨를 향해, 살피듯 자준이 말했다.

“어려우시겠죠?”

"……."

"제가 괜한 쓸데없는 소릴 했나 봅니다. 그럼 전 이만 가볼랍
니다."

"잠깐만요."

막 일어서려는 자준의 등뒤로 이씨의 비통한 음성이 밀려왔
다.

"첩실이라면 누굴……?"

"그거야 저 친구에게 물어봐야죠."

권남은 천연스레 헛기침 소리를 냈다.

"험!"

"내가 볼 땐 아까 그 아이가 상판이 복스러워 보이더구먼."

"그 아이라뇨, 곱실이……?"

"그 아이가 곱실이였군요?"

"험!"

무안한 듯 계속되는 헛기침의 권남에게, 자준이 능청을 부렸
다.

"자넨 그 아이 어떤가?"

"험!"

이때 인기척이 났고, 사랑문을 열고 홍윤성이 들어와 눈치없
이 떠들었다.

"아니, 이거 명회 형님 오셨슈? 형수님께서는 어인 일로 이 방
에……?"

이어 심각해진 얼굴로 부인 이씨가 내당으로 건너갔다. 오늘
자준에게 있었던 일을 이야기하자, 한편으로 놀라고 또 한편으
로 찬탄해 마지않는 홍윤성과 함께 희희낙락거리는 세 사람이
었다.

"첩실을 들인 거나 진배없으니 형님께선 좋겠시다."

"다 자네 덕분일세."

"알면 됐어, 이 사람아. 하하하."

호탕한 웃음이 뚝! 그치고 꼬나보듯 홍윤성을 직시하는 자준의 눈빛이었다.

"이 사람, 윤성이."

"예, 형님."

"자네 요즘 어느 기방에 푹 빠졌나?"

"예? 아니, 어찌 그걸 형님이……?"

자준이 홍윤성의 눈밑 누당 부위가 검은색을 띠었기에 짚이는 바가 있어 말한 것이다.

"색을 너무 밝혔네. 쯧쯔……."

"색이라니?"

권남의 말이었다.

"방사(放射) 말일세."

"실은 요즘…… 홍인문(興仁門) 쪽에 있는 기방엘 자주 가는 뎁죠."

"그 기녀의 상판이 피부가 검고, 동자가 위로 치켜지고, 허리가 버드나무 같고, 인중이 길고 좁으며, 입이 몹시 작고, 미간이 좁으며, 전체적으로 몸이 통통하나 숙인 듯하고 애교스러우며, 부끄러움을 잘 타지 않던가?"

관상비결에 명기(名器) 중의 명기를 지녀 남성의 음경을 반복하여 쥔다는 여인의 상을 떠올리며, 자준이 지긋이 내린 눈으로 윤성을 보았다.

"맞아요, 꼭 맞습니다. 형님, 대단한 걸 터득하셨시다."

권남 또한 도깨비에게 홀린 듯 홍윤성과 같이 자준을 쳐다보왔다.

"하룻저녁에 적어두 대여섯번은 그 짓을 했겠구먼."

"기가 막힙니다. 형님 말씀 그대롭죠. 아 고것의 거시기가 다른 기집 것과는 틀려서 들어가기만 하면 제 것을 꽉꽉 쉬지 않고 조여오는데, 글쎄……."

"그만하게."

권남이 제지하자, 윤성은 부끄러운 듯 고개를 깔았다.

"그런 명기가 아니고서야 자네 같은 강골이 그리 광대뼈가 쑥 나올 정도로 수척해지진 않았을 걸세. 하지만……."

"하지만……?"

"더 이상 가까이 하면 모든 게 수포일세!"

"수포라뇨, 형님!"

"그 여자는 마치 흐르는 강물 깊은 곳의 소용돌이와 같아서, 남성의 기를 빨아들여 운을 꺾고, 종내는 요절케 하는 상(相)을 지녔네. 그러니 자네 같은 큰 재목이 그런 사소한 일에 목숨을 걸 수야 없지 않은가?"

허나 홍윤성은 이미 그 기녀에게 푹 빠진 눈치였다.

"형님, 그러나…… 전 여직까지 그만한 여잘 못 봤는뎁죠. 잘나 빠진 몸도 그렇지만, 품에 안기가 무섭게 착착 감겨오는 몸하고, 동네가 무섭게 질러대는 교성에 온몸을 집어삼킬 듯한 거시기의 구조와 힘이……."

"허! 그 사람!"

계속되는 권남의 눈총에, 홍윤성의 말이 멈추었다.

"모든 건 사람과 운의 조화속일세. 자네 관상은 곰의 형상이나 이마와 관골, 그리고 안광이 좋아. 곰의 상은 원래 무관의 상이나, 자네는 잘 타고난 상품에 해당되는지라 문무를 겸할 상일세……. 더 정확히 이야기하면 무관으로 일어나 문관으로 출세할 것인즉, 오늘 내가 한 말을 허투루 듣지 말고, 운을 망치는 짓일랑.팽개치게. 고향땅에 금의환향할 날을 고대하며 살도록 하게."

이 자에게 이런 기품이 있었나 하고 홍윤성의 눈을 의심할 정도의 진지함이 자준에게서 우러나왔다.

"그때가 언제이옵니까?"

"그리 멀지만은 않으이……."

"……."

한동안 침묵이 흘렀다. 그리고 그 침묵을 깨는 소리가 들렸다.

"나으리!"

"뭐냐?"

가복의 소리에 윤성이 문을 열었다.

"내당 마님께서 오늘은 별채에서 주무시라 하십니다."

일순 세 사람의 얼굴, 특히 권남의 표정에 쾌재의 빛이 돌았다. 이어 몇 순배의 축배가 돌고, 그 밤이 깊어갔다.

유난히 교교한 달빛, 그 아래 권남의 별채에서는 주안상을 두서없이 치우고 와락 곱실을 끌어안는 권남의 숨가쁜 몸짓이 있었다. 아까 내당으로 건너가 안절부절 못하면서 자준이 뱉은 말을 되새기곤 하던 권남의 부인 이씨는, 안 그래도 요즘 통 내당에 들지 않고 사랑방에서 홍윤성과 어울리거나 가끔 수양대군저에 외출하는 것 외에, 소원해진 남편의 행동하며 적어진 말수, 거기다가 까닭없이 수척해지는 몰골…….

오늘 자준에게서 들은 대로 자신의 기에 남편의 기가 꺾인 것일까……?

그렇다면 자준의 말대로 죽을지도 모를 일……. 생각이 자꾸 거기에 머물러 한동안 망설이고 망설이던 끝에, 방안을 몇 바퀴째 휘돌고 나서 곱실이를 불러 목욕재계를 재차 확인 후, 별채에 미리 들어앉은 권남에게로 종년에게 언감생심인 비단저고리까지 입혀 들여보낸 것이고, 그런 곱실이를 맞은 권남은 새삼 자준과 부인 이씨에게 고마움을 느끼며 그녀를 바라보았다.

"부끄러워할 것 없다. 마님이 허락하신 일 아니더냐? 자, 어서!"

열여덟 꽃다운 나이보다 더 아름다운 곱실이의 몸은 권남의 무릎 위로 얹어졌다. 종년의 팔자에 끼리끼리 만나 종의 자식을 낳고 구박받으며 허드러지게 사는 것이 그네들 팔자거늘, 오늘 이리 사대부 명문 집안의 양반서방을 만나 첩실이 되는 첫날밤이라, 곱실 또한 권남의 속처럼 아흔아홉칸 대가댁 부뚜막 속 장작불만큼이나 그 마음이 뜨겁게 달아올랐다.

"나으리…… 저…… 불 좀!"

이윽고 촛불이 꺼졌다. 권남의 손길은 곱실이의 옷고름을 풀고, 이어 점차로 두 사람은 알몸으로 변해 갔다.

달빛 아래 드러난 곱실의 여체는 그 동안 권남이 옷섶 너머로 상상해 온 이상이었다. 달덩이 같은 두 가슴에 뾰긋이 솟은 유두를 쓰다듬으며, 권남의 손은 서서히 자꾸만 아래로 향했다. 두 사람의 숨결은 더욱 거세지기 시작했고, 손은 햇솜 뭉치처럼 부드러운 엉둥이를 지나 사타구니에 이르렀다. 마침내 천년의 베일을 벗는 그 무엇을 발견한 듯 그곳…… 거웃을 숨막히게 쓰다듬으며, 권남은 아까 자준이 헤어질 적에 짓궂게 지껄이던 말을 떠올렸다.

곱실이 고것의 눈썹털이 적당히 예쁜 것으로 보아, 상법에 이르기를 그곳의 털과 눈썹의 털은 닮은꼴이라 하는 고로, 곱실이의 그곳 또한 털이 적당하여 이쁠 걸세, 허허허!라고 했었다. 이제 곱실이의 그곳을 보니, 과연 틀림없는 말이로구나 하는 생각이 들었다. 여자의 음부에 흑점이 있으면 또한 귀한 자식을 낳는다고 했던 말까지 생각하며, 더 이상 못 참겠다는 듯 몸을 비트는 곱실이를 향하여 달려들 듯 몸을 밀착시켰다. 마침내 허공에 무수히 뿜어대는 탄성과 신음 속에서 몇 번이고 그 밤은 요란하게 깊어만 갔다. 그리고 그 처녀성을 열던 순간, 또……어디에선가 늦가을 국화꽃이 한 송이 피고 있었다.

자준이 부인 민씨를 비롯한 가솔들과 한 며칠 머무는 동안, 홍윤성은 기생 춘심(春心)과 함께 했다. 그도 그녀를 사랑했고, 그녀 또한 매일 밤 그에게 매달리며, 이젠 당신 없이 못살겠어요, 하고 비음섞인 목소리를 냈지만, 그럴수록 자준이 했던 말이 창날같이 뇌리에 박혀 왔다.

-그 여자의 몸은 깊은 물의 소용돌이와 같아 남자의 운을 꺾어! 출세를 못해!

거기다가 권남의 부인 과거사를 적중한 일이며, 보지도 않고 춘심의 외모와 잠자리의 그 짓거리까지 꿰뚫었던지라…… 그녀에 대한 그 말이 기정사실로 받아들여졌다.

-이제는 그만 만나리라! 나의 출세와 그녀를 바꿀 순 없어. 암! 헤어져야지.

속으로 그렇게 뇌며 마지막 밤이 될 그녀를 와락 끌어안았다. 언제나 그렇듯이 그녀의 몸은 늘 새롭고 신비스러웠다. 그 동안 많은 여자를 접했지만 고것과는 비교가 되지 않았다. 터질 듯 성난 가슴과 눈이 시리도록 활짝 핀 백합처럼 희고 예쁜 엉덩이를 눈으로 훑으며, 윤성은 거친 숨을 쏟아부었다. 오늘 따라 그녀의 반응은 유별났다.

"아……! 절 버리지 마세요……."

터질 듯이 그의 가슴을 잡고 엉덩이를 현란하게 움직이는 그녀……. 그럴수록 윤성의 몸은 더욱 달아올랐다.

명기―.

그녀가 그랬다. 다른 여자에게서는 찾아볼 수 없는 특이한 구조……. 그녀의 몸 속에 그것을 넣은 후부터 쉴새없이 조이기를 반복하여 세상을 온통 황홀경으로 몰아간다……. 그것이 끝나기가 무섭게 또다시 죄어들어 다시금 몸이 달아올라 쉴새없게 만드는……. 그렇게 윤성이 거듭되는 쾌감에 몸서리치며 그녀의 알몸을 탐닉할 적에, 춘심 또한 흥분에 겨운 몸을 떨며 솟아나는 눈물을 훔쳤다. 여자의 본능적 육감으로, 그 동안의 버려진 삶의 여정으로…… 그 몸부림치는 이 밤이 그와 마지막이란 것을 느끼고 있었다. 어디선가 뻐꾸기 한 마리가 서럽게 울고 있었다.


자준은 홍윤성과 권남의 감사어린 득첩주(得妾酒)를 마시고는 곧장 명인에게로 향했다.

서녘에 지는 해가 한 뼘쯤 남아 있을 무렵, 자준이 명인의 초옥에 당도했을 때는, 명인과 승적을 함께 했던 무운(無雲)대사란 분이 명인과 함께 있다 막 떠나려던 참이었다.

"이제사 왔는가? 인사 드리게."

"소생 한명회라 하옵니다."

"오! 말씀 많이 들었소."

무운대사 또한 명인과 비슷한 연배로 보였고, 온화한 풍모에

승복이 썩 잘 어울렸다.

"나와 함께 선방(禪房) 생활을 오래 하셨다네. 또 친구이기도 하구."

무운은 자준을 한동안 훑어보았다.

"음! 과연 대단한 재목이로세. 잘 골랐어!"

"그런가? 하하하!"

"……."

따라 웃던 무운의 입언저리가 서서히 긴장되었다.

"요사이 천문(天文 ; 별자리로 본 운수)을 보니, 천하가 소용돌이 속처럼 어지러울 햇수가 그리 멀지 않았는데…… 그때 저 자가 요긴하게 쓰이겠구먼……."

"……."

"자네도 보았는가……? 그것이 천명의 신진대사라면 피할 수 없겠지……."

그 순간 자준의 뇌리 속에는 왠지 수양대군과 안평대군이 떠올랐다. 그 두 사람의 처절한 대결을……. 그리고 그 두 세력 중 어느 곳에 서 있을 자신을…….

"사주를 대어 보시게."

생각에 잠긴 자준을 향한 무운의 말이었다.

"태어난 날과 시를 말이옵니까?"

사주를 말하자, 무운이 달필로 분주히 붓을 움직여 풀기 시작했다.

"문창성과 백호, 장군살이 함께 하니 문무를 겸하겠구먼. 잘 탄 사주야."

"이미 관상으로 다 보았는데, 새삼스러우이."

"그러게 말일세. 허나 나는 자네처럼 상법에 달통하지 못했으니 괜스레 잔재주 좀 부려본 걸세, 허헛.”

“…….”

“그럼 난 이만 가보겠네.”

“그러시겠는가? 다시 만나세.”

자준이 그를 삽짝 저편까지 배웅했다.

무운이 떠난 후 명인은 자준과 함께 초옥 뒤꼍의 제법 몸집을 갖춘, 자라 형상을 한 바위 위에 가부좌로 앉아 있었다. 자준은 그 건너편 나무등걸에 걸터앉아 영롱하게 별이 박힌 밤하늘을 바라보았다.

“소우주!”

명인은 자준을 향해 그렇게 말하고, 다시 고개를 올려다보았다.

“…….”

“상법을 체득하려면 먼저 저 우주를 얻어야 할 것이야!”

“우주라 하심은……?”

“상법은 저 변화무쌍한 우주의 운행과 다름아니네.”

딴때없이 처연함 속에 근엄하게 자아내는 명인의 말인지라, 자준은 긴장하여 어금니를 힘있게 물고 다음 말을 기다렸다.

“우주를 크게 나눠 천·지·인(天·地·人)이듯이, 사람의 얼굴도 이마가 천이요, 입을 포함한 턱 주위가 지요, 코를 포함한 그 주위가 인이라 할 것이고, 저 우주의 별을 대표하는 오성(五星)인 금목수화토의 각 성(星)이 얼굴에 있어 이마가 화성, 코가 토성, 입이 수성, 좌측 귀가 목성, 그리고 우측 귀가 금성인 일세. 또 머리속의 뇌는 저 광활한 천(天)의 공간과 뭇별들의 광대무한한 조화속이라 할 수 있지…….”

“…….”

좌측 눈은 해를 말함이니 태양이라 하고, 우측 눈은 달을 뜻하니 태음이라 한다. 여자는 그와 반대로 그 기의 흐름을 달리하는 것이니, 우측 눈이 태양이요 좌측 눈이 태음이고, 역시 좌측 귀가 금성이요 우측 귀가 목성인데, 이유인즉 물에 빠져 죽은 익사체의 남·여를 보면 알 수 있다. 그 경우 남자는 양성이므로 음성인 땅을 향해 엎어져 죽고, 여자는 음성인 고로 하늘을 향해 죽는다.

"어느 적엔가 여름 장마로 한수가 범람할 적에, 저두 빠져 죽은 익사자를 본 적이 있는데, 말씀하신 바와 같습니다."

"들어보게. 얼굴을 받치는 몸 또한 천·지·인으로 나누어지니, 목부터 배꼽까지기 천이요, 배꼽부터 무릎까지가 인이요, 무릎에서 발바닥이 지인 것이네……. 이렇듯 관상을 본다 함은 위로는 하늘에서 아래로 땅까지, 그리고 가장 중요한 억조창생의 중추인 인간의 삶까지 꿰어야 할 것이야."

"저로선 아직……."

명인의 동공이 자준과 부딪치고 다시 갔다.

"상을 보되 우주를 보고, 기색을 보되 그 운행을 보며, 운명을 보되 그 소우주의 조화를 보게."

"……?"

"조화를 갖추면 행(幸)이요, 부조화면 불행일세."

"조화요……?"

"조화…… 그것은 저 우주의 절대불변의 가치요, 모든 도(道)의 근본이라……. 공자도…… 석가도…… 성인들도 모두 그것에 애태웠을 것이리라……."

"……."

"한비(한비자)의 말에, 대체(大體)란 말이 있지. 이야긴즉 천하를 경륜코자 하는 자는 높은 산이나 광야에 서서 천지의 조화와 그 이치를 관찰하고 헤아려, 먼저 그 경륜의 근본을 알아야 한단 이야길세. 천하를 경륜키 위해 관상을 배우는 자네야말로 그 대체를 확연히 해야 하네……."

"사무치게 명심하겠습니다, 사부님."

그 순간 저 멀리 흐르는 유성이 획을 긋고 어디론가 사라졌다.

"그 조화를 잃은 우주가 관상에서 과부상이나 무자(無子)의 상이지……. 그간 학습한 걸 말해 보게."

저 우주 속에 그와 단둘뿐이라는 근거 없는 생각이 얼핏 아까 본 유성의 꼬리처럼 지나갔다.

"남편을 꺾을 과부상인즉, 얼굴이 길고 사각형인 여인, 피부가 거칠고 뼈마디가 남자 힘꾼이나 장사처럼 억센 여인, 머리숱이 이마를 덮어 이마가 없거나 뾰족한 모양이고, 이빨이 튀어나와 입을 다물지 못하고, 관골(광대뼈)이 앞으로 튀어나왔거나 옆으로 툭 튀어나와 흡사 계란처럼 솟은 여인, 인당(미간)에 현침문(懸針紋)이라 하여, 미간 중앙에 바늘처럼 곧은 주름이 있고, 음성이 남자처럼 쩌렁쩌렁하고, 눈썹이 몹시 거칠거나 아예 없는 여인, 이마에 가로세로의 주름이 어지러운 여인, 그 밖에……."

"그만 됐네."

"다음은 무자의 상으로 눈썹이 듬성듬성 없는 듯 있는 듯하고 눈동자에 힘이 없는 여인, 음성이 깨어지는 그릇처럼 파열음을 내며, 눈빛이 항시 붉고, 눈 주위가 검은색을 늘 띠며, 취화구(吹火口)라 하여 입이 불을 호! 불 때의 모양처럼 뾰족한 여인, 배꼽이 작고 얕거나 튀어나오고, 젖가슴이 아래로 처지고, 유두가

148

힘없이 살 속에 묻혀 있고 색이 흰 여인, 양관골과 턱뼈가 살이 부족하여 밖으로 튀어나오고, 입술이 청색이거나 백색이며, 인중(코밑 홈)에 상처나 직문(直門)이 있고, 윤곽이 분명치 못하여 평평한 여인 등입니다.”

명인이 흡족한 듯했다.

“거기다가 한 가지 더 보태겠네. 당나라의 경국지색 양귀비처럼 지나치게 아름다운 여인 또한 자녀를 생산치 못하는 무자의 상이네.”

“상서(相書)에서 못 봤습니다만…….”

“그럴 걸세. 그 이치는 역(易)의 대의라고 할 수 있는, 차면 기운다는 원칙으로 본 걸세. 아울러 매우 아름다운 꽃에는 과일이 달리지 않는 것과 같은 것이지. 해서 양귀비의 그 지나친 미모가 그리 비참하게 끝났던 것이네……. 자, 그럼 음이 있으면 양이 있듯이, 이번엔 부(富)를 누리며 사는 여인의 관상을 말해 보겠는가?”

초가을 새벽 한기를 느끼며, 자준은 입에 힘을 모았다.

“재물이 많은 부자가 될 여인의 상은 귀가 길고 두텁고, 손바닥이 붉고 부드러우며, 눈이 아름답고, 검은 동자가 칠흑처럼 검고 눈에 꽉 차며, 이마는 넓고 뒤로 자빠지지 않았으며, 인중이 곧고 길며, 또 윗입술과 코 사이의 살집이 좋고, 양턱의 살집이 좋고 부드러우며, 이마와 서로 마주보듯 후퇴하지 않고, 눈밑 살이 너무 튀어나왔거나 들어가지 않고 적당히 통통하며, 콧대가 살이 부드럽고 넉넉하며, 콧방울의 윤곽이 분명하고 살이 두터운 여인은, 남편의 재물운을 도와 부자로 살 여인의 상이지요.”

“…….”

　"다음은 출세할 남편을 만나 귀하게 될 여인의 관상을 보면, 목소리가 온화하며 울림이 있고, 눈동자가 늘 안정되어 항시 정면으로 바르게 뜨고, 이마가 둥글고, 턱의 살이 적당히 부드럽고, 코는 적당히 높은데다 살결이 부드러워야 하며, 여기에다 그 물형이 학상 상품이나 봉황의 상을 했을 경우, 그 귀함이 능히 국모의 자리에 오른다고 할 수 있지요. 또 그 심상(心想)은 첫째 평소에 남과 다투지 아니하고, 둘째는 고난을 당해도 상대를 원망하지 아니하고, 셋째로 쌀 한톨과 음식 찌꺼기라도 함부로 버리지 않고 그 용도를 정하며, 넷째로는 급한 길흉사를 접한다 할지라도 경망스레 놀라거나 기뻐하지 않음으로써…… 그러한즉 심상의 사덕(四德)을 갖춘 여인이기에 귀상(貴相)을 지닌 여인과 부상(富相)을 갖춘 여인의 경우 더욱 그 기가 좋아지고, 설혹 빈천한 상이 있을지라도 마땅히 흉을 몰아내고, 길한 운을 불러들이는 것입니다."
　말을 마무리한 자준은 멀리 북두성을 바라보며 얼핏 부인 민씨를 생각했다.
　"수고했네. 관상불여심상이란 바로 앞서 말한 그 조화란 말과 상통하여 그 뜻을 같이 하는 것이니, 심상이 바로 인간사 그 길흉의 문(門)인 것이네."
　"……."
　새벽 별빛들이 더욱 뚜렷해짐을 자준은 보았다. 뇌리 속에 조화라는 말과 함께…….

# 관상쟁이

"저거 관상쟁이 아니여?"

남대문 저잣거리 한 모퉁이에 관상도(觀相圖)를 펼쳐 놓고, 영락없이 관상쟁이 모습으로 앉아 있는 명인과 그 곁에 앉은 자준을 보고는, 지나가던 장사치들이 수군거렸다.

자준의 실습을 위한 명인의 배려였다.

"지금부터 지나가는 사람들의 물형을 자네가 이야기해 보게."

자준은 명문의 자손으로서 쑥스러웠으나, 미리 준비해 온 상 것들의 패랭이를 썼던지라 마음을 가다듬고 행인들의 물형을 보기 시작했다.

"저기 등짐을 지고 오는 자는 닭상이요, 요기 밀전병을 파시는 노파는 당나귀상이요, 그 옆의 젓갈장수는 족제비상이고, 고기서 기웃거리는 아낙은 여우상이고, 저기 오는 저 살짝곰보 짚신장수는 말상이요, 팔자걸음의 저 선비는 두꺼비상이고……."

"틀렸네. 너구리상일세."

명인의 느긋한 핀잔에 재차 살펴보니, 그자는 너구리상이었다. 그렇게 몇 식경을 반복하여 물형을 보았다. 그중 대부분이 명인의 입석하에 적중하는지라, 자준은 내심 뛸 듯 즐거웠다.

"관상 좀 보입시더."

첫눈에 원숭이상으로 보이는, 갓난아이를 등에 업은 아낙이 쪼그라들 듯 앉으며 물어왔다. 명인이 눈짓으로 종용했다. 자준이 서둘러 찰색을 살피니, 간문(눈꼬리살) 부위가 윤기를 발하고 있었다.

"남편이 바람을 피우는구먼."

"우찌 그걸 아셨습니꺼! 그 화상이 논밭전지 팔아 기집질에 쑤셔넣은 게 기십 마지기인지라. 요사이 어느 기생년에게 푹 빠져 달포째 코빼기도 안 보입니더."

"산근(코뿌리)이 그리 낮은 납작코시니 서방복도 없을 법하지요. 허나 원숭이의 형상을 하셨으니, 재주는 많아 일생 밥은 굶지 않을 것이고, 원숭이상은 술을 좋아하니, 그 속상함을 홀로 잔을 들이키며 삭일 방도도 그 나이에 터득하셨을 겁니다."

"참말 잘 보십니다. 소싯적부터 음식 솜씨와 바느질 솜씨를 칭찬받은 게 오늘날까지고, 그 인간 저리 나돌아다녀 홀로 독수공방 외로와도 술을 동무삼아 이제껏 살아온 거지요. 아닌게아니라 삯바느질만 혀도 지는 야하고 먹고 사는 거는 걱정 없심더."

등의 아이를 추스르며 돌아보곤 흘리듯 한숨을 빼는 아낙의 말이었다. 그 한숨을 향해 자준이 말했다.

"몇 년 지나면 바깥 양반의 바람이 잘 겁니다. 그리고 눈밑 와잠(눈밑살)이 황색으로 평평히 잘생기셨고, 코밑 인중의 윤곽이 분명하여 아들이 훗날 귀히 될 것이니, 그것으로 위안을 삼으시구려.”

“고맙심더. 첨 뵐 때부터 제 속이 시원했심더.”

아낙이 허리를 구부리자, 등뒤의 아이가 물씬 다가왔다. 얼마간의 돈으로 아낙이 성의 표시를 하려 하자, 자준이 한사코 사양하여 돌려보냈다. 그렇게 몇 사람의 행인을 더 보아주자, 모두들 탄복하여 혀를 내두르며 돌아갔다. 그중에는 굳이 사양해도, 당신은 남 그리 잘 보아주고 땅 파 먹고 사느냐, 라며 엽전 한 주먹을 내던지고 가는 자도 있었다.

“자네, 관상쟁이 다 됐구먼.”

명인의 농어린 칭찬에, 자준은 그 앞선 자들의 칭찬과 비교도 안 될 만큼 흐뭇했다. 그 저잣거리의 행각 속에 부산히 한 나절이 지나갔다.


명인 일행이 다음 장소에 당도한 곳은 유(酉)시의 기운 햇살이 살갗에 여미는 삼개 강나루를 사뭇 비켜난 강변에 거적때기로 대충 엮어 만든, 집이라고도 할 수 없는 거지 소굴이었다. 자준이 미처 물어볼 새도 없이, 명인이 거적발로 가린 입구를 밀치고 들어가자, 퀴퀴한 냄새 속에 동냥그릇 몇 가지를 즐비하게 가운데 놓고 원을 그리듯 아무렇게나 쓰러져 누워 있거나 혹은 자고 있는 5, 6명 정도의 거지떼가 있었다. 그중 둥글게 입 주위로 수염 모양을 한, 우두머리인 듯한 자가 벌떡 일어나 그들을 일으키고 혹은 깨우며 명인 일행을 맞느라 법석을 떨었다.

“오셨수까?”

“그래, 잘 있으셨나?”

“예, 근데 같이 오신 분은……?”

“내 제자일세.”

명인이 돌아보았다.

"……."

자준은 어찌 처신할지 난감하여, 인사해 오는 그자를 그냥 바라만 보았다.

"나머지 식구들은……?"

"그야 뻔하죠. 저희 같은 것이 하루라도 동냥질을 안 하고 어찌 목구멍이 온전하겠소니까?"

둘 사이에 오가는 이야기로 보아, 그간 명인의 왕래가 꽤 있었던 것으로 보였다. 이곳에 데려온 명인의 의중을 짐작하며 휘둘러 그자들의 관상을 살펴보니, 무엇보다 모두들 눈빛이 지극히 어둡고 탁했으며, 거기에 독기까지 품고 있는 자도 있었다.

또 그 몰골의 물형들을 둘러보고 병든 닭상, 물에 빠진 쥐상, 거미상, 철 지난 뱀상, 참새상 등…… 달마상법의 기본 물형도에다 그 작자들을 보고 떠오르는 느낌을 가미하여 분류했다. 상·중·하로 나뉘어지는 그 물형들의 품수가 모두 하품의 밑바닥들이었다.

"새 식구인가?"

명인이 손을 뻗어 웅크리고 앉은 거지들 사이의 한 명을 지적했다.

"그렇습죠. 남쪽에서 올라온 친군데, 지 말로 지난 장마 때 산사태로 외딴 산 밑의 자기 집을 덮쳐 온 식구가 모두 죽고 저만 사지를 다친 채로 살아나, 아직도 몸이 저렇답니다."

그자의 왼쪽 다리는 삼베로 칭칭 동여졌고, 때에 절은 누더기 옷 사이로 드러난 군데군데의 상처 아문 자국이 애처로이 눈에 들어왔다.

"여길 보게."

　명인이 다가서 그자의 입언저리를 지적하여 들여다보니, 인중 주위의 살이 몹시 어둡고 핏기가 없고, 흰색에 가까운 입술에는 청색 점들이 군군이 박혀 있었다.
　"잘 보아두게. 코밑에서 윗입술 사이를 일명 식록궁이라 하는데, 이 자처럼 이곳이 흑색에 가까울 때는 부모의 재산이 날아가 상속을 받을 수 없게 되고, 이 자의 입술에서처럼 청색 점이 군군이 생겨날 때는 바로 거지가 되어 남에게 걸식하게 되는 걸세."
　듣고 있던 그자는 마치 자기 이야기인지도 모르는양 눈만 껌벅였다.
　"허나 얼마 지나면 그 청색점이 없어져 버리네."
　새삼 찰색의 생생한 묘미를 느끼며 바라보던 자준이 얼른 되받았다.
　"어째섭니까?"
　"그것은 이 자가 거지로서의 자기 위치가 정해졌기 때문인 걸세."
　둘러보니 다른 자들에게는 그자처럼 입술에 청색점은 보이지 않았고, 그냥 모두 입술들이 거무튀튀했다.
　"저 자도 한 번 보시지요. 아무래도 명이 다 된 것 같습니다만……."
　그 우두머리 행세를 하는 자가 저쪽 구석켠의 거적말이를 가리켰다. 명인이 다가서 보니 60줄의 노인인데, 거적을 벗긴 그 모습이 그저 숨만 붙어 있는 산송장 같았다.
　"며칠 전 강변 나루에 쓰러져 있는 것을 식구들이 데려왔죠. 올 적부터 저랬다우."
　자준이 찬찬히 찰색을 살핀 후 말했다.

"이마에서 곧장 입술까지 직문(直紋)이 있으니 말년에 굶어 죽을 팔자로, 그 찰색이 온 얼굴에 흑색으로 꽉 덮여 있고, 눈의 흰자위가 누런 황색으로 진하니, 노중객사(路中客死)할 날이 길어야 7일 남았소이다."

명인이 고개를 끄덕였다. 그 우두머리인 자가 끼어들었다.

"허긴 여기서 이대로 죽으면 그게 바로 노중객사죠"

"손을 쓰기엔 찰색으로 보아 이미 늦었네. 이걸로 저 자의 뒤처리를 하고, 남는 것은 식구들을 위해 쓰게."

명인은 괴나리봇짐 속의 돈꾸러미를 꺼내 그자에게 건넸다. 연신 허리를 구부리는 그자를 등뒤로, 명인 일행이 그곳을 벗어났다.


"이 더러운 화냥년, 뒈지거라."

"제발, 살려주세요."

명인 일행이 마악 공덕 고개로 접어들 무렵, 웅성거리는 사람들 사이로 두 명의 남정네에게 양팔이 꿰어 끌려가는 아낙의 비명과, 그들을 호령하는 대갓 쓴 남자의 모습이 저만치 올려다보였다. 가까이 접근하자 사람들의 수군거리는 소리가 들려 물어본즉, 그 동네 토박이인 중갓 쓴 박초시란 자가 거푸 거품을 괴며 말하기를, 저 아낙은 동네 대가댁 김씨 문중 종가댁 며느리로 시집온 지 채 1년도 안 되어 남편이 죽었는데, 3년이 지난 어느 날부터 종년을 밤마다 불러들여 해괴한 그 짓거리를 해대더니, 그것도 모자라 떠꺼머리 그 집 종놈을 잠자리로 끌어들여 한동안 날 새는 줄 모르고 놀아나다, 어느 날 새벽 청상과부로 늙으신 그 집 안방 노마님이 낌새를 채고 별당 문을 열어젖혔는데, 그때까지 몸이 달아올라 교성을 지르며 격렬하게 서로를 탐

내느라 모르고 있었다. 이에 벼락 같은 호령이 떨어진 것이 바로 어제였고, 오늘 아침 문중 사람들이 득달같이 저리 모여들어, 저 언덕 뒤편 아름드리 고목에 묶어 돌로 쳐서 죽이려 한다는 것이요, 라고 했다.

"허면 그 통정한 종놈은 어찌되었소?"

"그 길로 끌려나가 송장이 되었죠. 종놈 주제에 언감생심 상전을 넘봐, 퉤! 나중에 알고 보니, 하루만 늦었어도 그 둘이 줄행랑을 칠 뻔했지 뭡니까, 퉤!"

자녀목을 위해 나무에 동아줄로 칭칭 묶인 그녀의 면상을 문중 사람들 사이사이로 훑었다. 눈꼬리 간문의 백색 윤기가 그녀의 간통질을 말해 주었고, 동시에 남편궁인 이마 중앙 바로 옆에 엽전만한 흑색 무늬가 남편에 대한 배신을 나타냈으며, 턱 부위에서 목 둘레 쪽으로 내려간 윤기 없는 백색이 보였다.

"저 턱과 목의 백색은 원래 중죄를 범하여 극형에 처해 참수당할 자에게 죽기 두어 달 전부터 나타나는 것인데, 저 아낙은 결과적으로 극형에 처해져서 죽는 것과 같으니, 찰색이 저리 표출되는 것이지……. 나무관세음보살……."

자상한 설명과 함께 그 여인을 향해 명인이 합장했다. 자준이 의혹이 풀린 듯 고개를 끄덕였다.

"아악!"

처참한 광경이었다. 문중 사람들이 일제히 돌을 던졌다. 금세 피투성이가 된 여인이 다시 피범벅이 되더니, 비명을 거푸거푸 지르며 파르르 몸을 떨고 죽어갔다.

"나무관세음보살…… 나무관세음보살……."

처절한 죽음을 향하여, 명인이 한동안 뇌고 또 뇌었다.

"아까 그 아낙의 물형을 보았던가?"

공덕 고개를 내려와 남대문 쪽으로 향하며, 명인이 물어왔다.

"예."

"무엇이던가?"

"소생이 보기엔, 눈썹이 전혀 없어서 과부상에다가, 그 물형은 오똑한 코에 맑은 호수를 연상케 하는 눈빛으로 보아, 주로 화류계에서 귀부인에 이르기까지 널리 보이는 백조상이 아니었는지요?"

"잘 보았네. 그럼 다 같은 백조상인데, 어떤 차이로 한쪽은 화류계 기생으로 풀리고, 또 다른 쪽은 귀부인으로 살아가는지 생각해 보았는가?"

"그것은…… 이목구비와 전체 얼굴의 조화에다 몸과의 균형을 가늠하여 나눈 그 품수의 차이에서 비롯되는 것이 아닐는지요."

"또 있네."

"……?"

"물형을 볼 적엔 우선 암수를 나누어야 하고, 그 요령은 어떤 물형이든 그 암컷은 음기가 많으므로 그 눈빛이 부드럽고, 수컷에 비하여 물기가 많고, 그 이목구비와 피부가 부드러운데다 몸이 통통한 맛이 있네. 거기에 비해 수컷을 볼양이면, 그 눈빛이 강하고, 예리하게 찢어진 눈매에 이목구비가 단단한 맛을 보이며, 피부가 또한 딱딱한 느낌을 주고, 그 몸에서도 강함이 느껴지는 걸세. 이러한 음양의 차이로 인해 수컷은 무얼 하든지간에 그 무리의 우두머리를 하게 되고, 암컷은 그 참모의 역할을 하는 걸세. 가령 자네 같은 호랑이상일 경우 암컷의 물형을 지닌 자는 큰 부자가 되어 권력자를 돕는 참모로서 그 재력을 돕게 되고, 숫호랑이상인 경우 그 품수에 따라 권력을 누리며, 많은

158

부하를 거느리게 되고, 극상품의 상일 경우 대권을 잡아 천하를 호령하게 되는 것이지.”

저만치 남대문을 바라보며, 둘은 대로가의 풀섶에 걸터앉았다.

“또 관상을 보노라면, 그자가 지닌 물형에서 위상, 고상, 장수상, 부상, 빈상, 단명상, 청수상, 복상의 팔상이 보이고, 그것을 가지고 떠오르는 느낌을 보아, 가령 닭상을 지닌 자가 고독지상으로 얼굴 중 코만 뾰족하고, 이마와 관골, 그리고 턱이 뒤로 후퇴하여 쭉 빠졌다면, 이는 비맞은 닭상으로 일생 외롭고 가난하게 살아갈 자로 보면 틀림없을 것이요, 그 몰골에다 눈빛까지 흐리고 초초히 껌뻑거린다면, 이는 기가 극히 모자람을 더하는 것이니, 병든 닭상으로 보아 일생 빈천함은 물론, 그 수명도 마치 죽을 날을 받아놓은 것처럼 짧은 것이네.”

“하면, 아까 그 아낙은 어떻게 나눌는지요……?”

남문 쪽에 아스라이 스치는 황금빛 새털구름을 바라보며, 명인이 계속했다.

“아까 그 아낙은 자네 말대로 백조상에다 보수궁인 눈썹이 전혀 없고, 입술이 헤벌어진 듯하며, 피부가 단단하고 야무지지 못해서 단 명상에다, 눈의 동자가 위쪽으로 치켜져서 일면 요염하게는 보이나, 그것은 발정기를 맞아 여러 수컷을 찾아다니는 백조의 눈빛으로, 그 아낙은 바람난 백조상인 걸세…….”

“아!”

자준의 입에서 감탄이 흘렀다.

“그러니 오늘 그리 죽은 것도 우연이 아닌 것이요 예정된 것이나, 만약 그 아낙이 평소「명심보감」이나「소학」을 읽어 성현의 말씀대로 뜻을 품고 그 삶을 독실히 했더라면, 그 눈빛이 자연 안정되어 그리 비참한 죽음을 맞진 않았으리라……."

"……."

자준은 한 발자국 더 가까이 상법의 진수로 향해 가는 자신을 보고 있었다.

남대문 저잣거리 측방 쪽 객점에 들어설 무렵, 사위는 이미 어두워졌다. 반색하여 맞는 주모의 등뒤로 불을 밝힌 객방들이 두어 칸씩 띄어서 보였다.

"여기 국밥 두 그릇만 말아주시구려."

사각진 얼굴에 주근깨가 덕지덕지 서린 뚱뚱한 몸의 육덕진 주모를 향해, 명인이 주문했다.

"예, 곧 올리겠습니다."

"근방에 투전판 벌인 곳 좀 알아주시겠소?"

순간 자준은 자신의 귀를 의심하듯 명인을 쳐다보았다. 주모가 코를 한번 훔치고는 힐끗 보며 말했다.

"저 건너편 주막 뒤켠방에 꽤 오래 전부터 저자 상인 패거리들이 모여 마작판을 벌였다고 하더이다만 어인 일이신지……?"

"알겠소이다. 어서 국밥이나 주시구려."

"……."

주모가 고개를 갸우뚱거리고는 돌아갔다. 얼마 후 국밥으로 허기를 메운 명인 일행은 아까 그 주모가 일러준 주막으로 향했다.

주막 으슥한 뒤켠 방에, 돈은 얼마나 있냐, 뭣들 하시냐는 등 꼬치꼬치 캐어묻고는, 투전판 패거리들에게서 허락까지 받아온 주막집 주인의 안내를 받아, 명인 일행이 들어서자, 제법 크게 판돈을 쌓아놓고, 힐끗 쳐다보고는 다시 패를 돌리는 투저판 광경이 여러 곳에 밝혀 놓은 촛불과 함께 눈에 확 들어왔다.

“저도 좀 거듭시다.”

명인에게 뒷모습으로 앉은 자준이 그자들에게 말을 걸자, 대답 대신 그중 한 명이 엉덩이를 틀어 자리를 만들었다. 끼어 앉은 자준은 그저 돈만 따고 보자는 노름쟁이 심산으로, 그에게 무관심한 채 손에 쥔 패를 독기 있게 훑고 있는 그들의 관상을 차례로 읽어갔다.

그의 뇌리 속에, 물형이 지닌 성품과 악을 위한 공부가 될 걸세, 라며 아까 주막 초입에서 명인이 했던 말이 스쳐갔다.

눈빛이 차가운 듯 강하게 쏘아보며, 얼굴이 길고 피부가 검고 단단한 저자는 늑대상, 얼굴이 좁고, 뒤통수도 납작한 듯 없고, 눈이 쪽 째지고 눈치를 슬금슬금 살피는 저잔 족제비상, 눈이 작고 빛나며, 오목조목 생긴 저잔 쥐상, 거동이 느릿하고, 표정이 없으며, 독기 있는 둥근 눈을 천천히 움직이는 저잔 뱀상, 그리고 그자들의 뒤에서 가만히 지켜보다가 잽싸게 고리 뜯기에 여념이 없는, 야무진 눈매에 단단한 코와 긴장된 입맵시를 한 주막집 주인 남잔 매상…… 자준은 그렇게 속으로 뇌었다.

그 판이 연이어 몇 순배 돌자, 그 물형을 한 상판들의 성격들이 여실히 드러났다. 족제비상을 지닌 자는 간이 작아서인지 연신 고개를 기웃거리며 눈치를 살피다가, 자기 차례가 오면 웬만한 패는 포기하고는 쉬기 일쑤였고, 이와 반대로 늑대상에 중갓을 내려쓴 자는 성격이 늑대처럼 격하여 상스러운 말을 연발하며, 매판을 쉬지 않고 끼어들어 그 많던 돈이 다 날아가 버리자, 부리나케 어디론가 달려가 뭉치돈을 들고 와서는 다시 달려들었다. 또 쥐상을 한 자는 돈을 따거나 잃거나 신경질이 많았고, 몇 판 패가 계속 좋지 않자, 지 성미를 못이겨 탁배기를 연거푸 들이키며, 욕지거리를 걸쭉하게 지껄이는 게 실로 가관이었다.

그중 뱀상을 한 자가 제일 점잖았다. 그잔 시종 침착하게 묵묵히 패를 읽어갔고, 그래선지 좀체로 잃지 않고 오히려 꽤 돈을 모았다.

자준은 명인이 아까 준 두 꾸러미의 돈 중 한 꾸러미를 잃고 있었다. 그때였다.

"내 이럴 줄 알았지, 이 웬수!"

갑자기 깨어질 듯 방문이 열리며, 한참 끝발이 오르려는 늑대상의 여편네가 뛰어들어왔다. 그 돈까지 싹 쓸어가면 식구들은 뭘 먹고 사냐, 이 웬수 같은 인간! 하고 악을 써대며 그 여편네가 고함을 내뱉자, 이년이 뒈지려고 환장했냐! 하며 그 늑대상의 사내가 그 여편네의 머리채를 잡아 끌고 나가 마당에 패대기치고는 몇 대 후려치는 것을 패거리들이 말리면서, 그 판이 깨진 것이다.

"젠장, 재수가 없으려니. 한참 끝발 오르는데, 씨팔!"

"내 고리돈은 누가 가진 거여?"

"이 판에 고리가 문제여?"

온갖 욕지거리를 늘어놓는 투전판 패거리를 등뒤로, 명인 일행이 숙소인 객점을 향했다.

숙소로 돌아온 자준은 자신을 위해 욕이 되는 장소까지 마다 않고 상법을 두루 깨우치게 하는 명인의 눈물겨운 배려에 가슴이 찡해 옴을 한동안 느끼다가, 어디선가 이른 닭 울음 소리를 어렴풋이 들으며 잠들었다.


이튿날 명인 일행은 아침 일찍 출발하여, 얼마 전에 다녀간 무운대사가 있는 용인 고을 쪽을 향했다. 금기(金氣)가 왕성하다 하여 오행상의 금왕절이라 이르는 가을, 용인 입세로 명인 일행이 접어든 벌판은 정오의 햇살과 함께 태평성대의 복양가라도 부르는 듯 담황색 낟알들의 물결로 출렁이듯 현란했다.

그 물결 속에 속사정이야 어떻든, 지난 여름 내 땡볕에 그을려 익은 몸과 삼베 두른 얼굴로 분주히 볏단을 나르고 묶고 모으는 아낙과 남정네들의 모습들이 한껏 풍요롭게 보였다. 대로를 벗어나 폭 좁은 소로로 접어들자, 저만치서 곡물 두 섬을 소달구지에 싣고 어디서 왔는지 잠시 쉬고 있는 듯한 농부가 보였다.

"고참 실하게 잘 키우셨소."

"……?"

"몇 년짜리요?"

황소 몇 보 앞에서 명인이 살피며 물었다.

"올해로 3년째죠."

힐끗 살피는 농부의 말이었다.

"내년에는 내다 팔겠구려."

순간 농부는 휘둥그레 눈을 치켜떴다.

"어찌 그걸 아십니까? 아깝지만 지 딸년 혼인 땜시 내년에 우시장에 내다 팔려고 하오만……."

알쏭달쏭한 몸짓으로 멀어져 가는 명인 일행의 뒷모습을 한동안 쳐다보던 소달구지 주인을 뒤로 한 채, 자준이 명인에게 물었다.

"그럼 소에게도 생사가 걸린 해가 있단 말이온지……?"

"그렇다네."

"……."

명인이 호흡을 가다듬었다.

"사람의 관상에도 한 살에서 백 살에 이르는 운명의 길, 즉 유년(流年)이 있듯, 소에게도 그 유년이 있는 걸세……. 나의 스승께선 많은 금수들의 그 유년을 파악하고 계셨네만, 난 그중 몇 가지만 알고 있지…….”

“소의 유년……?”

강한 호기심과 함께 자기도 모르게 자준이 뇌었다.

“아까 그 황소 이야길세.”

“…….”

“소는 대략 수명이 30년 정도이니, 좌측 뿔에서 우측 뿔에 이르는 곳과 그 이마 상단이 10년이요, 이마 하단에서 고삐를 매는 코의 바로 위쪽이 20년이요, 그로부터 코와 입 부분이 30년의 유년으로 보아야 하네. 또한 사람의 얼굴과 마찬가지로 한해는 좌측, 다음해는 우측 순으로 왔다갔다 하며 유년의 자리가 바뀌는 걸세…….”

자준은 한마디라도 놓칠세라 귀 끝을 곤두세웠다.

“아까 그 황소는 좌측 뿔과 우측 뿔의 모양이 각기 달라 흡사 다투는 듯한 형국에다, 이마 상단 우측, 그 유년의 4년째 되는 부위가 움푹 들어가고, 그 옆뼈가 살을 이기듯 튀어나와 있어, 이는 소의 관상으론 심한 살기를 띤 곳인지라, 그 죽음을 다음해로 예측했던 것이지.”

“아!”

탄성이 흐르는 자준은 자신의 발걸음조차 아득히 느껴질 만큼 넋이 빠져 있었다.

“또한 소의 관상은 그 눈이 지나치게 튀어나오고 붉은색이 많을 경우, 출산시 난산 끝에 죽는 송아지를 낳으며, 코와 입 주위가 푸르거나 흴 경우 전염병에 걸려 죽는 운명을 맞는 거지.”

“오묘……!”

그 말밖에 자준은 더 생각나지 않았다. 얼마 지나지 않아 사위가 어두워지기 시작했다. 명인은 걸음을 재촉했다.

무욕사(無欲寺).

용인 고을에서 반경쯤 벗어나, 나지막한 산자락에 걸터앉듯 들어선 무욕사에 다다르자, 동자승의 기별을 받은 무운대사가 명인 일행을 경보로 달갑게 맞았다.

"입적."

그 말에 자준은 깜짝 놀라 무운을 쳐다보았다.

"내일일세."

"입적할 체빈 했던가?"

"채비랄 게 뭐 있나? 승복이나 걸치고 들면 그만이지."

법당을 벗어난 세 사람이 승방에 함께 하자, 이내 동자승이 저녁 공양을 마치는 법고 소리가 경내에 울리는 소리를 뒷전으로, 둘의 공양거리와 무운의 공양거리로 보이는 참기름 한 사발을 들여 놓고는 법고 소리처럼 사라졌다.

"많이들 드시게. 난 내일 불에 태워질 몸이니, 이 참기름으로 그걸 거들 생각이네."

입적—.

그리고 저토록 죽음 앞에 태연할 수 있는 무운의 모습이 자준의 눈에 천년고목처럼 턱 버티었다. 명인 또한 그 태연함에 덤덤하게 버티었다.


자정 무렵 다섯 명의 행자승이 지켜보는 가운데, 무운이 좌선의 몸으로 입적을 맞았다.

"마지막으로 남길 말씀은……."

그중 한 행자가 나직이 깔은 소리로 물었다.

"본래의 자리로 돌아가는 것이니, 남길 것은 무엇인가?"

경내는 숨소리조차 숨고 또 숨었다.

"그대들 또한 이와 같으니, 부디 정진들 하여 남길 것이 없도록 하게."

"……."

이어 그는 편안한 눈으로 명인을 응시했고, 명인 또한 그 눈빛을 무어라 하듯 받아들였다.

"지난번에 일렀듯이 자네와 그 제자 된 자에게 내 남은 몸을 공양할 것이니, 저자의 눈을 틔우는 데 보태게."

순간 자준은 휩쓸 듯이 전율을 느끼며, 오늘 자신을 이리로 데려온 명인의 의중을 어렴풋이나마 짐작했다. 그리고 얼마 후 그의 눈에 알 수 없는 눈물이 괴어나왔다. 그 눈물을 비켜서 무운의 입적을 알리는 목탁과 법고 소리가 어둠 속을 파고들었다.

그 밤 삶과 죽음의 번민으로 밤을 지새운 자준은, 무욕사 마당에 벌인 무운의 다비식장으로 갔다.

조선의 건국이념인 숭유억불의 냉엄한 현실이 무운의 죽음 또한 예외일 수 없었다. 무운의 지시대로 가부좌로 앉은 그의 시신이 그대로 관솔과 장작더미 위에 얹혀진 그 주위로 행자승과 동자승, 그리고 신심 깊은 인근 동네 신도 십수명이 고작 그의 죽음을 맞았다. 법고 소리가 서서히 울리더니, 요동치던 그 순간 관솔가지에 불을 붙인 명인의 손으로 다비식이 시작되면서, 무운의 몸이 장작더미의 치솟는 화력 속에 휩싸이며 타들어갔다.

둥둥둥…… 두웅…… 둥둥둥둥둥. 법고 소리 속에 일제히 합장한 참석자들의 염불소리가 서천을 향해 울려퍼졌다.

관세음보살, 관세음보살, 관세음보살…….

“아!”

누군가의 탄성을 선두로 일제히 사람들의 탄성이 울렸다. 그 순간 자준은 보았다. 무운의 시신으로부터 맑디맑은 서편 하늘로 기둥처럼 뻗은 붉은 기운을…….

“해탈.”

“해탈하셨어.”

다비식장은 일제히 술렁이더니, 이내 염불소리와 신도들의 득달같이 움직이는 절동작과 함께 소원을 비는 소리로 바뀌었다.

얼마나 시간이 흘렀을까? 자준이 합장을 풀고 눈을 뜨자, 사람들은 모두 흩어지고, 명인과 행자승 몇 명이 타고 남은 무운의 뼈를 지키고 있었다.

“사람의 골상(骨相)은 각양각색일세.”

무운의 뼈조각들을 원래 모양으로 무명천 위에다 맞추어놓으면서 한 명인의 말이었다.

“먼저 두상(頭相)으로 말하자면 두무악골(頭無惡骨)이라 했으니, 어느 부분이든 발달하여 그 형상이 좋으면 나쁠 것이 없다고 했네.”

무운의 그을린 해골 옆에 아까 괴나리봇짐에서 꺼내 펼쳐놓은 골상도를 짚으며, 명인이 설명을 시작했다. 아까부터 기웃거리던 동자승의 입을 빌어 들었음인지, 여적 가지 않고 남은 신도 몇 사람과 행자승들이 몰려들어, 무슨 구경이나 난 듯 숨을 죽이고 바라보았다.

“여기 이마 중앙을 바로 비켜선 금성골이 잘 솟으면 벼슬할 상이요, 변지·역마골이 동시에 서면(뒤로 후퇴하지 않고 솟음) 외교에 능해 그 이름이 해외까지 떨치고, 코에서 솟은 뼈가 이

변지골
복서골
변지골
역마골
금성골
일각
역마골
월각
금성골
용각골
미수골
호각골
천주골
미수골
옥량골
관골
관골
옥량골
시골
시골

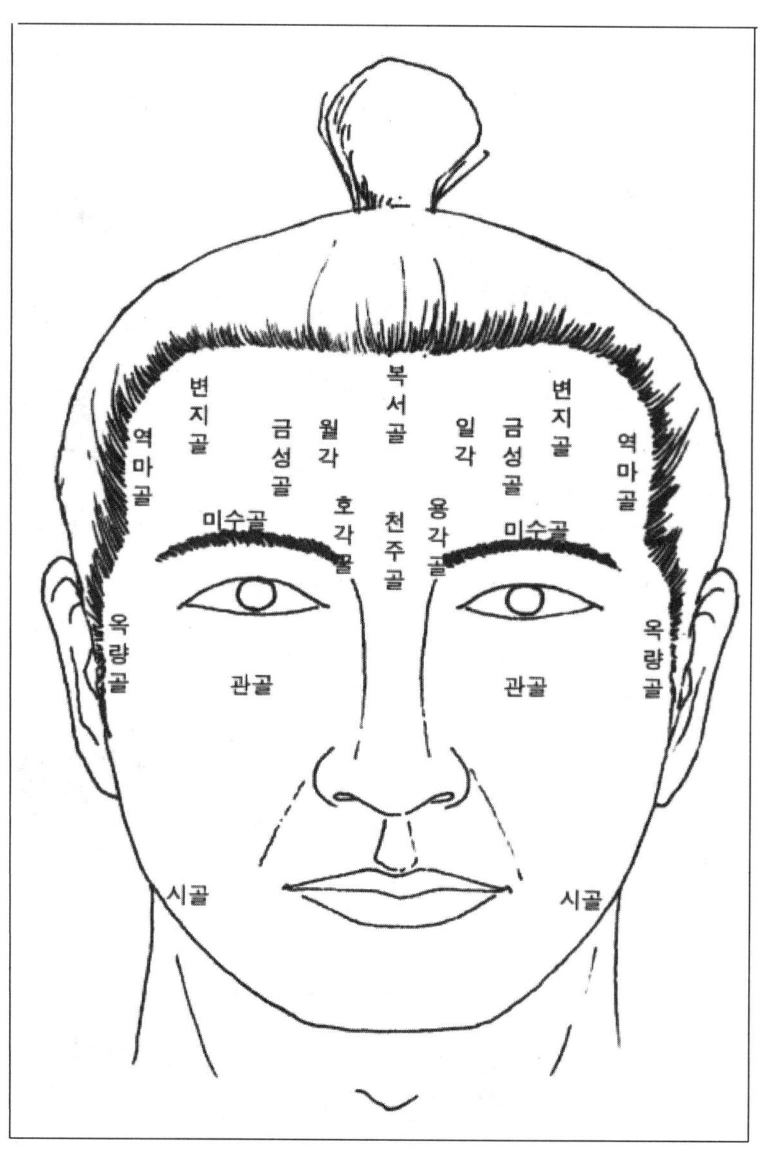

골상

마에 그대로 뻗어 직선으로 이은 뼈를 천주골이라 하는데, 이 천주골이 있으면 크게 출세할 것이요, 여기에다 이마 중앙의 뼈가 측면에서 보아 직선을 한 듯 머리털 난 곳까지 치솟은 뼈를 복서골이라 하여, 대권을 잡아 임금이 될 것이고, 관골에서 솟은 뼈가 귀 쪽으로 뻗은 것을 옥량골이라 하여, 이 골이 잘 솟으면 문장가로 이름이 나고, 턱 좌우에 각진 뼈 모양이 있으면 그것을 시골이라 이르는데, 많은 부하를 거느릴 운명이요, 일각·월각골이 높이 솟은데다 눈썹이 수려하여 기세가 강하면 천군만마를 호령케 되네."

무운의 해골과 골상도를 오가며 자준의 동공이 분주히 움직였다. 구경꾼들은 서로 상대의 얼굴과 자신의 얼굴을 살피고 짚어가며, 명인의 말에 귀기울였다.

명인이 해골을 돌려놓더니 그 손으로 다시 후골도를 짚었다.

"여기 뒷머리 상단 꼭대기를 정수리라 하는데, 정수리와 그 좌우 상단 뼈가 솟으면 대귀할 운명이며, 중앙에 솟은 뼈를 침수골 또는 옥침골이라 하여, 이곳이 발달되어 솟으면 장수하고 또한 귀히 되며, 침수골과 그 아래 뒷골 하단 부위가 동시에 잘 솟으면 무관으로 출세하네."

명인의 눈이 잠시 자준을 향하더니, 다시 무운의 갈비뼈 쪽으로 옮겨갔다.

"뼈에도 오행이 있으니, 잘 들어보게."

"……"

"뼈가 가는 듯 긴 것을 목골(木骨)이라 하고, 둥글고 단단한 것을 금골, 마디마디가 튀어나와 뾰족한 것을 수골, 가는데다 비뚤어지고, 길이가 길고 짧아 일정치 못한 것을 화골이라 하는데, 이는 종의 운명일세. 그리고 뼈가 시원스레 뻗어 크고 두터

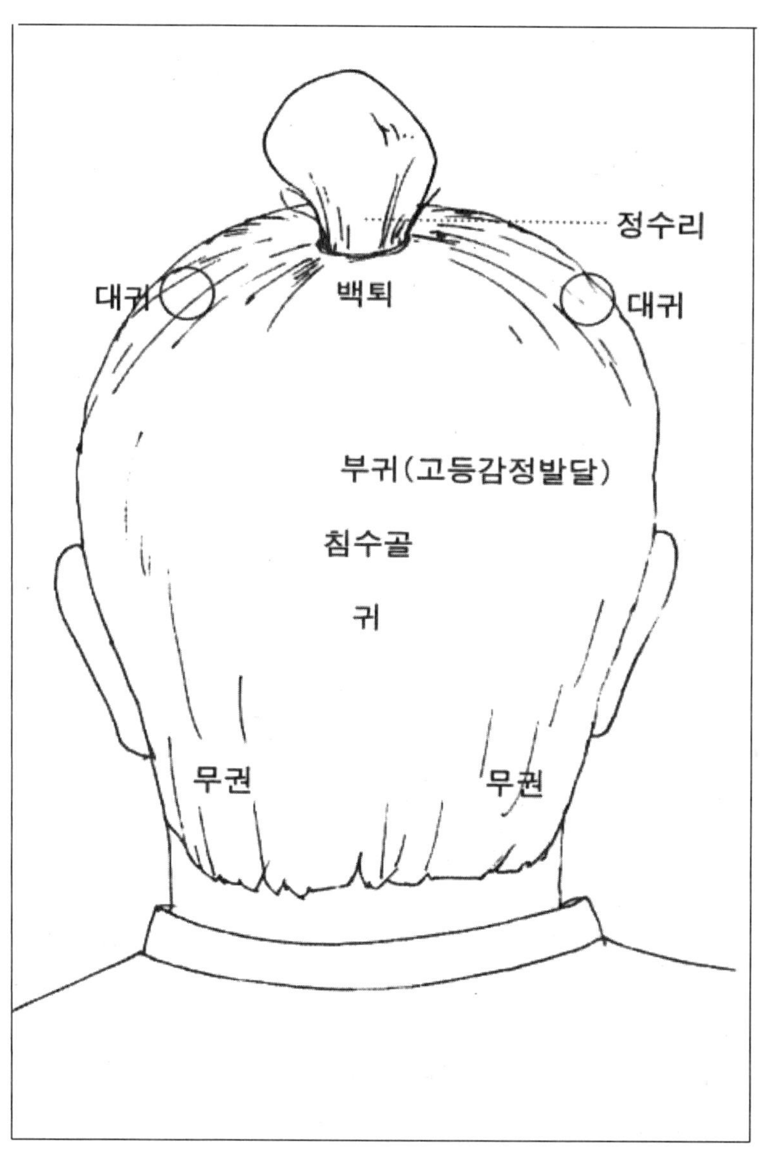


후두골상

운 것을 토골이라 하여, 주로 부자가 될 자에게 많네.”

　그러자 구경꾼들이 이번에는 자기 팔다리를 만지며 수군거리다가 다시 집중했다.

　“그래서 내 팔자가 사나운가벼!”

　“그럼 난 말년은 좋다는 건가?”

　신도들의 소리를 뒷전으로, 명인이 계속했다.

　“여기 갈비뼈가 드물게 드물게 하나로 붙은 자가 간혹 태어나는데, 이를 일러 변협(骿脅)이라 하지. 우리나라 신라시대 임금 중의 한 명이 변협이었으며, 중국의 패왕이었던 진문공이 또한 변협이었는데, 그 이치는 몸을 크게 천·지·인으로 나누면 머리는 천, 가슴과 배는 인, 그리고 다리가 지이므로, 가운데의 자기 자신을 뜻하는 인이 변협으로 잘 보호되고 또 부각된 것이네. 따라서 천지간에 그가 크게 특출난 이치이니, 곧 임금이 되었던 것이네.”

　상서에서 읽은 내용들이 되살아나 머리속을 파고드는 가운데, 자준은 생생하게 드러난 무운의 뼈를 훑어보며, 그가 주로 금골(金骨)로 이루어졌으며, 수골(水骨)과 목골(木骨)이 약간 섞여 있고, 이마와 턱뼈가 모두 뒤로 빠진 듯 후퇴한 고상인지라, 타고난 불승의 팔자라 생각했다.

　명인은 그 외 보통 손목의 뼈가 둘로 이어져 있는데, 간혹 그것이 하나로 된, 속칭 통뼈라 불리는 자도 세상에 태어나는 것이니, 이 자는 주먹의 힘이 가공할 정도로 강하여 자칫 살상을 저지르거나 도적의 무리로 된다는, 상서에 없는 내용의 것과, 손과 손목 사이의 툭 튀어나온 뼈를 고골이라 하는데, 이 고골이 있는 자는 부모 덕이 없고, 자수성가할 운명이라는 것, 발바닥의 뼈가 평평하여 속칭 평발이라 하는 것은 음의 기운이 탄력이 없어 느슨히 지체된 모양이니, 일생 천하나 관상이 좋으면 괜찮다는 이야기, 또 골격을 크게 놓고 보아, 천(天)에 해당되는 머릿골이 몸에 비해 작거나 지나치게 커도 천·지·인의 부조화된 이치인지라 현달하지 못하는데, 머리가 몸에 비해 작은 경우 초년과 노년이 고통스럽고, 지나치게 큰 머릿골도 마찬가지이나 허풍이 센 게 특징이라 했다.

"보십시오."

설명을 마친 명인을 향하여, 신도 한 명이 상기된 채 소리쳤다.

"……?"

"저는 누가 보아도 빈상은 아니라 하더이다. 헌데 실상은 세끼 밥 먹기도 힘든데, 한번 봐주이소."

일제히 시선이 그자를 향하는 가운데, 그자를 찬찬히 뜯어본 명인이 말했다.

"입 안의 치아는 몸 속의 근기를 대표하는 것이로되, 당신의 치아는 극히 짧고 쥐이빨처럼 촘촘하기에, 이목구비가 나름대로 보기에 괜찮다고 하나, 실제는 빈상으로 그리 고생한 것이요."

"이빨이 그리 중요합니까?"

"물론이요. 치아는 인중 밑에 있어 외부로부터 들어오는 기운과 몸 속 내부의 기운을 대표적으로 상징하고 있소. 따라서 치열이 고르지 못한 자는 크게 출세치 못하는 것이요."

그러자 나머지 사람들도 물어대기 시작했다.

"제 주걱턱은 어떻습니까?"

"전 새 장가를 갈 수 있을까요?"

"이 곰보자국은 괜찮심겨?"

쏟아지는 물음에 명인은, 그대처럼 약간 주걱턱은 재복이 있다. 살짝 곰보는 상관없다. 언제쯤 장가들 수 있다. 단 모두들 심상이 모든 것 중 첫째라는 것을 명심할 것을 말해 준 후, 그 자리를 파했다.

저녁 예불을 마친 명인은 승방으로 돌아와, 이부자리를 펴는 자준에게 오늘 배운 골상에 부연해서 말을 시작했다.

"무릇 골상은 음양의 기의 조화와 강약의 흐름을 파악하는 요체요, 해서 두상의 경우 오늘 무운의 경우처럼 이마와 턱뼈가 뒷머리 쪽으로 쑥 빠져 후퇴했을 경우, 신체의 앞켠은 양이요 뒤켠은 음기가 흐르므로, 그 기가 음기가 센 골상이어서 양의 세상인 속세에 살지 못하고 음의 세상인 산중의 중으로 살아간 것이지…… . 반대로 양 중에 대양이라 할 수 있는 이마의 뼈가 직선으로 내리뻗어 코뼈로 이어지고, 다시 하관의 턱뼈가 약간 들어간 듯 받치고 있으며, 뒷머리뼈 또한 적당히 솟아 상부로부터 밑으로 목살까지 발달되었다면, 이는 조화된 음양의 대국(大局)을 맞은 기상이므로, 신체의 골격과 살이 잘 조화되었다면 능히 천하의 대세를 바라보는 큰 인물이 될 걸세."

"아까 무운대사의 경우, 어깨뼈가 아래로 처진 듯하더이다만……?"

그 말을 빼앗듯 되받아, 명인이 말했다.

"좋은 지적이네. 어깨의 뼈를 대추골이라 하여, 양기가 모이는 곳이네. 따라서 그 기운이 양이랄 수 있는 남자는 어깨뼈가 위로 솟아야 사회에 중용될 재목이며, 음인 여자의 경우 둥글게 보여 솟지 않은 것이 좋은 골상이라 할 수 있지."

무운의 모습이 떠오른 것일까? 명인이 잠시 감았던 눈을 서서히 뜨고는, 결론 같은 이야기였다.

"관상을 보매, 먼저 그 물형을 파악하고, 이목구비와 오늘 배운 골상으로 그 기의 조화를 보아, 그 물형의 상·중·하의 품수를 정하면, 그 재목의 용도를 알아 인재를 적재적소에 쓸 수 있을 것이야."

"명심하겠습니다, 사부님!"

무운을 애도하는 것일까? 말을 마친 명인은 좌선을 풀지 않았다. 그 앞에 고개 숙인 자준은 명인과 무운에 대한 감사로 사무치는 그 밤을 보냈다.

목멱산 초막으로 돌아온 자준은 상법과 함께 천문을 배웠다.

"천문ㅡ. 그것은 하늘의 뜻이자 인간들의 의지를 반영하는 것이지. 결코 독단으로 따로이 그 길흉을 이끄는 것이 아닐세."

"하오면……?"

눈에 가득 밤하늘의 영롱한 별을 담고서, 자준이 물었다.

"옛적 역학의 대가이자 천문에 능통했던 강태공 여상은, 성왕 문왕이 국가의 흥망은 하늘의 뜻에 따라 이미 정해진 것인가 라고 묻자, 그것은 군왕의 덕에 달린 것이지 따로 정해지지 않습니다 라고 했고, 맹자 또한 천문과 지리보다 인화를 얻는 것이 요긴하다 하여, 여상과 같은 뜻을 밝힌 바 있듯이, 천문은 바로 군왕의 통치 능력에 따라 인과응보와 반응하는 것이네. 따라서 천지인은 한 몸인 걸세!"

"……."

그렇게 정진하던 날이었다.

"허허, 불청객이 올 모양이군."

아침 일찍 동경을 들고 자신의 찰색을 살피던 명인이 혼자 말했다.

"불청객이요……?"

반사적으로 튕기듯 일어난 자준도 동경을 들고 찰색을 살펴보니, 양쪽 볼따구니 귀래(歸來) 부위에 홍색 윤기가 서리고, 동시에 이마 양쪽 교우궁에 같은 색이 돈다. 의아해 하는 자준을 향하여, 명인이 말했다.

"자네 친구가 올 모양이구먼."

"친구요……?"

그 말이 떨어진 지 채 반 식경쯤 되었을까?

"계십니까?"

권남이다, 속으로 뇌며 자준이 문을 열자, 홍윤성과 권남이 희색을 하며 사립문을 뒤로 한 채 떡 버티고 서 있었다.

"그간 잘 지냈는가?"

"덕분에."

"자네는?"

"저두요."

갑자기 들이닥친 두 장정 탓에, 방안은 화기로 가득 찼다.

"일전에 자네가 이야기했던, 정승의 재목이라던 친구와 장차 큰 재목이라던 아우시구먼."

두 사람을 살핀 후, 그들을 삼킬 듯 강한 눈빛을 한 명인이 말을 뱉었다.

"그렇사옵니다."

"소생 권남이라 하옵니다."

"소생은 홍윤성입니다."

"자네가 잘 보았어. 훗날 그 말대로 귀히 될 것이네."

그 말에 홍윤성은 큰 입을 벌리며 좋아했고, 함께 따라 웃던 권남의 표정이 서서히 긴장되었다. 순간 자준은 보았다. 그의 눈빛에 호승심(好勝心)이 어려 있었다.

"외람된 말씀이오나, 작금에 숭유억불이 국가의 시책이고, 소생 또한 불문을 멀리해야 나라와 백성이 안정된다고 생각하오이다."

명인의 눈빛이 날카로워지며, 갑자기 방안의 공기가 싸늘해졌다.

"계속하시게."

"저는 행여 제 친구가 대사의 영향으로, 예전 저와 함께 동문수학하며 다진 장래의 뜻이 왜곡될까 염려되어 여길 왔습니다."

"여보게, 이 사람!"

송구스런 표정으로 자준이 말리려는 것을, 명인이 손을 휘저어 제지했다.

"자네는 가만있게."

한동안 침묵이 흘렀다.

"나는 자네들 친구 자준에게 불도를 가르친 적도, 알게 할 생각도 없네."

"하오시면……?"

"먼저 묻겠네."

"……?"

"흔히 말하는 도(道)란 몇 가지나 되는 줄 아시는가?"

조금 당황한 듯, 그러나 쏘아보며 권남이 말했다.

"불가의 도, 유가의 도, 노장의 도, 묵자의 도, 법가의 도, 그리고……."

권남의 말을 빼앗듯이, 명인이 말을 받았다.

"불가에서 말하는 진여(眞如)나, 유가에서 말하는 인(仁), 성리학의 태극과 무극의 이기론, 노장의 무위(無爲), 묵자의 겸애, 법가의 형명(形名)…… 그 모두를 통틀어서 둘로 나누면 음도(陰道)와 양도(陽道)랄 수 있네.”

명인을 바라보는 세 사람의 눈이 일제히 커졌다. 음도와 양도? 자준은 속으로 뇌었고, 권남이 물었다.

“음도와 양도라시면?”

“세상의 통치를 위한 사상이 양도요, 그 통치를 도와서 백성을 음으로 어루만지는 것이 음도이네.”

“하오면 불도는 음도요, 유가나 성리학은 양도이옵니까?”

“바로 그렇네. 태양은 양이고 달은 음인 고로, 태양의 빛이 없으면 달의 빛은 그 의미를 잃게 되듯, 음과 양은 서로 보완의 관계이고, 음도와 양도의 관계 또한 그렇네.”

명인의 눈이 허공을 응시했다.

“선방에 앉아 진리에 매진하던 어느 날…… 홀연 법계가 공(空)이요, 색(色)이요, 무(無)로 보이더니만, 일순 속에서 다시 찰나의 나 자신 속에 있던 그 진여(眞如)를 발견했고, 스스로 얻은 것이 바로 음도란 것이었지.”

방안의 공기가 모두 명인에게 빨려들었다. 자준도 권남도 홍윤성도.

“하지만 그것을 얻고 난 후 난 양도가 있다는 것을 깨달았네……. 나보다 먼저 얻은 자도 있을지 모르지만, 내가 처음으로 그걸 말한 것이네. 양도……! 해탈, 즉 음도를 얻었다고 해서 세상은 바뀌어지지 않고 그대로일 뿐, 부처가 다녀간 세상도, 삼생을 넘나들었다는 달마대사가 온 세상도…… 고통 속에 신음하는 중생들의 삶을 바꾸지는 못했네.”

“…….”

“…….”

정적이 흐르고, 그 정적 속에 자준은 일순 메마른 입술을 훔쳤다.

“해서 나는 느꼈지. 혼자만의 터득한 도가 과연 그리 위대한 것일까, 하는 무수한 반문의 밤과 낮 속에…… 온 천하의 백성이 모두 함께 도를 터득하여 무구무애하듯 살진 못할지라도 그에 훨씬 가깝게 다가갈 세상을 오게 하여, 내가 터득한 음도가 진정 뜻깊고, 거룩할 수 있는 양도가 이룩되어진 세상을…….”

“방금 말씀하신 그 양도의 세상을 좀더 소상히 말씀해 주십시오.”

자준의 질문이었다.

“관상을 배운 자넨 알겠네만, 사람은 그 형상과 물형에 따라 천인천색 만인만색으로 각기 그 성격과 특성을 달리하네. 따라서 어떤 도일지라도 그들을 이끌기엔 한계가 있는 거지…….”

다음 말을 정리하듯 명인이 호흡을 가다듬었다. 멀리서 얼뜬 뻐꾸기가 울 듯 띄엄띄엄 뻐꾹! 소리가 들려왔다.

“백성이 모두 편안한 세상, 그것은 통치 능력에 따른 것이요, 그 능력이 발휘될 때 세상은 평화롭게 천지 육합(六合 ; 천지 동서남북)이 조화되어, 절기에 맞춰 일기가 찾아들고, 민심의 각박함이 사라질 때, 비로소 도가 설득력을 가지는 것이지. 그 훌륭한 통치가 바로 양도이고, 양도를 도와 세상을 더욱 살찌우는 것이 내가 말한 음도이네. 바꾸어 말하자면 어느 한쪽만을 가지고는 세상의 완전한 도라 할 수 없는 것이네.”

“…….”

“…….”

“…….”

"기왕에 한 이야기인즉 덧붙이자면, 태양이 없는 달의 빛은 무색하듯, 양도가 있으므로 음도가 비로소 빛을 발할 수 있는 걸세. 혹여 산중에 들어앉아 세상을 가벼이 보고, 백성의 행·불행을 이끄는 통치 행위를 우습게 생각하며 말하면서, 속세를 발아래로 굽어보며 자신의 도만 찾는 자가 있을지 모르나, 이는 한쪽의 도밖에 볼 줄 모르는 처사여서 안타깝네……."

명인의 말에 갑자기 힘이 실렸다.

"어찌 불문에서 해탈을 얻은 자와 노장의 도를 터득한 신인이나 진인만이 그 도란 것을 얻었다 할 것인가? 그들은 음도를 얻는 것이요, 온 천하를 태평성대케 한 저 요순이나 그들을 도운 신하, 그리고 우리의 국조 단군, 지금의 만백성의 어버이요 성군이신 세종임금께서 이룬 업적 또한 결코 그에 못지 않은 양도의 도를 얻으신 것이네."

"하옵시면 태평성대를 열어 그 양도를 이룬 성군이나 혁혁한 공을 세운 신하도 불문의 해탈처럼 윤회의 업에서 벗어나 극락으로 드는지요?"

"물론이네. 온 백성을 즐겁게 하여, 이로써 온 천지의 화(和)기가 그 몸에 스미는데, 어찌 그 몸의 사(邪)가 스며들 것이며, 모든 사념(邪念)을 버린 후에야 얻는 것이 불문의 해탈이거늘, 양쪽이 무슨 차이가 있을 것인가……? 그 어렵기로 본다면, 혼자 이루는 도보단 만백성과 부딪치며 함께 이루는 양도의 도가 훨씬 어려운 것이야."

순간 자준은 자신의 어깨에 주어진 어떤 사명감을 느끼며 가슴에 뿌듯함이 저려왔다.

"그러시면 저 친구를 통하시어 세상의 양도를 이루시려 하심인지요?"

좀전과는 역력하게 다른 태도로 권남이 물어왔다.

"이룰지는 모르나 그리 되리라 믿네. 내 입적을 얼마 남겨 두고, 그것을 위하여 잠시 불문을 떠나온 것이요, 그러한 세상을 위하여 긴요히 쓰일, 내가 아는 것을 저 친구에게 전하려는 것이지……. 조선 건국초 태조와 함께 걷던 무학대사의 그 길을 나 또한 걷고 있을 뿐……."

"그토록 깊은 뜻을 몰라 뵈온 소생을 용서하십시오."

명인의 감은 눈을 향해 권남이 조아렸으나, 명인은 그대로인 채, 그가 홍윤성과 돌아간 한참 후에야 눈을 열었다.

권남이 일면 송구스러워하고, 한편으로 감동어린 표정이 되어 휘적휘적 뒤따르는 홍윤성과 돌아간 그 밤, 자준은 곁방에 누워서 스승의 그 원대한 뜻을 몇 번이고 곱씹으며 헤아렸다. 백성, 그 중생들의 삶에 대한 명인의 집착과 사랑이 어둠을 훤히 뚫고 절절히 느껴졌다. 그리고 전과는 또 다른 외경스런 존경심이 솟구치는 그 밤이 그대로 새벽녘까지 이어졌다.


앗!

딴때없이 격앙된 명인의 소리였다.

"저…… 저럴 수가……?"

"……?"

"그분이 정녕 가신단 말인가?"

"가시다뇨, 누가?"

야심한 시각, 천문을 살피던 명인의 상심한 얼굴을 향하여, 또한 놀란 눈빛으로 자준이 되받았다.

"자미성이 빛을 잃었어."

"임금의 별인 자미성이……?"

이번에는 자준이 살폈다.

"아······!"

분명 그랬다. 얼마 전까지 영롱한 빛을 발하던 그 별이······.

"성군이 가신 걸세."

"······."

꽤 오랜 시간 침묵이 흘렀다. 아니, 자준으로서 그 침묵을 깨기에는 딴때없이 명인의 표정에 위엄이 서려 있었다.

"이제 오래잖아 폭풍이 불 것이고······ 그 속을 뚫고 자네가 가야 할 터! 나무관세음보살······."


1450년 2월 성군 세종이 승하하신 한성 안은 온통 슬픔에 겨운 눈물들이었다. 위로는 임금의 일가 친척에서 성군을 모시던 신하, 상궁, 나인, 하다 못해 저잣거리의 중인, 상인, 기생, 그리고 어제까지 행인들을 향해 걸쭉하니 질러대던 소리를 멈춘 새우젓장수에 이르기까지 생업을 멈추고 객점 봉놋방에 들어앉아 시름에 잠긴 한숨을 토해내며 목놓아 울었고, 상것들도 울었으며, 온 나라 백성이 모두 울었다.

지는 해ㅡ.

붉은 솜털구름에 에워싸여 제아무리 모진 자의 발걸음도 언뜻 멈추어 세우고는 넋없이 바라보게 하는 꽉찬 들녘에 아스라이 지는 해는 선뜻 서럽도록 아름답다.

세종대왕이 그랬다. 그의 집권은 온 백성의 태양이 뜬 것이요, 죽음은 서럽도록 아름다운 석양빛이었다. 집권 초기부터 이룩하신 정치, 경제, 문화, 사회 전반과 영토 확장에 이르기까지 그 놀라운 업적은 놓아두고라도, 즉위 초부터 편치 못한 옥체에 소갈증까지 얻으신 몸으로, 오직 백성을 위해 밤낮을 돌보지 않

고 살다 가신 그 몸으로, 몸소 보여주신 성군의 모습을 백성들
이 사랑했고, 그 사랑을 벅차게 가슴에 담고 소를 몰던 손으로,
객점 봉놋방을 허드레천으로 훔치던 손으로, 가을걷이 볏단을
나르던 손끝으로, 손톱 두 개가 모진 세파에 일그러진 채 그물
을 건지는 어부의 그 한맺힌 손으로 만지듯 사무치게 우러러던
그분의 모습이, 저 지는 해의 노을 속 서산 마루에 걸린 것이다.
　그리고 그 무수한 설움에 겨운 눈물들 속에 아랑곳없다는 듯
무심한 밤이 찾아든 것이다.

　"떠나시다뇨, 사부님!"
　화들짝 자준의 얼굴이 금세 사색이 되었다.
　"놀랄 것 없네. 만남이란 늘 이별을 전제로 한 터!"
　짐이라야 고작 괴나리봇짐과 손에 든 보따리 하나가 고작인
명인이 그 짐을 한켠으로 밀며 말했다.
　"하지만 아직 배움이 부족한 터에……."
　"뼈대는 이미 갖췄으니, 나머지는 자네 혼자 갈고 닦으면 살
을 찌울 터!"
　"하오나…… 사부님!"
　어느새 자준의 얼굴에 눈물이 흘렀고, 그 눈물은 헤어짐 후에
있을 명인의 죽음을 떠올리자 더욱 거세어졌다.
　"됐네."
　"떠나시면 입적은 언제……?"
　잠시지만 몇 날처럼 느낀 침묵이 흐른 뒤, 명인이 말을 이었
다.
　"굳이 말하자면 금강산 여러 절을 돌아본 뒤, 어느 한 자락
산중에서…… 영원한 우주로……."

그러나 명인은 빙그레 웃고 있었다. 그 웃음은 모든 번뇌를 벗어던진, 티끌 한점 볼 수 없는 문수보살의 웃음이었다.

"이젠 홀가분하이. 자네와의 인연마저 끝났으니, 이 속세에 더 이상 걸릴 게 무엇인가? 떠나야지⋯⋯."

더 이상 자제할 수 없었다. 자준은 끝내 통곡을 토해냈다. 그것은 명인과의 이별 때문만은 아니었다. 조실부모로 양친을 모두 잃고, 거기에다 칠삭둥이라는 놀림거리까지 덤으로 물려받은 그 설움의 몸으로 괄시받고 천대받으며 추웠던 세월, 모진 세파의 나날들이, 또 그를 괄시해 왔던 여러 얼굴들 중에도 처가 덕에 먹고 사는 칠삭둥이 사위 주제에 밥벌이도 못한다 하던 장모의 얼굴이 그 얼굴들 사이로 부각되며, 그런 자신을 크게 알아보고 살뜰히도 가르치시고 보살피시던 그 명인과의 헤어짐이, 그 순간 한맺힌 과거사와 어우러져 밑도 끝도 없는 통곡으로 바뀐 것이다.

그 심정을 꿰뚫어보는지, 명인이 말없이 황촛불 사이로 지켜보는 가운데 통곡의 밤이 갔다. 새벽녘에야 몸을 추스른 자준이 혹여 이적은 언제이시고, 계실 곳은 금강산 어디쯤이냐는 물음에, 끝내 침묵으로 버티신 채 날이 밝기가 무섭게 그 고작의 짐을 챙겨서, 아직 가시지 않은 미명 속으로 명인이 사라졌다. 그 뒷모습을 보며 버선발로 삽짝 밖에 엎드린 자준은 아까 떠나기 전 툭 던진 명인의 한마디, 자네 갈 길을 가게. 그 먼 길을⋯⋯ 이라던 그 말이 천근처럼 온몸을 짓누르는 가운데, 언제까지고 그대로 일어설 줄 몰랐다.

"계시오니까?"

이튿날 자준이 명인의 초옥을 막 하산하려던 차에, 장지문 밖에서 낯선 아낙의 소리가 들려왔다. 누굴까 하는 의문 속에 활짝 문을 열어젖히니, 벌써 명인과의 만남의 세월이 어언 1년이 족히 넘는지라, 춘사월의 물씬 풍기는 봄바람과 함께 세 여인이 나타났다. 자세히 살펴보니, 한 여인은 지난번 무당팔자를 명인에게서 고친 송가 누이동생이었다.

"그간 안녕하셨사온지?"

"예."

"스승님은 어디 계시온지……?"

"우선 드시죠."

헛!

함께 온 여인을 훑어보던 자준이 갑자기 소름이 돋듯 놀라 그 자리에 못박혔다. 그녀와 같이 온 또래로 보이는 여인의 얼굴에 흐르는 섬뜩한 귀기 때문이었다.

-저…… 저럴 수가?

속으로 그리 뇌며 자세히 보니, 온몸에서 섬뜩한 귀기가 흘렀고, 얼굴은 흡사 백분을 바른 듯 핏기없이 창백하여 물에 빠져 죽은 시체를 연상케 했으며, 특히 그 눈…… 그 눈빛에서 도저히 산 사람의 것이라 할 수 없는 음산한 기운이 흘러나와, 마치 귀신을 보고 있는 듯했다.

"얼마 전 오라버니께서 지난밤 꿈에 명인 대사님께서 보이시더니, 오라버니더라 잘 있으시라 하시곤 떠나시더란 말씀을 하시면서, 절더러 너의 은인이신 그분께 인사도 차릴 겸 한번 다녀오라 하시고, 오라버니께선 후일 찾아뵙는다 전하라 하옵기에, 오늘 한 동네의 기막힌 사연을 가진 이 모녀와 함께 왔사온데, 대사님께선 이미 정처없이 떠나셨다 하시니 낭패로군요."

방으로 들어와 명인이 떠난 후 자준이 짐을 챙겨둔, 휑그러니 썰렁한 방을 휘둘러본 후, 명인의 소식을 듣고 실망한 어조의 송가 누이동생 말이었고, 동시에 그를 따라온 모녀 또한 낭패라는 낯색이 역력했다.

"기막힌 사연이요?"

자준의 말에, 뱉어놓는 귀기어린 여인의 어미 입을 통한 사연인즉, 그 딸의 이름은 귀녀(貴女)이고, 성씨는 정(丁)가인데, 권세가는 아니나 천여 마지기의 전답을 가져 제법 부자였던 그녀의 아비는 그녀가 태어나던 해 이유 없이 급사했고, 그래도 재산이 많았던지라 외동딸인 귀녀를 홀몸으로 키워오다, 귀녀 나이 15세가 되던 해, 보다시피 워낙 형모가 박색하고 요런지라, 수십 마지기 전답을 떼어주는 조건으로 두말 않는 가난뿐인 중인 집안으로 시집을 보냈으나, 첫날밤을 치르고는 서방이 눈을 까뒤집은 채 죽자, 놀라 자빠진 시부모는 정신을 추스른 후 멀쩡한 서방 죽인 년이라고 그날로 그녀를 내쫓았고, 친정으로 돌아온 그녀를 자신 또한 과부의 몸으로 첫날밤을 치르고 쫓겨난 생과부 딸년을 쳐다보고 있자니 속에 천불이 치밀어, 이듬해 작정하고, 세상의 버젓한 혼사는 이미 그른지라, 그래도 에미 심정에 생과부 팔자는 면하게 해줄 양으로, 집안에 있던 노복 중 착실하고 인물 훤칠한 놈을 골라 집안에서 첫날밤만 치르고는 어디 남 모르는 곳으로 멀리 떠나보낼 심산이었는데, 그날 밤 또 서방된 자가 죽은 것이다. 해서 용하다는 무당을 불러 푸닥거리를 한 후, 다시 노복을 골라 서방을 맺어주었으나 또 죽어 신방을 시체로 실려나왔고, 그러기를 일곱 차례…… 이제까지 죽은 서방이 첫번째 신랑을 합쳐 여덟인지라, 혹여 구원의 길이 있을까 하던 참에, 송가로부터 소문을 들은 뒤로 몇 번이고 졸라 오늘 이렇게 온 것이나, 팔자가 또한 기구해서인지 명인을 만나지 못했다며, 황소 같은 눈물을 글썽였다.

"저두 배운 바가 있습니다."

자준의 말에, 귀녀의 어미가 화들짝 반색했다.

"배운 바라면…… 방법이 있단 말이온지?"

자준의 눈은 귀녀에게 머물렀고, 그 순간 떠올랐다.

-객귀(客鬼)의 상.

속으로 뇌며, 예전에 명인에게서 들은, 상법 서적에는 그 내용이 없지만, 객귀의 상에 대한 내용과 그 해악의 퇴치법이 떠오른 것이다.

"있습니다."

귀녀의 모친이 환한 얼굴로 한 무릎 당겨 앉으며 물었다.

"정말 방법이 있사오니까?"

"예."

"이렇게 반가울 데가?"

송가 누이와 귀녀 또한 바싹 다가앉았다. 자준은 잠시 일진을 짚어본 후 말을 이었다.

"나흘 후."

"……."

"……."

"……."

"꼭 그날에 새벽 닭이 울거든, 전날 목욕재계한 몸으로 집을 나와 동쪽으로 한없이 걸으시오."

"혼자……?"

"그렇소."

"그 다음은……?"

"그 다음은, 그 시각이 이른지라 좀체로 사람을 만나기 어려울 것이요.”

귀녀의 눈에 귀기가 더욱 발했다.

“그렇게 계속 걷다가 만나는 첫 남정네를 어떻게든 데려다가 혼인을 하게 되면, 다시는 신방에서 서방이 죽어 나가는 일이 없을 것이외다. 단…….”

“단?”

“반드시 생기(生氣)방인 동쪽으로 갈 것이요, 또…….”

“또?”

“절대 뒤돌아보지 말 것이요.”

“…….”

자준의 눈이 귀녀의 눈의 그 귀기와 맞대결하듯 불꽃이 튀었다.

“내가 알기로, 객귀의 상이란 전생의 어떤 인연으로 인해 노중객사한 원혼이 산 자의 몸을 빌어 태어난 자로서, 그 용모가 흡사 귀녀의 경우처럼 귀신과 같다 했소……. 해서 그 귀기로 인해 산 사람이 죽어 나가는 것이요. 그 귀기를 없앨 처방으로 천지육합을 이룬 길일을 택해 생기의 발처인 동쪽으로 가서, 그 귀기를 이길 귀인을 만나란 뜻이요.”

“고맙습니다, 나으리. 우리 모녀를 구해 주셔서…….”

“인사는 아직 이르지요.”

“고맙사옵니다.”

귀녀의 모친은 뛸 듯이 기뻐하며, 마치 귀녀의 그 귀기가 모두 소멸되었다는 듯 연신 머리를 조아리고, 전답깨나 꿰어차고 앉은 형편을 과시함인지 사례로 엽전 한 꾸러미를 내놓고 일행과 함께 돌아갔다. 자준도 곧 명인이 떠난 허전한 초옥에서의 하산을 서둘렀다.

# 차기 대권을 찾아라

얼마나 시간이 흐른 걸까?

어느덧 2년의 세월이 흘렀다. 명인과 헤어져 집으로 돌아온 자준은 원인 모를 서운함에 한동안 두문불출로, 친구 권남과 아우로 따르는 홍윤성을 가끔 만나는 것 외에는 집 밖을 나가지 않았다.

하지만 그것도 그에게는 과분함인지, 마흔 줄을 바라보는 칠삭둥이 사위 한명회를 바라보는 장모의 서슬 퍼런 도끼눈이 더 이상 놀고 먹으며 처갓집 양식을 날마다 축내는 꼴은 볼 수 없다고, 예전보다 더 노골적으로 박대했다. 그 참에 과장에 나가 장원급제로 성균관 교리가 된 친구 권남의 주선으로, 한양에서 160여 리 떨어진 송도 경덕궁 궁직(宮直)을, 그야말로 미관말직을 궁여지책으로 하게 된 것이다.

형님, 경덕궁 궁직이 다 뭐요? 차라리 안 하고 말지, 퉤! 라던 홍윤성의 비웃음도 있었지만, 아직은 때가 아니다, 라고 속으로 수없이 가슴속에 뇌며, 궁직의 할 일이라고는 고작 경덕궁 주위를 순찰하거나 서서 지키는 정도의 그 일을 해 온 것이다.

그러던 어느 날, 멀리 한양으로부터 문종임금의 승하가 전해졌다. 그리고 이제 겨우 열두 살의 소년으로 보위에 올랐으나 수렴청정할 대비나 중전이 없는, 고아나 다름없는 처지인 단종임금의 등극 소식도……

-아! 이제 곧 폭풍이 불 것이야. 사납고 무서운 폭풍!

경덕궁 뜰에 서서 허공을 응시하던 자준의 탄식이었다. 그때였다.

"여기 계시오니까?"

돌아보자 권남의 집 가복이었다.

"아니, 자네가 왔는가?"

"예, 급히 이걸 전하시라는 나으리의 분부로……"

서찰이었다. 일전에 권남에게 부탁해 온 것이지만, 예상보다 일찍 보낸 것이었다.

"수고 많았네."

"전 두고 온 소일거리도 있고 해서, 이만……"

사라지는 그자의 뒷모습을 잠시 지켜본 뒤, 딴때없이 긴장된 얼굴로 자준은 허름한 자신의 직처방으로 들어서서는 문고리를 잠근 후, 서탁 위로 서찰을 펼쳐놓고 앉았다.

그것은 권남이 궁궐 도화서 말직인 자에게 사례를 주고 어렵사리 실물을 그려 보낸 수양, 안평, 양녕대군 들, 그리고 지금의 단종임금 화상도였다. 자준은 뚫어질 듯 그것을 바라보았다. 차례로 다 보고 난 자준은 입 안에 바싹바싹 마른 침을 삼키며, 붓을 들어 각각 그 물형과 관상평을 적기 시작했다.

단종임금은 그 물형이 용의 상이라 제왕의 상이긴 하나, 입이 작고, 눈의 기운이 약하여 보위를 오래 지킬 수 없고, 반면 제1 왕숙인 수양대군은 이마와 턱이 각지게 잘생긴데다 안광이 과히 만인을 휘어 잡음이라, 용의 상을 강하게 타고나서 그 기상이 하늘을 승천하는 청룡의 모습이니, 마땅히 천명을 받아 대권을 움켜쥐고 임금이 되리라!

휴—!

자준은 참았던 숨을 몰아쉬고, 다시 붓을 들었다. 멀리 소쩍새가 우는 듯하나, 긴장된 자준의 귓전에는 들리지 않았다.

안평대군, 청학의 상!

얼굴이 깨끗하고 수려하여 학상 중의 우두머리랄 수 있는 청학의 상이고, 눈썹이 짙고 윤택하여 유년부터 복록과 명성을 크게 누리긴 하되, 그 물형을 가지고 큰 것을 바라보면 참패하여 목숨이 위태롭다.

양녕대군, 이무기의 상!

용이 되고자 하나, 결코 용이 될 수 없는 것이 이무기의 상이다. 이마가 살이 두텁되 좌우가 틀어지고, 코뿌리인 산근이 낮아, 태종대왕의 장자로 태어났어도 대통을 잇지 못하고 아우인 세종임금이 보위를 이은 것이니, 이 모두가 천명인 것을……

-됐어, 수양대군이야! 권남이와 내가 이분을 모셔야 해. 암! 그것이 천명일 것이야!

그 순간 밖에서 인기척이 났다. 깜짝 놀란 자준은 얼른 서찰과 적은 것을 가슴팍에 감추고는 문고리를 열었다.

"뭘 하시기에 문까지 잠그셨수, 형님?"

같은 궁직으로 있는 몇 살 위의 양정이란 자였으나, 가문으로나 학문으로 보나 자준과는 비교도 안 되는 자이기에, 자준을 평소 형님으로 대접하고 그리 불렀다.

"어! 어서 오게. 내 자릴 너무 비워 미안하이!"

"괜찮습니다, 형님. 우리네 궁직 따위가 무에 그리 바빠서요?”

“자네, 출세하고 싶겠지?”

“출세요?”

“응.”

우람한 체구인 양정의 큰 눈이 더 커졌다.

“갑자기 웬 출세 타령하시오니까?”

“내 자넬 출세시키려구, 헤헷!”

자신마저도 업신여기는 궁직을 맡은 이후 생겨난 삶의 달관이 배인 자준의, 보는 이에 따라 활달한 기운을, 또 체통을 중히 하는 자의 눈에는 경박하게 비칠 그런 그 웃음을 향하여, 양정은 덩달아 웃었다.

“정말입니까요, 형님!”

그 형님 소리에 유달리 힘이 실렸다.

“암, 두고 봐. 헤헷!”

자준의 눈이 무슨 확인이나 하듯 양정의 상판을 훑었다.

송도에서의 수확이라면, 자준이 양정을 얻은 것이다. 출신이 빈천하고 배운 바 없어 범인의 눈에 그저 힘깨나 쓰는 건달 정도로 보일 자였으나, 상법을 터득한 자준의 눈! 그 예리한 눈에 비친 양정의 관상은 능히 국가의 대임을 맡을 무관의 상이요, 후일 큰 뜻을 같이 할 동지의 얼굴이었다.

─큰일을 하려면 사람이 필요한 법! 내 양정을 얻으려고 말직으로 송도까지 왔단 말인가?

언젠가 처량한 신세를 한탄하며 홀로 뇌던 기억이 삼삼히 떠올랐다.

“병서(兵書)는 좀 보았는가?”

“예, 형님이 주신 걸로 웬만치 보았습죠.”

"열심히 하게. 요긴하게 쓰일 것이야……."

평소 그를 범상찮은 인물로 보아왔던 양정의 눈에, 딴때없이 뭔가 모를 긴장을 본 탓인지, 이내 자리를 피하듯 나가고 나자, 자준은 골똘히 생각에 잠겼다. 그리고 많은 것이 스치고 지나갔다.

실세…….

안평대군, 김종서, 황보인.

섭정.

열세.

수양대군.

수렴청정할 중전이나 대비가 없는 지금의 정국으로서는 열두 살의 보령 유충한 주상 단종의 섭정을 맡게 되는 자가 주상을 대신하여 대권을 쥐게 되는 셈이다.

현실적으로 보면 실세는 당연 안평대군이다. 그의 사저인 무이정사와 수성궁에는 이미 오래 전부터 따르는 식객들이 득실거렸고, 개중에는 이현로와 같은 책사도 끼어 있었다. 거기다가 조정에는 그를 적극 지지하는 조정의 최고 실권자 김종서, 황보인 대감이 있었고, 생모는 아닐지라도 전조 세종대왕의 후궁이며, 태어난 다음날 돌아가신 현 단종임금의 생모를 대신해서 어린 단종을 양육시켜 오늘에 이르게 한 주상의 측근이랄 혜빈이 있었다.

그러나 수양대군—.

그에게는 누가 있는가? 기껏해야 전조였던 태종대왕 시절 당연히 보위를 이을 장자로 태어났으나, 방탕한 생활로 인해 아버지 태종으로부터 세자 자리를 박탈당하고 보위를 동생인 세종에게 잇게 한 뒤, 계속 조정을 겉도는 신세로 살아온 큰아버지

양녕대군과 성균관 교리로 있는 권남이 고작……. 섭정은 결국 안평대군에게…….

자준은 현기증이 난 듯 벌렁 드러누워 천장을 향해 콰악! 눈을 부라리다 다시 일어나서 뇌었다.

—힘이야 모으면 될 터! 수양! 그는 임금의 관상. 하늘이 도울 터! 그것이 곧 천명이야! 어찌 사람의 힘으로 막을까……?

자준이 벌떡 일어났다.

"어디 가시게요?"

궁직의 옷을 갈아입고 정문 쪽으로 걸어오는 자준을 향해, 양정이 갸우뚱하며 물어왔다.

"자네 말 좀 빌리세."

"말을요?"

"음, 한양엘 다녀와야겠네."

"……?"

"내일 아침이면 돌아올 걸세."

잠시 후 양정이 자신이 무척이나 아끼는 말을 가져오자, 자준은 냉큼 올라탔다.

"다녀오겠네."

"근데 무슨 일이신지?"

몹시 궁금한 듯 눈썹이 치켜진 양정의 표정이었다.

"내일은 자네 몫까지 내가 다 하리. 이랴!"

대답을 대신한 자준의 말이 서운함인지, 한동안 양정의 시선은 타는 저녁놀 속으로 마성과 함께 사라지는 자준을 바라보았다.

자준은 서둘러 말을 몰았다. 도성의 문을 잠글 시각 전에 도성문을 통과해야 했다. 그보다 친구 권남을 만나 어떤 결단을 하려는 마음이 더욱 그를 재촉했기에……. 앞다리 양무릎 부위에 흰 털이 나 있어 양백이라 불리는 양정의 말은 그런 자준의 뜻과 통했음인지, 그 와중에 내심 어여쁜 이름만큼 쏜살같이 내달렸다.


히히힝!
딴때없던 마성에 놀란 권남의 집 가복이 어둠을 뚫고 대문을 열자, 밀치듯 자준이 중문을 지나 권남의 방으로 향했다.
"어서 오시게, 친구!"
약간 당황한 기색이지만, 그러나 예상했다는 듯 권남이 일어서서 방으로 바람을 몰듯 들어오는 자준을 맞았다.
"보시게."
앉자마자 거친 숨은 언제 돌리려는지, 지난번 보낸 서찰부터 권남 앞에 펼쳤다. 권남의 눈은 머물 새도 없이 서찰로 향했다. 지난번 자신이 보낸 주상과, 수양, 안평, 양녕대군의 화상도에 자준이 토를 단 것이었다. 권남의 얼굴에 핏기가 점점 가셔지더니 하얗게 변해 갔다.
"그…… 그럼 주상이 바뀌어야 한단 말인가……?"
화상도를 떨군 권남의 손이 파르르 떨고 있었다. 잠시 무거운 침묵이 흘렀다. 그 침묵을 깨고, 자준이 말을 이었다.
"어쩌겠나? 미물인 하루살이도 그 짧은 하룻동안에 생멸을 달리하듯…… 모든 만물이 흥이 있으면 멸이 있는 것을……."
"……."
"모든 것이 천명일세. 수양대군이라야 이 혼란한 시대를 열 수 있고 풀 수 있음일세."
그 순간 고개를 끄덕이던 권남이 입을 뗐다.

"알았네. 조만간 수양저로 함께 가세. 안 그래도 대군께선 인재가 필요한 터……."

"그럼 난 이만 가이."

"벌써 가려는가?"

아쉬운 표정의 권남을 뒤로 하고, 자준은 권남의 집을 나와 자신의 집 쪽으로 말머리를 향했다. 부인 민씨의 얼굴이 떠올랐기에…….

오늘 만남은 두 사람의 운명을 결정짓는 날이었다. 역사는 늘 그래 왔지만, 혼란한 시대를 맞으면 정국의 주도권을 잡으려는 세력이 있게 마련이고, 그 세력들 사이에서 어느편에 서느냐에 따라 그 추종자들의 운명은 물론, 거느린 식솔들의 흥망에서 나아가 그 생사까지도 좌우되는 것이다.

자준이라 불리는 칠삭둥이 한명회와 권남은 오늘밤 그 엄청난 운명의 길을, 현실적으로 실세인 안평대군을 제쳐두고, 상대적으로 열세이자 약세이지만 그 형모나 기상이 천명을 받아 타고난, 관상학적으로 보아 용의 관상을 늠름히 지닌 수양대군의 편에 서기로 한 것이다.

수양대군과 한명회의 운명적 만남―.

그 만남을 생각하며, 자준은 차가운 밤공기를 헤집고 달렸다.


고산준령을 우러러며 떡 버티고 선 한 그루의 장송(長松). 아까부터 맞은편 벽에 걸린 그 소나무를 바라보며, 수양대군은 황소 울음 같은 신음을 토해냈다.

조정의 제1왕숙인 그에게, 승하하신 문종임금이 섭정에 대한 언급만 하시고 가셨어도, 마땅히 지금의 조정은 수양에 의해 이끌려 갈 것이다. 그러나 문종임금은 아무 말 없이 가셨고, 있어야 할 섭정의 자리가 비어 있는 이 마당에, 모든 것이 제2왕숙인 안평대군에게 유리하게 되어 가는 것이다. 그러한 생각으로 꽤 오랜 세월 곱씹어 온 수양이었다.

　-김종서, 황보인 대감이 조정에서 안평을 지지하고, 무이정사와 수성궁엔 무시로 내객들의 왕래가 잦다는데……. 나에겐 사람이 없어! 휴!

수양의 홀로 뇌는 한숨에, 황촛불이 일렁일 때였다.

"나으리, 권교리께서 오셨사옵니다."

가복의 소리에 수양이 반색하여 일렀다.

"들라 해라."

"안녕하셨사오니까, 나으리."

권남이 들어와 고하자, 수양이 흔쾌한 표정으로 맞았다.

"그래, 잘 지냈는가?"

세종임금 시절 함께 성균관을 출입하며 오랜 세월 교분해 온 처지인 두 사람은 무척이나 가까웠다.

"그래, 야심한 시각에 어인 일이신가?"

권남의 표정이 약간 긴장되었다.

"나으리께 사람을 추천할까 하옵니다."

수양의 얼굴에도 이미 웃음이 가시었다.

"사람?"

"예."

"어떤 자인가?"

"크게 쓰실 재목입죠."

"크게 쓰일?"

"예, 제 친구이오만, 나으리의 항차 장자방감으로 봅니다."

"장자방이라면 대체 어느 정도의 사람이기에……?"

권남을 향해 수양이 보채듯이 물어뗐다.
"학문은 물론 천기까지 터득했습죠."
"천기까지?"
수양의 눈에서 불을 뿜어냈다.
"예."
"……."
"천문을 보아 국운을 예측하고, 사람의 관상을 보아 앉아서 천리 밖의 일을 귀신처럼 알아내옵지요."
"오, 그런 이재가 있단 말인가? 빨리 보고 싶구먼."
"제가 수일 안에 그 친구와 함께 찾아뵈옵지요."
"원 사람, 진작에 인살 시킬 일이지."
수양의 말에 원망이 섞였다.
"죄송합니다, 나으리. 저두 그러려구 했으나, 그 친구가 말하길 설익은 열매는 딸 수 없듯 때가 아니라고 했사옵기에……."
"때라……?"
수양은 그 때란 말에 의미심장한 표정을 지었다.
"때라……?"
그 침묵을 깨듯 잠시 후 주안상이 나오고, 모처럼 흡족해진 수양은 밤늦도록 권남과 함께 취해 갔다.


송도―.
한양에서 새벽길로 돌아온 자준은, 지난 며칠 밤을 자신의 장래에 대한 생각으로 잠을 설친 까닭인지, 나른한 몸을 한 채 오후 햇살을 받으며 궁문을 지키고 있었다.
멀리 저편에 솜털 같은 구름이 흘렀다. 그 구름을 바라보며, 지금 안평대군저에 있을 꽃다운 얼굴 월이를 떠올렸다. 그 언제였던가……. 자준이 명인과 헤어지고 집으로 돌아온 후, 모처럼 외출하여 남대문 어느 객점에서 홀로 술반 상심반으로 들이마신 취기를 이끌고 객점문을 막 나설 때였다.

"살려 주세요!"

돌아보자 갓스물쯤 되어 보이는 어느 집 여식이 그럴싸한 차림으로 파랗게 질린 낯색이 되어, 객점 골목 모퉁이로 쫓기듯 달려와 헐떡였고, 모습은 보이지 않으나 저만치서 장정들의 괴성이 들려왔다.

"게 섰거라!"

"무슨 사연인지 모르나 저리로 듭시다."

숨을 헐떡이는 그녀를 향해 자준이 말하고는, 앞장서서 객점 봉놋방으로 들자, 잠시 멈칫하던 그 여식은 급한 마음에 따라 들어왔다. 불안한 시선으로 자준을 살피는 그녀에게 자준이 냉수를 청하여 마시게 하자 다소 안심한 듯했다.

"대체 무슨 사연으로 그리 쫓기는 신세시오?"

대답 대신 그녀는 한동안 울음을 토하더니, 어깨의 들썩임이 점차로 줄어들자, 양반 차림의 자준을 믿었음인지 사연을 털어놓았다. 그 사연인즉, 그녀의 이름은 월이요, 형조참의를 지낸 박윤(朴允)의 손녀딸인데, 조실부모한 처지로 얼마 전 혼삿날까지 받아놓은 시댁 집안이 그만 대죄를 지어 풍지박산이 되고 멸문을 당한지라, 오갈 곳 없는 자신의 딱한 처지로 아사(餓死)라도 면키 위해 장안의 제법 규모 있는 기방을 찾아들었고, 그곳에서 몸을 더럽히지 않는 선에서 찾아드는 술 손님 접대를 했는데, 마침 그곳을 가끔 드나들던 안평대군의 가신(家臣) 이현로(李賢老)의 눈에 띄자, 다짜고짜 안평대군의 애첩으로 만들어주겠다고 으름장을 놓으며 끌고 가려 하기에, 더 이상은 몸을

더럽힐 수 없다는 생각으로 냅다 밀치고 줄행랑을 놓아, 지금에
이른 것이라 했다.

"저런…… 쯧쯧……!"

동정을 담은 눈으로, 자준이 그녀를 바라보았다.

그때!

"저 년을 어서 끌어내라!"

놀랄 사이도 없이 와장창창 문이 열리면서, 장정들이 뛰어들
어 그녀를 끌어냈다.

"웬 놈들이냐?"

반동처럼 냅다 자준이 고함을 질렀다.

"비키렷다."

그들 중 우두머리인 자가 호통을 치자, 수하들이 달려들어 따
라 나선 자준을 봉놋방 앞마당에 내동댕이치고는, 아니꼽다는
듯 쳐다보던 그 패거리들이 월이를 끌고 간 곳은 안평의 가신
이현로의 제법 규모 있는 가택이었다. 자준이 그 패거리를 뒤쫓
아가 한바탕 소란을 피우자, 이현로란 자가 중문간을 넘어 자준
을 칵! 쏘아보았다.

"웬 버러지 같은 놈이더냐?"

"말조심하렷다. 이래봬도 나의 조부는 문열공 한상질 어른이
시다."

수하들에게 양팔을 꿰인 자준의 입을 통한 그 말에, 이현로가
움찔하며 몸을 움츠렸다. 문열공 한상질이라면 개국공신이요,
그렇다면 이 못생긴 자는 당대 명문의 후손이었기 때문이다.

"여기 기방으로 도망쳤던 내 소실 월이를 이 댁 수하들이 데
려간 모양인데, 순순히 내어놓으시오. 보아하니 먹물깨나 드신
모양인데, 피차 체통을 지켜 그러하시면 내 더 이상 문제삼지

않을 터!”

자준의 기지로 뱉은, 도망친 소실이란 말에, 이현로는 더 이상 버티지 못하고 무너져 월이를 내주었다. 그 월이를 데리고 자신의 집으로 돌아온 자준은, 의아해 하며 월이를 바라보는 식솔들과 부인 민씨에게 자초지종을 말한 후, 따로 방 한칸을 비워 거처를 마련해 주었다.

제 앞가림도 못하는 자준으로서는 어려운 형편에 한 식구를 늘린다는 것이 누구보다 부인 민씨에게 송구한 일이었으나, 그리하는 것이 일차 사람의 도리요, 또 월이의 수려한 미모와 용색은 물형으로는 홍학상이라, 화류계 기운이 약간 섞여 천한 것이 상판에 들었으나, 전체적으로 귀한 기품이 월등히 많고, 좋은 관상을 하고 있어, 후일 자준에게 큰 힘이 되어 줄 사람으로 보았기 때문이다.

월이가 자준의 집에 온 지 며칠이나 되었을까? 마침 자준이 출타 중인 오후 시각이었다. 느닷없이 들이닥친, 지난번 이현로의 수하가 아닌, 안평대군저에서 보낸 수하들이 들이닥쳐, 무엇이라 달려드는 부인 민씨를 밀치고 집안을 샅샅이 수색하여, 마침내 월이를 찾아내어 끌고 갔다.

이를 모르고 해질 무렵에야 돌아온 자준이 모든 정황을 민씨에게서 듣고는 분기를 터뜨리며, 그 혈기로 득달같이 안평대군저로 들이닥쳐 가복들과 실랑이를 벌이며 소리소리 지른 끝에, 안평대군에게 안내되어, 오늘 끌려온 월이는 자신의 소실이므로 돌려 달라, 다른 사람도 아닌 대군의 몸으로 할 짓이 못 된다고 당당히 그 위엄에 맞섰다. 이에 자준에게 돌아온 것은 욕설과 수하들에게 질질 끌려가 당한 매질이었다.

한편 그 모든 정황을 지켜보던 월이는 자신을 위해 저렇듯 목숨 걸고 달려드는 저 의리의 사나이를 구해야겠다는 일념으로, 자준이 오기 전까지만 해도 안평대군의 면전에서 수청을 거절했던 그 태도를 바꾸어, 자준을 살려주는 조건으로 안평을 모시기로 고하자, 이에 심한 매질을 당해 피투성이인 자준이 대문 밖으로 던져져 풀려날 수 있었다.

그 밤—.

안평대군과 첫밤을 맞은 월이는 잘 단장되어 눈부시게 수려한 미모와 그 자태 속에 비수처럼 원한을 감춘 채 안평의 품에 안겼고, 빈 가슴으로는 자준을 끌어안았다. 머리속에는 온통 자준이 떠올랐다.

만신창이가 되어, 월이 덕에 살아난 사연을 무슨 선심이나 쓰듯 이야기하는 가복들의 이야기를 듣고 집으로 돌아온 자준이, 그녀를 다시 만난 것은 송도로 떠나기 며칠 전이었다. 자준의 사랑에서 만난 둘은 와락 껴안았다. 눈물이 흐르는 그녀를 보며, 자준 또한 눈물이 나오려는 것을 억지로 삼켰다.

그 감격의 시간도 잠시, 매인 몸이라 지체할 수 없는 월이는 다시 안평저로 떠나갔고, 홀로 남은 자준의 상판은 일그러졌다. 대룡동을 벗어나는 월이의 귓전에, 바람처럼 아까 떠나기 전 자준이 신음처럼 뱉은 한마디가 스쳐 지나갔다.

-우리 후일을 기약하세! 꼭!

그런 월이에 대한 그리움이 사무쳐 오는 그때였다.

"형님, 한양에서 손님이 왔수."

어느새 나타난 양정이 지난번 다녀갔던 권남의 집 가복들과 함께 나타났다.

"그간 안녕하셨습니까?"

"오느라 수고했네."

"주인 나으리께서 급히 모셔오라 하셨습니다."

"딴 말은 없었고?"

"예, 그 말씀뿐이었습죠."

"알았네. 게 좀 있게."

자준이 서둘러 직처방으로 가서 짐을 챙기기 시작하자, 뒤쫓아온 양정이 바라보다 놀란 얼굴로 물었다.

"아주 가시는 겁니까?"

대답 대신 자준이 서찰을 그 앞으로 툭 던졌다.

"이걸 현감에게 전하게. 사직설세."

"사직서요? 그럼?"

"떠날 때가 됐으이."

얼떨떨해 하던 양정이 그 말에 미간에 힘을 주었다.

"형님, 저두 데려가 주십시오."

"원 사람, 급하긴, 헤헷. 알았으니 예서 기다리게. 때가 되면 데려갈 터."

양정의 얼굴이 금세 밝아졌다.

"형님…… 고맙습니다요, 헤헤헤."

양정의 열성 깊은 굽신거림을 뒤로 한 채, 권남의 가복과 함께 자준은 한양으로 향했다. 전과 달리 도보였던지라 도성 근처 객점에서 하룻밤을 유숙한 뒤, 새벽같이 출행하여 이른 아침 무렵 권남의 집에 도착했다.

"먼 길 오느라 고생 많았네. 먼 길은 먼 길이지. 따지고 보면 반평생이 아닌가?"

중문에서 자준을 맞는 권남의 말에, 자준도 선문답 같은 말을 받았다.

"먼 길은 먼 길이지. 따지고 보면 반평생이 아닌가?"

사랑방에 들어 조반상을 받은 두 사람은 식사를 마치고 곧장 수양저로 향했다.

"과연 대군의 집답구먼."

육척으로 둘러친 높은 담장 위로 솟을 듯 드러난 대군저의 몸체를 바라보며, 자준이 말했다.

"어서들 오십시오."

대문이 열리고 자준을 힐끗 훑어본 가복의 안내를 받아, 수양대군이 있는 큰사랑으로 안내되었다.

"어서들 오시게."

일어서서 반기는 수양의 모습에는 딴때없이 밝은 표정이 역력했다.

"자를 자준이라 하옵고, 이름은 한명회라 하옵니다."

권남에 이은 자준의 인사에, 수양의 눈빛이 살피듯 예리했다. 자준 또한 그런 수양의 상판을 놓치지 않았다.

"반갑소이다."

"그보다 우선 예를 받으소서, 전하!"

자준이 공손히 큰절을 올렸다. 그 순간 권남의 얼굴은 핏기가 가시며, 또한 당황한 수양의 표정을 살폈다.

전하라니, 엄연히 주상이 보위에 계실 터에 수양을 향해 전하라 하다니? 이는 마땅히 대역부도의 죄로 본인은 물론 삼족이 멸할 크나큰 망발이었다.

"허! 이 무슨 허튼 소린가? 이 나라에 엄연히 주상이 계시온데."

"아니옵니다. 앞으로 이 나라의 주인은 필시 수양 나으리이옵니다, 전하!"

"이 사람, 자준이!"

참다 못해 식은땀을 흘리며, 권남이 끼어들었다.

"이 친구도 아는 바이오나, 제가 예전에 우연히 고명한 이인(異人)을 만났사온데, 그분을 사부로 모시면서 천기를 보는 법을 배웠습지요."

수양의 표정에서 당황한 빛이 사라지고 있었다.

"나으리의 관상은 용의 형상을 한데다, 몸은 제가 보니 목(木)형의 시원히 벗은 낙락장송의 모습이라, 때가 되면 반드시 보위에 오르실 겁니다."

자준이 품속에 깊이 감추었던 서찰을 꺼내어 수양 앞에 펼쳐 놓았다. 그 서찰은 지난번 권남이 보내 준 주상과, 수양, 안평, 양녕대군의 화상도와 그 관상평을 적은 것이었다.

"보시지요."

권남이 마른 침을 대차게 삼킴과 동시에, 수양의 손이 그것을 집어들었다. 펼쳐 들고 있는 수양의 얼굴이 붉게 짙어졌다.

"여기 적힌 대로, 주상의 관상이 나보다 뒤떨어져 결국 보위가 바뀐단 이야기인가?"

"그러하옵니다. 나으리에게로……."

수양은 어느덧 무표정해져 침묵이 흘렀다.

"……."

"……."

권남은 그 침묵 속에 뭔가 일이 잘못되었나 보다 하는 생각에 속앓이하고 있었다. 수양이 침묵을 깼다.

"이것은 내가 보관하겠네."

"……."

"게 밖에 누구 없느냐?"

"예, 나으리."

“여기 주안상 들여라.”

기다리고 있은 듯 곧장 주안상이 들여졌고, 겹겹이 이은 상 위로 진귀한 음식들이 즐비했다. 어느새 수양의 표정은 봄햇살처럼 밝아졌다.

“그래, 이제까진 무얼 했던가?”

손수 술을 건넨 수양의 질문에 권남은 긴장했으나, 자준은 태연스레 말했다.

“바로 어제까지 경덕궁 궁직을 했습죠.”

“무어라, 궁직?”

“예, 그렇습죠.”

권남의 눈빛이 초초했다.

“푸! 하하하, 궁직이라…….”

권남의 우려와는 달리, 수양은 대범히 응했다.

“아무려면 어떤가? 옛적에 명재상 이윤은 탕왕을 만나기 전 노예의 신세였잖은가?”

“고맙습니다, 대군 나으리.”

“헌데 문열공의 자손이시면, 혹여 문음의 힘을 써서라도 궁직을 면했을 터이건만?”

“물론 그렇습죠. 허나 매사가 다 그 때가 있사온지라, 경칩도 되기 전에 잘난 척하며 일찍 나온 개구리는 곧 모진 한파를 맞아 두 다릴 쭉 뻗고 죽음을 아오는 소생인지라, 때를 기다렸습죠.”

“음…….”

다시 한 순배의 잔이 돌아갔다.

“그대는 지금의 시국을 어찌 보시는가?”

수양의 표정이 진지했다. 자준의 안목과 의도를 찌르는 말이었다.

"난세이옵지요."

"난세라……?"

뒷말을 캐묻는 말투였다.

"그러하옵니다."

"……."

"보령 유충하신 주상의 뜻을 저들이 마음대로 전횡하기 때문이지요."

"저들이라면?"

"정녕 모르시오니까? 영상 황보인과 우상 김종서, 그리고 그들을 추종하는 무리들이옵지요. 또……."

"또?"

"그 징표가 서서히 나타나고 있사옵니다. 통치 능력의 길흉을 반영함이 먼저 하늘이온데, 그것은 기상으로 보여주옵지요. 먼저 임금의 정치가 망령되면 시도 때도 없이 자주 비가 내리고, 주제넘으면 가뭄이 들고, 향락에 빠지면 무더위가 기승을 부리고, 지나치게 일을 서두르면 추운 날씨가 혹독하고, 마음이 어두우면 자주 큰 바람이 몰려온다고 했습니다. 반면 임금이 성덕을 갖추어 통치를 할 경우엔, 기후와 날씨가 모든 절기에 맞아 순조롭고 곡물이 풍성해서 민심이 후덕해지는 것으로, 이는 성인이셨던 기자께서 무왕께 일렀던 것인데, 징표로서 그 통치 능력을 안다 하여 서징(庶徵)이라 하옵지요."

"서징이라……."

수양은 자준의 이야기에 빨려들 듯 경청했다.

"계속하시게."

"문종임금께서 승하하신 후, 자주 비가 오므로 농민이 농사의 때를 갈피잡지 못하고, 바람이 자주 질풍노도를 일으켜 어부들이 손을 놓을 때가 많고, 지난 봄 늦게까지 예전에 없던 추위가 기승을 부려 저잣거리마저 활기를 잃었습죠. 난세를 예고함입죠."

"난세라……."

"이러한 시국이 계속된다면 천기의 변화에 이은 인재(人災)와 지변(地變)이 오래잖아 따를 것이고, 그리하면……."

"그리하면?"

"흉흉한 민심을 틈타 난신적자가 따르는 무리를 규합하여 왕조의 교체를 도모하려 함을 고금의 역사를 통하여 알 수 있는 순서랄 수 있습니다."

수양은 미동도 않은 채 숨을 멈추었다. 권남은 생애의 처음 같은, 간이 오그라드는 아찔한 느낌에 몸서리쳤다.

-저 친구가 어쩌려고…… 왕조의 교체를 입에 담다니……?

입 끝에 도는 말로 권남이 뇌었다. 자준의 말은 도도히 계속되었다.

"소인이 알기로, 역사란 흐름입니다. 왕조도, 백성도, 민심도 모두 흐름입죠. 그리고 그 흐름의 방향을 잡는 것이 통치자, 즉 임금인 것입니다."

"흐름이라 했는가?"

"그렇습니다. 지금의 잘못된 흐름을 바로잡으실 분은 바로 천명을 받을 기상을 지니신 나으리옵니다. 그리하여 난신을 물리치시고, 정국을 바로잡아 왕조를 보존하고, 새 시대를 열어야 할 것입니다."

장강의 물결처럼 유유하고 도도한 자준의 말에, 수양은 경탄하기 시작했고, 목마른 표정으로 물었다.

“변변치 못한 날 위해, 그 흐름에 대해 더 소상히 말해 주시오.”

“그러하옵지요. 역사를 크게 보면 천명을 받은 자에 의해 다스려지고, 그 다스림이 계속되는 것이 왕조의 보존이며, 또 덕이 쇠하여 천명이 옮겨짐이 곧 왕조의 교체이자 역사의 흐름입니다.”

“……”

“그 흐름의 도(道)를 아셔야 합니다.”

“흐름의 도?”

그 말을 뱉은 후 왜일까? 자준의 머리속에 명인이 떠올랐다.

“불문에서도 또한 무상이라 하여 세상을 온갖 고리로 묶여진 끝없는 흐름이라 보옵고, 도를 얻음은 곧 그 흐름의 멈춤 속에 고요함을 얻음이라 하옵니다만, 그것은 불문의 도를 말함이요, 소인이 말하고자 함은 만백성과 함께 역사의 흐름 속에서 이룰 도이자 성군의 도이온데, 그 요체는 하하(下下)라고 보옵니다.”

“하하?”

수양이 무릎을 당겼다.

“하하란 강태공 여상의 말을 빌린 하하위군(下下爲君)이란 말로서, 온 천하의 백성을 내 몸보다 더 아끼고 사랑함이 임금이 된 자의 덕이란 뜻이지요. 그 덕을 갖춘 자가 천하를 다스리면 바야흐로 백성이 화합하게 되고, 나아가 천지가 일체되어 모든 부류의 도를 이룸을 모아 그 도들 가운데 우뚝 솟은 태양 같은 큰 도를 이루게 되고, 그 흐름의 도를 양도(陽道)라고 하옵지요.”

이쯤에서 수양은 경탄을 넘어 존경의 빛이 서렸다.

“양도?”

잠시 침묵이 흐른 뒤, 수양이 말했다.

"이보시게, 한공."

수양의 깊은 존경이 담긴 존칭이었다.

"예, 나으리."

"날 위해 그대의 그 높은 식견으로 지금의 시국을 풀 방도를 말해 주시게."

"얽히고 설킨 실타래는 서둘러서 풀 수 없듯, 지금의 시국도 그와 같습니다."

"……."

"먼저……."

"먼저?"

수양이 표정에 애원을 담았고, 자준이 그 애원을 향하듯 눈을 치떴다.

"오랑캐는 오랑캐로 치십시오."

"오랑캐라면?"

수양의 눈에 불꽃이 튀었다.

"혜빈 양씨 말이옵니다."

"……."

"세종대왕의 후궁에 지나지 않으면서, 지금의 주상 전하를 양육시켰다는 공을 내세워, 감히 분수를 헤아리지 못하고 주상을 앞세워 정사에 관여함은 물론, 안평대군과 내통하고 있습니다. 이는 법도로 보나 나으리의 입장으로 보나 마땅히 제지해야 하옵고……."

자준이 말을 끊고 수양을 쏘아보았다.

"어서 계속하시게."

"귀인(貴人) 홍씨를 빈으로 격상시켜 봉하시게끔 하시어, 내명부의 기강을 세우신단 명분으로 그 지위를 높여서 나으리의 사람으로 만드시고, 아울러 혜빈을 견제하도록 하십시오.”

수양의 얼굴이 일순 밝아졌다. 자준이 지적했던 대로, 근자에 들어 혜빈 양씨가 어린 주상에게 입김을 넣어 정사에 관여하는 것이 수양의 눈에 가시처럼 여겨졌던 터에, 그 처치 방안으로 승하한 문종임금의 후궁인 귀인 홍씨를 빈으로 높여 맞서게 함은 기발한 처방이라고 수양은 생각했다.

“공의 말을 들으니, 내 막힌 곳이 확! 뚫리는 기분이구려. 허허!”

“또 있습죠.”

“또?”

“새 임금이 보위에 오르셨으니, 의당 명나라의 고명을 받을 사은사가 파견되어야 하옵니다. 그 소임을 나으리께서 자청하십시오.”

“내가?”

“그건 불가하네.”

권남이 끼어들었다.

“나으리께서 명나라로 가시다니, 안 될 소릴세. 지금 김종서, 황보인 대감이 안평대군을 끌어들여 종사의 일을 저들 손에 넣으려 하는 이때에, 나으리께서 자릴 비우시면, 적어도 서너 달을 소요시킬 그 소임의 기간 동안 저들이 필시 안평대군을 전하의 섭정자리에 오르게 할 것이고, 그리 되면 결국 나으리를 사지(死地)로 몰게 된 꼴이 되는 걸세.”

권남은 얼굴이 벌개지도록 흥분했다. 자준이 강한 어조로 되받았다.

“바로 그것일세……. 병법에 사지로 빠진 후에야 기필코 살아나는 법이라 했네……. 얼핏 보면 그 길이 나으리께서 사지로 가시는 것 같으나, 바로 그 길 속에 묘수가 있는 걸세."

"묘수라면?"

"나으리, 사은사로 가시면서 수행 부사로 이조판서를 데려가십시요."

"이판이면 이사철 대감 말인가?"

"그렇습니다. 그리하면 공석의 이판 자리로 지금 병판인 민신 대감이 옮겨갈 것이고, 자연히 병판 자리는 당대의 석학이나 황보인, 김종서 대감의 눈 밖에 나 한직인 공판의 자리에 있는 정인지 대감께서 맡으실 겁니다. 그리하면 저들은 필시 나으리께서 명나라에 계실 동안 저들의 눈 밖에 난 정인지 대감을 국가의 병권을 쥔 병판의 요직에서 물러나게 하여 다시 한직으로 보낼 것이므로, 나으리께서 명나라에서 돌아오신 후에 그를 나으리 사람으로 만들고자 하시면, 저들에게 밀려나 감정이 쌓일 대로 쌓여 있을 정인지 대감은 손짓만 해도 달려올 것입니다."

수양이 크게 고개를 끄덕였다. 흡사 폭포수처럼 빠르고 거침없는 자준의 말이 계속되었다.

"사은사의 종사관으로 김종서, 황보인 대감의 아들 김승규, 황보석을 데려가십시요. 그리하오면 제1왕숙이 직접 사은사로 떠나시는 마당인데, 저들이 감히 반대할 수 없을 것이고, 따라서 혹여라도 있을지 모를 저들의 불순한 움직임을 막을 수가 있습니다."

이쯤에서 수양은 넋을 잃었고, 권남 또한 마찬가지였다.

"그리고 수행 서장관 한 사람, 신숙주를 대동하십시요."

"……"

"신숙주는 조정의 누구나 인정하는 뛰어난 인재이옵니다. 사은사의 여정 동안 훗날을 위해 나으리의 사람으로 만드셔야 하옵니다. 그렇게 하심으로써 나으리께선 한번 움직이시고, 첫째로 선대 태종대왕께서 명나라에 사은사로 가셔서 그 출중한 기상으로 명성을 떨치셨듯, 대국 명나라에서 이름을 얻으실 것이요, 둘째로 조선의 내노라 하는 인재인 정인지, 신숙주를 얻음이시고, 셋째로 아직은 나으리의 천운이 그 때가 아닌지라 그 때를 소중히 활용하며 기다림이옵고, 넷째로 가장 중요한 것으로 국가의 대임을 마치고 돌아오신 후에 의당 나으리께 쏠릴 민심의 무게이옵니다.”

수양은 거듭거듭 감격했다.

“오, 한공, 그대 또한 하늘이 내신 사람이오. 참으로 뛰어난 지략이오.”

“하핫…… 과찬이십니다, 나으리.”

“아니요, 아니요, 한공!”

“예, 나으리.”

“부족하지만 부디 나의 사람이 되어 주시구려. 나의 장자방 말이요.”

수양의 표정은 마치 3년 가뭄에 단비 만난 촌부의 얼굴을 했고, 이를 보는 권남 또한 기쁘기 한량없었다.

-따지고 보면 저 친구에겐 그간의 세월이 그 얼마나 모질었던가?

권남이 속으로 그리 뇌었다.

“나으리의 장자방을요……? 미천한 저로선 다시없는 영광이자 가문의 광영이옵니다, 나으리…….”

수락의 뜻으로 자준이 절을 올리자, 수양이 그 손을 맞잡아 옆자리에 앉히고는 잔을 권했다. 권남 또한 흥에 겨운지라 시키

212

지도 않는 곱사춤을 추어 뜻깊은 그 자리를 온몸으로 축하했다.

"으하하하!"

도대체 얼마만이던가? 천하를 손에 쥔 듯 기뻐하는 수양대군의 화통한 웃음소리가 저편 안채까지 울렸다.

그 밤—.

야심한 시각에야 집으로 돌아온 자준은, 그때까지 남편을 기다리다 옆에 누운 부인 민씨를 등 너머로 바라보며, 도대체 운명이란 요다지도 희한한 것일까 하는 생각을 몇 번이고 되풀이했다.

말직 중 말직이랄 수 있는 궁직에서 일약 제1왕숙의 장자방으로 바뀐 자신의 처지가 사뭇 기쁨보다는 왠지 모르게 쓰리도록 가슴이 저려왔고, 또 한편으로 더욱 가슴을 벅차게 하는 것은 수양의 관상에서 천운이 시작되는 때와 자신의 출세의 그 때가 일치하고 있음이었다.

-모든 것이 천명인 것을…….

자준이 그리 뇌며 새벽녘에야 잠들었다.


다음날 수양저에서 사람이 왔다 하여 튕기듯 벌떡 일어나 나가 보니 수양저의 가복들이었고, 수레에 싣고 온 것은 쌀 10여 섬과 비단 9필, 그리고 궤짝에 담은 돈이었다. 또한 그 궤짝에서 함께 나온 서찰을 눈이 휘둥그레진 채 영문을 몰라 하는 부인 민씨를 비롯한 식솔들의 눈들 속에서 펼쳐 보니, 보낸 물건들을 우선 가사에 보태 쓰고, 돈 또한 가사에 쓰고, 남거들랑 어제 한 공이 말했던 용도로 쓰시구려, 라고 쓴 수양의 친필이었다. 그 순간 어제 수양과 헤어질 무렵, 힘쓸 사람들을 시급히 모아야 한다고 했던 자신의 그 말이 스쳐갔다.

"세상에, 이렇게나 많이……! 그것두 제1왕숙댁에서이오니까?"

놀라 자빠질 듯 부인 민씨가 돌아가는 수양저의 가복들을 지켜보며 물었다. 자준의 아우 명진 또한, "형님, 이게 무슨 자다가 날벼락 맞은 듯 희한한 일이오니까?" 하며 되레 불안한 낯색으로 쳐다보았다. 그 모양들을 자준이 흐뭇한 듯 바라보다, 내당을 향하며 뒷전으로 말했다.

"다 때가 되면 알게 될 것인즉, 기다리거라!"

내당으로 들자 부인 민씨가 어느새 안정된 몰골로 따라 들어와 뒷모습으로 문을 닫았고, 그 순간을 놓칠세라 자준이 달려들어 돌아서는 민씨를 당기듯 안았다.

"아이, 누가 보면 어쩌려고……!"

민씨의 얼굴이 홍시처럼 붉어졌다. 바라보는 자준의 눈에 갓 시집올 적의 그 모습이 동공에 숨은 듯 배인 물기 속에 스쳐갔다. 이어 자준이 그간 세파에 할퀴어진 듯 거칠어진 민씨의 손을 잠시 내려다본 그 눈을 다시 들어, 민씨의 바라보는 시선을 향하고는 말했다.

"그간 정말 고생이 많았구려……. 이제…… 조금만 더 참아요. 조……금만……."

민씨는 자준의 어깨에 기댄 채 말없이 울고 있었다. 그간 아무 벌이도 못해 온 남편을 대신해서 시동생과 자식들을 공양하느라, 친정의 눈치를 보며 양식을 날라다 먹으며 살았고, 그나마도 있던 양식이 떨어질 때면 홀로 내색 않고 몸에 지닌 마지막 패물 가락지까지 팔아가며 호구(虎口)들을 채웠던, 그 외줄타듯 아찔했던 순간순간들이 민씨의 숙인 머리속을 헤집었다.

그 순간 웬일일까? 저 멀리 늘 무심히 들어왔던 뻐꾸기 소리가 그날 따라 유난히 크게 들려왔다.

뻐꾹! 뻐꾹!


수양대군은 아침 일찍 대궐로 향했다. 전날 밤 권남과 자준이 돌아간 후 한동안 그 밤의 만남을 되새겼다.

─권남의 친구 자준 그 사람 국록이라곤 고작 궁직에 지나지 않았다던 사람이, 어찌 그리 조정 안을 제 손바닥 보듯 훤히 보는 것하며, 그 경서를 두루 읽은 자만이…… 그리고 타고난 지혜를 지닌 자만이 꿰뚫을 수 있는 그 견문과 식견 배인 역사 인식과 앞날을 바라보는 통찰력을 지닐 수 있다는 게 놀라워……. 그리고 천기를 보는 눈을 터득했다고 했던가?

수양이 속으로 그리 뇌며 자준에게서 받은 관상화상도를 펼치자, 불현듯 그때 일이 떠올랐다.

그 언제였던가─.

수양의 나이 불과 15세였을 것이다. 조숙했던 그는 그 어린 나이에 음양의 이치를 알고 기방 출입을 했다. 그날도 어떤 기생집에서 제법 미색을 갖춘 어떤 기생과 함께 잠자리에 들었는데, 그날 새벽이었다. 느닷없이 평소 그 기생과 정분이 있던 사내가 그 방에 들이닥쳤다. 놀란 수양이 창문도 없는 그 방 뒷벽을 걸어차자 그 괴력에 벽이 허물어지는지라, 체면 불구하고 달아나 무작정 뛰다 보니, 기름에 달달 볶듯 타는 속과 함께 어느덧 10리 길을 벗어났다. 그리고 돌아보니 아까 그자가 죽일 듯이 저만치 헐떡이며 쫓아오는지라, 그 10리 허허벌판 외길에 숨을 곳을 찾던 중, 참 기이하게도 길 옆에 떡 버티고 선 아름드리 버드나무 한 그루가 흡사 범 아가리마냥 쩍! 구멍이 뚫려 있고, 그 속이 텅 비어 있어, 옳지! 하고 뇌며 속으로 얼른 들어가 숨어 있으니, 그 사내가 나무 주위를 숨차서 돌며 캑! 캑! 거리다가 무어라 투덜투덜하며 되돌아갔다. 수양이 잠시 쉬고 있는 차에, 또 어떤 자가 나무 근처로 다가오더니 소피를 보며 한다는 말이, 허! 거참 요상스럽다. 저 자미성(紫微星)에 유성(柳星)이 걸려 있다니, 자미성은 임금의 별이거늘…… 하곤 사라졌다. 나무 안에서 나온 수양이 생각하니, 그 말의 뜻이 곧 자신이 임금이 된다는 의미인지라 괴이쩍게 생각되어, 이튿날 그자를 수소문 끝에 찾아내어 보니, 대궐 관상감(觀象監)에서 천문(天文)을 보는 자였다.

그 후―.

수양은 자신의 운명을 그리 믿으며 살아왔다. 지금 자준에게서 받은 화상도와 거기 적힌 용의 관상에 제왕이 될 얼굴로 반드시 보위에 오른다는 수양 자신의 화상도를 보며, 그것이 천명이라 여겨졌다. 그리고 자준의 놀라운 계책 속에 수양의 편으로 끌어들일 두 사람 정인지, 신숙주…….

먼저 정인지로 말하자면, 아버지 세종 때 이미 지덕을 겸비한 출중한 인물로 인정받아 정초, 정흠지, 김담, 이순지 등의 집현전 학자들을 대표하여 온 인물이자 당대의 석학이다.

그리고 신숙주가 누구인가? 공조참판을 지낸 신장의 아들이며, 지성주사 정유의 딸이 그의 어머니인 숙주는 약관 22세의 나이로 등과하여, 집현전에서 주로 활약하며 세종의 명을 받아 훈민정음을 정리했다. 당시 늦은 밤까지 야근을 하다 지쳐 잠이 든 그를 세종께서 친히 납시어 곤히 잠든 그의 몸에 손수 털옷을 내리시어 덮어주었다는 유명한 일화를 남겼다. 어디 그뿐이랴. 당시 외국의 언어 연구를 위해 성삼문과 함께 무려 13차례라는 놀라운 열성으로 국경을 넘나들며 명나라 한림학사 황찬을 만나 도움을 받았는데, 당대 최고의 언어학자였던 황찬이 그의 학문과 덕성에 감격한 바 극찬해 마지않았다. 1451년에는 명나라 사신 예겸 등이 칙사로 조선에 와 임금을 알현하는 자리에서, 성삼문과 함께 시짓기에 당당히 왕명을 대표했는데, 그의 글을 읽고 눈이 휘둥그레진 사신으로부터 동방거벽(東方巨擘 ; 동방에서 가장 학식이 뛰어난 사람)이라는 극찬을 얻었던 인물이다.

자준! 그 한명회의 계략대로라면 머잖아 이 두 사람은 수양의 사람이 되어 힘이 되어 줄 터이다. 길이 보였다. 그간 겹겹으로 막혀 도저히 나아갈 수 없을 것 같았던 그 길이 훤히 트여 보이는 것이다.

-권남의 덕이야, 암! 그 사람 덕에 내 장자방을 구한 것이야.

장지문을 향하여 그리 뇌며, 수양은 새벽녘에야 왠지 모를 벅찬 가슴을 놓으며 잠들었던 것이다.

대궐에 든 수양은 먼저 주상을 알현했다.

"전하, 신 수양, 하례드리옵니다."

조카인 단종이 금성대군과 마주하다 반색하며 맞았다.

"어서 오세요, 숙부. 안 그래도 보고 싶었답니다."

"신 또한 반갑기 한량없사옵니다."

"형님, 그간 별고 없으셨사오니까?"

옆에 나란히 앉은 수양의 동생 금성대군이 덤덤히 말했다. 금성은 세종과 소헌왕후의 여섯째아들로 이름은 유하라 했고, 정치에는 별로 뜻이 없었다.

또 뜻이 있다 해도 뒤로 수양과 안평 같은 형들이 있는지라 입지(立志)를 세울 입장이 못 되었는데, 어린 단종이 자주 대궐에 들어와 자신을 보필해 줄 것을 부탁했기에, 오늘도 수양이

오기 두 식경 전부터 와 있었던 것이다.

"전하, 대궐의 기강을 바로 하십시오."

수양의 강한 어조에, 단종이 긴장했다.

"숙부…… 그게 무슨 말입니까?"

"내명부의 기강을 흔들리지 않게 바로 잡으시오서."

"내명부의 기강이라면…… 혜빈이 잘 다스리지 않사옵니까?"

마침 원하던 답을 얻었다는 듯, 수양의 눈빛에 회심이 돌았다.

"바로 그것이 문제이옵니다, 전하."

"그것이 문제라뇨, 숙부?"

"혜빈이 비록 전하를 양육하여 보필했던 공이 있다고는 하나, 전하의 조부이신 세종대왕의 후궁으로 내정을 살핀다 함은 아랫사람들 눈에 명분이 없사옵니다……. 해서 궐 안의 상궁, 나인과 궁녀들이 윗사람을 달갑게 여기지 않아, 기강이 해이되는 것입니다. 또……."

"어째서요, 숙부?"

단종이 그 말을 빼앗았다.

"그것은 전하의 아버님이신 문종대왕의 후궁 귀인 홍씨가 의당 내명부를 다스림이 그 순서와 전례가 맞는 것이기 때문입니다."

단종의 얼굴이 애처롭게 일그러졌다.

"하지만 숙부, 그리 되면 혜빈이 불쌍하잖아요."

수양의 눈빛이 불을 쏘듯 했다.

"전하는 이 나라의 임금이십니다. 임금은 사사로운 정을 내세우셔서 바른 길을 포기하시면 아니 되옵니다."

단종의 눈이 금성을 향했다.

"금성 숙부…… 뭐라 말씀 좀 해 보세요."

그러자 수양의 엄숙한 얼굴이 또한 금성을 향했고, 다분히 강압적이었다.

"수양 형님의 말씀이 지당하시옵니다."

금성이 수양 형의 눈치를 보며 말했다. 혹시나 하는 기대라도 한 듯한 단종의 얼굴이 더욱 창백해졌다.

"정 그러시다면 그리들 하십시오."

어느덧 단종의 눈에 눈물이 괴었다. 그리고 일찍 어머니를 여읜 자신을 지성으로 키워준 혜빈 양씨에게, 지금 이 순간 할 수 있는 것은 눈물을 흘리는 것뿐이라는 사실에 더욱 슬펐다.

"밖에 김내관 있는가?"

"예."

수양은 서둘러 김내관을 불러 도승지를 오게 했고, 그 도승지에게 어명으로 귀인 홍씨를 빈으로 봉하게 했다.

대궐의 소문은 빨랐다. 시녀로부터 내명부를 다스리는 권한이 지금 빈으로 봉해진, 그리고 어제까지만 해도 자신의 수하로 부리던 귀인 홍씨에게 넘겨졌다는 이야기를 전해 들은 혜빈 양씨는 그대로 무너지며 주저앉았고, 이내 싸늘한 통곡을 토했다.

그 혜빈의 통곡 시간에 맞추듯, 자신의 처소에서 빈으로 봉한다는 어명을 접한 귀인 홍씨는 하마터면 오래잖아 궐 밖으로 나가 살게 될 자신의 처지가 전화위복으로 바뀌어진 것에 감격했고, 그 감격으로 내전에 달려가 임금과 수양에게 곡진한 예로 감사했다. 이제부터 그도 수양의 사람이 될 터였다. 수양은 회심의 미소를 지으며 내전을 나왔다.

궐내 빈청에서는 김종서와 황보인이 아까부터 시름을 토하고 있었다.

"명나라에서 새 임금을 인정하는 고명이 왔으니, 당연 그 사은사로 대감이나 제가 가야 하는데, 어찌하면 좋을지요?"

"그러게 말입니다. 대감이나 제가 떠나면 수양이 조정을 이끌려고 들 것입니다."

김종서가 고함치듯 말했다.

"그건 아니 될 말이지요. 수양의 성품으로 보아 그리 되면, 조정 중신들은 모두 허수아비 꼴이 될 겁니다."

"……."

"……."

잠시 침묵이 무겁게 흘렀다. 그때 빈청문이 열리며 수양이 들어왔다.

"안녕들 하시오니까?"

딴때없이 밝은 수양의 표정에, 오히려 김종서와 황보인이 당황했다.

"두 분 대감께 의논드릴 일이 있어서 왔소이다."

"의논이시라면?"

"고명 사은사로 제가 갔으면 해서요."

순간 김종서와 황보인은 놀람과 동시에 서로를 쳐다보았다.

"두 분 대감께서는 조정의 막중대사를 짊어지신 분들이시라 한시라도 자릴 비우실 수 없으시고…… 그렇다면 제1왕숙인 제가 가는 것이 대국인 명나라에 대한 예의를 지키는 것이고, 또 종묘에 대한 저의 도리인 것 같아 자청하는 것이지요."

김종서와 황보인의 얼굴이 아닌 밤중에 자다가 횡재라도 한 듯한 표정으로 밝아졌다.

"저희들이 할 일을 대군께서 자청해 주신다니, 송구스러울 따름입니다."

김종서의 말에, 황보인이 옳지, 하며 동조하듯 미소를 지었다.

"웬 별말씀을요. 이런 기회에 그간 왕실의 종친으로 입은 왕실의 은혜에 조금이나마 보답하려는 거지요. 헌데……."

수양이 둘의 안색을 살피며 말했다.

"이번 길에 함께 갈 사람을 정함은 관례로 보아 당연 제가 하는 것이고…… 해서 제가 임의로 정했습니다만?"

"그러시면 누굴?"

"우선 종사관으로 두 분 대감의 자제인 김승규와 황보석을 데려갈 생각입니다."

순간 김종서와 황보인이 사색으로 변했고, 묵직한 둔기로 뒤통수를 맞은 것 같은 참담한 표정이 되었다.

"이번 기회가 두 분 자제들께도 세상 경륜을 쌓는 다시 없는 좋은 경험이 될 거외다."

수양은 내심 그 표정들에서 쾌재를 부르며, 그러나 의연히 말했다. 수양의 제안은 인질을 데려가겠다는 것이고, 그 인질로 자신의 아들과 황보인의 아들을 택해도, 관례를 들어 도저히 거절할 수 없도록 요구하는 수양의 저 능청스런 표정을 속으로 경멸하면서 김종서의 관자놀이에 경련이 일었지만, 그래도 산전수전 다 겪은 정승의 오랜 관록물인지라 애써 심적 동요를 자제하며 태연에 가까운 얼굴로, 옆의 황보인을 슬쩍 손으로 찌르고 나서 말했다.

"그리하여 주시면 여기 황대감이나 또 저로 보아도 가문에 광영이옵지요, 허허허."

황보인도 어이없이 따라 웃었다.

"그렇고말고요, 암. 어쨌든 고맙구려, 두 분 대감."

어색하고 요상스런 분위기가 마주한 세 사람 사이로 한동안 흘렀다.

"그리고 부사로는 이조판서 이사철, 서장관으론 신숙주를 데려갈 거외다."

기가 막힌 인선이다. 중도(中道)를 걷는 인물로 조정에 정평이 난 이사철과 누가 보아도  당대의 석학이랄 신숙주를 떠올리며, 김종서는 속으로 수양의 안목에 놀라워했다.

"잘 고르셨습니다, 대군. 이사철과 신숙주 두 사람이 명나라에 가면, 그 재능으로 보아 우리 조선의 국위를 크게 떨칠 것이옵니다."

"암, 그렇고말고요. 둘 다 조선의 인재들이 아니오니까, 허허헛. 부족한 저에겐 복이 되겠지요."

"……."

"자 그럼, 이 수양은 이만 가보겠습니다."

억지 웃음이 역력히 드러나는 두 사람의 배웅을 받으며, 수양은 빈청을 나와 아직 한 키쯤 남은 저녁 태양빛을 받으며 사라졌다. 남아 있던 두 사람은 한동안 말없이 서로를 바라보며 탄식을 토하고 나서, 수양을 포함한 사은사의 명단을 황지(黃紙)에  적어 임금께 올렸고, 임금이 이를 흔쾌히 가납했다.

황표정치(黃標政治)ㅡ.

주상이 보령 유충하여 대궐의 중요 사안을 결정할 때에는 김종서, 황보인 등이 직접 알현하여 형식적인 윤허를 받았다. 또 중요 인사의 승진이나 등용의 경우, 가령 여럿 중에 몇 명을 고르는 형식이라면, 그 위에 누런 점을 미리 찍어놓아 임금이 그 표시된 인물을 다시 먹물로 찍어 가납하는 것을 조정 중신들 사이에서는 황표정치라 했다.

결국 조정의 모든 권한이 이 황표정치를 통하여 의정부의 수장이랄 김종서, 황보인에 의해 좌우되었고, 오늘 수양 등의 사은사 건도 그들 수중을 통하여 결정된 것이다.

수양은 그 점이 늘 못마땅했으나, 오늘은 그것을 확! 잊을 만큼 달랐다. 마치 구름에라도 올라 호탕히 발 아래를 내려다보는 기분이 들 만큼 가슴이 뿌듯해 왔다.

─모든 것이 자준의 계략대로 척척 풀려가지 않는가?

궐을 나올 적부터 벌어지던 그 입매로 그리 뇌며 집으로 향하는 수양의 석양 배인 눈매에, 마치 십년지기의 다정한 벗처럼 느껴지는 자준의 모습이 삼삼히 서렸다.

"아직도 기별이 없느냐?"

가복을 향해 소리치는 자준의 음성이 딴때없이 날카로웠다. 사랑방의 자준은 아까부터 혹 앉기도 하고 혹 일어서서 방안을 돌기를 몇 번이고 반복하며, 어제 양정을 데리러 송도의 경덕궁을 향해 떠난 가복과 함께 올 양정을 기다렸다.

마음 한편으로는 어차피 오늘 안에는 도착하겠지, 하는 생각도 없잖은 게 아니나, 수양을 만난 이후부터 머잖아 닥쳐올 안평과의 목숨을 건 처절한 싸움을 준비해야 한다는 강박한 심정이 시도 때도 없이 시달리듯 드는지라, 양정을 만나 한시라도 빨리 대책을 마련해야 한다는 괜스런 조바심 때문이기도 했다. 그러기를 세 식경쯤 되었을 때, 양정이 씩씩거리며 도착했다.

"형님, 저 양정이 왔습니다."

자준이 버선발로 댓돌에 내려 양정을 맞아들였다.

"반갑구먼, 이 사람!"

"고맙습니다, 형님. 절 잊지 않으시고 이리 찾아주셔서."

"어디 그것뿐인가? 내 전에 약조했던 대로 자넬 출세시킴세!"

들자마자 양정은 그 말에 감격에 겨운 낯색을 하며 감사했고, 그 와중에 주안상이 들여졌다.

"캬! 좋다."

양정의 활달한 술트림을 향하여 자준이 타악! 쏘는 눈초리를 하더니, 방 한켠의 댓살 문갑 속에서 묵직한 엽전 꾸러미를 가져다가, 그게 웬 돈인가 싶어 눈꺼풀이 뒤집힌양 콱! 벌어진 눈매로 쳐다보는 양정의 코앞에 툭 던지듯 놓았다. 그 액수가 많음인지 소리가 쩔렁허니 둔탁히 나며, 그 충격에 방바닥도 제법 퉁! 소리를 내며 울렸다.

"웬 돈이오니까?"

"사람 값일세."

"사람 값?"

"사람을 모으란 이야길세."

"……"

"힘쓸 장정들이 필요해."

"왜이오니까?"

"그건 차차 알게 될 터이고, 우선은 자네와 더불어 수하 사람들을 부릴 만한 자를 물색하고, 그 밑에 두고 부릴 자들을 끌어모으게."

"알겠습니다, 형님."

양정의 태도는 흡사 상감마마를 뫼신 것처럼 공손에 겨웠다. 왜일까? 그 순간 그 양정을 바라보는 자준의 미간이 수축되며 불길한 생각이 스쳤다.

양정의 관상은 그 형모가 늑대상으로, 늑대의 특성을 닮아 호전적이고 공격적인 성품이요, 또 늑대의 무리들이 서로 협조하여 질서 있게 사냥하며 생활하듯 의리와 조직력을 타고나, 자준이 필요로 하는 무인을 키우는 일에 양정이 적합한 인물임에는 틀림없다.

허나 저 새우눈처럼 튀어난온 눈동자와 이마에서부터 턱 쪽으로 곧게 뻗어내려온 직문(直紋)은 훗날 뜻밖의 일로 비명의 죽음을 뜻하는 것이다(양정은 훗날 크게 출세하여 세조에게 직간을 하다가 세조의 노여움을 사게 되어 참형을 받고 비참하게 죽는다). 자준이 속으로 그리 뇌었으나 차마 양정에게 말하지 못함은, 그것이 그의 의욕을 떨구는 말이기에 후일 이야기해 주리라 마음먹었다.

"가세."

그 불안을 떨치듯 자준이 일어서자, 양정이 먹던 잔을 거푸 들이키며 눈길을 올려다보았다.

"자네, 오늘 한양 기생 한번 품어보게, 헤헷."

어느새 자준의 표정이 송도 궁직 시절 헤픈 웃음을 토했던, 정들었던 그 낯색을 했다. 기생이란 말에 양정의 입이 오뉴월 호박꽃마냥 함빡 벌어졌다.

"기생집이오니까?"

"원 사람, 그리도 좋은가? 헤헷!"

사족을 못쓸 듯 좋아하는 양정을 데리고, 자준은 남대문 쪽으로 향했다.


휘영청 달빛이 저기 내려와 놀고 있음인가! 검지손을 오므리고 나머지 손가락을 아스라이 펴서, 그 옥수(玉手)에 관능적으로 나풀거리는 백색의 긴 천을 가지고 스스로를 희롱하듯 간드러진 얇은 허리를 요동치며, 반쯤 내리깐 눈으로 교태롭게 춤을 추어대는 한양 기생을 보면서, 양정은 좌중에 자준 한명회와 홍윤성이 함께 있음을 잊은 듯 넋을 잃었다. 그 외에도 다섯 명의 기생이 함께 있었다.

"자네들, 앞으로 잘들 지내야 되네."

"예, 형님."

"여부가 있겠습니까?"

양정을 홍윤성에게 소개시킨 후, 자준 일행은 기생들이 따라 올리는 술잔을 받자, 자준은 습관처럼 기생들의 낯색을 뜯어보고 나서, 장난기 서린 얼굴을 하며 뇌까리기 시작했다.

"네년은 조실부모했고…… 헤헤헷."

"어쩜!"

"네년은 서방을 셋이나 꺾었구나, 킬킬킬."

"어머, 어쩜!"

"조년은 서방질하다 쫓겨났을 거구."

"……!"

"요것은 남자 잠을 안 재우는 년일 거구."

"호호!"

"그리고 저 춤추던 아이는 하초(下焦)의 음문(陰門)이 아래로 처졌을 것이고…… 헤헤헷."

시정잡배의 난잡한 언동처럼 뇌까리는 자준을 향해, 기생들은 어쩜 그리 자신들의 약점을 칼로 찌르듯 잘 아느냐고, 그중 제일 연장자로 보이는, 얼굴이 놀랍다는 낯색으로 간드러지듯 떠벌였다. 이내 좌중은 기생들의 까르르 웃음소리로 가득해졌다.

"형님, 조년들의 관상은 그렇다치고, 여기 춤 잘 추는 아이의 그것이 어째서 아래로 처졌다는 말이오니까?”

어느새 춤 잘 추던 그 기생을 품에 안은 홍윤성이 물기 서린 눈으로 물었다.

“그야 상법에 저 계집처럼 입끝이 아래로 숙여지고, 아울러 그 잘난 엉덩이가 밑으로 처진 듯 보이면, 필시 그곳이 아래로 처졌다고 되어 있으니 내 알지, 내 무슨 수로 보지도 않고 알 것인가? 하하핫.”

그 말에 다시 좌중이 흐드러진 웃음판이 되었다. 술이 한 순배 돌고 나서, 자준이 허리를 곧추세웠다.

“너희들은 잠시 물렀다가 다시 오거라.”

좀전과는 딴판을 한 낯색으로, 자준이 물러가는 기생들의 종종걸음에서 눈을 떼며 말했다.

“자네, 권교리로부터 이야길 들었겠구면.”

“예, 권남 형님으로부터 자세히는 아니오나, 형님께서 수양대군을 만나셨다 하더이다.”

홍윤성의 말에 양정이 놀란 눈치를 보였다. 윤성 또한 기대를 잔뜩 담은 눈으로 자준을 바라보았다.

“옜다.”

자준이 전대를 풀어 엽전 한 꾸러미를 윤성에게 건넸다.

“돈이오니까?”

“넣어두게.”

“……”

전대를 풀은 허리를 추스르며, 자준이 목에 힘을 주었다.

“우선 자리부터 옮겨야 될 터.”

“자릴요?”

“훈련원 주부로 가게. 내 대군께 부탁 놓아 그리 할 것인즉.”

"……."

마치 조정의 인사권을 쥔 듯한 태도로 당당히 말을 내뱉는 자준을 향해, 홍윤성은 경악하듯 쳐다보았다.

"정말…… 이오니까?"

"왜 사복시 주부 자릴 그만두기 싫은가?"

"아…… 아니오니다. 싫다니요, 그건 소생의 소원하던 바이옵니다."

권남과 함께 과장에 오른 홍윤성은 사복시(司僕侍) 주부(主簿)로 재임하고 있었는데, 종6품의 벼슬이라고는 하나 하는 일이라고는 조정에 말이나 그것이 끄는 수레를 관리하는 것이 고작인바, 호쾌한 무인의 기질이 만만한 그로서는 영 마음이 내키지 않는 자리였다.

그런 처지의 홍윤성에게 자준이 옮겨 준다는 훈련원은 조정의 병권을 관할하는 자리로서, 그의 성품에 부합됨은 물론 평소 갈망했던 바라, 그 큰 입이 귀에까지 찢어져 닿을 듯 벌어지며 좋아했다.

"고맙소이다, 형님. 그리만 해주신다면, 내 그 은혜 죽을 때까지 잊지 않으오리다."

"알겠네, 단……."

"말씀하소서."

홍윤성은 감격에 겨워 물었다.

"그곳에서 쓸 만한 사람을 많이 사귀어 자네편으로 만들게. 돈은 필요하면 더 줄 터이니."

"명심하겠습니다, 형님."

양정은 둘 사이를 번갈아가며 보고는 경탄을 토했다. 도대체 자준 한명회란 인물이 얼마 전 자기와 함께 궁직으로 일했던 것이 맞는 것일까 하는 의심이 들 정도로 변한 그 모습에 놀라워하며, 또 한편으로는 앞으로 뭔가 엄청난 일이 닥칠 것 같은 불안감마저 들었다. 그 양정 못지 않게 홍윤성 또한 자준에게서 예전과 또 다른 비범함과 출세의 가능성을 읽고 있는 듯했다.

"자, 이제 맘껏 취해 보세. 헤헷."

어느새 긴장은 사라지고, 헤픈 얼굴로 바뀐 자준이 다시 기생들을 불러들였다. 그 기생 중의 누가 가져온 장고 소리에 맞추어 금세 술판이 벌어졌다. 그렇게 요란스런 자리가 꽤 오래더니, 자준이 술에 취한 몸으로 먼저 자리를 떴다. 이어 홍윤성이 흡족하니 물결치듯 움직이는 몸으로 아까 춤추던 그 기생을 끌고 다른 기방으로 사라지자, 양정은 오히려 술이 깬 듯 자준이 준 돈을 꿰찬 전대를 꽉 동여맨 후, 옆을 지키던 기생의 부축을 받으며 바로 옆 기방으로 들어갔다.

먼저 기방으로 건너간 홍윤성은 취기를 잊은 듯 기녀의 옷가지를 숙달된 동작으로 벗기기 시작하자 금세 알몸이 되었고, 그 알몸을 들여다보니 아까 좌중에서 자준이 했던 말대로 몸의 구조가 생긴지라, 얄밉도록 신통스럽다는 생각을 잠시 했다. 이어 한 몸이 된 두 사람의 육체가 장지문을 울리며 격정에 겨운 율동으로 변해 갔다.

양정은 홍윤성과는 달랐다. 모처럼 자준의 덕에 품에 안은 한 양 기생을 아끼듯 소중히 다루었다. 뭔가 사무치는 그리움이나 만난 듯 아스라이 감고 있는 기생의 눈을 바라보며, 결코 서두르지 않았다.

그러기를 반 식경쯤—. 서서히 알몸이 된 두 사람은 취기가 다시 오른 듯 숨을 몰아쉬었다. 그간의 삶의 여정 속에 그 뻔한 삶의 한을 전부 토해내려는 듯, 양정의 거친 숨소리는 꽤 오래나 계속되었다. 그렇게…….

"무어라, 그 말이 사실이렷다!"
아침까지 남아 있던 취기가 싹 가신 얼굴로, 자준의 얼굴에 경련마저 일었다.
"틀림없이 제 두 눈으로 똑똑히 보았사오니다."
"……."
무거운 침묵이 흘렀다. 그 침묵으로 자준의 눈이 월이에게 고정되었다. 얼마나 그립고 반가웠던가! 오늘 아침 가복의 안내를 받아 자준의 사랑으로 다소곳이 들어오던 월이를 본 순간 자신도 모르게 와락 끌어안았고, 월이 또한 기쁨에 겨워 눈시울이 젖었다.
잠시 후―.
안평저에서 월이가 가져온 소식에, 자준이 전율했다.
"그래, 김종서 대감이 안평대군에게 항차 조정의 섭정을 하여 줄 것을 서찰로 물었고, 그 답이 무어라?"
"분명 바위를 뚫고 핀 난초의 그림이었사오니다."
"그래, 그 그림을 답으로 김종서에게 보냈다?"
"……."
자준의 손이 파르르 떨렸다.
"고맙네. 내 자네의 공은 잊지 않겠네."
그 말의 뜻을 월이는 알고 있었다. 기실 오늘 일은 월이로서는 목숨을 걸고 발설하는 것이고, 그런 모험을 감수하는 월이의 심정은 자기가 본 바로 보통의 인물과는 다른 자준 한명회가 항차 뜻하는 일에, 오늘 자신의 고변이 도움이 되리란 것을 짐작으로 알았던 바로 감행한 것이다. 어서 빨리 일이 성사되어서

자신을 안평의 그 소굴에서 데려가 주기를 밤낮으로 소원한 것
이기에…….

자준이 월이에게 주었던 손을 거두며 일어섰다.

"저들에게 방심할 수 없을 터, 어서 돌아가게."

"……."

"몸조심하구."

"나으리도……."

월이가 방문을 나서자, 자준이 잠시 기척을 놓고 장지문을 바
라보다 문득 몸을 풀며 외출할 채비를 했다.

"빨리 대군 나리께 알려야 할 터!"

그리 뇌며 자준은 수양저로 급행했다.


쾅! 수양이 서탁을 사정없이 내려쳤다.

"저런! 못된 것들이 있나! 감히……."

월이의 말을 자준에게서 전해 들은 수양은 분노가 극에 달했
다.

"그래, 그것들이 섭정을 하기로 서로 작당을 하고, 그 답으로
안평이 바위를 뚫고 나온 난초를 그려 보냈다!"

"그러하옵니다."

"캬! 저런 발칙한 것이 있나?"

잠시 흥분을 삭이고 나서, 수양이 부릅뜬 눈을 추스르며 물었
다.

"한공의 생각을 말해 보시구려."

"더 두고 보십시오."

"두고 보다니…… 마냥?"

수양과 달리 자준은 태연히 말했다.

"지금은 국상 중이라 저들이 함부로 움직이기엔 때가 좋지 않습니다. 그리고 나으리께선 곧 저들의 자제들을 인질로 데리고 사은사로 명나라에 가실 터라, 적어도 그 소임을 마치시고 오실 때까진 안평을 섭정 자리에 앉게 하진 못할 터입니다."

수양의 얼굴은 점차 노기가 가시었다.

"일단은 그렇구먼……. 허나."

자준이 얼른 말을 빼앗았다.

"다음은 저에게 맡기소서."

잠시 침묵이 흐르고, 묘한 표정으로 수양이 고개를 끄덕였다.

"알았네."

"그리고……."

"뭔가?"

"나으리의 사람이 필요합니다."

"……."

"사복시로 있는 홍윤성이란 자이옵니다."

"홍윤성?"

"그잘 훈련원으로 옮겨 주셔서 무관들을 포섭하게 길을 열어 주십시오."

"알았네."

어느새 수양의 얼굴에 미소까지 머금었다.

"게 누구 없느냐?"

가복이 들어오자, 수양이 붓을 들었다.

"이걸 도승지의 집으로 가져가 전하게."

도승지는 수양 편의 사람이었다.

"예, 나으리."

홍윤성에 관한 서찰을 챙겨들고 나가는 가복의 얼굴을 찬찬히 뜯어본 자준이, 그 형모가 알을 품고 있는 암탉의 상인지라 제법 복을 지닌 자라 생각했다.

"방금 전 가복의 관상은 어떠하던가?"

자준의 심중을 읽듯 농어린 투로 수양이 물었다.

"가복의 상판치고는 복상을 했습니다."

"복상이라……."

"예, 복상이란 말 그대로 복을 지녔다는 뜻으로, 항차 나으리의 뜻이 이루어지면, 그 수하의 가복 또한 덕을 입는다는 이치가 아닐는지요."

"오, 그런가? 하하하."

수양의 호탕한 웃음이 내당까지 들릴 듯했다.

"기왕에 말이 나왔으니, 내 식솔들의 관상도 좀 보아주시겠는가?"

"여부가 있겠사오니까? 소생으로선 광영이옵지요."

자준은 내심 잘됐다는 생각에 심기가 들뗬다. 그것은 수양의 관상이 용의 형상으로 항차 임금이 될 자이므로, 그 식솔들 또한 지극히 귀한 상을 지니고 있을 터이기에 이참에 확인하고 싶었던 것이다.

잠시 후 수양이 내당에 일러 식솔들을 부르자, 부인 윤씨가 맏아들 장이와 둘째 황이를 데리고 들어왔다.

"내 장자방 한공일세."

"소생 한명회라 하옵니다."

우스꽝스런 자준의 상판 때문인지 윤씨가 웃음으로 말했다.

"나으리께서 요즘 자랑삼아 말씀하시온지라, 이미 알고 있사옵니다."

윤씨의 음성은 온화했고, 얼굴에는 위엄이 서려 있었다.

"한공은 천기를 터득한 사람이요."

"그 말씀도 들어 알고 있사옵니다."

"그랬던가? 허허헛."

"어떤가, 한공? 이 아이는 열네 살이고, 둘째는……."

윤씨가 얼른 말을 받았다.

"둘째는 세 살이옵니다."

뭔가 기대에 찬 듯한 윤씨의 눈이 자준을 향했다. 자준이 가솔들을 숨죽여 바라보았다. 윤씨 부인의 물형은 사자의 상으로 기가 극히 강하고 세어서, 평범한 남자와 혼인을 맺어 살 경우, 필시 3년 내에 남편을 꺾고 사별할 팔자이나, 윤씨의 경우는 그와 달라, 남편궁인 이마가 색이 맑고, 코가 반듯하게 잘생겼고, 거기에다 남편의 복을 불러들이는 눈썹이 윤기 있고 수려하게 잘생겼으며, 얼굴이 전체적으로 조화를 기막히게 이룬 미색인지라, 사자의 상을 극히(上品) 잘 타고났으므로, 윤씨의 그 강한 기를 다스려 조화를 이룰 수 있는, 역시 기가 강하고 센 제왕의 상인 수양대군을 반드시 만날 운명을 스스로 타고난 것이다.

"군부인께서는 대륙을 바라보는 사자의 형모이시고, 항차 왕후가 되실 겁니다."

윤씨가 놀라 문 밖을 살폈다.

"아이들도 보아주시게."

윤씨에게 걱정 말라는 눈짓을 보내며, 수양이 재촉했다. 맏아들과 둘째를 바라보던 자준이 소름을 느끼며 속으로 신음을 토했다.

-이럴 수가……? 둘 다 요절할 운명이야.

속으로 그리 뇌며 확인처럼 다시 그들을 바라보았다. 맏아들 장이는 기린의 형상을 한 관상이라 일생 행운이 따르는 귀한 상이고, 그보다 둘째인 황이의 관상은 백룡의 형상을 하고 있어 필시 임금이 될 터였다. 허나 둘 모두 수명을 관장하는 인중이 극히 짧고, 뒤통수라 불리는 침수골이 납작하고, 안광의 힘이 부족하고, 수명을 보완하여 줄 하관(턱)이 뾰족하여 20세를 겨우 넘기고 요절할 운명이었다.

그러나 자준은 어찌 그 같은 말을 전해 부모 가슴에 못을 박는단 말인가, 하는 생각을 하며 그 자리를 모면하려 했다.

"자제분들이 모두 극히 귀한 관상이십니다."

그 말에 수양과 민씨는 흡족해 했다. 맏아들 장이가 요상스럽게 생겼다는 듯 자준을 요리조리 뜯어보았다.

"둘째아드님도 훗날 보위에 오르실 겁니다."

"이 아이가?"

'도'란 말에 수양이 놀란 시늉을 했고, 윤씨 또한 그 '도'란 말에 묘한 표정으로 수양을 흠칫 쳐다보았다.

"그럼 소생은 이만."

"벌써 가려는가?"

"나으리와 모처럼 술 한잔 하시잖구요."

"아닙니다, 그럼."

댓돌까지 내려선 수양과 툇마루에 나와 선 윤씨의 곡진한 배웅을 받으며, 자준이 수양저를 나왔다. 저 멀리 유별스레 화사스런 태양빛이 마주 걷는 자준을 품은 듯했다.

그날 밤—.

자준은 곤히 잠든 부인 민씨 곁에 누워 수양의 두 아들을 떠올리며 탄식을 토했다.

—나으리의 부인 윤씨의 그 강한 기의 탓이야! 상법에 여인으로서 호랑이의 눈과 사자의 눈을 한 자는 자식을 일찍 꺾는다질

않았던가…….

그 자준의 속절없는 탄식 속에, 가을 밤이 깊어갔다.


1452년 10월 초—.

사은사로 떠나는 수양 일행을 송별하기 위해, 소년 단종임금이 배석한 가운데 경복궁에서 송별연이 한창이었다. 명색이 제1왕숙으로서 조정의 막중대사를 맡아 떠남을 의식해서인지, 조정의 대소 신료와 그들의 수장이랄 김종서, 황보인과 안평대군까지 참석해 있었다.

"숙부, 추운 날씨에 먼 길을 떠나시게 하여 송구해요."

근심어린 용색으로 단종이 수양을 쳐다보았다.

"전하, 이 수양은 전하의 곁을 떠남이 서운할 뿐이옵지, 어찌 추위와 먼 길을 걱정하오리까."

"수양, 그리고 안평 숙부가 계셔서 이 조카는 든든합니다."

"형님, 아무 걱정 마시고 먼 길 다녀오십시오. 전하 곁엔 이 안평과 영상이신 김종서, 황보인 대감이 있지 않사옵니까?"

순간 수양의 안색은 싸늘해짐을 느꼈다. 오늘 이 자리가 얼마나 어색한 자리인가? 바로 맞은편에 무슨 시정배들마냥 편을 가르듯이 안평의 양옆에 김종서와 황보인이 앉아 서로 눈빛을 주고 받으며, 자신을 비웃기나 하듯 흥청이는 그 꼴들이 수양의 눈에 가시처럼 여겨졌다.

―분명 바위 틈을 뚫고 힘차게 나온 난초를 그려 보냈다 하더이다.

섭정에 대한 수락의 뜻임을 강조하던 자준의 그 말이, 수양이 든 술잔 속을 바라보자 그 둥근 모양 안에서 영상처럼 떠올랐고, 동시에 울화통이 불끈 솟는지라 단숨에 콱! 들이켰다.

-어디들 두고 보자.

이미 비운 수양의 술잔이 아무도 모르게 파르르 떨렸다. 다음 날 일찍 수양 일행이 떠나야 했기에, 송별연은 그리 오래잖아 단종이 먼저 자리를 뜬 후 끝이 났다.


다음날—.

백성들이 우르르 몰려와 지켜보는 가운데, 모화관에서 출발한 사은사 행렬이 대로로 들어섰다.

"저분이 수야대군 나으리신가?"

"와아! 그 양반, 틀이 기가 막히게 생겼구먼."

"그 양반이라니, 말조심하게."

"내가 볼 땐, 저분이 바로 범틀이여."

"이 사람 언젠 푸줏간 박씨더러 범틀이라더니?"

"그잔 저분에 비하면 살쾡이틀도 못 되제!"

사람들의 수군거림 속에, 자준도 끼어 있었다.

"나으리, 이번 길은 보나마나 큰 성공을 거두실 것이니, 아무 염려 마시고 잘 다녀오십시오."

자준이 수행월들 사이를 비집고 들어가 반색하는 수양을 향해 의연히 말했다.

"오, 한공인가? 내 자네만 믿고 다녀오겠네."

"아무쪼록 몸조심하십시오."

잠시 일행을 멈춘 수양이 주위를 의식해서인지 아쉬운 눈길을 던지고는 출발했다. 그 잠시의 이별이 아쉬워서, 자준은 한동안 그 무리들의 뒷모습을 바라보며 그 자리에 못박혔다.

-먼 길의 길흉을 보는 자리인 역마궁(관자놀이)이 윤기 있는 홍색을 발하고 있는바…… 나으리의 이번 길이 무사할 것이고,

또 월운(月運)을 보아 11월에 해당되는 우측 법령 부위가 맑고 윤기가 흘렀으니, 나으리가 명나라에 도착하는 다음달쯤에 크게 명성을 얻을 것이야…….

저만치 사라진 사은사 일행의 아득한 모습을 지켜보며, 자준은 그리 뇌고 있었다.

# 혁명 동지들

도봉산―.

골짜기 잡목들 사이에 불쑥 솟아나 흡사 고래등처럼 널찍허니 생긴, 곰바위라 불리는 그 바위 중간쯤에 앉아, 자준은 초저녁이 지난 시각에 이르기까지 총총한 밤하늘을 바라보았다.

―아, 드디어 때가…….

찬 공기를 맞으며 자준이 희열을 토했다.

―불과 1년 후라…….

자준이 신음 같은 탄식을 토했다.

―천운이 오고 있음이야…….

그리 뇌며 문득 일어나 산중턱의 움막 쪽으로 깜깜함을 향해 갔다. 어스름한 달빛 아래, 여러 곳의 움막들이 눈에 들어왔다. 그중 가운데의 붉은색 발을 드리운 움막 안으로 자준이 들어섰다.

그 안에는 통구이로 된 돼지 한 마리를 가운데 놓고 술판을 벌이고 있는 홍윤성과 양정, 그리고 그 두 사람이 끌어들인 타고난 무골들로 집채만한 덩치라고 할 수 있는 홍달손, 유숙, 어을운…… 등이 앉아 있었다.

"많이들 드시게, 헤헷!"

어느새 헤픈 웃음을 뒤집어쓴 자준이 그들 사이로 끼어들었다. 농담반 진담반으로 지껄이는 자준의 걸쭉하고 재치 넘치는 이야기에, 좌중은 금세 화기로 넘쳤다.

자준이 그 도봉산을 들락거린 것은, 수양이 명나라로 떠난 달포 후부터였다. 자준의 배려와 수양의 덕에 훈련원으로 자리를 옮겨간 홍윤성과 양정이 끌어들인 홍달손 등의 무사들, 그리고 족히 백여 명에 달하는 수하 장정들의 무술훈련 모습을 지켜보고, 또 감독과 사기 진작을 위해서였다.

그들은 자준이 일일이 관상을 보아 선별된 자들이기도 했다. 우두머리급인 홍달손, 유숙, 어을운 등은 모두 무관의 상으로, 그 물형은 각각 너구리, 구렁이, 독수리의 형모를 한 관상에다, 그 낯색들이 조금씩 균형을 잃은 구석이 있는, 이른바 파격지상을 갖추고들 있는지라, 그러한 얼굴은 자준처럼 세상을 크게 뒤집어엎을 운명을 타고난 것이어서, 관상을 보던 자준 자신이 그 묘한 일체적 운명의 인명이란 고리에 놀라워했었다.

-모사는 사람이 하고, 성패는 하늘이 하고 있음이야.

도모코자 하는 일과 모여드는 자들의 운명의 길이 절묘하게 일치됨을 들여다보며, 자준은 그리 뇌었다. 그 순간 물형을 파악하면 그 다룰 방법도 거기에 있다던 명인의 말이 떠올렸다.

먼저 홍달손 같은 너구리의 형상을 뒤집어쓴 자(굴 속에 기거하는 동물의 형상을 한 사람은 남달리 재물을 탐한다. 족제비, 오소리, 곰…… 등)는 재물을 탐하므로, 재물을 주며 이끌면 죽자사자 따라올 터이다.

〈기업인들로부터 무려 수천억원의 뇌물과 비자금을 받은 전대미문의 전직 대통령으로서 치욕적인 옥고를 치른 모 대통령의 경우, 봉황의 눈에 곰의 형상을 했던바, 관상학적으로 해석하자면 모든 사람의 경우 수양이 부족하면 그 타고난 물형, 즉 동물의 형상을 한 모습에 나타난 동물의 습성을 그대로 닮게 된다. 따라서 그 대통령의 경우, 수양이 부족했던 고로 곰의 습성을 닮아, 곰이 겨울잠이 들기 전에 엄청나게 먹이를 먹고, 또 동굴 속에다 먹이를 억척스레 쌓아두듯, 퇴임(겨울잠) 전에 그 엄청난 돈을 몰래 쌓아둔 것이라 할 수 있으니, 상법의 이치가 참으로 오묘하다고 아니할 수 없는 것이다.

참고로 국민들로부터 사후에 오히려 더욱 존경을 받고 있는 고 박정희 대통령의 경우, 관상학적으로 그 물형이 청룡의 형상이었다. 거기에다 얼굴에 다소 균형을 잃은 파격이 들어, 흡사 천년이란 긴 세월을 물 속 깊은 곳에서 홀로 지내다가 비바람과 폭풍이 부는 그 어느 날 굉음을 지르며 승천하는 용의 운명처럼, 숱한 괴로움뿐인 인고의 세월을 보낸 후 세상을 뒤집어엎고, 새 시대를 열 운명을 타고난 것이다. 그래서인즉, 그분은 5.16 군사혁명으로 일어서 대통령이 되기 전까지 숱한 굶주림과 죽을 고비를 몇 번이고 넘기는 등 그야말로 파란만장한 생애를 보냈고, 대권을 잡은 후엔 용처럼 신출귀몰한 지혜와 놀라운 결단력을 발휘하여, 고도성장의 경제구조 속에 오늘날 한국경제의 기반을 마련한 것이다.〉

유숙처럼 구렁이상인 자는, 구렁이를 닮아 매사에 서두름 없이 침착하고 빈틈이 없는 반면, 음흉한 꾀를 잘 도모하고, 여색을 밝히므로 자주 기생집에 데려가서 그 좋아하는 바를 충족시켜 주면 잘 따를 것이요, 어을운은 독수리상이므로 용맹스런 독수리마냥 무력으로 상대를 제압하기를 좋아하고, 또한 뭇잡새들과 떨어져서 홀로 있기를 즐기는 독수리의 성품을 닮아 홀로 잘난 척을 좋아하며, 또 먹이를 낚아채어 잽싸게 날아가서는 홀로 먹기를 그 새가 즐기듯, 그자의 성품 또한 재물에 대하여 남에게 주기보다는 받기를 훨씬 좋아하여 극히 인색할 터이므로 (찰색을 보아 수양을 한 낯색이 없으면 필히 그렇다) 수시로 적당히 치켜세워 주고, 짐짓 그 타고난 협기에 탄복하는 체하며 재물을 적당히 주면, 필히 목숨을 걸고 따를 것이다.

그러한 계산에 맞추어 자준이 헤픈 얼굴과 위엄서린 얼굴을 수시로 바꾸어가며, 흡사 다람쥐 재주 타듯 그들을 이끌고 다루자, 오래잖아 무슨 전생에 한맺혀서 못 만나진 인연을 다시 만난 듯 죽어라 잘 따랐다. 또 그 수하들을 관상으로 선별할 적에는 무엇보다 배신이나 밀고할 소지가 있는 자를 골라 되돌려보냈는데, 그리 수가 많지는 않았다. 관상학적으로 배신자의 상을 예로 들면, 눈동자가 솟은데다 눈 모양이 완전히 둥근, 일명 도토리눈을 한 자, 코뿌리가 낮아서 없고, 눈꺼풀에 각이 생겨 눈 모양이 삼각형인 자…… 등이다.

그러한 관상을 한 자가 서너 명 정도 있어 되돌려 보냈다. 그렇게 엄선된 패거리랄 무리들은 궂은 날을 제외하고는 양정, 홍달손, 유숙, 어을운의 지휘 아래 도봉산 일대를 종횡하며, 때로는 산을 타고, 창·칼 등으로 무술을 연마하며, 자준이 입버릇처럼 뇌는 때! 그 때를 기다렸다.

수양이 없다 해서, 자준은 조금도 해이되지 않았다. 아니, 오히려 예전보다 더 분주히 몸을 움직였다. 권남과 홍윤성을 만나 조정의 동태를 들어 살피고, 집의 식솔과 도봉산 동지들을 보러 먼 길을 오갔다.

그 동지들을 위해 자준이 자주 강론을 펴기도 했는데, 그 내용은 주로 병법과 병술, 그리고 관상에 관한 것이었다. 그중 가장 인기를 끌었던 대목은, 혈기 왕성한 사내들이어서인지 여체의 상에 관한 것이었다. 내용인즉, 먼저 캭! 소리를 여기저기서 내며 호응을 받았던 것은 여자의 음문에 관한 강론이었다.

"그곳의 음모가 지나치게 많으면 천한 팔자에다 음란하고, 음모의 모양이 둥글게 생겼으면 성격이 순하나, 각이 져서 삼각형이거나 혹은 사각형일 경우 성격이 몹시 사나워서 다루기 어려운 것이니라. 또 여자의 음부에 점이 있으면 귀한 자식을 낳으나, 색을 밝히므로 동짓달 긴 밤도 오히려 짧고……."

그 말에 잡목들 사이로 여기저기 제멋대로 앉은 장정들의 입에서 파문처럼 수군거림이 일었다.

"근께 지난번 깨밭에서 만난 고것이 가만 생각해 보니, 거시기가 삼각진 쑥대풀 모양이어서 영 싸가지가 없었지라."

"자네도 깨밭에 갔었는가?"

"오메! 그럼 우리 사이가 어찌되는감?"

"시방 고것이 뭔 소리여?"

"집안 일인께 신경 끊으소잉!"

주먹밥처럼 여러 곳으로 나누어 앉아 끼리끼리 뭉쳐진 그 무리들 속에서 걸쭉한 소리들이 흘러나오다가 다시 잠잠해졌다.

"이번엔 남자의 거시기인 양물에 대해 말하리다. 남근인 양물은 인체의 꽃과 같은 것이어서, 지나치게 클 경우 이는 꽃이 활짝 피어 지는 일만 남은 것과 같으니 그 팔자가 그리 좋지 못하고, 또 너무 작아도 꽃이 피어나지 못한 이치라 마찬가지이고, 거시기에 만약 상처가 있으면 일생을 통해 한번은 크게 고초를 겪는다 했으니, 조심들 하시구려. 헤헤헷."

모두들 숨을 죽인 듯 조용히 귀를 기울였다.

"남·여간의 그곳에 털이 전혀 없는 사람도 간혹 있는데, 그럴 경우 남자는 처복이 없고, 여자는 그 심상이 천하여 남편에게 득이 없다고 했으니, 이는 체내 음양의 부조화로 인함일세. 다음으로…….'

그때였다.

"이 대목의 아시는 걸랑 더 해주시소."

멀대처럼 키가 훤칠한 자가 일어서서 큰 소리로 요구했다. 이에 좌중이 일제히 박수를 보냈다.

"까짓것 하라면 더 하지, 헤헷. 밤인들 못 새겠는가? 헤헤헷."

병법을 강론할 때의 위엄스런 모습과는 달리, 헤픈 얼굴을 한 자준의 그 웃음에 좌중들도 함께 따라 웃었다.

"또 여자의 거시기에서 향기로운 냄새가 나면 귀한 운명이고, 만약 악취가 나면 천한 운명이니, 잘 알아서들 들으시게. 남자의 경우에는 고환이 둥글게 생긴 것이 팔자에 좋고, 지나치게 축 처진 것은 좋지 않으며, 또 그곳에 주름지듯 무늬가 있는 것이 정상인데, 무늬가 없을 경우엔 그자의 대가 끊긴다 했네."

그러자 그중 약삭빠른 자들은 어느새 움막에서 소필과 종이를 가져와 내용을 적기도 했고, 또 어떤 자들은 자준의 말이 끝나기가 무섭게 굵은 나무들이 서 있는 곳의 뒤켠으로 돌아가 새삼스레 자신의 옷을 벗고, 무슨 확인이라도 하는 듯 복닥거리는 등, 지켜보는 자준의 눈에 실로 가관인지라 그들과 함께 배를 잡고 웃어댔다.

그 밖에 관상에 관한 여러 가지 강론을 틈날 때마다 장정들에게 들려주었다. 그때마다 벌떼판처럼 열렬한 호응과 관심을 받았다. 그러한 일정의 나날들 속에 그 무리들과 자준 사이에는 존경에 가까운 동지애가 싹텄다. 이는 자준이 그 요란스런 날들을 신명을 바쳐 공들인 결과에 부합되는 이상인 터라, 한밤중에 잠을 자다가 얼핏 깨어나 푸시시한 눈으로 문득 창밖에 뜬 달을 보며 괜스레 흐뭇해 할 만큼 기쁜 일이었다.

　-저 혈기들이 똘똘 뭉쳐 사기충천했으니…… 이제 나으리만 돌아오면 끝장을 보리라…….

　그 어느 날 밤, 자준이 새벽녘에 홀로 깨어 알 수 없는 미소를 머금고 그리 뇌었다.


　수양저─.

　수양의 부인 윤씨의 손이 전율로 흔들렸다.

　"대체 그자들이 무슨 맘으로 그리 방자히 설친단 말이시오?"

　내당에 든 자준에게서 월이로부터 들은 안평의 이야기를 전해 듣고, 윤씨의 낯색이 불안으로 가득했다.

　"어제 안평저에서 월이란 아이가 저에게 다녀갔사옵니다."

　"그래, 안평대군이 김종서 대감하고 변방의 군사들을 돌아보고 왔다면, 대체 거기서 무슨 작당을 했답니까?"

　불안함 때문인지 윤씨의 눈이 벌겋게 충혈되었다.

　"자세히는 모르오나, 저들도 거사를 준비하고 있는 듯싶사옵니다. 근자에 들어 안평저에 무사들의 출입이 부쩍 늘었다고 하고……."

　치마 위로 흥분에 겨운 몸을 떨며, 윤씨의 손이 허벅지를 꼬집었다.

　"거사라면 큰일이 아닙니까? 더구나 나으리도 아니 계신 터에……."

　"저들도 섣불리는 못 나설 터입니다. 더구나 나으리께선 그자들의 인질을 데리고 가셨지 않습니까?”

“한공의 말도 일리가 있으나, 나으리가 아니 계신지라 자꾸 불안한 마음이 듭니다.”

“걱정 마십시오. 나으리는 하늘이 보살피는 분입니다. 모든 것은 나으리께서 돌아오신 후에 끝이 나겠지요.”

“끝?”

윤씨의 눈빛에 반짝 빛이 스쳤다.

“그렇습니다. 끝!”

“끝이라…….”

윤씨는 괜스런 낯빛을 하며, 무슨 끔찍한 상상을 하는 듯 입매무새를 야무지게 하고는 더 이상 묻지 않았다. 하지만 자준의 눈에는 보이는 듯했다. 그 윤씨의 뇌리에 번쩍번쩍 스치고 있을 피바람의 현장, 그 골육상잔의 시뻘건 피가 얼룩진 참담한 현장을…….

자준이 소스라치듯 일어섰다. 왠지 그 자리를 벗어나 참혹한 상상을 깨고 싶어서였다.

“전 이만 가보겠습니다.”

“식사라도 하셔야지요.”

지아비가 없는 마당에 불안한 소식을 접한 윤씨가 딴때없이 아쉬운 낯색을 했다.

“동지들을 만나야겠습니다. 그럼.”

여전히 수심에 찬 윤씨의 시선을 뒤로 하고, 자준이 수양저를 나와 도봉산 쪽으로 향했다.

-그자들이 스스로 죽을 빌미를 만들고 있음이야…….

도봉산 초입을 들어서며, 자준은 단정하듯 그렇게 홀로 뇌고 있었다.

인물이 인물을 알아본다 했던가? 사은사 일행으로 수양과 함께 명나라로 떠나갔던 신숙주는 그 명나라에 머무는 동안 수양의 호방한 인품에 매료되었고, 접할수록 사람을 끄는, 수양이 지닌 마력에 스스로 놀라워했다.

이듬해 봄―.

그 신숙주를 가슴 졸이며 자신의 편에 끌어들인 수양의 사은사 일행이 연경을 출발하여 한양에 도착했다. 그 서슬 퍼런 피비린내로 얼룩진 계유정난의 서막이 시작되듯……

사은사 임무를 무사히 마치고 수양 일행이 경복궁에 당도하자, 단종은 그 지존의 지위를 잊은 듯 뛰쳐나와 매달리듯이 수양의 손을 잡고 눈물까지 글썽이며 기뻐했다.

이어 그 다음날, 대소 신료들이 배석함은 물론, 단종이 상석을 수양에게 양보하려 했으나 수양이 만류했다. 그 동안의 노고를 치하함을 아끼지 않는 소란 속에 큰 연회가 베풀어졌다. 그 자리에서 신숙주와 종사관들의 입을 통해 연경에서의 수양의 공적들이 낱낱이 고해졌다.

"명나라 황제께서 대군의 늠름한 기품에 놀라워하심은 물론, 그 우렁차며 당당한 목소리로 명나라 조정이 쩌렁쩌렁 울리게 하시는, 경륜이 철철 배인 대군의 말에 황제께선 매우 흡족해하셨고, 명나라 중신들은 두려워하는 듯하더이다."

"그뿐 아니외다. 조정 중신들과의 연회석상에서 즉흥으로 붓을 들어 지으신 나으리의 서필을 보고, 그 자리의 백관들이 취기를 일순 깨듯 그 내용의 심오함에 탄복이 일제히 쏟아졌고, 또한 그 서체의 활달한 기운에 모두 입이 벌어지더니, 어떤 자는 턱이 빠졌는지 황급히 어디론가 사라지는 몰골도 있었사옵니다."

조금 과장된 듯한 종사관의 말에, 어린 단종은 티없이 맑은 웃음을 수양에게 보냈다. 아까부터 껄끄러운 눈치를 주고 받으며 수양의 자리 저편에 앉아 있던 안평을 비롯한 김종서, 황보인의 무리가 그 종사관의 입을 뭉개 버리고 싶다는 듯 눈살을 찌푸렸다.

그 요란스런 자리를 마친 수양은 저녁 무렵에야 집으로 들어섰다. 중문에 들어서자 가복으로부터, 큰 사랑에 점심 나절부터 자준 한명회가 기다리고 있었다는 이야기를 전해 들었다.

"오래 기다리셨는가, 한공?"

"이르다뿐입니까? 제가 나으리의 장자방인걸요, 헤헤헷. 먼 길에 그간 고생이 많으셨습니다."

잠시 후 부인 윤씨의 손으로 직접 마련한 푸짐한 주안상이 나왔다. 그간의 사은사 일정의 이야기와 자준으로부터 도봉산 동지들의 규합된 분위기를 서로 듣고 듣는 가운데, 모처럼 수양의 저택에 화기가 넘쳤다. 그러나 잠시 뒤…… 그 화기를 일순 베어버리는 싸늘한 이야기가 자준의 입을 통해서 나왔다.

"뭣이? 그래, 그간에 내가 없는 틈을 타서 변방을 돌며 작당질을 해 온 것도 부족해서, 이젠 병사들을 집으로까지 끌어들였다?"

일찍이 이렇듯 분통해 하는 수양의 얼굴을 보았던가? 수양의 얼굴은 흑빛으로 변하다 못해 관자놀이가 충혈되며 심줄이 튀어나왔고, 아래턱살이 부르르 떨렸다.

"내 이것들을 당장 요절낼 터이다. 병사들을 도성 안에 끌어들임은 국법을 크게 어긴 터이고, 그 방자한 소행은 김종서의 묵인 속에 이 수양의 목숨을 노리는 수작들이 아닌가?"

수양이 당장에라도 뛰쳐나가 그들을 단칼에 베어버릴 듯 장검을 집어들고 일어서자, 자준이 앉은 채로 수양의 충혈되어 살기어린 그 눈을 콱! 쏘아보며 쟁쟁히 맞섰다.

"나으리, 고정하소서. 이러심은 곧 저자들을 도와 죽음만을 자초하실 뿐이오이다."

한동안 그대로 있던 수양이 풀썩 주저앉았다.

"어찌해야 되겠는가?"

무너진 수양의 눈꺼풀에도 경련이 일었다.

"심려 마소서. 나으리께서 부르시면 하시라도 달려올 도봉산의 무사들이 있사옵니다. 저들의 동태가 아직은 서두르는 기척이 없다고 하더이다."

자준의 말은 자신에 넘쳤다. 그것은 안평저의 동태가 아직 무슨 일을 도모할 긴장이 엿보이지 않는다는 월이의 고변을 들은 탓도 있겠지만, 그보다 수양 얼굴의 찰색을 줄곧 살핀바, 오히려 밝은 홍색이 전면에 퍼져 있어 길색만 보일 뿐, 습격이나 급살을 맞을 흉색은 찾아볼 수 없었기 때문이다.

―별일이야 있으려구? 저들이 아무리 정예한 갑사들을 안평저로 끌어들인다 하더라도, 섣불리 나으리를 위해하지는 못할 터.

자준의 말에 침묵하고 있는 수양의 서슬서린 그 모습을 보며, 자준이 속으로 뇌었다.

"저들은 이미 움직였사옵니다. 나으리께서도 이젠 움직이셔야 하옵니다."

"움직여?"

"결단을 내리실 때이옵니다."

"결단?"

"저에게 맡겨 주십시오. 나으리의 이 장자방에게……."

"……."

"……."

천근처럼 무거운 침묵이 흘렀다.

"알았네."

스스로 따른 잔을 단숨에 마셔버린 수양이 시퍼런 눈을 잠시 맞은편 벽에 걸린 소나무에 타악! 쏘아주고 나서, 자준을 향해 말했다.

"그럼 소생은 이만……."

"또 보세."

"……."

딴때없이 침울한 수양의 말과 표정을 읽으며 그대로 앉아 있는 수양을 뒤로 하고, 자준이 사랑문을 나섰다.

남아 있는 수양은 자준이 이야기했던 그 결단이라는 말…… 그 말은 차마 물어볼 수 없었지만, 언젠가는 올 것이라 믿었던 …… 그 비극의 날을 뜻하는 것이기에 온몸이 전율에 휩싸이듯 싸늘해짐을 느끼며, 한동안 그대로 못박혔다.

사랑채와 마주하는 자준의 집 뜰에는 봄을 맞아 싱그럽게 피어난 여러 꽃들로 화사했다. 그 화사함과는 별개라는 듯 아까부터 초초한 낯색이 되어 가슴팍의 서찰을 몇 번이고 꺼내 펼쳐보고는 다시 넣는 것을 반복하던 자준이, 다시 가슴팍에 그걸 넣고는 손으로 팍! 팍! 때리고는 신음 같은 한숨을 토했다.

―조화. 저 우주가 곧 조화이듯, 이 또한 인간사의 조화를 위한 피할 수 없는 신진대사일 터!

비장한 표정으로 그리 뇌며, 자준이 문을 박차듯이 열어젖히고는 어디론가 사라졌다.

# 생 살 부

수양의 집에 도착한 자준은 큰 사랑에 들자마자, 수양 앞에다 가슴팍에 품고 온 서찰을 세차게 내려놓았다.

"생살부?"

수양의 얼굴이 싸늘해지며, 힘차게 내려쓴 자준의 필치를 읽었다. 수양의 소름돋친 손이 떨리면서 겉장을 넘겼다.

"안평대군, 그 다음 김종서, 황보인, 민신, 조극관, 이양……."

"우선 제거할 자들입니다."

"……."

"거사일은 천문과 일진을 살핀 연후에 다시 정하여 올리겠습니다."

방안이 한동안 고요히 냉기만 감돌았다. 그리고 한참 후에야 바싹 타들어간 입술을 한 수양이 입을 뗐다.

"안평까지 죽여야 되는가?"

"안평은 그들의 괴수이옵니다. 당연히 주살해야 하옵지요."

"그래도 나의 친동생이잖은가?"

"아니 되옵니다. 만일 살려줄 경우에는 또다시 불순한 무리들이 모여들어 나으리의 목숨을 노릴 것입니다. 또 일찍이 공자께서「춘추」에 이르시길, 국사에는 대의멸친(大義滅親)이라 하여 나라를 위해서는 자신의 혈육일지라도 그 대의의 수행에 크게 걸림이 될 경우엔 버려야 함이 옳다고 보셨습니다. 산나물과 거친 잡곡밥을 일상으로 먹으며 근근이 살아가는 산골 마을 백성들 중에도 제법 학문의 이치를 아는 자라면 그러한 이치를 명심하고 사는 법이온데, 하물며 대군 나으리가 아니오니까?"

수양은 할 말을 잊은 듯 침울한 가운데 비장함이 흘렀다.

"……."

"……."

지루한 시간이 흘렀다. 자준이 돌아간 후에도 수양은 '생살부'를 뚫어지게 바라보며, 언제까지고 그대로 간간이 한숨을 몰아쉬며 못박혀 있었다.

그 밤―.

앞날을 뭔가 예고라도 하듯 뇌성벽력이 울리며 억수 같은 비가 수양저를 삼킬 듯 밤새도록 내리다가, 수양이 막 잠이 들려는 새벽녘에야 그쳤다. 그리고 한쪽으로 몸을 돌아누우려던 수양의 입에서 탄식처럼 뱉어낸 한마디―.

"야속한 사람!"

그리고는 어느새 잠이 든 듯했다.


유난히도 더운 여름이었다. 그 폭염만큼이나 자준은 속을 태우며 안평저의 동태를 살피느라, 어렵사리 월이를 통해서, 또 도봉산에서 장정들을 뽑아다 배치시켜 염탐한 그 입들을 통해서 수시로 그 거동들을 살폈고, 한편으로는 도봉산 동지들의 움막과 수양저를 오가며 분주하게 보냈다.

그 동안 몇 번이고 수양에게 저 안평의 무리들을 일거에 제거할 것과 그 거사일을 정할 것을 장자방으로서 종용에 가깝도록 요구했다. 수양은 그때마다 으레 그 서슬 퍼런 눈을 장지문을 향해 타악! 고정시키고는 묵묵부답이었다. 그런 그를 보며 자준이 쇳물을 녹일 듯한 기세 좋은 장작불에 올려진 기름솥에 콩볶는 것처럼 가슴을 태우던 어느 날이었다.

황표정사의 부당성으로 말미암은 조정 중신들의 수장이랄 김종서, 황보인의 권력 남용으로 임금의 고유 권한인 중신들에 관한 인사권이 그들의 입맛대로 처리되는가 하면, 조정의 거의 모든 실권을 장악한 그들은, 정사 처리에 영상과 좌상으로서 의당 갖추어야 할 형평성을 잃는 부분이 많아, 성삼문을 비롯한 중신들 사이에서도 원성이 높았다. 이에 왕실의 종친으로서 더 이상 저들의 방만함을 좌시할 수만은 없다는 생각에, 수양이 자주 입궐하여 그 황표정사로 대표되는 저들의 방만한 정사 운영을 제지할 것을 임금께 주청했다. 이에 임금이 이를 수양의 깊은 충정과 숙부로서의 고마움으로 받아들여 윤허할 뜻을 비추자, 뒤늦게 상황을 파악한 김종서와 황보인이 거품을 몰고 수양에게 달려와 목에 핏대를 세우며, 임금이 아직 보령 유충함을 내세우며 강력히 반발했다.

수양이 심한 모멸감으로 흡사 방금 잡아올린 숭어의, 삶을 갈구하는 심한 요동의 몸부림처럼 쿵쿵 뛰는 심장을 애써 억제하며, 집으로 돌아오자마자 급히 가복을 시켜 도봉산 움막에 있던 자준을 불러들였다.

"속히 그자들을 제거할 계획을 세우게. 내 더 이상은 못 참아!"

가복에게 대충 사정을 전해 들은 자준이 큰사랑에 들자마자,

장지문을 콱! 뚫을 듯이 격한 시선으로 수양이 쏘아 말했다.

"그러하옵지요."

더 이상 말을 나눌 수가 없었다. 그러기에는 수양의 몸이 보고만 있어도 오금이 저릴 만큼 분노에 몸서리치고 있었기 때문이다. 자준은 소리 없이 방문을 닫고 나와 길게 숨을 내쉬었다.

멀리 동편을 바라보는 그 시야에 보라매로 보이는 새 한 마리가 둥그러니 회를 그리더니, 어디론가 쏜살같이 내려가고 있었다.


계유년 9월 20일—.

스산한 가을 바람을 맞으며 밤하늘의 천문을 살피던 자준이 움막으로 달렸다. 그 도봉산 움막 속에는 그날도 고된 무술 훈련을 했던 탓인지 양정과 홍달손이 곯아떨어져 있었다. 자준은 들자마자 며칠 전 집에서 가져온 역서 한 권을 움막 구석켠 작은 평상에서 집어 들고 앉아 득달같이 뒤적이기 시작했다. 그러기를 두 식경쯤 되었을 무렵이었다. 돌연 자준의 입 속에서 탄식이 터졌다.

—이 날이야. 음력 10월 10일.

자준의 얼굴이 상기되며 속으로 뇌었다.

—천문과 일진이 일치하고 있음이야. 음!

예로부터 거사일을 정하는 것은 우주 구성(九星)의 운행이 각각 서로간에 최악의 상극이 든 날로 정하는 법이고, 좀처럼 찾아오기 어려운 날이 바로 10월 10일의 일진이요, 이름하여 절명일(絶命日) 일진이라 했다. 거기에다 오늘밤 천문에도 이 자준과 수양에게 거사의 때가 왔음을 보여주었다.

자준이 송글송글 맺힌 이마의 땀을 닦으며 지긋이 눈을 감았다. 송도가 보였다. 그 감겨진 눈 속으로 예전 송도의 궁직으로 있을 당시, 그 수모의 날들을 떠올렸다. 송도에는 권세가의 자제로 한양을 떠나 송도 관아로 파견되어 관물을 먹는 자들이 제법 많아 그 수가 기십명에 달했는데, 이들이 서로 객고를 달래고 결속을 도모하자는 이유로 송도계라는 것을 만들고는 가끔씩 모여서 연회를 가졌다.

그 모임이 있다는 이야기를 양정에게서 접한 자준은, 그도 명문의 자손으로 한양을 떠나 송도에서 비록 궁직이나마 관물을 먹음을 내세워 그 모임에 찾아갔던바, 자준의 몰골을 본 송도계원들이 서로 도끼눈을 치뜨며 깔보기 시작했고, 나중에 자준의 입을 통하여 그가 궁직의 주제임을 알자, 그들 중 몇 사람이 버선발로 달려들어, 고작 궁직인 주제에 감히 어디를 넘보냐며 자준을 획! 패대기쳐 내쫓고 나서, 무에 그리 경사난 일이라고 낄낄거리며 웃어들 댔었다.

그 웃음소리가 들리는 듯, 움막 속 자준의 손에 불끈 힘이 실렸다.

다음날 저녁이었다. 자준을 비롯한 홍윤성, 권남, 신숙주, 홍달손, 양정 등이 모처럼 수양의 사랑에 모여 앉은 가운데, 일제히 시선이 수양에게로 향했다.

"10월 10일로 정했다."

"그러하옵니다."

모두 얼어붙은 가운데 자준이 말했다.

"여기 모인 사람은 물론 도봉산 동지들도 모두 뜻을 모아 나으리를 도울 것입니다."

잠시 정적이 흐른 뒤, 수양이 말했다.

"알겠네. 내 자네들만 믿네."

"사전에 정인지 대감을 만나소서."
권남의 말이었다.
"그러하소서. 그리고……."
"그리고?"
"이번 거사의 성패는 무엇보다 먼저 김종서를 제거함에 있사옵니다. 헌데."
"헌데?"
"아시다시피 그자의 집은 늘 경계가 삼엄하여, 장정들이 많이 지키고 있사오니, 나으리께서 직접 가셔서 대군의 위엄으로 불러내어야만 주살하기에 용이하옵니다."
자준이 살기어린 눈으로 퍼붓듯 쏟아낸 그 말에, 수양이 잠시 멈칫했다.
"그리해야 되겠지. 장자방의 말이 아닌가?"
"김종서의 목은 이 양정이 베겠습니다."
모두들 비장하고 사기에 찬 모습을 바라보며, 수양이 눈을 감았다.
"앞으로 20일 후라……."
수양이 흘리듯 그리 뇌었다. 그만들 돌아가는 것이 좋겠다는 신숙주의 염려어린 말이 있은 후, 모두들 수양저를 나왔다.


"오늘밤 당장 그자들을 칩시다."
김종서의 내방을 맞은 안평이 득달같이 말을 뱉었다.
"……."
"요즘 수양대군의 수하들이 부쩍 늘고 있다 하옵니다……. 거동들도 수상하구요."
"……."

“대감!”

그때 찻잔을 들고 들어온 월이를 흠칫 쳐다본 김종서가 무거운 입을 떼었다.

“저두 들어 알고는 있사오만, 아직 역모라 단정지을 만한 단서는 없어서…….”

김종서의 시선이 물러가는 월이의 뒷모습에 잠시 머물렀다.

“어차피 수양 형님과 제가 한 세상에 함께 살 수 없는 처지라면, 굳이 단서를 찾을 게 무엇이요?”

“하여간 조금만 더 참아봅시다, 대군.”

안평의 근심 깊은 낯색을 바라보며, 찻잔을 든 김종서의 손에 미세한 경련이 일고 있었다.


10월 9일—.

드디어 거사일을 하루 앞둔 자준은, 도봉산에 들러 동지들과 다음날 수양저에서 만나기로 약조한 후 집으로 돌아온 저녁 무렵에야, 이미 잠이 든 아이들 방을 왠지 저미는 가슴으로 둘러본 뒤, 부인 민씨와 함께 내당으로 들어 마주 앉았다.

“부인…….”

딴때없이 비장한 음성이었다. 민씨는 고개를 숙였다.

“날 보시오. 그 동안 날 만나 무던히도 고생이 많았구려……. 이 몸은 내일 목숨을 하늘에 맡기고 당신 곁을 떠나오…….”

요사이 부쩍 여윈 모습을 보았던 탓일까? 이미 알고 있었다는 듯 차분히 민씨의 어깨가 들먹었다.

“서방님…… 흑!”

“혹여라도 내가 돌아오지 못하거든, 당신이 아이들을 잘 키워주구려.”

그 말에 이제껏 어렵사리 버티고 있던 민씨가 무너지며 서럽게 울어댔다. 그 눈물을 지키던 자준도 그간의 세월을 보내면서 못난 남편 덕에 가난한 살림을 꾸리느라 남 몰래 무던히도 흘렸을 그 지나간 민씨의 눈물들을 생각하며, 자신도 모르게 흐르는 눈물을 얼른 민씨 몰래 감추었다.

"장부의 길을 떠나시려고 하는 터에, 어찌 그리 사위스런 말씀이오니까? 집안 일은 제가 있사오니 아무 염려 마시고 떠나소서. 그리고…… 나으리께서 말씀하신 그 혹여라는 일이 있어, 설사 온 집안이 멸문을 당하여 죽더라도…… 그간에 서방님께 받은 따뜻한 정으로 지난날을 만족하며 후회하지 않으오리다."

"부인……."

자준이 민씨를 뜨겁게 안았다.

"고맙소, 부인…… 정말 고……맙……소."


음력 10월 10일—.

드디어 역사적인 '계유정난'의 비극의 날이 밝았다. 정오가 조금 지나고부터 수양대군의 넓은 정원에는 도봉산에서 달려온 장정들과 권남과 홍윤성 등이 데려온 조정의 문관, 무관으로 가득했다.

수양의 방에도 아침부터 달려온 자준을 비롯하여 권남, 홍윤성, 양정, 신숙주, 홍달손 등이 거사의 마지막 점검을 위해 수양을 중심으로 둘러앉았다.

"나으리께서 김종서를 치시는 시각은 오늘밤 축(丑)시이어야 합니다."

"어째서?"

"그 시각은 김종서가 퇴궐하여 집에 머무는 시각일 뿐 아니

라, 정사생(丁巳生)이신 나으리의 기운이 화(火)이온지라 화생
토(火生土 ; 불(태양)의 기운은 땅을 기름지게 함)의 원리로, 자
정이 지난 축시는 토의 기운이 왕성한 시각이라, 나으리의 기를
극강하게 하여 김종서를 일거에 제거할 적시이기 때문이오니
다.”

좌중의 초초해 하던 면면들이 자준의 말에 감탄을 토했다. 이
때다 싶은 자준은 역시 거사를 앞두고 긴장해 굳어 있는 수양에
게 용기를 불어넣어야겠다는 생각을 하며, 아침 나절부터 길한
징조를 보이던 수양의 찰색을 좌중에 털어놓았다.

“나으리, 오늘 거사는 분명 성공할 것이외다.”

그 말을 해놓고 나니, 순간 자준 자신도 불안해 마지않던 심
정이 다소 차분해지는 느낌이었다. 좌중은 일제히 자준의 다음
이야기를 기다렸다.

“제가 아침 나절부터 나으리의 용색을, 알다시피 생사를 건
특별한 날이니만큼, 유심히 지켜본 바로 여러 가지 매우 길조를
알리는 색을 보았사옵니다. 먼저 가장 좋은 찰색으로 지금 나으
리의 이마 중간 맨위의 머리숱과 마주치는 부위에, 여러분도 보
시다시피, 마치 잘 익은 복숭아에서나 볼 수 있는 윤기어린 자
색이 돌고 있습니다.”

그 순간 좌중의 시선이 모두 한 곳으로 모였다.

“그러게 이상허이!”

“참말이구먼!”

“이보게, 내 이마는 색깔이 어떠이?”

그 웅성거림이 멈추고, 자준이 말을 이었다.

“그 이마 중앙을 일명 하늘의 중앙이라 하여 천중(天中)이라
고 하는데, 그곳이 저렇듯 나으리의 경우처럼 자색이 발하면,

장차 나라의 대권을 장악하시게 됨을 말하는 것이며, 이는 그 이치로 설명을 드리자면, 저 중천에 마치 해가 떠서 천지를 비추는 것이기 때문입니다.”

일순 불안함을 떨친 듯, 그 말에 좌중이 화기로 술렁거렸다. 수양 또한 용색에 온기를 발했다.

“또 오늘 우리의 거사는 무력으로 간적들을 소탕하려고 하는 전쟁이랄 수 있으므로, 상법에서 전쟁의 성패를 나타내는 부위를 보아 그 길흉을 보아야 합니다.”

좌중 몇 사람이 침을 삼키는 소리가 연속적으로 들렸다.

“이마 좌우측 중간 부위를 상법에서 일컫기를 사살(四殺)과 전당(戰堂)이라고 하는데, 문자 그대로 항차 치르게 될 전쟁의 승패를 미리 알아보는 곳이옵니다(면상 260혈도 참조). 지금 나으리의 경우처럼 그 부위가 홍색으로 윤기를 발하고 있으면, 항차 치르고자 하는 전쟁에서 필시 승리함을 예시하는 것이옵니다.”

좌중은 모두 혀를 내두르며 신기해 했고, 그중의 몇은 동경을 꺼내 들고 자신의 낯색을 살피기도 했다.

“나으리, 이제 조정에 입궐하시어서 나으리의 새 시대를 여시는 일만 남았사옵니다.”

“고맙네, 한공. 내 한공의 이야길 들으니 한결 마음이 놓이는구먼.”

수양의 얼굴에 미약하나마 미소마저 감돌았다. 자준은 재차 좌중의 그 승기어린 면면들을 둘러보며, 심저에 있던 긴 한숨을 내어뿜었다.


어느덧 날이 저물더니 분칠한 듯 창백스런 명월(明月)이 수양저의 수많은 장정들의 부산함을 비추었다.

초저녁부터 며느리 한씨와 가복들을 재촉하여 분주히 장정들의 요깃거리를 손수 나르던 수양의 부인 윤씨의 손놀림이 멈추고 나서도, 두 시각쯤 지난 자정 무렵에야 수양의 거동이 정원으로 나타났다. 두고 온 마누라와 식솔들 이야기로 군데군데 무리지어 그때까지 술렁거리던 장정들이 수양을 향하여 모여들었다.

"여러분!"

수양의 말이 시작되었다.

"이 수양은 여러분도 잘 아시다시피, 그간에 주상 전하의 보령 유충하심을 빙자하여 조정의 대권을 떡 주무르듯 제멋대로 휘둘러대고 있는 저 간적이랄! 김종서, 황보인의 무리들을 오늘밤 제거하고자 합니다!"

무리 중 누군가 외쳤다.

"나으리의 말씀이 옳습니다."

그러자 여기저기서 동조의 말이 튀어나왔다.

"옳소."

"옳소."

"수양대군 만세!"

"만세! 만세!"

입가에 흡족함을 머금고 수양이 계속했다.

"또 저들은 안평을 내세워 변방의 군사들과 병장기를 가져다가 이 수양을 치고, 감히 주상의 자릴 넘보려는 역모를 꾸미고 있습니다. 그래서 이 수양은 왕실의 종친으로서 오직 종사와 백성들의 편안함을 위해 그 간적들을 발본색원코자 합니다."

"와!"

우뢰 같은 장정들의 함성이 수양저를 뒤흔들었다.

"여러분은 모두 나를 따르시오."

"와아."

"이 수양이 선봉에 설 것이요."

"와아!"

대의명분을 내세운 수양의 말에 흥분하여 겨워하는 장정들을 한동안 말없이 바라보다가, 축시가 가까워졌음을 눈짓으로 보채는 자준을 인식하고 나서, 그 함성들을 뒤로 하고 수양은 내당으로 향했다.

내당에 들자 부인 윤씨의 처연히 바라보며 앉은 그 눈의 섬뜩한 독기를 보고, 수양이 뒤로 물러설 듯 아찔함을 느꼈다.

"이것을 속에 걸치소서."

수양의 면전에 갑옷이 놓여졌다.

"……."

"그리고 혹시 모르는 일이라 이것을……."

"그것이 무엇이요?"

"비상이옵니다."

"비상?"

적색으로 된 비단 주머니였다. 수양이 그것을 침묵으로 집어들었다.

"제 것과 식솔들의 몫도 각각 준비되었사옵니다. 혹여라도 그걸 사용하시지 않게 되길 천지신명께 빌고 있겠사옵니다."

"……."

"어서 떠나시오서."

"……."

수양이 천천히 일어서 몸을 돌렸다.

“다녀오리다, 부인.”

“……”

그대로 문을 열고 나서는 수양의 뒷모습을 한참이나 넋을 잃은 듯 쳐다보던 민씨는, 그 수양이 대문을 나설 즈음 오열을 토하며 무너졌다.


“도성문은 모두 장악되었는가?”

“예, 이미 홍달손과 홍윤성이 오늘의 번을 맡은 몸으로 입궐하여 그 수하들에게 조처한 것으로 압니다.”

“알겠소. 내 우선 의심받지 않을 정도의 수하들을 데리고 김종서를 제거하러 갈 것이니, 한공은 여기 남아서 장정들을 통솔하시오.”

자준에게 시선을 잠시 주고 난 수양은 양정, 유숙, 어을운, 그리고 수하 장정 몇을 데리고는 말에 올라 어둠 속으로 달렸다.

수양 일행이 돈의문에 당도하자, 시각은 이미 축시로 들어섰다. 성문은 굳게 닫혀 있었다.

“성문을 열어라.”

“누구냐?”

양정의 외침에 성루에서 어떤 자의 대꾸가 날아왔다.

“수양대군 나으리이시다.”

성안은 잠시 머뭇거렸다. 그 찰나의 시간에 수양은 금세 소름이 돋아나며 터질 듯이 박동하는 심장의 요동에 전율했다. 만에 하나 일에 마가 끼어 저 성문이 열려지지 않을 시에는, 다음날 모든 것이 들통날 것이요, 그리 된다면 이 거사에 동참했던 모든 사람들이 참혹한 죽음을 맞을 터라, 그 짧은 시각에 수양은 실로 엄청난 생각으로 번민하며 몸을 떨었다.

"어서 오십시오, 나으리."

성문이 무겁게 열리면서 지키던 병사 몇이 인사를 올렸다.

"연락은 받았는가?"

"물론이옵니다."

"시간이 없으니, 이만 수고들 하시게."

"예, 나으리."

"그리고 혹여라도 외지의 군사들이 올 수도 있을지 모르니, 이 수양 외엔 성문을 굳게 지켜야 할 것이야."

"여부가 있사옵니까. 홍달손, 그리고 홍윤성 나리의 명이 이미 있었사옵니다."

"알겠네. 수고들 하시게."

도성문이 이미 장악되었음을 확인한 수양은 다소 안도의 숨을 내쉬며, 김종서의 집으로 서슬을 세우며 달렸다. 수양 일행을 태운 준마들의 열기가 딴때없이 달아올랐고, 숨막히는 열기들이 김종서의 집 어귀로 들어섰다.

"이리 오너라."

대문 앞으로 앞선 양정이 벽력 같은 소리를 지르자, 안에서 가복인 듯한 자의 음성이 새어나왔다.

"누구시오?"

자준이 이야기했던 상생의 시각인 축시의 중간쯤이었다.

"수양대군 나으리시다. 어서 문을 열어라."

대문이 열리며 수양의 낯색을 힐끔 쳐다본 가복이 얼른 뒤돌아 안채로 향했다. 그리고 잠시 후 김종서의 아들 김승규를 대동하여 나왔다.

"어서 오시오소서, 수양대군 나으리."

잔뜩 경계의 색을 띤 얼굴이었다.

“안에 계신가?”

“계시오만…….”

“지금 상황이 급하게 됐으니 속히 납시라 하게.”

“야심한 시각인데 어인 일이신지?”

수양 일행은 어느덧 중문을 넘어 대청 마당으로 들어섰다.

“급하다 하질 않던가? 속히 전하게.”

안채로 드는 김승규의 움츠린 뒷모습을 바라보는 수양의 심
정은, 천길 벼랑 아래를 내려다보는 듯한 초초함으로 시야가 흐
릿해짐을 느꼈다.

잠시 후 김승규와 수하 장정 몇이 뒤따르는 가운데, 김종서의
모습이 대청을 내려와 수양의 면전에 멈추어 섰다.

“대군 나으리께서 어인 일로 이 시각에 행차이시옵니까?”

의심과 경계의 빛이 역력한 낯색을 한 김종서의 읍한 자세를
보자, 돌연 수양의 전신에 동물적 본능과도 같은 전율이 일순
감싸고 지나감을 느꼈다.

“상황이 워낙 급한지라 단도직입으로 말씀드리지요.”

“……”

“실은 오늘밤 역모가 발각되었소이다.”

순간 김종서의 낯색이 그 밤보다 더 어두워졌다.

“역모라 했습니까?”

“그렇소. 역모!”

“누가……?”

“일단 일차 조치를 제가 취하도록 했소. 그 일당들의 명단을
여기…….”

수양이 양정에게 눈빛을 주자, 유숙, 어을운과 함께 수양의
뒤켠을 지키던 양정이 앞으로 나서며 품속에서 서찰을 꺼내 들

려 하는 것을 수양이 제지하며 김종서를 향했다.

"그보다 이 수양이 우선 대궐에 들어 주상께 아뢰어야 함이 시급하니, 보시다시피 급히 달려오다 관대가 끊어졌는지라……대감 것을 임시로 얻었으면 하오만……."

어느새 관대를 끊어 한 손에 쥔 수양의 모습을 살핀 김종서가, 아까보다는 다소 유연해진 모습으로 뒤켠에 선 김승규를 향했다.

"어서 관대를 대군께 내다 드리거라."

경색된 김승규가 멈칫할 뿐 그대로 있자, 김종서가 재차 돌아보았다.

"어서!"

"예, 잠시 기다리소서."

힐끔 수양에게 눈을 주고는 사라지는 김승규를 보며, 다시 수양의 눈이 양정을 향했다.

"어서 역적들의 명부를 대감께 전하거라."

"예, 나으리."

양정이 조아리며 건네는 서찰을 김종서가 서둘러 펼쳐 들자, 그 즉시 사색으로 변하며 수양을 바라보았다.

"안평대군이 역적이라뇨?"

허연 서찰에는 역적 안평대군이라 적혀 있었고, 놀라 떨쳐낸 그 서찰이 그의 발치로 채 떨어지지도 않은 찰나의 순간이었다.

"앗―."

김종서의 사나운 비명이었다. 양정의 품에서 나온 철퇴가 허공을 가르며 쿵 하고 그의 머리를 사정없이 내려친 것이다.

"물렀거라."

관대를 들고 나오던 김승규의 걸음이 그 아비의 우뢰 같은 비명에 그만 그 자리에 못박혔다. 워낙 창졸간의 일이라 미처 손쓸 사이도 없이 상전의 죽음을 목전에 둔 수하들이, 그제서야 정신을 챙긴 듯 칼과 창을 빼들었다.

"멈추지 못하겠더냐? 보다시피 너의 상전은 주살되었다. 또한 이분은 이 나라의 제1왕숙이시니라. 너희들의 목숨과 거느린 식솔들의 명줄을 지키려거든 어서 비켜나렷다."

핏발선 양정의 살기 서린 그 말에 수하들이 주춤 물러나자, 유숙과 어을운이 그 아비의 죽음 위에 덮여 통곡으로 얼이 빠진 김승규에게 얼른 달려들어, 누가 먼저랄 촌각의 여유도 없이 동시에 가슴과 목을 창과 칼로 찔렀다. 처절히 죽어가는 몸서리 속에 10여 보 거리 저편까지 빗줄기처럼 뻗치는 시뻘건 피를 보자, 흥분이 가속된 그들은 한동안 그 살육의 동작을 계속했고, 김승규의 몸은 금세 그 형체를 알아볼 수 없도록 변해 버렸다.

"그만들 멈추어라."

유숙과 어을운의 그 처참한 행각에 이어, 양정이 김종서의 사체를 향한 확인 사살을 위해 철퇴로 정수리 쪽의 재일격이 있은 후, 수양이 더 이상은 볼 수 없다는 낯색으로 그들에게 명했다.

"지체할 수 없는 금쪽 같은 시각이다. 어서들 가자."

수양을 필두로 한 수하들의 말발굽 소리가 김종서의 집 저편으로 사라졌다. 그 요란한 말발굽 소리가 채 꺼지기도 전, 때아닌 소란에 놀라 내당에서 뛰처나온 김종서의 부인이 자식과 남편의 처참한 핏덩이들 앞에 잠시 넋을 잃었고, 이어 그것이 결코 꿈이 아님을 재차 확인이나 하듯 몇 번이고 정신을 추스른 후에야, 그 핏덩이들 위로 무너지며 함께 핏덩이가 되지 못한 것을 원망이나 하듯, 도저히 눈물이라 할 수 없는 그 이상의 한을 흘리며 망연자실 오열을 토했다.

김종서―.

1390년에 출생하여 16세 되던 해인 1405년에 약관의 나이로 문과에 급제하여 벼슬길에 올랐다. 그는 1415년에 상서원 직장에 올라「태종실록」을 편찬하는 데 공을 세웠고, 이어 광주판관, 이조정랑 등을 거쳐, 1433년 함경도 도관찰사로 임명되었다. 그는 당시 골치 덩어리였던, 북변의 여진족에 의한 두만강 일대의 잦은 침공이 고려조 때부터 계속되어 오던 것을, 세종의 어명을 받아 그 두만강 일대 주변에 여섯 개의 성을 구축하여 그들을 몰아내고 재침공을 원천봉쇄하는 혁혁한 공을 세웠다. 그 후 그는 조정 중신들은 물론 백성들로부터 백두산 호랑이라는 별칭을 얻었으며, 그 명성을 대륙에까지 떨쳤다. 그는 경상3도 순찰사, 의정부 우찬성에 이어 문종조에 좌의정에 올라, 영의정 황보인과 함께 조정의 대권을 장악했던 것이다.

풍운아 김종서의 찬란했던 생이 그토록 비참하게 양정 등 시정배의 손에 든 철퇴에 의해 꺼져간 것이다…… 63세의 일기로. 명목하는 그의 눈꺼풀 위로 세종조의 찬연한 역사가 흐르며, 입가에는 뭐라 형언할 수 없는 조소만이 흘렀다.

수양 일행이 막 돈의문을 벗어나고 있었다.

피흘리는 김종서의 얼굴이 영상처럼 마상(馬上)의 수양에게 달려들었다. 그럴수록 수양은 이를 악물고 악몽을 떨치듯 세차게 말고삐를 움켜쥐며 달리고 또 달렸다.

"내 장자방을 만나야 해. 빨리!"

수양은 겹겹이 싸인 긴장 탓에 이상하리만큼 판단력이 떨어지고 있었다. 도저히 다음에 취할 상황이 떠오르지 않아 몹시 답답했다.

"어서 가자, 자준에게로……."

오직 자준을 만나야 한다는 생각으로 급히 달려야 했다.

얼추 돌아올 시각을 가늠하며 자준이 수양저의 대문 앞을 서성이다가, 놀란 말 울음소리와 함께 수양을 맞았다.

"대군 나리……."

대문을 열어젖힌 자준이 그저 머리를 조아렸다. 수양의 심정을 헤아렸기 때문일 것이다.

"형님, 김종서를 이 손으로 거꾸러뜨리고 왔소이다."

양정의 말에 자준이 고개를 들어 수양을 보았다. 비통함이 그대로 머문 얼굴이었다.

"나으리, 험한 꼴을 손수 보시게 하와 그저 송구스럽소이다."

"……."

야심한 시각이 새벽으로 달리고 있었다.

"다음은 어디로……?"

자준을 보자 든든한 탓인지 수양의 얼굴에는 그새 의연함이 깃들어졌다.

"임금께선 지금 매부이신 영양위저에 머물고 계시다고 하옵니다. 속히 그리로 가셔서 임금의 윤허를 받자와, 남아 있는 역적들의 잔당들을 불러들여 주살하셔야 하옵니다."

단종은 그 밤, 누이의 남편이자 평소 비슷한 연배라 친하게 지내던 매부 영양위의 집에 머물고 있었다.

"서두르세."

결기에 찬 목소리로 수양이 곧장 말머리를 돌렸다. 자준을 위시한 그 무리들의 흥분과 노기띤 면면수백이 도도히 그 뒤를 따랐다. 그 무리들 중에는 뒤늦게 형수로부터 그 밤의 사정을 전해 듣고 달려온 자준의 동생 한명진의 모습도 끼어 있었다.

수양의 대무리가 새벽길을 헤치며 영양위의 집이 있는 향교동 초입을 막 바라보고 있을 때였다.

"헉! 저건……?"

싸늘해진 낯색으로 자준이 저만치서 달려오고 있는, 백여 명이 족히 넘을 병사들을 바라보았다. 동시에 수양의 얼굴도 창백해져 있었다.

―도성문이 통제된 이 시각에 병사들의 이동이라니, 그렇다면 김종서의 급보를 접한 안평저의 병사들……?

생각이 거기에 이르자, 자준의 온몸이 전율 속에 얼어붙으며 수양을 바라보았다.

"나으리……."

"……."

거푸 마른 침을 삼키는 소리가 났다.

그때였다.

"수양 나으리, 저 홍달손이옵니다."

저만치 어둠 속에 점차 드러나는 홍달손을 보자, 자준은 바짝 긴장했던 사지가 풀리며 그대로 주저앉을 듯 몸을 가까스로 곧추세웠다.

"도성 안 8대문은 이미 우리에게 장악된지라, 이 홍달손이 나으리를 뫼시려고 이리로 달려오는 길입니다."

다가선 홍달손을 확인하자, 수양의 긴 한숨이 차가운 밤공기와 맞물려 허옇게 꼬리를 물었다.

"어서 서두르세. 이 밤이 가기 전에 일을 모두 끝내야 할 터!"

수양을 따라 나선 무사들과 홍달손이 데려온 병사들의 무리가 합쳐지자, 금세 수백 명으로 불어난 혁명군의 사기는 능히 태산을 삼키고도 남을 듯 기세가 더욱 등등했다.

그 무리들이 드디어 영양위저에 다다랐다. 영양위저는 임금의 호위병인 내금위 병사들로 에워싸여 있었다. 그 수장인 봉석주는 이미 홍윤성과 홍달손에 의해 포섭된 자였다.

"수양대군이시다. 어서 문을 열어라."

급한 성깔이 실린 양정의 외침에 기다렸다는 듯 대문이 열리며, 봉석주가 성큼성큼 다가오더니 수양에게 조아렸다.

"어서 오소서, 나으리."

어느덧 평정을 되찾은 수양, 그러나 긴장을 풀지 않은 음성으로 그를 향했다.

"그간 수상한 출입이나 거동은 없었는가?"

다시 봉석주가 조아리듯 아뢰었다.

"전혀 없었사옵니다."

"전하는?"

"지금 침수해 계시옵니다."

"알았네."

수양의 시선이 뒤켠의 무리들 앞에 선 홍달손에게로 향했다.

"홍달손은 내금위 병사들과 힘을 합쳐 이 집 주변의 모든 길목을 차단할 것이며, 혹여라도 수상쩍은 거동이 있거든 즉시 처단토록 하시오."

"알겠사옵니다."

그간에 과장을 통하긴 했으나 수양의 후광을 입어 그 밤의 거사에 요긴한 몫을 할 수 있는 순감의 자리를 지킬 수 있었던 홍달손은, 그 순간 더욱 감회가 깊은 시선으로 수양을 바라보았다.

"그리고 한공……."

"예, 나으리."

"한공은 어서 그 '생살부'를 집행할 채빌 하시구려."

"염려 마오소서, 나으리."

말없이 지켜보던 자준이 타는 듯한 시선으로 아까부터 마른 침을 삼키던 카랑카랑한 목소리로 말했다. 자준의 손에는 어느새 아까 김종서를 주살하기 전 수양에게서 되돌려 받은 '생살부'가 품속에서 꺼내어져 들려 있었다.

"그리고 권교리는 나를 따르시오."

자준에게서 눈을 뗀 수양이 권남을 데리고 임금이 침수 든 영양위저의 큰 방으로 걸음을 옮겼다.

수양의 뒷모습을 초초히 바라보던 자준이 곁에 서서 병사들의 배치를 지휘하던 양정과 홍윤성에게 일러, 영양위저로 통하는 4개의 문 중 두 곳을 봉쇄시키고, 나머지 두 곳만을 그 수하들과 각각 나누어 지키게 한 후 다음 지시를 기다리게 했다.

그 두 곳의 문을 바라보던 자준의 시야에, 양쪽으로 나뉜 커다란 대문이 흡사 생사를 나누는 저승의 문처럼 보이기 시작했고, 그곳을 지키는 자신은 마치 생사여탈권을 아무런 유감 없이 거머쥔 저승사자처럼 느껴졌다.

"나으리, 어서 명만 내리소서……."

결기에 찬 자준의 음성이 새벽 공기 속으로 흩어졌다.


"대군 나리께서 이 시각에 어인 일이신지요?"

그날 입직승지 최항이 수양의 일행 앞으로 튀어나왔다. 승지 최항은 세종 시절부터 가까운 사이라, 비록 오늘의 거사를 몰랐다고는 하나 언제든지 수양의 편에 설 수 있는 사이였다.

"간밤에 역모가 있었네."

"역모라 하셨사오니까?"

최항의 얼굴이 금세 창백해져 바라보았다.

"역모라면 누구?"

"안평, 그리고 김종서, 황보인의 무릴세."

"……."

"어서 빨리 주상을 뵈어야겠네, 어서!"

"지금은 침수 중이라……."

분별력을 잃은 듯 최항이 얼버무리며 말했다.

"어허, 지금 꾸물거릴 상황이 아니잖는가?"

"……."

그 순간 수양의 소맷자락에 묻은 낭자한 핏자국을 본 최항이 소스라치듯 놀랐다. 다시 한번 재촉이 있자, 최항은 튕기듯 몸을 날려 침수 든 임금을 모시고 있는 내시들에게로 달려갔다.

잠시 후―.

최항으로부터 역모가 벌어졌음을 전해 들은 소년 단종이 겁에 잔뜩 질린 모습으로 수양을 맞았다.

"전하, 큰일났사옵니다."

수양이 엎드렸던 상체를 다시 올렸다.

"역모라니요, 대체 누가……?"

"안평과 사전에 모의한 김종서, 황보인의 무리들이옵니다."

"안평 숙부가요?"

무엇보다 안평의 가담 사실에 단종이 질색했다.

"그러하옵니다. 안평과 그자들이 이미 오래 전부터 밀약한 후 변방의 장수들을 끌어들여 역모를 꾀하다가 이 수양에게 사전에 발각되어, 촌각이 급한지라 미처 전하께 아뢰지 못하고, 그간 적들의 우두머리인 김종서를 먼저 참하고 오는 길이옵니다."

"그…… 그럴…… 리가?"

단종의 용안이 경련이 일듯 일그러졌다. 그러자 곁에 있던 내관이 얼른 어수를 잡아 지탱을 도왔다.

"그 말이 모두 사실이란 말이요, 숙부!"

창백하다 못해 핏기를 찾을 수 없는 얼굴로 단종이 물었다.

"그러하옵니다. 어서 조치를 내려주소서."

"조치라뇨, 뭘?"

"어서 빨리 간적들을 제거해야 합니다."

"제거라뇨? 전 무서울 뿐이에요, 숙부……."

어렵사리 지존의 체면을 지키려던 어린 단종이 더 이상은 못 참겠다는 듯 무너져내렸다.

"무서워요, 숙부…… 무서워……."

단종의 눈에 눈물이 괴기 시작했다.

"전하, 고정하옵소서."

곁에 있던 승지 최항이 안타까운 시선으로 어린 임금을 달랬다. 그러나 임금은 더욱 무너져내렸다.

"숙부, 모두 제가 부덕했던 탓이에요. 용서하세요. 절 살려주세요…… 숙부……."

안평의 죽음에 이은 자신의 죽음을 생각했던 탓일까? 어린 임금은 숙부의 손을 잡으며 애걸하듯 말했다.

"전하, 염려 놓으소서. 전하의 곁에는 이 수양이 남아 언제까지고 지킬 것입니다."

"고마워요, 숙부."

"전하, 어서 간적들을 제거하라시는 윤허를 내리소서."

이미 사지로 뛰어든 몸이라는 듯, 수양의 태도는 어린 임금을 이미 압도하고도 모자란 듯 결기로 넘쳐 흘렀다.

"모든 걸 숙부께 맡기겠어요. 저 대신 알아서 해 주세요."

그 말에 활기를 보탠 수양의 눈이 승지에게로 향했다.

"승지는 들으시오."

"……."

"방금 들었다시피 전하께서 나에게 모든 권한을 위임하시었소."

수양이 사전에 준비한 듯 후속 조치를 뇌기 시작했다.

"명하소서."

"우선 명패(命牌)를 내시오."

"명패이오니까?"

"그렇소, 명패."

"……."

"명패를 중신들의 집으로 보내 즉시 불러들이시오."

"즉시? 누구를 말이오니까?"

"조정의 정3품 이상 중신 모두요!"

"그들 모두를 말입니까?"

"그렇소. 특히……."

"……?"

"역모와 직접 관련이 있는 황보인, 민신, 이양, 조극관, 윤처공, 이명민, 조번, 김연 등에게 우선적으로 명패를 보낼 것이요. 만일 응하지 않을 시엔 군사를 발하여 척살토록 하시오."

임금이 시급히 중신들을 부를 때 사용하는 명패가 즉시 발급되어 중신들의 집으로 향했다. 오돌오돌 떠는 시선으로 그 과정을 지켜보던 단종은 그제서야 위중사태를 파악하고, 달려온 매부 영양위와 누이 경혜옹주(정비의 딸을 공주라 하고 후궁의 소생을 옹주라고 함)와 셋이 한 몸이 되어, 수양의 서슬서린 눈을 감히 올려다보지도 못한 채 사시나무 떨 듯 서 있었다.

　그 공포의 떨림들과는 별도인양 승기를 잡았다는 듯, 수양의 곁에서 이제껏 말없이 지켜보던 권남을 향해 안도의 긴 한숨을 내쉬는 수양에게, 그야말로 뜻밖인 급보가 날아들었다.
　"대군 나리, 급보이옵니다."
　가슴이 철렁 내려앉은 그 말에 권남이 어전문을 열었다. 수양이 튕기듯 뛰쳐나가자, 홍달손의 얼굴이 온통 사색으로 뒤덮였다.
　"무어라! 김종서가 여적 살아 있다?"
　홍달손에 이끌려 큰 마당 쪽으로 향하던 수양은 경악했다.
　"큰일났사옵니다……."
　"그럴 수가……?"
　"어서 따르게."
　그 뜻밖의 비보에 질색된 것은 자준도 마찬가지였다.
　"틀림없으렸다."
　"분명하옵니다. 돈의문을 지키던 제 수하들이 김종서를 태운 가마를 보고, 재차 얼굴까지 확인한 후 성문을 열 수 없다고 그 일행들에게 고하자, 분노를 터뜨리며 어둠 속 어디론가 가마를 돌려 급히 사라졌다고 하더이다."
　그렇다면 정말 큰일일 수밖에 없다. 만일의 경우 그 김종서가 요행히 도성문을 벗어나 병권을 쥐고 있던 그 위세로 변방을 비롯한 각처에 파발을 띄워 군사를 동원한다면…… 다시 전세는 날이 새기가 무섭게 역전될 것이고, 보나마나 수양의 편이 질 게 뻔한 노릇이다. 나아가 오늘 거사에 가담한 자들은 물론, 그 식솔들까지 모두 저들의 손에 효수되어 저잣거리에 내걸릴 것이다.
　생각만 해도 자준의 사지가 오그라드는 듯했다.

"한공, 어서 대책을 세우시오."

새벽 공기를 가르는 수양의 노성이 자준의 가슴을 찔렀다.

"즉시 그 일족들의 거처로 수하들을 보내, 김종서 그잘 찾아내어 목을 칠 것입니다."

"그자가 살아 있다뇨? 그럴 리가 없습니다. 나으리께서도 보시지 않았습니까? 분명히 제 손으로 친 철퇴에, 그것도 두 방이나 맞아 거꾸러졌사오니다."

마치 자신에게 모든 책임이 있다는 듯 순진한 얼굴이 되어 송구스런 표정을 지으며, 양정이 끼어들었다.

"글쎄 피투성이가 된 채로 가마에 실렸더라니까요."

홍달손이 응수했고, 수양이 나무라듯 말했다.

"이제 와서 그게 무슨 소용인가? 한공은 어서 서둘러 조처하게."

"예, 나으리."

"그리고 곧 명패를 받은 조정 중신들이 입궐할 터이니, 만반의 준비를 하게……. 나는 들어가 중신들을 기다릴 것이네."

수양이 몸을 돌리려는 순간이었다.

"잠시만요, 나으리."

돌아서는 수양의 찰색을 자준이 살폈다.

"왜 그러시나, 한공? 내 얼굴에 무에 이상한 것이라도 묻었는가?"

"그것이 아니오라, 나으리의 얼굴에서 김종서를 찾는 중이지요."

"……."

"됐습니다. 어서 드십시오."

자준의 행위가 천기를 살피기 위함임을 어렴풋이 짐작한 듯,

수양이 잠시 고정되었던 그 면을 돌려 안으로 들어갔다. 자준은 방금 보았던 수양의 관형찰색도를 머리속에 그리기 시작했다.

자준의 머리속에 그려진 찰색도에서 미간을 기준으로 하여 김종서의 행방을 짚어나갔다. 초저녁에 보았던 찰색이 다시 본 수양의 얼굴에서 더욱 선명히 보였다.

-이마 중앙의 천중 부위에 자색 기운을 다시 보아도 대권 장악을 분명히 표하고, 이마 가장자리 사살과 전당의 광채가 거사를 위한 적과의 싸움에서 승리를 손에 넣음을 보여주고 있지 않은가? 이뿐이랴, 얼굴 전체가 윤기 있는 어두운 색으로 덮인 가운데 미간을 중심으로 밝은 홍색 기운이 번지고 있으니, 곧 평단의 색이야! 대통운의 찰색! 그런데 그 성패의 변수는 김종서이잖은가? 그 변수―.

속으로 그리 뇌며 찰색을 상기하던 자준이, 지켜보는 주위의 면면들 사이로 멀리 보이는 창백스런 상현달에 시선을 두고는, 그 변수 김종서의 행방을 짚었다.

-수양의 미간을 중심으로 좌측 이마로 상향한 홍색 윤기가 손가락 두 마디쯤 뻗쳤고, 아울러 산림 부위에서 붉은색 적선이 가늘게 이어진 것으로 보아, 그자는 좌측 귀가 동쪽이요, 이마 중앙이 남쪽 방향인 고로, 그자의 집을 기준으로 동남간으로 갔을 터이다. 그 동남간으로 뻗친 홍윤색의 길이로 가늠하면 대략 50리, 그리고 산림궁의 적선은 흉색이므로 김종서 그 흉물이 집으로부터 동남간 50리 어간 산 아래 위치한 집에 숨어 있을 것이로다.

초초한 낯색이 되어, 자준의 그 계산 속을 지켜보던 양정이 답답한 듯 보챘다.

"형님, 그렇게 팔짱만 끼고 계시면, 김종서 그자가 제 발로 기어온답니까?"

"됐네."

"됐다뇨, 뭘?"

"자네는 즉시 기마병 20명을 데리고 아까 갔던 김종서의 집으로부터 동남간 50리 되는 그자의 친인척들 집을 샅샅이 뒤지거라."

"동남간이라굽죠?"

"특히 산 아래나 또는 산을 끼고 앉은 집부터 살펴보거라."

"산요?"

"서둘러라! 어서!"

그제야 자준의 관상술로 기인된 발언이었음을 직시한 양정이 멍한 표정을 지우고는 수하들과 급히 사라졌다. 죽어라 달리는 양정, 어전에 든 수양, 팔짱낀 손으로 '생살부'를 꼼지락거리는 자준의 그 심중들이 타들어가는 그 시각, 낮게 처진 시선으로 생사의 문을 꼬나보고 있는 자준의 귓전으로 번쩍 뇌리를 치는 음성이 들렸다.

"영상대감 듭시오."

-황보인?

돌아보자 황보인이 마악 가마에서 내렸다.

-죽일 자!

속담은 말로 지껄이며, 자준이 한쪽컨 장정들을 되돌아보고 고개를 끄덕했다.

"어서 드시지요, 대감."

생(生)의 문과 사(死)의 문 중 사의 문 쪽을 지키고 있던 홍윤성 등이 황보인을 안내했다.

"무슨 일로 이 시각에 명패를 내었던가?"

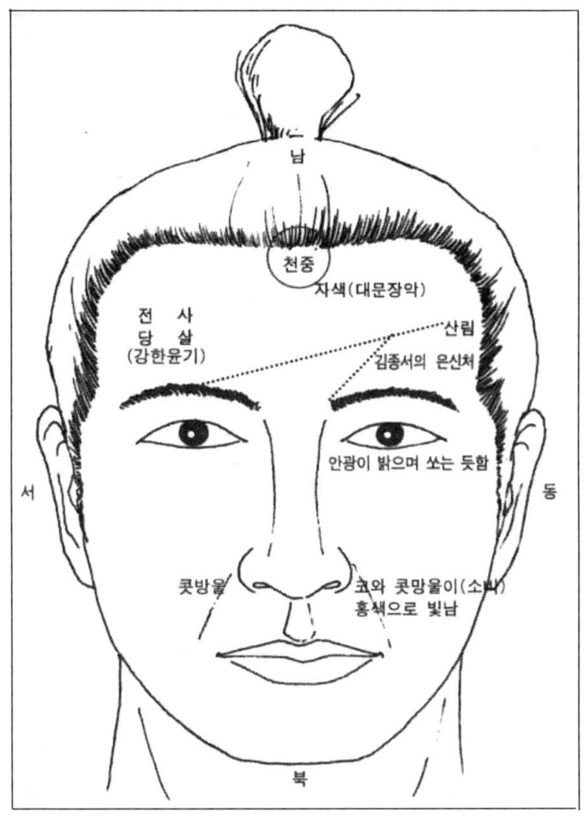


## 평단(푸르)의 색(전체적으로 어두운 색)

얼굴의 혈색이 전체적으로 조금 어두운 가운데 미간을 중심으로 이마를 향해 밝은 홍색 기운이 번지어 가는 것을 평단의 색이라 한다. 즉 아침 햇살이 마악 뜨기 직전의 모습을 뜻하는바, 대단히 강한 운을 뜻하는 대길조의 색을 발하는 것으로 장차 대운형통하고, 만약 서인(일반인)의 경우 이와 비슷하게 어느 날부터 얼굴이 전체적으로 검은색으로 덮이는 가운데 그 검은색의 윤기가 흐르며, 동시에 미간을 중심으로 밝은 홍색이나 황색의 윤기를 겸한 빛깔이 나타날 시 그때부터 대단히 강한 운이 발하여 큰 성공을 거두게 될 것이다.

〈마찬가지로 대통령이나 국회의원 후보자의 경우에도, 투표일로부터 3개월 전부터 앞서 말한 평단의 색(해가 뜨기 직전의 모습)이 나타나거나, 미간을 중심으로 한 이마 전체로 홍색, 또는 황백색(황색과 백색이 섞임)의 윤기를 겸한 혈색이 보일 시는 필시 당선의 영광이 본인에게 이르고, 그렇지 못할 시는 패배를 맛보게 된다. 이를 상법의 이치로 설명하자면, 미간(명궁)을 위주로 한 이마 중앙은 관상학적 용어로 관록궁(官祿宮)이라 부르며, 문자 그대로 관운(官運)을 보는 곳이므로 그 당락의 성패가 관록궁인 이마에 나타나는 것이다.〉

엊저녁 산란했던 꿈자리를 염두에 둔 듯 의혹에 찬 눈초리를 오르내리며, 황보인이 어쩌면 생애 마지막 말이랄 그 한마디를 내뱉었다.

"저희는 모르옵고, 안에 주상 전하께옵서 기다리고 계시옵니다."

사 쪽의 문이 열리고, 황보인이 영의정의 위엄을 실은 무거운 발걸음을 몇 발자국 떼었을 때였다.

"퍽."

철퇴였다. 그리고 뒤이어 짧은 비명이 흘렀다.

"카욱!"

전생의 무슨 원수인 듯 철퇴! 그 무거운 홍윤성의 살기를 베어 먹은 철퇴가 윙 하는 소리와 함께 황보인의 뒤통수에 내려꽂히자, 외마디 비명을 토하며 그대로 꼬꾸라져, 순식간에 피를 뿌리는가 싶더니, 득달같이 그 피에 동화된 듯 뻗치는 살기를 그대로 창날에 실은 장정 하나가 아직 여명이 남아 부들부들거리는 그 황보인의 꼬꾸라진 등에 창날을 내리꽂자, 뚝! 소리와 함께 관통되더니, 이내 신체의 움직임이 멎고, 창날 자루만이 요동치듯 하다가 이내 멈추었다.

영의정—.

일인지상 만인지하(一人之上  萬人之下)의 막강했던 권위가 그렇게 무력하게 끝날 줄이야. 아득히 꺼져가는 의식 속에서 황보인의 무력해진 몸은 그 마지막에 있을 전율의 몸짓조차도 허용할 수 없었다.

-수양.

이죽거리는 듯 보이지만 그러나 들리지 않는 황보인의 입 놀림이, 자준의 눈에 그렇게 말하는 듯 보였다.

"치워라."

수하들에게 끌려 치워지는 황보인의 시신을 허허한 시선으로 바라보던 자준은, 어딘가에 살아 있을 김종서로 인한 가슴 졸임을 떨쳐내듯, 방금 전 철퇴를 맞기 일보 직전 황보인이 죽음을 맞는 사상(死相)을 떠올렸다.

죽기 직전 황보인의 그 얼굴, 눈동자가 충혈된 가운데, 거기에 동자를 가로지르는 적색 심줄이 강하게 양안을 관통했고, 이는 급흉한 일이 곧 닥침을 말함이요, 그보다 그 이마에 있던 적색선! 이마 가장자리에서 미간으로 흡사 칼로 그은 듯 예리한 선으로 보이던 횃불 너머로 선명히 보았던 그 적색선이야말로 상법에서 익혔던 죽음의 색이었다.

결코 굵은 적색을 말함이 아니요, 흡사 무엇에 긁힌 듯이 가늘고 예리한 적색이 자신을 지키는 문과 같은 명궁(미간)으로 뻗쳐 있을 시는 장차 칼침에 맞아 비명에 죽게 될 급한 사태가 닥쳤음을 예시하는 것이다.

죽음의 흔적으로 남은, 홍건히 괸 핏속에 오르는 흰 김을 아득한 눈으로 쳐다보던 자준은, 황보인의 급살맞은 얼굴을 떠올리며, 그 생생한 상법의 체험에 신음을 토했다.

"형님, 이 홍윤성의 손으로 영의정을 때려잡았수다. 허허헛!"

"……."

우쭐하여 다가서는 홍윤성을 보며, 자준은 방금 전 죽음에서 느꼈던 허허한 심정과는 달리, 희와 비의 뚜렷한 획을 긋고 있는 자신의 손에 든 '생살부'로 기인되는 냉엄한 현실 앞에, 비루한 한모퉁이를 홍윤성의 웃음 뒤끝에 느끼며 그 염량이 분명한 인간사에 조소했다.

"아직 김종서가 살아 있는 터에 웬 방심스런 말이더냐?"

그 말에 머쓱해진 홍윤성이 사의 문으로 되돌아가고 있을 때, 판중추원사 정인지의 도착을 알리는 소리가 들렸다. 정인지는 예전 수양이 사은사로 임명되어 명나라로 떠날 때, 자준의 치밀스런 계산 속에 수행 사은사 일행으로 인한 공석 메움으로 자연스레 병조판서의 자리에 올라 병권을 쥐었던바, 그 정인지의 성품이 곧고 외곬이라 김종서, 황보인의 입김이 녹녹히 먹히지 않았던지라, 그들에 의해 금세 병판의 자리에서 쫓겨나 좌천된 신세로 한직인 판중추원사로 눌러앉았던 것이다. 당연히 불만을 품었을 그 정인지를 거사 직전 수양이 만나 감히 거사를 밝히지는 못했으되, 잘 다독거렸고 이에 어렵잖게 호의로써 그간의 불만에 대응해 온 터였다.

그 정인지는 당연히 생(生)의 문을 통과했다. 뒤이어 올 이사철 또한 사가 아닌 생이었다. 생살부에 적힌 황보인의 이름 위에 붓을 들어 길게 획을 그은 자준의 손에 홍건히 땀이 괴었다.

멀리서 첫닭의 울음소리가 거푸 났다.

-김종서는 어찌되었을까?

　날이 밝아 옴을 알리는 미물의 소리에, 김종서의 소식이 당도하기를 기다리던 자준의 속탄 가슴이 덜컹 내려앉을 듯 현기증을 느꼈다.
　-그자를 잡지 못하면 만사는 수포일 것이야.
　심저의 호흡을 한꺼번에 쏟는 그 한숨에 실은 푸념을 내어뱉고 있을 때였다. 불안을 일순 떨치는 반가운 소식!
　"옛수, 형님."
　"……?"
　"김종서의 수급이외다."
　김종서의 목을 베어 그 수급(머리)을 관복자락에 싸매어 들고 온, 아직도 숨을 헐떡거리며 낙락한 모습을 한 양정이 자준 앞에 그것을 툭 던져놓았다.
　"형님 말이 귀신보다두 신통했수. 어찌 그리 처억 앉아서 그잘 그리 손바닥 보듯 있는 곳을 알았더란 말이오니까?"
　"수고했네. 어서 어전에 들어 대군 나리께 알리시게."
　자신의 공을 잊기라도 하듯, 자준은 새삼스러운 눈으로 신기해 마지않는 양정의 얼굴이 그 면을 돌려 수양에게로 향하는 걸음을 보며, 비로소 전신의 긴장이 풀리면서 찾아오는, 무력하여 맥풀린 나른한 몸을 느끼며, 발치에 놓인 김종서의 수급을 풀어 모여든 주위 몇몇의 면들에게 확인시킨 후, 피비린내로 인한 토악질이 나올 듯한 입매를 한 손으로 감싸면서 장정을 시켜 치우도록 명했다.
　날이 새면 저잣거리에 매달릴 김종서의 수급이 양정의 손에 베어지기 전, 야심했던 시각에 수양의 방문을 받고 철퇴에 느닷없이 맞아 쓰러져 혼절했던 김종서는, 수양이 돌아가고 한참 후에야 혼절했던 정신을 다시 찾아, 철퇴를 맞아 피범벅이 된 얼굴과 만신창이가 된 사지를 둘러보며, 그때까지 곁에서 통곡으로 오열을 토하다 초죽음이 된 부인을 물리치고, 저쪽에서 뒷전을 지키지 못한 죄책감에 고개를 숙이고 선 수하 장정들을 불러 부축케 한 후, 피물린 떨리는 음성으로 가마를 대령케 하여, 가까스로 도움을 받아 오른 뒤, 일단 상감께 아뢰고 사태를 수습해야 된다는 그 집념 하나로, 얼마 남지 못한 여명을 싣고 돈의문으로 향했다.

뒤따르는 수하 장정들의 눈에도, 도대체 김종서가 아무리 오랑캐의 간담을 서늘케 했던 맹장일지라도, 저렇게 여적 살아 있는 것이 꼭 허깨비에게 홀린 일만 같았다.

철퇴를 맞았다. 그것도 두번씩이나. 더구나 그 철퇴를 휘두른 자는 수양대군이 내노라 하는 힘꾼일 터였다. 그 수하들의 그런 생각이야 어떻든, 피물린 입 속의 핏덩어리들을 간간이 내뱉으며 거친 숨의 김종서를 실은 가마가 돈의문에 도착했을 때였다.

"멈추거라."

돈의문 성가퀴 아래로 군졸의 음성이 흩어졌다.

"누구더냐?"

"좌상 대감이시다. 어서 문을 열어라."

시신이나 다름없는 김종서, 그 수하의 그 말이 받아들여질 턱이 만무였다.

"돌리시오. 아무도 들이지 말라는 수양 나리의 엄명이 있으셨소."

"수양⋯⋯."

꺼져가는 시선으로 밖의 정황을 살핀 김종서는 눈앞이 캄캄해 옴을 느끼며 가마를 돌렸다.

"수양의 명이라, 그렇다면 벌써 저들의 손에 모든 것이⋯⋯

전하……."

　입 속의 도는 말로 뇌며, 그 김종서를 태운 가마가 어둠 속으로 질주했다. 자준이 수양의 면을 보아 꿰뚫었던 그 위치, 정확히 김종서의 집으로부터 55리 동남간에 위치한 나지막한 산자락을 낀, 그의 육촌뻘 되는 지척리 김가의 집으로 몸을 피신한 김종서의 여명이 얼마 남지 않아 싸늘해진 몸으로 그 집 뒤켠 별채에, 주위의 애처로운 눈들에 둘러싸인 채 누어져 있었다. 그 지척리에 몇 안 되는 그의 인척들도 잠결에 놀란 가슴으로 소식을 듣고 몰려와 있었다.

　"음…… 전하……."

　꺼져가는 의식으로 전하를 찾는 그 절절한 모습이 두 식경쯤 계속되고 있을 때였다.

　"역적 김종서는 어서 나오너라."

　애처로운 눈빛의 그 면면들이 화들짝 열어젖히는 별채문을 돌아보자, 마을 초입에 접어들면서 휙 돌아보고 곧장 산 밑에 자리한 그곳을 향해 달려왔음직한 양정과 그 수하들이 우르르 달려들어 낚아채듯 김종서를 끌고 나갔다.

　"전하……."

　"창!"

　마지막까지 전하를 찾던 김종서의 목이 양정의 칼집을 떠나 예리한 금속음을 내며 허공을 가르는 소리와 함께 툭 잘려나가 데구르르 구르더니, 몇 차례 경련 속에 멈추어 섰고, 그 목뿐인 시선으로 양정 일행을 희멀건 백안(白眼)을 하고 쳐다보는 듯했다.

　"으하하핫! 천하의 김종서도 이젠 끝장이다!"

　어느새 횃불을 받쳐 들고 듬성듬성 모여든 면면들 사이로 바라보는 김종서의 인척들을 맞바라보며, 양정이 호탕히 웃고 나서 맨상투로 들었던 김종서의 목을 관복자락을 벗겨 감싸듯 동여맨 후 쏜살같이 말에 올라탔다. 그 수하들과 사라지는 양정의 모습을 바라보던 시선들이 땅바닥에 꼬꾸라진 시신으로 옮겨지며 망연한 한숨들을 토해내고 있었다.

김종서의 죽음을 확인한 자준은 다시 '생살부'를 움켜쥐었다.

죽어야 할 자, 그간 김종서, 황보인의 편에 지나치게 치우쳐 살아 더불어 새 시대를 열어갈 수 없는, 그 '생살부'에 죽을 자로 올라 있는 자들이 속속들이 도착하고 있었기 때문이다.

민신을 선두로, 조금 뒤에 조극관, 이양, 윤처공, 이명민, 조번, 김연…… 등이 연이어 당도하여 사의 문을 통과하기가 무섭게, 득달같이 달려들어 철퇴와 창칼로 어지럽게 휘두르는 장정들의 손에 사지를 떨며 죽어갔다.

-가련한 인생들……. 미안허이. 오늘 그대들과 내가 입장이 서로 이토록 다른 것은, 그대들은 천명을 헤아리지 못했던 터요, 나는 감히 천명을 알고 행한 차이일 뿐……. 공자께서 천명을 모르면 군자로서 부족하다 하셨거늘(子曰, 不知命 無以君子也).

멀리 희미해진 상현달을 바라보며, 자준이 모진 숨을 내쉬었다. 자준은 습관처럼 죽기 10여보 전의 그 낯색들을 저편의 횃불빛을 담은 눈으로 유심히 보았다.

황보인에 이어 죽음의 문으로 들어섰던 민신의 경우, 양쪽 이마 가장자리에 검은 혈색이 항상 있었던지라, 그 부위에 그러한 색이 늘 나타나 있는 자는 어느 날 갑자기 급살맞아 죽음을 뜻하는 상법의 색이요, 거기다가 그때 횃불에 비추어져 분명히 보았은즉, 눈의 흰자위가 평소에 없는 진한 황색을 드러내고 있었던바, 그 황색이야말로 그 밤에 노상객사(路上客死)를 맞는 운명임을 말해 주는 것이었다.

계속하여 이어진 급살맞은 자들…… 이양, 조극관, 윤처공 등은, 그 급살의 찰색이 이양의 경우 그 상판이 전체적으로 비뚤어져 타고난 단명의 골상에다, 식록궁이라 일컫는 코밑에서 윗입술 사이가 거무튀튀한 흙색을 띠고 있었다.

그 이치를 풀어보자면 식록궁의 식록, 즉 먹을 것이 끊어지는 찰색의 이치로, 눈에 있던 적맥(붉은 심줄)과 아울러 그 밤의 급살을 예시하는 것이다.

조극관은 그 사상(死相)의 모양새가 미간의 살이 탄력을 잃어 시들해 보이면서 검은 흙색을 발했음과 동시, 눈의 흰자위가 매우 어두웠기에 급살을 뜻했고, 연이은 급살의 윤처공 역시 귓구멍 바로 앞부분을 명문(命門)이라 하는바, 그 명문에서 검은 흙색이 내려와 턱 주위의 살과 입 주위로 덮였고, 입술마저도 탄력을 잃어 시들해진 가운데 검은 빛을 배어담고 있어 어김없는 사상을 보이고 있었다.

-안평을 제외한 모든 장애물이 제거된 셈이다.

'생살부'의 마지막 장의 획을 가로 긋는 자준의 손이 주인 없듯 내려지며 거푸 안도의 숨을 토했다.


어전에 앉아 정인지를 맞은 수양은 김종서의 수급이 당도했다는 전갈을 듣자마자, 그때까지 한 손에 쥐고 꼼지락거리던, 부인 윤씨로부터 받은 비상을 품속에 도로 집어넣고, 계속되던 역모의 전모를 마저 털어놓았다.

"모두가 종사를 위하심입니다. 수양대군께서 사전에 발각하지 못하셨다면, 그야말로 옥좌가 위중지경일 뻔했사옵니다.”

“······.”

예상했던 대로 정인지는 적극적으로 수양의 편에서 거사의 마무리를 돕기 시작했다. 다음 과정은 일사천리로 진행되었다. 꾸역꾸역 밀려드는 조정 중신들을 상대로, 정인지가 수양을 대변하듯 역모의 전말을 낱낱이 고했지만, 다소 의심에 찬 시선으로 눈을 굴리는 자들도 여럿 보였다.

그러나 대세는 이미 수양에게 기울은 터, 실세 파악에 눈이 밝은 중신들의 반응들이 거세지면서, 날이 밝기 시작하자 중신들의 중론은 이미 그 의심들을 뒤엎고도 남을 정도로 수양의 거사에 적극적인 동참의 뜻을 토했다.

“역모의 수괴 안평을 주살하십시오!”

“안평의 주살은 물론, 역모 가담자들의 삼족을 멸함을 서두르십시오.”

“그보다 우선 수양대군께서 섭정의 지위에 오르셔야 옳습니다.”

“그렇고말고요.”

여기저기서 수양에 대한 지지에 이은 새 시대의 길을 트라는 아우성이 튀어나왔다. 그 아우성에 어린 단종은 나름대로 살기 위한 수단인 듯, 승지에게 명하여 숙부에게 앞으로의 모든 정사를 맡긴다는 내용의 교지를 준비토록 했다.


그 어전에서 벌어지는 상황을 전해 들은 자준은 주위의 양정, 유숙, 권남, 어을운 등의 면면들이 보이는 가운데, 저 멀리 떠오르는 태양을 바라보며 희안(喜眼)되어 일출의 양기를 머금었다.

그때였다. 주위의 면면들을 둘러보던 자준의 눈이 어느 순간 고정되더니, 이내 휘둥그레지며 짧은 비명을 토했다.
"앗!"
"……."
"저게 뭐야?"
모두 돌아보자, 저 멀리 목멱산 봉화대에서 국가의 위기상황을 알리는 봉화 연기가 솟아오르고 있었다. 모두들 그 자리에 못박혔다.
"안평의 잔당들 소행일 텁니다."
"어서 가서 잔당들을 토벌하고, 봉화를 진압토록 하라!"
그야말로 일촉즉발의 위기상황이었다. 만약 봉화대의 연기가 수도를 벗어난 지역으로 이어지고, 그것이 계속 번져 가서 안평과 내통했던 변방의 장수들에게 전해진다면, 또다시 역모로 이어질 것이요, 여기 모인 자들은 그때는 산 목숨이라 할 수 없을 것이다.
"어서 가라."
홍달손을 선두로 수십 기의 병사들이 봉화대로 급파된 지 불과 반 시각 후 목멱산 봉화대에 도착하자마자, 그때까지 봉화대의 수병(守兵)을 결박하여 봉홧불을 지키고 있던 안평의 수하 너댓 명을 단칼에 베어 수급을 챙기고는 즉시 봉홧불을 껐다.
봉화대에 오른 홍달손이 한 손을 머리에 대고 사방에 시야를 두었으나, 미명이 가신 지 얼마 되지 않은 시각이라서인지 수도 밖 어간에 이어진 봉홧불을 발견하지 못한지라, 그대로 발치의 성가퀴에 무너져 깊은 숨을 토하며 안도했다.
숨을 헐떡거리며 전하는 홍달손의 그 천만다행의 반가운 소식에, 자준은 고개를 숙여 천지신명께 감사했다. 이어 만약을 모르는지라 갑졸들을 풀어, 수도 어간의 봉화대에 수비와 현상태를 고수하라는 급보를 전하도록 했다.

영양위저를 급히 달려나가 봉화대를 향한 노마들을 보며, 그 때까지 인식조차 못했던, 전신에 흐르던 식은땀이 일전 바람에 씻겨 시원해짐을 자준은 알았다. 쓰러질 듯 현기증을 느끼며 자준이 그대로 풀썩 주저앉았다.

"한 발짝만 늦었더라도……."

골수에 사무친 한마디가 자준의 입을 타고 흘러내렸다.


계유정난의 밤이 지난 그날 오후—.

간밤에 벌어진 일들을 까마득히 모르는 채, 장안의 백성들이 웅성이기 시작했다. 남대문 저잣거리 맞은편에 효수되어 걸려 있는 김종서, 황보인과 그 추종자 들의 목. 그 한 시대를 제 손 안에서 주무르던 면면들이 간두에 대롱 매달린 채 백성들, 더욱 이 장사치라 천대받던 봇짐장수, 등짐장수, 젓갈장수, 떡장수…… 또 그들을 상대로 때로는 으슥한 곳에서 몸을 팔기도 하는 들병이 등이 수많은 무리들 중에 간간이 섞여, 생업을 위한 절 절한 외침과 동작들을 멈추고, 뭐라 퉤퉤거리며 넋을 잃고 쳐다 보는 가운데, 비참한 생의 말로를 온몸이 아닌, 피에 씻기고 한 에 잘려나간, 도저히 한 시대를 주름잡던 모습이 아닌, 얼굴뿐 인 그 모습으로 권력의 무상함을 철철 보여주었다. 그 수군대는 소리들…….

"가만 있자, 저것들 중 어느 목이 그 백두산 대호라든가 뭐라 카든 김종서…… 그자여?"

"보면 모르제. 그중 머리통이 젤 큰 조것이 그자 아닌감?"

"오메, 저쪽 좀 보소. 내 소싯적 할무이 무릎 베고 잠결에 어 렴풋이 동네 지관 양반하고 대거리하는 소릴 들은 것 같은데,

그 지관 말이 산을 함부로 파딩기다 무슨 영문인지 급살맞아 뒈진 자는 저기 저 혀를 세치나 빼물고, 눈을 휙! 까뒤집고 죽은 자메로 조롯타제."

저쪽 모퉁이에 발치를 세우고 팔짱으로 쳐다보는, 문식깨나 들은 자의 대거리도 있었다.

"간밤에 수양대군께서 저자들을 불시에 척살하고 역모를 다스렸다제."

"방금 역모라고 하셨소?"

"하문, 저 목 임자들이 옥좌를 노렸다는 말씀이요?"

"우메, 죽을라고 환장했구먼!"

"그나저나 남은 식솔들은 어찌되는감?"

"웠다, 무식하긴! 어쩌긴 뭐가 어쩌? 자고로 역적모이 작당질하다 걸리면 운이 좋아야 그 식솔들이 목숨을 구걸하여 종살이로 풀릴 것이요, 그나마도 못 찾아 먹으면 똑같은 역적의 피가 섞였다 하여 끌려가 참수되는 기제."

"그래도 저자들은 살아서 떵떵거리며 호강했은께, 평생 저잣거리에서 짠물 먹고 산 우리네보담 죽어두 원이 없을껴."

"그럴 수도 있겠제."

그 누가 먼저랄 것도 없는 수군거림들 속에, 역적들의 머리에 달려든 쉬파리들이 때를 만난양 저들끼리 분주한 날림 속에 있던 그 시각, 영양위저 앞뜰 큰 마당에서는 임시로 마련된 용상에 앉은 어린 단종임금이 곁에 선 수양과 함께, 서열을 가려 줄지어 선 중신들의 배례를 받으며, 도승지의 입을 빌린 교서를 듣고 있었다. 내용인즉, 간적들을 소탕하여 큰 공을 세운 종친 수양대군의 발분의 덕에 위태로웠던 종사가 다시 반석에 오른지라, 그 위대한 공을 임금이 몸소 치하하는 바이고, 또 보령 유

충한 자신의 덕을 대신하여 백성들에게 선정을 베풀 것을 기대
하며, 향후 조정의 모든 정사를 숙부인 수양에게 섭정의 자격으
로 맡긴다…….

이어 한층 위의를 몸에 실은 수양의 눈매에 햇살이 내리쬐는
가운데, 조정의 주요인사 발표가 계속되었다.

영의정부사(領議政府事)영경연서운관사(領經筵書雲觀事)
겸 판이병조사(判吏兵曹事)에 수양대군!

이로써 영의정으로서 입법, 사법 행정, 그리고  병권의 모든
대권을 쥔 수양의 시대가 열린 것이다.

이어 좌의정에 정인지, 좌참찬에 허후(수양의 사돈), 이조판
서 정창손, 예조판서 깁조, 병조판서 이계전, 호조참판 박중린,
병조참의 홍달손, 그리고 도승지에 최항, 우승지에 신숙주, 좌
부승지에 박팽년…… 등 거사에 직·간접으로 공을 세운 이들
의 인사가 단행되었다.

대신들의 맨 뒤켠에서 조금 떨어져, 자준이 그 원경을 지켜보
고 있었다. 그때 슬금슬금 자준에게로 권남이 걸어오더니, 곁에
서 있는 한명진과 홍윤성, 양정 등의 면면에 잠시 시선을 주고
나서 자준을 향했다.

"이제 자네의 시대도 온 것이야."

움켜쥔 권남의 손에 듬뿍 정이 실려 있었다.

"모두가 천명에 따른 것이라 믿거늘…… 왜 이리 맘이 허한
것인지 모르겠네."

"그 무슨 소심한 소린가? 자네답지 않으이. 더욱이 앞으로의
새 시대는 자네의 손을 빌려야 할 터에, 그 무슨 심약한 소린
가?"

자준이 멀리 시선을 들어 허공을 응시하며, 간밤에 처참한 살

육의 현장을 몸소 지휘했던 자신의 모습을 떨치고는 짧은 탄식을 토했다. 그 저녁 백여 명이 넘는 관군들의 호위를 받으며 수양을 태운 자비가 위풍도 당당한 영양위저를 떠나, 김종서 등의 목이 내걸린 남대문을 지나고 있었다.

해질 무렵 이미 대부분 돌아가고, 남은 구경꾼들이 그 시각까지 그대로 저편에 호위병에 둘러싸여 옮겨지는 수양과 역적들의 효수를 겹쳐보며, 그 너무도 극명하게 보여주는 승자와 패자의 확연스런 모습에 사무치는 모습들이었다.

자비를 어느새 틀어 방향을 잡은 수양의 가슴에는, 방금 본 역적들의 모습이 터억! 버티며, 그간 억눌러 왔던 그들로 인해 당연하다 생각했지만, 그러나 일말 죽음들에 대한 죄스런 마음이 되살아나 꿈틀거렸다.

"너무도 많은 죽음들이야…… 그리고 안평은……?"

간밤의 주검들을 떠올리던 수양이 불현듯 안평! 찾아드는 그 안평의 모습에 거푸 한숨을 내쉬었다.

안평은 그 밤이 지날 무렵 갑작스레 들이닥친 관군들의 내습에, 졸음을 떨친 모습들로 잠시 저항해 보았지만 별수없이 눌린 기세로 꺾이던 수하들을 뒤로 한 채, 그의 모사 이현로와 함께 종실의 지친인 성녕대군집으로 일단 피신했던바, 거푸 찾아온 관군들에 의해 포박되어 강화도로 압송되었다.

수양의 곁을 호위 속에 따르는 자준에게, 그제사 그 안평의 벌집 같은 소란 속에 시종 놀란 눈으로 영걸의 종말을 지켜보았을 월이의 얼굴이 떠올랐다.

봉화대 침입자의 토벌을 전해 들은 아침 나절에 갑졸을 풀어 안평저로 급히 보낸즉, 그 군사 두 명이 돌아와, 월이가 무사히 살아 남아 자준의 집으로 드는 것을 확인한 보고를 들은지라,

이제 감격의 해후를 생각하며, 눈에 선한 그녀의 모습 속에 솟구치는 설레임이 일었다.

수양저의 자비가 도착하자 마당으로 들어서는 호위 속에 수양의 늠름함을 보며, 윤씨 부인을 위시한 식솔들이 어느새 먼저 당도한 소식을 접한 뒤라, 그 이전에 불안했던 한숨들을 접은 밝은 낯색들로 수양 일행들을 맞았다.
"부인, 심려가 컸겠구려. 그리고 너희들도……."
식솔들과 가복들 앞에서 일국 영상의 체통이라 얼굴 근육의 미동이 절제된 표정으로, 수양의 시선이 윤씨와 식솔들에게 건네졌고, 윤씨 또한 처지가 바뀜을 아는 터라, 새삼스럽지는 않았으나 역시 체통으로 절제된 모습을 하고는 수양을 바라보았다.
"간밤에 얼마나 고생이 많으셨소이까?"
"……."
대답 대신 수양의 얼굴에는 지난밤의 악몽들이 서리는 듯했다.
"그리고 누구보다 한공께서 수고하셨던 바 아옵니다."
윤씨의 심중을 토한 그 한마디에 이은 수양의 진심이 역력히 우러나는 눈매로 감동 실린 말이 이어졌다.
"이 모두가 한공의 지혜가 아님 이룰 수 없었음일세……. 내 일생 잊지 못하이……."
그 말—.
그 한마디로 충분했다. 수많은 가솔들과 따라온 장정들의 눈들 속에서 자준에게 뱉은 그 한마디 말에, 그간의 목숨을 걸고 속을 태웠던 지난날들…… 아니, 수양을 만나기 이전의 한스런 세월들까지도 모두 쨍한 봄날에 눈녹듯 녹아내리는 감격을 느끼며, 뒤돌아선 자준을 실은 가마가 수양의 배려로 호위하는 20명의 관군들이 뒤따르는 가운데, 그의 집이 있는 동네 어귀로 들어서고 있었다.

공교롭게도 영양위저를 떠난 단종이 대궐에 들어 어전 큰 방이 꺼질 듯 시름 섞인 한숨을 토해내는 그 시각에 맞추어, 호위 속에 자준 일행이 대문에 당도하자, 수양의 무리에 섞여 영양위저를 떠나는 형을 배웅한 뒤 곧바로 집으로 돌아온 시동생 한명진의, 아직도 간밤의 소름이 가시지 않은 낯색에 찬 그 입을 통하여 들은, 몸서리치며 보았던 아야기들을 접한 부인 민씨와, 어느덧 숙성하여 꽃이 핀 듯 얼굴에 뭔가 돋아난 맏딸 란이와, 이제 제법 자라서 경서들을 외는 아들 보, 그리고 역시 상전의 희보에 기꺼운 상판을 해 조아리며 반기는 가복들이 뛰쳐나와 어제와는 다른 자준의 모습을 감격스레 맞았다. 아직 어린 태를 못 벗은 아들 보는 누이의 손을 이끌고, 한 손으로 자준이 타고 온 가마를 만져보고, 또 한편으로 호위해 온 장정들을 그 아비의 위세를 담은 눈으로 쳐다보며, 묵묵히 서 있는 그중 어떤 자에게 다가가서는 손으로 꼬집고 찔러보는 둥, 결코 밉살이 없는 귀염을 떨었다.

내당에 든 자준을 바라보며, 간밤에 남편이 벌인 일의 옳고 그름은 아녀자의 소견으로 가늠하기 어려우나, 어찌되었건 하늘처럼 모시는 지아비가 목숨을 걸고 행했던 바를 아는지라, 그것이 옳은 일이라고 여기리라 마음을 정리했던 민씨는, 그 밤이 지나도록 꼬박 했을 눈에 형형스레 보일 듯한 지아비의 그 마음고생을 생각하며, 차마 입을 다문 채 괸 눈물을 쏟았다.

"부인, 어디 그 손 좀 봅시다."

잡는 손에 이끌려 자준의 품에 기댄 민씨를 내려다보며, 자준이 뇌었다.

"이 손이 어떤 손이신가? 당신의 자그마한 이 손길이 우리 가문과 오늘의 나를 있게 한 것이요."

"서방님…… 그 고초를 제가 어찌 모르겠소이까? 큰일을 치르시랴 태웠을 그 속을……."

"부인, 이제부터라도 어디 호강 좀 해 보시구려."

품속에서 흐느끼던 민씨의 몸이 곤추세워졌다.

"참, 어서 별채로 듭시지요."

"별채?"

짐작이 가는 바였으나, 자준이 태연히 물었다.

"월이 낭자가 와 있사옵니다."

"……."

"저야 내일도 있사오니, 그간 나으리를 위해 사력을 다한 그녈 위해 오늘밤은 거기서 유하도록 하십시오."

별채로 향하는 자준의 뇌리에 민씨의 넓은 마음이 스쳤다. 양가의 규범을 몸에 익힌 바이나, 그 또한 의당 질투를 갖춘 여자의 몸이 아닌가? 그 심저에 있을 가슴 저림을 억누르며 뱉은 민씨의 넓은 마음 씀씀이에 거듭 감사하며, 자준의 손이 별채 문을 급히 열어젖혔다. 다소곳이 앉아 있던 월이가 얼른 그 자태를 풀고는 한껏 반가운 시선을 담아 자준의 품으로 달려들었다.

그 얼마나 사무치는 그리움의 세월들 속에 삭이던 만남인가? 언제 보아도 미려한 용모였다. 거기에다 간드러진 허리와 전신에 담은 교태 배인 몸짓, 관능이 절로 우러나는 그 모습을 상상하며, 그간에 남 몰래 속태웠던 그 생생한 실체를 껴안았다. 자준의 입 속에서 탄성이 터져나올 듯했다.

"월……이……야!"

"나……으……리."

서로의 동의 없이도 뜻이 통했다. 꼬박 새운 지난밤의 피로를 모두 잊은 듯, 자준의 눈에는 형형스런 생기가 새로이 넘쳐나오며, 월이의 뽀얀 속살들이 차츰 거친 손길 속에 드러났다. 아름다운 몸이었다.

눈부시게 회디횐 율동을 갖춘 몸매를 감상하듯 바라본 남성의 눈이, 저렇듯 보드라운 속살에 흰 피부를 가진 여자는 상법에서 영화를 누린다고 익혔던 기억을 떠올리며, 시선을 거푸 아래로 향해 토실한 둔부로 떠받친 가지런한 체모를 조심스레 더듬었다. 어느새 알몸이 된 자준의 몸이 몸서리치듯 떨리며, 그 손길에 맞추어 반응에 겨워하는 여체 위로 겹쳐졌다. 이어 거칠어진 숨결이 뿜어내는 두 사람의 열기가 온 방안에 넘쳐흘렀다.

"아, 나으리……! 이젠 결코 헤어질 수…… 없사옵니다…….."

가까스로 뱉어내는 그녀의 신음 섞인 말 속에, 그간의 한스럽던 그리움에 대한 분풀이를 하듯, 더욱 격렬해진 알몸의 두 남녀는 사랑에 겨워하는 동작으로 황홀한 율동이 무수히도 서로를 탐하는 가운데, 터질 듯한 숨결로 세사를 모두 잊은 농염한 낯색이 되어 언제까지고 계속되었다.

그 황홀한 시간들이 얼마나 흘렀을까? 격렬했던 사랑의 순간이 지나고, 무섭도록 몰려드는 피로에 몸을 내맡긴 자준이 눈을 뜬 건 장지문이 훤히 밝은 아침 나절이었다. 곁에 나란히 누웠던 월이도 그제서야 그간 피로가 풀렸다는 듯 산뜻한 표정으로 몸을 일으켰다. 아직 알몸인 그녀를 자준이 바라보았다. 햇살에 선명히 보이는 그 여체는 간밤에 보았던 감동과는 또 다르게 다가왔다.

“복을 많이 탄 몸이로군!”

그 말에 월이가 의문을 담고 향했다.

“복이라니요?”

“월이도 알다시피 그간 상법을 배웠던 바로, 이야길 하자면 여상(女相)의 경우엔 면상불여체상(面相不如体相)이라 하여, 얼굴보다는 그 지닌 몸을 더 중히 본다고 했네.”

관심에 겨운 눈으로 월이의 시선이 자신의 알몸에 머무르다 올라왔다.

“좀더 소상히 알고 싶사옵니다.”

“허헛! 그럴 터이니라. 더욱이 자네처럼 모진 세파를 겪은 이는 누구라도 팔자에 관심이 더욱 갈 터.”

여체에 시선을 둔 자준의 말이 계속되었다.

“음양의 이치상 남성은 양이요, 여성은 또한 음인 고로…….”

“그건 저도 아옵니다.”

“고로 양기가 주된 기운인 남성인 경우, 그 양기가 가장 많이 결집된 면상을 가장 중요시하여 관상으로 보고, 여자의 경우는 이와 달라 그 본성인 음기가 주로 간직된 하체를 위시한 몸에 더 비중을 두어 관상하는 것이네.”

“하오면 저의 몸이 복이 많다고 하심은?”

그 말에 자준은 미소를 담아 물고, 편 손으로 월이의 알몸을 일일이 짚어가며 말을 계속 이었다. 사랑하는 이의 정성어린 손길이라 그녀 또한 마다 않고 설명에 귀를 기울였다.

“여기 엉덩이를 일러 복을 담는 곳이라 하여 일명 복덕궁이라고도 하는바, 그대의 경우처럼 살이 통통한데다 너무 아래로 처지거나 또 지나치게 위로 치올라 있지 않은 것을 복을 지녔다고 보는 것이고…….”

　　장지문을 통한 햇살이 월이의 온몸을 스미는 가운데, 여체가
모로 뉘어졌다.
　　"이곳의 음모가 자네처럼 너무 촘촘하지 않고 가지런히 순한
모양을 길상(吉相)으로 보며, 거기에다 황색털이 길게 나 있으
면 더욱 귀하게 보아, 면상까지 더불어 좋을 경우, 황후의 지위
에 오른다고 했네."
　　"……."
　　"실제로 옛적 대국의 황태후들 중에 그러한 분들이 종종 있었
다고, 야사에 전해지고 있다지."
　　자준의 손길이 상체로 향했다.
　　"자네의 가슴은 알맞게 부푼데다 유두의 색이 검붉은지라, 상
법에선 여상의 경우 가슴을 그 유두를 기준으로 좌우측을 태양
과 달로 비유되는데, 검다는 것은 수(水)의 기운이요, 붉다는 것
은 화(火)의 기운인 고로, 유두의 색이 검붉은 것은 음양을 대표
하는 수화의 기운을 모두 갖춘 것으로 보아, 매우 길한 상으로
보고, 아울러 좋은 남편을 만나게 됨을 뜻하는 것이네."
　　"보다시피 저는 몸이 전체적으로 허리가 가는데다 뱃살도 꺼
져 있어 가냘프고 호리호리한 편인데, 그것을 어떻게 보시는지
요……?"
　　잔뜩 호기심을 담은 눈으로 월이가 물었다.
　　"상법에 여체의 모양이 흡사 버들가지처럼 간드러질 경우 화
류계로 풀릴 운명이라 풀이되지. 또 여성의 배가 볼록하여 박처
럼 둥근데다 색이 밝고 피부결이 좋을 경우, 반드시 학문이 높
은 선비를 만나 함께 귀한 운명이 된다 했고, 배가 푹 꺼지고 가
죽이 얇고 색이 맑지 못할 경우엔, 비록 어떤 남편을 만나 돈을
꽤 지니고 살지는 몰라도, 학문이 높고 덕을 갖춘 남편을 만나

기는 어렵다고 했네.”

“하오면 전……?”

“걱정 말게. 팔자 땜이란 게 있는 것이어서, 자네의 물형은 홍학의 형상이라 타고나길 홍학이 춤추는 모양처럼 화류계로 풀려 뭇남성들의 희롱을 받아야 할 운명이라고는 하되, 그 운명은 안평저의 궁녀 생활로 끝난 것이요, 또 나의 소실로 앞으로의 세월을 보내게 될 터이어서, 본시 첩의 운명인 그대의 관상으로 제 갈 길을 찾은바, 이제부턴 모든 파란이 물러가고 나와 함께 영화만 있을 것일세.”

“미천한 저를 그리 받아주신다니 고맙기 한량없사옵니다.”

“무슨 소린가? 안평저에 대한 자네의 연통이 있었기에 오늘의 내가 위태롭지 않은 것이네.”

“…….”

말끝에 입술을 베어 물은 월이의 눈에 가벼이 괸 물기가 보였고, 이어 표정을 바꾸어 밝은 낯색으로 자준을 향했다.

“하옵시면, 여체의 귀한 모양이 있으면, 또한 천한 모양새도 있사옵니까……?”

“물론이네.”

새삼스레 월이의 몸 아래위를 훑어본 시선을 지긋이 내리고, 자준이 마른 침을 삼켰다.

“여자의 빈천상을 논하건대…….”

“…….”

“그곳 음문에서 냄새가 나고 방귀를 잘 뀐다, 행동이 뱀처럼 흐느적거리고 음식을 쥐처럼 찔끔찔끔 혹은 파먹듯 절도 없이 먹는다, 입술이 항상 촉촉이 젖어서 농염하다, 눈밑 살이 항상 검푸르다(외도의 우려가 있음), 눈 속에 검은 점이 있다(외도의 우려가 있음), 말하기 전에 먼저 웃고 눈웃음을 잘 친다(외도의 우려가 있음), 입 주위나 입술에 항시 푸른색이 돈다(외도의 우려가 있음), 쥐 이빨을 한데다 어금니마저 뾰족하다, 항시 먹을 것을 즐겨 찾아 시도 때도 없이 먹어댄다, 이는 몸 안에 기의 흐름이 지나치게 빨라 정서의 안정이 없는 연유인지라, 따라서 운이란 곧 기의 상태를 말함이니, 고로 박복함을 부르네.”

“…….”

“발이나 발가락을 까딱까딱 자주 흔들어댄다(단명), 다리와 음문에 털이 성기어 지나치게 많다(음란함), 하루에 마음이 열두번도 변한다(역시 기의 흐름이 안정되지 않아 박복함), 말 몇 마디 하는 데 세번 정도 끊어진다(기의 불안정), 양뺨에 보조개가 있다(말년 고독), 얼굴에 기미나 주근깨가 많다, 유방이나 유두에 털이 산란하게 많다, 얼굴에 항용으로 도화색(전체적으로 붉은색)이 돈다, 살갗이 늘 솜처럼 푸석푸석하다, 또는 윤기가 없는 백색으로 얼굴과 몸이 창백하다, 성질이 불처럼 급하고, 말할 때 징징 우는 소리인 듯하다, 잠잘 때 코를 심하게 골며, 또는 불을 호 불듯 숨을 내쉰다, 그 밖에도 오리걸음을 걷는 여인 등…….”

이야기 도중 월이가 한때 시전거리 기생집에 있을 적에 보았던 동료들 중, 방귀를 잘 뀌고 코를 심하게 골며 그곳과 전신에 체모가 많은 자들을 보았노라며, 특히 기생집 주인 여자는 볼에 보조개와 눈에 물기가 흐르고, 앞서 말했다시피 눈 밑에 검은색이 돌아서 그런지 심할 땐 하룻저녁에도 몇 남성을 바꿔 가면 그 짓거리를 즐기는 소리가 두 집 건너 이웃에까지 들리도록 교성을 질러댔다는 이야기를 스스럼없이 털어놓았다.

안평저에서 이미 오랜 세월 남성의 손길을 탔던 탓일까? 서로 알몸인 채 이야기를 주고 받던 월이의 몸이 교태롭게 꼬이기를 몇 번, 볼이 상기되며 남성을 원하는 눈빛으로 변했다.

"나으리……."

다시 두 남녀가 뜨겁게 서로를 원했다. 아침 나절 축적된 정기가 다시 무섭게 발했다. 열을 실은 손길이 오르내릴 적마다 그녀의 입술에서 젖은 탄성이 흘러나오더니, 이어 격정된 호흡이 귓전에 머물자, 어제와는 다른 무의식에서 이끌리는 듯 율동을 실은 요분질이 가미되어, 두 알몸의 쾌락은 절정으로 달리며 쉴새없는 신음을 토해냈다.

얼마 후—.

격정이 지나간 뒤, 모로 뉘인 자준의 뇌리에 한 줄기 생각이 스쳤다.

—월이 입술의 환대문(歡待紋 ; 입술이 두터우면서 세로 주름이 현저히 많은 것)은 남성을 즐겁게 해줌을 타고 났단 뜻이지, 흐흐…….

미소를 띠며 머리속에 그리 뇌고 있을 때, 누웠다 일어나며 몸을 추스른 월이가 자준의 누운 얼굴을 향했다.

"기왕에 살을 섞은지라 감히 묻사온데……."

저어하는 표정으로 월이의 말이 멈추었다.

"계속 말하시게나, 어서!"

"나으리의 경우 유달리 정력이 강하시온데, 배우신 바로 연유가 있사온지……?"

월이의 볼이 다시 붉어졌다.

"우리 사이에 뭘 그리 저어하느냐, 허허헛."

"……."

"물론이야. 여자의 경우 입 주위와 입술이 음문과 그리고 그 주위 상태를 나타내는 것이라, 입술이나 입가에 점이 있으면 필시 그곳에도 점이 있고, 또 입술에 점이 있으면 유달리 정사를 즐기는데, 그 이유인즉 얼굴에서 이마는 양이요, 상대적으로 코 아래에서 입을 포함한 턱 부위는 음인 고로, 당연히 입은 음의 본궁이라 칭하는바, 그곳에 다시 점이 있다는 것은, 흑색은 수(水)의 기운을 뜻하므로 흑색 점은 음인 것인데, 이로 보면 음에다 재차 음이 더해져 강음을 뜻하므로 그런 것이요, 남성의 경우 코가 한편으로 그곳의 기운을 뜻하는바, 역시 코에 점이 있으면 그곳에도 있는 것이네."

"……."

"좀전 자네가 이야기한 정력은 남성의 콧방울을 보면 그 강약을 알 수 있는데, 콧방울의 살집이 두툼하고 윤곽이 분명한 자는 나의 경우처럼 남달리 정력이 셈을 뜻하는 것이라네."

"……."

"덧붙이자면 흔히 세간에서 지껄이길, 영웅과 호걸은 여색을 즐긴다고들 했는데, 이는 상학적으로 일리 있는 말이라 보네."

"……?"

"왠고하면 영웅이나 호걸은 그 면상이 좋고 잘생김은 물론이요, 특히 관록궁인 이마로 뻗은 코의 생김이 유달리 좋은 것은 영웅과 호걸인 고로, 항차 국가에 크게 기용될 인물이기 때문에 당연히 국가의 부름을 뜻하는 관록궁인 이마가 좋으며, 아울러 자기 자신을 뜻하는 코가 이마로 뻗쳐 잘생기게 타고난 것이고, 콧방울 또한 그 코를 잘 보호하듯 윤곽이 분명하고 두터울 것이기에, 아까 그 콧방울이 정력의 강약을 뜻한다고 했다시피, 자연 정력이 남달라 영웅호걸이 여색을 즐기게끔 되는 것이네. 이

제 알겠는가?"

"……."

대답 대신 월이가 가슴을 파고들었다. 그리고는 치뜬 눈으로 동자에 애교를 담고 쳐다보았다.

"제가 보기엔 나으리께서 영웅이옵니다."

"뭐어라, 영웅?"

"……."

"내가?"

"예."

"으하하핫. 과찬일세. 나를 그렇게 높이 보아주니, 아무튼 고마우이."

자준의 손이 살포시 그녀의 어깨를 토닥거렸다.


그 영웅이라는 말—.

자준을 백전백승의 용장처럼 영웅시하는 눈길이, 월이와 함께 늦은 조반을 마치고 내당으로 들자마자 요란스레 나타났다. 장모였다.

어느새 장안에 파다한 사위의 출세 소식을 전해 들은 장모 허씨가 아침 나절이 꽤 지난 그 시각에, 자준의 동네 어귀로 들어서면서부터 함께 오던 장인 민대상을 앞질러 사위 집으로 구르듯 달리더니, 대문에 당도하기도 전에 집 안팎이 관군들로 둘러싸인 그 광경만으로도 사위의 위세에 놀라 자빠질 듯 질색하여 허둥거리며, 대문을 넘어 흥분이 도도한 채 내당에 이르렀다. 뒤이어 덕망이 배인 용색의 장인이 들어서자마자 손주, 손녀에 이어 절을 올리는 사위 부부의 예를 황송스런 표정으로 받고는, 크게 죄스러운 표정으로 안절부절 못하며 사위를 향했다.

"옛말에 사람을 미리 알아보지 못함을 크게 어리석다 했거늘, 내가 그 꼴이 됐네. 한서방!"

"예, 장모님."

"그간 내 어리석어 자네같이 큰 인물을 본시 알아보지 못하고 박대했음을 자네의 도량으로 용서하시게……."

"용서라니요? 당치 않사옵니다. 제가 이 사람의 서방으로서 밥벌이를 못했음에 장모님의 타박을 받은 것은 사실이오나…… 이미 다 지나간 일이옵고, 또 그러한 질책에 도움받아 일찍 세상 물정에 눈을 돌려 관심 두게 되었던 터라…… 이 몸은 오히려 감사히 여길 뿐, 어찌 장모님께 조금이라도 원망을 품겠사옵니까?"

"역시 자네다운 말일세."

장인이 끼어들었다. 장모 허씨는 여전히 송구스런 표정을 지우지 않았다. 어느 사이엔가 방안에 들어선 동생 한명진과 자준을 거푸 둘러보며 손주를 끌어안은 장인의 말이 계속되었다.

"이제 자네와 아우 명진이도 함께 공신으로 추대될 것이 분명할 터이니, 쓸쓸하던 자네 집안에 기운이 일신되는 큰 경사일 것이네."

"이 모두가 조상님의 돌보심과 여기 계신 장인, 장모님의 후광을 입은 탓이옵지요."

"후광이라니 당치 않네. 우리가 뭘 보탠 게 있다고?"

"그러게 말이어유, 영감."

잠시 뒤 안팎의 관군들에게 요깃거리를 나르던 가복들의 손에 들려진 푸짐한 점심상을 받으며, 모처럼 자준의 집안이 떠들썩했다. 소문은 빨랐다.

장안에 소문이 파다히 퍼져, 역적을 소탕한 수양의 이야기와 아울러 그 장자방 역의 자준의 활약상이 낱낱이, 그리고 때로는 부풀려져 자준의 동네까지 밀려왔다. 장인 내외가 되돌아가는 그 시각까지 멀찌감치 떨어져서 자준의 집을 지키는 관군들을 슬금슬금 곁눈질하며, 인근의 주민들이 모여 쑤군거렸다.

"카모, 그 사람 이제 출세한 기제?"

"두말하면 잔소리제. 조만간에 영의정은 못하겠나?"

"내 그 사람 소싯적부터 눈여겨봤는데, 그 예리한 눈매하며 보통 인물이 아닌 걸 알아보았지."

"시끄럽다. 니 소싯적에 그 한명회가 못생겼다고 구박하며, 쌈박질한 것 내 다 안다."

"근데 무서운 게 사람이제. 그 한명회가 여러분도 알다시피 허구헌날 그 상판을 해 가지고 집구석이야 쌀이 떨어지건 말건 실실거리며 싸돌아다닌다고들, 우리 동네 사람 누구도 거들떠 보는 이가 없었는데, 소문에 듣자니 어느 영험스런 도산가를 만나 도를 닦고 나선 저렇게 사람이 일변하여, 우리네랑 비길 수 없는 큰 사람이 된 거라더라."

그러자 남편을 따라 나섰던 아낙이 목에 핏대를 보이며 끼어들었다.

"참말 지가 어제 저잣거리에서 들었는데, 한명회 그 양반이 제갈공명 부럽잖게 천긴가 뭔가 하는 걸 터득했다 하대요. 그래선 타악 앉아 가지구두 조선팔도에서 벌어지는 일을 손바닥 보듯 함은 물론이고, 대국 명나라 황실의 하다못해 황제께서 재채기하는 것도 즉시 그 도통한 눈에 선히 보인다구 하대요."

부풀린 이야기가 그 정도는 약과였다. 그 도통했단 소문이 남대문 객점집의 목로판 주위로 둘러앉은 술꾼들 입담에서는 더욱 과장되었다.

"글씨 내가 분명히 두 눈으로 똑똑히 보았다카이."

"그럼 정말 자준인가 명훤가 하는 자가 도통하여 축지법으로 하루에도 몇 번 한양에서 명나라를 오간단 말이요?"

"글씨 내가 봤다카이. 일전에 운 좋게 한번 만난 적이 있는데, 금방 눈앞에 있던 사람이 그날 저녁 명나라 연경 거릴 휘젓고 다녔단 말이지라."

"오메, 그 정도면 신선이 따로 없제."

"그래서 말인지라, 그 수양대군이라카는 양반도 그 한명회의 한마디면 오금도 못 펴고 쩔쩔맨다카더라."

"그 정도면 그럴 만도 하겠구먼……."

괜스레 자다가도 귓전이 간지러운 자준에 대한 황당무계한 소문들의 움직임이 해질 무렵이 지나고서야 도처에서 꺼졌다.

다음날 날이 밝기가 무섭게 그 무성했던 소문들이 다시 살아나기 시작했다. 그 소문들의 주역인 자준이 대궐에 든 그날, 공신의 명단이 발표되었다.

정난공신(靖難功臣)이라 칭한 그 명단인즉, 1등공신에 수양대군, 정인지, 한명회, 권남, 홍달손, 최항, 이사철, 박중손, 한확, 박종우…… 등 12인.

2등공신에 양정, 홍윤성, 봉석주, 신숙주, 유수, 전균 등 11인.

3등공신에 이흥상, 한명진, 유사, 이예장, 유자환, 홍순로, 송익손 등 20인이었다.

그중에는 도봉산 동지들도 꽤 끼어 있었고, 잔류 동지들은 수도 관군에 배속되어 나름대로 앞날에 대한 보장을 받았다.

"내 장자방이신 한공도 이제 벼슬자리에 앉아야 하지 않겠나?"

목숨 값으로 족히 벼슬 한 자리씩 승차되었거나 꿰어찬 공신들의 늦밤토록 시끌거리던 연회를 마치고 집으로 돌아와, 재차 측근들뿐인 술판이 벌어진 자리를 빌어 수양이 넌지시 의향을 물었다.

"아니오이다, 아직은……."

"아니라?"

"절친한 배석들이오라 말씀드리오만, 백두였던 처지의 제가 일약 벼슬에 오른다 하면 이 좌중의 사람들은 모르되, 조정의 대소 신료들 눈에 빈축을 살 터입니다."

함께 한 권남, 홍윤성, 양정 등을 훑으며 신중을 담은 자준의 눈빛이었다.

"……."

수양이 천천히 입을 뗐다. 좌중도 별 미동이 없음을 감지한 시선이었다.

"안타깝지만…… 일단 두고 보세. 내 생각엔……."

"……?"

"자넬 우선 판서자리쯤 생각했었네. 허나 일리를 담은 자네 의향이 그렇다니, 우선 승정원에 과적이나 올리세. 내 곧 조처할 터."

"알겠사옵니다."

"그래도 이 수양의 자장방이 고작 승정원 말직에 임시 머물러야 한다니 섭섭하구먼. 허허헛! 자, 드세."

한 순배 돌고 난 자준의 표정에 어느새 결기가 서렸다.

"나으리."

"……?"

"아시다시피 지금 사헌부와 사간원이 함께 연서로 된 상서를 올려 안평을 주살코자 연일 소란스럽사오니다. 지친을 제거하심이 괴로우심은 아오나, 자잘한 역모 가담자에 이르기까지 모두 황천행을 한 이 마당에, 역모의 괴수랄 안평을 그대로 살려둘 수 없음은, 굳이 군자는 특별히 누구라도 편들지 않는다(君子不黨)는 성현의 말을 빌지 않더라도, 속히 행할 지당한 일이오니다."

"……."

일순 수양의 낯색이 싸늘해지자, 지켜보는 권남, 홍윤성 등이 등을 곧추세우며 긴장했다.

"하지만 안평은 친형제이기에……."

"……."

"……."

"……."

"나으리!"

수양이 베어 문 입술을 놓았다.

"알겠네. 좀더 두고 보세."

"속히 결단하십시오. 지금 이 나라의 전권은 나으리께 있사오나…… 화근이 살아 있다면 언제 또다시 불민한 자들이 스며들지 모르는 터이오니다."

"글쎄 알았데두."

짜증이 아니라 투정에 가까운 대답이었다. 그 수양의 불편한 심기를 헤아려 모두들 일어섰다. 홀로 남은 수양이 거푸 잔을 들이키며, 둘러친 병풍 중간에 십장생 거북등짝을 칼날처럼 콰악! 쏘아보며 그대로 멈추었다.

쌀쌀맞은 밤공기를 맞으며 대룡동 초입을 한모퉁이 남겨둔 자준이 줄곧 가마에 태워져, 그제까지 번민스런 냉엄한 천명의 수행에 따르는 무수한 죽음들과 다가올 죽음 앞에 시름 섞인 한

숨을 토하자, 그 시름이 뿌연 연기처럼 차가운 밤공기에 오르더
니 금세 흩어졌다.

음력 시월 열아흐레—.
멀리 세찬 파도를 피해 오른 듯, 한 마리 갈매기가 구성진 울
음을 만져질 듯 토해냈다.
-이젠 정녕 그만인가?
뒤켠을 목박은 궁녀들을 등으로 맞보며, 강화섬 반쯤 파도에
잠긴 댓돌바위에 아무렇게나 걸터앉은 안평의 그나마 벌리기도
무력감을 느끼는 입술 틈새로 시름이 흘렀다.
-이렇게 끝날 것을 무에 그리 요란스레 살았던고? 지나고 보
니 장자의 호접몽마냥 일순 깜빡거렸던 눈꺼풀에 머문 환영처
럼 다 부질없는 한바탕 꿈인 것을…….
조소를 담은 그의 시야가 멀리 아까 보았던 홀몸의 갈매기 쪽
으로 향하다, 빈 허공이자 다시 발치 아래로 내려졌다. 뒤에 선
궁녀들의 가녀린 어깨가 들먹이며 소리 없이 젖은 뺨을 훔쳤다.
그때였다. 저만치서 급한 행보의 무리들이 다가왔다.
"어명이요."
사약 사발을 받쳐든 의금부 관원들이었다.
그날 아침, 그간 안평을 주살하라는 중신들의 잇달은 상소에
벌집처럼 시끌거리던 조정이, 마침내 전날 왕가의 종친들도 들
고 일어서 우르르 몰려와 가세하게 되자, 더 이상 소년 단종의
맥빠진 몸으로 버틸 수 없었다. 수양이 침묵으로 지켜보는 가운
데, 급기야 오늘 아침 안평을 사약으로 다스린다는 윤허가 내려
지자, 그 즉시 어명을 받은 의금부 일행이 급행으로 달려, 일몰
직전에 강화섬 안평의 면전에 당도한 것이다. 그 일행들 중에

자준도 뒷발치에 보였다. 안평에게 사약이 어명으로 내렸다는 이야기를, 온 조정이 북새통인 가운데 전해 들은 자준이, 먼 길이라 주위의 걱정스런 만류에도 불구하고 사약 사발을 든 의금부 일행을 따라 나선 것은 혼자만 아는 이유에서이다.

거사날 급살맞아 죽기 직전에 예시된, 정확하여 소름이 오싹하던 비명횡사의 찰색들은 보았으되, 오늘 보게 될 사약의 맹독으로 거푸 피를 토하며 죽을 안평의 사상(死相)의 찰색은, 그 사약의 내림이 왕실의 종친에 대한 배려로서 국한된 것이기에, 좀처럼 기회가 나지 않는 찰색 관심의 기회라 여겨 동행한 것이다. 또 있다. 지난날 계집에 눈이 어두워 볼모나 다름없이 끌려간 월이를 구하러 안평을 만났을 적, 사경에 가깝도록 두들겨 내친 그 원한의 밤에 계집을 품으며 희희낙락했을 그 오만한 자의 말로를 기꺼이 보고 싶었다.

오는 동안 자준의 머리에 머문 생각, 대저 독약이나 식중독을 만나기 전 나타나는 상판의 찰색을 표하는 부위는 승장(承獎)이라 부르는 턱과 아랫입술 중간에 위치한 곳인데, 그 부위에 진한 청흑색이 돌며, 동시에 이마 전체로 연기처럼 흑색이 돌 경우, 항차 맹독을 먹고 죽을 운명을 예고하는 것이요, 여하한 색은 수삼일 전부터 나타나는 것이다. 또 그 승장 부위에 진하지는 않되 청흑색이 보이고, 다른 부위는 흉색이 없을 시는, 장차 상한 음식으로 인한 식중독에 걸릴 것임을 뜻하는 것이다.

강화섬에 도착하기 반 식경쯤 전에 생각을 접은 자준의 목전에, 무릎을 꿇은 채 산발이 된 안평에게로 성큼 다가서는 사약 사발이 보였다.

"역모의 괴수 안평은 어서 어명을 받들어 사약을 받으라."

"음……."

자준의 입에서 짧은 탄성이 흘렀다. 예견된 바이나, 지난번 거사의 밤에 횃불에 비친 죽음의 찰색이 아닌, 유달리 서글프도록 자색 기운이 쨍한, 일몰 전 햇살에 너무도 선명히 드러난, 지난 며칠 전부터 있었을 저승행 찰색이 오던 길에 염두했던 승장 부위의 청흑색으로 된 엽전만한 모양의 색과 이마 전체로 흐르는 어두운 흙색이 그 염(念)했던 대로 15여보 앞 안평의 면에 나타났다. 단지 그 떨리는 입술에 배어 담은 꺼칠한 살갗의 검은색이 본래의 붉은색 바탕에 섞여 있는 것이 새로운 발견이자 생생한 체험이긴 하나, 그 색은 상서에서 굶주림 속의 세월을 맞을 자의 찰색이라 된바, 어차피 사약 사발을 먹고 나면 먹고 싶어도 못 먹게 될 불귀의 객이거늘, 뭐 그리 특별한 것이라고는 볼 수 없다 생각하며, 자준의 시선이 반쯤 흘리며 단숨에 들이키던 사약 사발을 떨구듯 내려꽂는 안평의 고통에 찬 눈초리와 한동안 마주치더니, 그 어느 한쪽이 풀썩 쓰러지며 신음하는 소리가 났다.

안평의 죽음—.

명색이 왕손이라선가, 아니면 그 초로 전의 나이에 얻은 삶의 달관으로부터인가? 사약을 들기 전까지 시종 의연히 죽음 앞에 섰던 그 안평이 잔류된 목숨에 결코 길지 않은 요동 끝에 오므렸던 손마디마저 세월을 놓듯 풀며 일몰과 함께 묻혀 갔다. 아까 안평이 무심히 찾아보던 홑갈매기일까? 그토록 구성지랴! 바라보았던 그 갈매기 한 마리가 안평의 쓰러진 머리맡 바로 위를 휘돌더니, 울던 결에 훔치며 쳐다보는 궁녀의 눈망울에서 그 영상의 애잔스런 흔적을 지웠다.

# 옥 좌

급한 발걸음의 수양이 궐내 혜빈 양씨의 처소로 향했다. 안평이 죽고 나자, 대소 신료들의 아우성이 잠기던가 싶더니, 요 며칠새 자준을 비롯한 측근들의 또 다른 제거 대상에 대한 설전을 듣느라, 또 그 설전의 실행을 두고 새삼 단종에 대한 연민으로 고심하느라, 뺨이 홀쭉해지고 피로에 겹친 몸을 이끌며 혜빈의 처소에 이르렀다. 조반을 든 이후 줄곧 자신이 양육시켜 드린 어린 임금의 곁에 있더라는 늙은 상궁의 말에, 걸음을 돌려 재차 어전으로 향했다.

오늘 아침 무렵에도 연잇던 설전들.

"혜빈 양씨는 과거 안평과 한통속으로 가까이 했사와, 그 역모꾼들이 제거된 지금 대궐에 남아 있음은 심히 부당한 주제를 지키고 있는 것이오니다."

"……."

"더욱이 궐내에 도는 소문에 의하면, 혜빈이 보령 유충하신 주상 전하께 대군 나리와 저희들을 수시로 헐뜯어, 문틈으로 엿듣던 상궁과 나인들조차 듣기가 심히 민망하더라 하옵니다."

"무어라! 그런 요망한 것이 있나?"

"나으리, 혜빈의 관상 또한 때깔 고운 백여우상을 타고나서, 언제 여우처럼 임금을 부추겨 요망한 짓을 도모할지 모르는 바이오니, 속히 내치심이 옳사오니다."

"혜빈이 저가 주상을 양육시켜 드린 바를 내세우나, 그것은 이미 보위에 오르신 지금에야 그 소임이 끝난 것이옵고, 따라서 법도에 따라 궐 밖으로 내어보냄이 지당하오니다."

"어서 내치시오소서."

"그러하오소서."

"……."

양손에 불끈 힘이 실리며 자리를 박차고 일어선 수양은 바라보던 면면들의 입을 통한 이야기들이 되살아나 귓전을 때리는 가운데, 어느덧 어전 앞 일보 전에 멈추었다. 수양을 보자마자 그 조정의 실세를 향한 어전 내시의 아부가 철철 묻어나는 조아림을 보며, 그 내시의 입을 통한 자신의 당도를 알리는 고변을 제지시킨 후, 방안의 혜빈과 어린 임금 사이에 오가는 이야기에 귀를 세웠다.

-혜빈.

-예, 전하. 혹여 출출하시오니이까?

-그게 아니요.

-……?

-좀전에도 말했다시피 안평 숙부마저 돌아가시고, 이제 난 어찌할 바를 모르겠소. 그저 답답할 뿐이요.

-전하, 힘을 내소서. 아직도 전하의 곁에는 이 늙은 몸과 선친이신 선왕의 은혜를 입은…… 만일의 경우일지 모르오나…… 유사시 전하를 위하여 목숨마저도 기꺼이 바칠 여러 신하들이

있사옵니다.

바로 그때! 더 이상 못 참겠다는 듯 일그러진 수양의 낯색을 보고, 어전 내시의 음성이 급했다.

"전하, 수양대군 납시었사옵니다."

방안의 혜빈과 단종이 동시에 얼어붙었다.

"어서 오세요, 숙부."

그러나 어전에 든 수양은 어린 임금을 외면한 채, 손가락을 칼날처럼 뻗어 혜빈의 놀란 면을 향했다.

"내 본의는 아니었던바, 밖에서 그대의 그 요사스런 말을 다 들은 터이요."

둘을 번갈아보며, 임금은 어쩔 줄을 몰라했다.

"숙부……."

수양의 눈은 불덩이처럼 이글거렸다.

"무어 유사시가 어때?"

"숙부, 화내지 마세요. 다 제 탓이에요. 혜빈은 죄가 없어요."

수양의 시선은 계속 혜빈에게 머물렀다.

"오늘 들은 것뿐만 아니오. 평소에 전하께 이 수양을 헐뜯어 이간함은 물론, 전하의 성총마저 어지럽히고 있음을 내 또한 들은 바요."

혜빈의 어깨가 무너졌다. 설사 그렇다손 치더라도, 비록 후궁이긴 하나 수양의 부친이신 세종대왕을 모셨던, 말하자면 어머니뻘인 자신에 대한 질책이 너무 혹독하다 느꼈던지, 혜빈의 흐느낌은 요란스럽지는 않되, 미동을 실은 온몸을 통해서 지난 세월 후궁으로서의 모자란 지위에 대한 한이 절절하게 우러났다.

그 언제였던가? 출산 직후 해산통으로 어미를 잃고, 온몸이 불덩이 같은 신열인 핏덩이로 처음 자신의 품에 안겨 칭얼거린

끝에 방긋거리던 단종의 모습이, 흐릿한 혜빈의 시야에 생생히
지나갔다.

"궐을 떠나시오."

"떠나?"

"몰라서 묻소?"

"내 그 동안 전하를 양육하여 준 공이 있어, 그 소임이 끝난
시점에 대궐을 나가야 되는 왕가의 이치를 모른 척했으나, 그대
의 소행이 작금에 이러하니, 더 이상은 묵과할 수 없을 터요!"

"나으리…… 제발…… 전하의 곁을 떠나는 것만은…….."

양씨는 더 이상 목이 메어 말을 잇지 못했다.

"숙부, 절 봐서라두 혜빈을 용서해 주세요."

재차 어미를 잃는 심정으로 단종이 애원했다. 그러나 수양의
눈은 여전히 불꽃이 튀는 가운데, 혜빈의 무너져 바라보는 원망
의 눈길을 칼날 같은 직선으로 맞받았다.

"오늘 안으로 떠나시오, 당장!"

"제발…… 그것만은…… 전하…….."

"숙부, 제발…….."

"살아서 궐을 나서는 것으로도 그 소행으로 보아선 천운인 줄
아시오."

대쪽처럼 뻗은 수양의 손이 다시 혜빈의 숙인 뒷머리에 꽂혔
다.

"숙부, 한번만 용서해 주세요. 제가 다시는 그런 일이 없도록
하겠어요. 제발…….."

단종이 구르듯 달려들어 수양에게 매달렸다.

"전하, 이러심은 아니 되옵니다. 이번 일은 이 숙부에게 맡기
세요."

"혜빈은 나를 길러준 어머니 같은 분이세요. 그분을 보내지 마세요."

보채는 어린 시선에, 수양의 가슴이 뭉클 메어 왔다. 그 순간 혜빈이 언제 그랬느냐는 듯 표정을 가다듬고, 아들처럼 여겨온 단종을 향해 절할 채비로 일어섰다.

"전하, 이 늙은 몸은 이제 전하의 곁을 떠나옵니다……. 부디 옥체를 보존하시옵고…… 어서 빨리 장성하시어서…… 전조의 성군들처럼 백성을 내 몸처럼 아끼시는 태평성대를…… 꼭 전하의 친정으로 여십시오……. 이 늙은 몸은 앞으로 전하를 뵈올 그날의 기약은 없으로되…… 설혹 선잠의 꿈결에서라도 전하의 그 모습을 잊지 않고 기리고 또 기려 천지신명께 빌며, 언제일지 모르오나 죽는 당일까지 그리할 것입니다……."

말끝에 혜빈은 박차듯 몸을 돌려 어전을 뛰치듯 나섰다.

"……."

"혜빈! 안 돼요. 가면 안……돼……요."

뒤따르려는 단종을 수양이 제지하며 뭐라 말하려 했으나, 할 말이 떠오르지 않았다.

"숙부, 너무하세요……. 너무……해요."

혜빈이 떠난 쪽을 매달린 시선으로 바라보는 단종의 눈빛이 너무나도 애절했다.

"혜빈……."

그 눈에 밟히는 어린 임금의 절규에, 아니 꼭 이래야만 하는 숙부와 조카의 기막힌 상황이 단종을 품은 수양의 가슴을 창칼이 되어 찔러댔다.

"전하, 이 수양을 믿으시오소서, 제발……."

"미워요……. 모두가 밉다고요!"

“전하……”

어전의 문을 나서는 수양의 시선이 허공을 담은 듯 허허함이 밀려왔다.

혜빈이 궐을 떠난 3일째 되던 날, 일찌감치 퇴궐하여 집으로 돌아온 자준은 동생 한명진과 사랑에 마주 앉았다. 그 동생 한명진은 얼떨결에 참여했던 거사의 후유증…… 물론 형이 수양저에 들락거리며 항차 뭔가 일을 도모하려 함을, 부모 없이 여적 자란 그 형집의 더부살이 인생의 눈치로 전혀 모르던 바는 아니되, 그러나 그 형의 손에 들려졌던 ‘생살부’의 명단이 하나 하나 지워질 적마다 비명을 지르며 쓰러졌던…… 근자 꼭 밤마다 잠결에 찾아드는 그 비명의 주인들의 귀기 실린 환영들이 생생히 떠올라, 몇 번이고 자다가도 벌떡벌떡 일어나 곁에 놓인 자리끼를 사발째 비우며, 끔찍스런 환영들을 떨쳐내려 몸서리쳤던 그 악몽의 밤을 불러들인 그 정난의 밤의 주역이 자신의 형이자 집안의 가장인 한명회일 줄은 추호도 예상치 못했던 바요, 그 새벽 형수로부터 내막을 전해 듣고 어쩔 수 없이 가문의 멸문과 영화가 밤의 거사에 매달림에 등줄기가 오싹하는 전율을 느끼며, 차가운 새벽 공기에 멍한 머리를 씻기며 그 밤을 보냈던 것이다.

그리고 형님 덕에 비록 자신이 ‘정난공신’에 올라 하루 아침에 자손 대대로 영화스런 대물림의 지위에 올랐다고는 하나, 그 대가로 얻은 악몽 속의 환영들로부터 시달려온 자신으로서는 그 한맺힌 원혼들의 비명 끝에 얻은 오늘의 영화가 과연 그러한 희생들을 딛고 일어서 우뚝 세상을 바라다볼 만큼 값지고 의미 있는 것인지, 정난 후 줄곧 형인 자준에게 몇 번이고 자리를 빌어 물어보고 싶었던 바이다. 그적마다 그 밤 송송 이마에 돋친 쉴새없는 땀방울들을 닦으며, 끝도 없는 마음 고생이 역력했던 형의 얼굴이 떠올랐고, 또 자기가 누구보다 잘 아는 그 형은 그런 무수한 죽음 앞에 야박스레 회심하는 그런 금수의 마음을 지니지 않은, 인정이 넉넉한 자이라 생각되기에, 자신의 고통 못지않게 일말의 죄책감으로 드러나지는 않되, 내심 마음 썩히고 있을 그 불편한 형의 심기를 생각하여, 이제까지 차마 말하지 못했던 것을 말미를 빌은 지금에야 조심스레 입을 연 것이다.

"하오면 형님께선 그 끔찍한 죽음들이 당연하고, 그 죽음들을 딛고 일어선 자들의 쾌안 또한 지당하다 보시는지요?"

전에 없이 당돌한 아우의 눈길 앞에, 자준은 맞받지 않은 감은 눈결로 침묵했다.

그 아이―.

자준의 뇌리에 한명진의 어린 시절이 떠올랐다. 형제가 모두 조실부모를 당하여 불우했던 그 시절, 형에 비해 유달리 겁이 많던 그 동생 한명진은 어쩌다 뇌성이 울리며 천둥이라도 치는 폭우의 밤이면, 그 굉음에 여지없이 형의 방으로 뛰쳐 들어와 허옇게 질린 얼굴로, 마치 어머니의 품처럼 파고들어 어쩔 줄 몰라하던 소심한 동생이, 어느덧 이리 장정으로 자라나서 형 앞에 마주 앉아 당돌한 눈을 하고 있는 것이다.

그 소심함이 어디 갔으랴! 비록 어른이라고는 하나 심약에 가까운 동생의 눈에 비친 그날 비극의 참상들이 예사로이 한낮 오수 끝에 샛꿈처럼 무리없이 지나가지 못함이 당연하다는 생각을 하며, 자준이 눈을 뜨고 한명진을 향하여 천천히 이야기를 시작했다.

"듣거라."

"……."

 "물론…… 이 형도 그 무수한 희생 앞에 수차례 경악스런 맘을 금치 못했고, 또 앞으로 필시 그러한 희생이 딱 잘라 없다고 장담할 수 없을 터에…… 돌이켜보고 미루어 보아…… 어찌 답답하고 심기가 불편하지 않으리. 허나 이 형은 오래 전부터…… 수양저를 오가고 도봉산을 오르내리던 매순간들마다, 아니 때론 자다가 선잠결에 벌떡 일어나도 내가 행할, 아니 행했던 그 일이 도(道)를 행하는 바요, 또한 천명이라 믿어 의심치 않았다. 또 새로운 시대의 갈피를 잡은 지금도 그 신념은 변함이 없다."

 물 흐르듯 잔잔히 이어지는 자준의 침묵 끝에 뱉어진 말에, 명진의 눈길이 수그러들기 시작했다.

 "도라 했사옵니까?"

 "그렇다. 그것은 양도(陽道)를 행한 것이다."

 "양도……?"

 "속(俗)을 떠나기를 말하는 산중의 도를 음도(陰道)라 한다면, 그 속을 끌어안고 처절하리만치 애절하게 사랑하여 이끄는 행위와 이념을 양도라고 할 수 있다. 따라서 그것은 양도의 시작이었다."

 "……."

 "……."

 자준의 입을 통한 생소한 말, 양도란 문구에 한명진은 웬 뜬금없는 소리냐는 듯 호흡을 가다듬고 천천히 자준의 눈을 올려다보았다.

 "그 억척스런 살육들이 도를 행하심이오니까?"

 명진의 눈길이 다시 되돌아가 당돌하게 빛났다.

 "……."

 결론적으로 그렇다……. 또 새로운 시대를 열어야 함에 그것은 피할 수 없는 역사의 굴레요 과정이었지, 결코 이 한 몸의 영화를 위한 조소어린 행위가 아니었다. 말을 멈추고 있는 자준의 귓전에 어디선가 아이들의 재잘거림이 무심하게 들리나 싶더니 다시 사라졌다.

"⋯⋯."

"일신일문(一身一門)의 영락(榮落)도 천명이라 이르거늘, 하물며 역사의 물고를 되잡아 트는 그 일이 어찌 천명이 아니었다 할 수 있을 것이며, 또 천명에 부합되지 않는 일이었다면 그것은 성공한다 해도 결코 오래 갈 수 없는 것이 자명한 일이다. 그리고 그 천명에 부합되는 일이 양도요, 그 양도를 실행함에 따르는 희생들은 하늘도 묵인하는 바라고, 이 형은 생각한다⋯⋯. 왜냐하면 하늘이 임금과 조정을 냄이 결코 백성들을 위함이지, 그 임금과 조정을 위해 백성들이 냄이 단연코 아님이다⋯⋯. 해서 옛적 폭군 은나라 주(紂)왕을, 신하된 몸으로 강태공 여상의 도움을 얻은 무왕이 혁명으로 일어서 멸하고, 새 주나라를 세워 백성의 편에 선 것이요, 성인 공자께서도 무능한 노나라 왕실과 계씨(季氏 ; 왕실의 종친)의 정치적 전횡에 반발하여 비(費)읍에서 반란을 일으킨 계씨의 가신 공산불뉴(公山不紐)의 초청에 응하시려다 선뜻 못 가시고 망설이심이, 바로 천하의 주인이 어느 천자나 왕이 아닌 백성으로 보는 그 대의 실현에 대한 망설이심이었고, 그 대의가 달리 말해 양도인 것이다. 우리나라의 경우로 보면, 노쇠해진 신라 왕실을 대신했던 고려 건국왕이신 왕건이 그 대의를 실현했던 바요, 지금 조선국의 태조 또한 방탕한 고려 왕조를 백성의 편에서 일어나 왕조를 교체했던 바이다."

"⋯⋯."

"작금의 조정 또한 김종서 등이 방만히 운영하여 백성의 안위가 심히 우려됐던바…… 이 형 또한 선인들의 도를 좇아 수양과 함께 분연히 일어서 대의의 실현, 즉 양도를 구현할 기반을 놓은 것이다."

말을 마친 듯 자준이 길게 한숨을 놓았다.

"……."

좀전과는 다른, 그러나 애매한 표정으로 명진이 바라보았다.

"일견 형님의 말씀하신 바를 헤아리오나, 저로선 그 뜻이 어려워 확연히 들어오지 않습니다."

"아우도 경서를 읽었다시피, 글깨나 읽은 자들이 자칫 놓치기 쉬운 것이 그 경서에 망라된 소절(小節)이나 소의(少義)에 얽매여 그 근간이랄 대의를 놓치기 십상인바, 그 예로 제법 향리에서 명망을 얻은 대부분의 선비들이 성인 공자의 손을 빌어 만들어진 「춘추」에 언급된 대의멸친(대의를 위해서는 육친을 돌보지 않음 ; 왜냐하면 군자는 하늘을 아버지로, 땅을 어머니로 여기는바, 그 하늘과 땅의 일치된 뜻인 천명을 자신의 사명으로 보기 때문이다)의 큰 뜻을 놓치고, 일문이나 일가의 보전이 국가의 보존과 백성의 편안함보다 중히 여기는바, 이는 천하의 평화를 위해 잠시도 일시의 편안함을 돌보지 않으시고, 천하를 주유하신 그 위대한 성인의 뜻과 극히 대치되는 바이다……."

"……."

"아우는 그러한 우(愚)를 범하지 않게끔 이제부터라도 소의(少義)와 천양지차처럼 비교할 수 없는 대의에 밝은 눈을 키우거라……. 수양이 간적들은 물론 그 동생 안평을 죽인 것은 바로 그 대의멸친이요, 또 감히 백성을 위한 양도라 할 것이다."

"……."

"다시 말해, 그 죽음들에 대한 아우의 집착이 바로 소의요, 그

죽음을 딛고 일어서 백성의 안위를 돌보는 그 시야가 바로 대의
라 할 것이다.”

“…….”

많이 헤아린 듯하나 그래도 미진한 심적 갈등이 남은 듯, 조
금 얼뜬 시늉을 하고 사랑을 나선 명진의 뒷모습이 얼마간 잔상
으로 남은 바로 그때였다.

“이 사람, 자준이!”

단숨에 권남임을 알아차리고 장지문을 열자, 수심에 어린 권
남이 안으로 들어섰다.

“어서 오시게.”

자준이 그간 궐에 들어서 피차 얼굴만 스칠 만큼 바쁜 일정을
생각하며 반색했다.

“급히 자네의 도움이 필요해서 이리 왔네.”

“도움?”

“가면서 이야길 하세.”

영문도 모른 채 따라 나선 자준과 나란히 가마에 오른 권남
이, 어두워진 사위를 살피며 사정을 털어놓았다.

“실은 안사람이…….”

“자네 부인이 어쨌길래……?”

찬 공기에 뿌연 입김을 내불며 다급히 털어놓은 이야기인즉,
권남의 부인 이씨가 그 남편 권남이 공신에 오른 출세 소식을
접하고 뛸 듯이 들뜬 마음이 채 가라앉지도 않은 경사스런 날의
며칠 뒤부터, 돌연 꿈자리에 산발한 여인이 나타나 백분을 바른
듯 흰 괴기스런 낯색으로 귀성을 내며, 억울하게 죽었으니 살려
달라, 또 뭐라뭐라 지껄였던바, 잠결에 놀라 몇 번, 몇 밤을 튕겨
일어나서 퀭한 눈으로 장지문을 내리쏘듯 콱! 꼬나보기를 그간

324

쉴새없이 반복했고…….

"그래서?"

"그 악몽을 꾼 다음날에는 온 전신이 무엇엔가 억세게 두들겨 맞은 것처럼 고통을 호소하기에, 동네 어간의 의원들을 불러 진맥했던바, 그중 몇은 고개만 절레절레 흔들다 돌아갔고, 또 몇은 딱히 약이 없는 심화(心火)병이라 일러, 보약 몇 첩 달여 먹이기를 권해 그리 했는데……."

"그래서?"

"차도는커녕 어제부터 거의 실신에 가까워, 그나마 먹던 죽마저 못 들고 있기에, 보다 못해 내가 자네의 그 관상에 의존하면 방법이 나올 법도 하리라 여겨, 이리 도움을 청한 걸세."

"……."

서둘러 권남의 집에 당도하자, 어느덧 야심한 시각이었다. 내당에 든 자준이 오던 도중 뭔가 짚이던 바가 있던 눈으로, 실눈을 뜨고 창백하게 축 처져 길게 누운 이씨의 상판을 찰색했던바, 자신도 알 수 없는 신음을 토했다.

"역시……!"

권남의 이야기를 듣던 중 스쳤던 불길했던 생각…… 언젠가 명인에게서 들은, 원한 속에 죽은 시체의 암매장에 관한 찰색의 비결인바, 명인이 오래 전 경상도 어느 고을을 지나던 중, 우연히 만난 시골 여염집 주인 영감의 관상을 보게 되었는데, 물 한 사발을 얻어 마신 그 집 며느리의 입을 통한 말로, 시아버지 되는 노인이 벌써 달포째 이유 없이 시름시름 앓아 누워, 인근의 의원이 탕약과 침으로 번갈아 손을 써 보았으나 별무효라 했다.

해서 명인이 그 찰색을 살핀바, 이마 양쪽 산림궁에 어두운 흑색 기운이 돌고, 동시에 우측 입술 끝에서 밑으로 손가락 한

마디 쪽쯤에 위치한 하묘(下墓) 부위에서 위로 향해 뻗어간 볏
집 굵기의 청흑색선이 법령을 조금 지나 멈춘 것을 발견하고는,
그 찰색의 위치로 보아 하묘란 시체의 이장을 뜻하는 부위요,
그곳에서 발한 암색이 우측면에서 위쪽인바, 우측은 서쪽이요
(얼굴 좌측은 서쪽) 위쪽은 남쪽을 뜻하고, 그 암색이 법령을 지
났으므로 법령(입 끝 좌우측에 나이가 먹어감에 따라 생기는 양
주름)선의 안쪽은 집안이요, 그 선의 밖은 담장 너머를 역시 뜻
하므로, 그리고 산림궁의 암색은 또한 원한으로 죽은 자의 원혼
이 깃든 것으로 해석(얼굴의 정면은 양이요 측면은 음으로 보기
에, 측면 이마에 있는 산림 부위가 어두울 시에는 음의 기운뿐
인 원혼이 깃든 것이라고 본다)하여, 그 병의 원인이 암매장된
시체에서 비롯된 것이라 판단, 그 위치를 집주인의 집 담장 밖
서남간 근처로 방향을 잡아 반 시각을 파헤쳐 보니, 과연 코를
찌르는 악취 속에 형체를 알아볼 수 없을 정도로 부식된, 남자
의 것으로 보이는 시체를 발견하여, 즉일로 양지 바른 곳에 묻
어주자, 그 다음날로 그 노인의 병이 나아 쾌차되는 것을 보았
다던, 그리고 그 시체의 당사자는 인근 객점 투전판에서 판돈을
모두 쓸어 거둔 뒤, 일행들과 노름 조작 시비 끝에 그 일행의 손
에 의해 야밤에 매장되었다는 이야기가 권남과의 대화 도중 떠
올라, 혹여했던 것이 이씨를 바라보는 자준의 눈에 소름돋는 현
실로 나타난 것이다.
　"어디……?"
　권남이 황촛불을 바짝 옮기며 자준을 거들었다. 권남이 거푸
마른 침을 삼키며 목젖이 세번 오르내리고 나서, 자준이 입을
뗐다.
　"집안에 시체가 암장되어 그런 걸세."

“시…… 시체?”

권남이 경악했다.

“지금 즉시 내당으로부터 동북간 담장 바로 밑을 파헤치게.”

자준을 향하는 권남을 외면한 채, 이씨의 싸늘히 귀기 실린 창백스런 얼굴을, 역시 귀기를 담은 듯 야멸찬 눈빛을 한 자준이 입매무새를 야무지게 하고는 말했다.

온 집안이 발칵 뒤집힌 가운데, 자준이 지켜보고 권남이 호령했다. 횃불을 든 가복들의 분주함 속에, 자준이 말한 동북간 담장 밑을 직방(直方)으로 나누어 파헤치자, 얼마 안 가 그중 한 곳에서 죽은 지 스무 날 가량으로 보이는, 아직 썩지 않은, 그러나 푸르둥둥 퇴색된, 20살 갓넘어 보이는 여인의 시체가, 그것도 나신으로 가복들의 손에 일구어져 횃불들 아래 뉘어졌다.

“헛…… 이건…… 사월이……!”

그중 한 명이 놀란 눈으로 얼이 나간 듯 말을 더듬었다.

“사월이라니?”

“예, 여……옆집 이진사댁 따님의 몸종이온데…….”

“이런 망측한 사변이 있나?”

순간 자준의 시선이 횃불 아래 낱낱이 비친 여체의, 아니 사체의 아래위를 훑다가, 음문에 있어야 할 것이 없음을 보고는, 다시 희한하게 볼록한 것이 흡사 아이 서넛은 생산한 여인의 유두처럼 솟아나온 배꼽을 도끼눈을 하고 바라보았다.

－저 배꼽이 저리 볼록 튀어나온즉, 여자의 경우 아이를 생산치 못하고, 또한 상판에 단명의 골격과 더불어 보아 비명에 죽을 운명일 터…….

을씨년스런 사체 앞에서 습관처럼 속으로 뇌며, 자준이 문득 시선을 들어 가복들을 둘러본 다음, 그 득달스런 눈빛이 그중

아까부터 슬금슬금 이유 없이 눈치를 살피며 시종 지켜보던 칠
갑이란 자를 노려보았다.

"너!"

자준의 뻗은 손이 칼날이 되어 칠갑의 면상으로 쐈다.

"저…… 저요?"

칠갑의 얼굴이 금세 쓰러질 듯 파래졌다.

"그래…… 너!"

"……."

"어서 무릎부터 꿇어라!"

"왜…… 제……가?"

"어서!"

자준의 곁에 섰던 권남조차 서릿발 같은 자준의 노성에 오금
이 저린 듯 그저 바라만 보았다.

"날 속이지는 못할 터!"

"제…… 제가…… 무슨……!"

어느새 꿇어앉은 칠갑이 죽을 낯색으로 올려다보았다.

"이 끔찍한 소행이 너의 짓이 아니더냐?"

"아이구, 나으리! 살려 주십시오. 소인이 죽을 죄를 지었습니
다."

그 자준이 천기를 터득하여 예사 사람이 아님을 익히 알고 있
는 칠갑이, 그제사 버텨 보아야 별무함을 느꼈던지 무너지며 통
곡했다. 재차 확인하듯 그 칠갑의 얼굴을 자준이 내려보았다.

─색사(色事)는 간문(눈꼬리 옆부분)을 보는 법! 저자와 치정
(癡情)했을 저 알몸 변사체의 죽음으로 인해, 저자의 간문에 진
한 흑색이 서린 것이야. 그리고 죽은 저 사월이는 그곳에 있어
야 할 음모가 없는 것으로 보아, 상것이라 수양할 여력이 없어

타고난 그대로 음욕(陰欲)이 강해서, 필시 딴 남자와 몸을 섞다가 칠갑이에게 덜미를 잡혀 저리 암장되었던 것일 터라.

"이실직고하라!"

골똘히 머리속으로 뇌던 자준이 재차 칼날이 된 손을 칠갑의 면상에 쐈다.

"저 사월이가 필시 너와 정을 나눴을 것이고, 그러나 사월이는 또 다른 남정네와 놀아난 것이 아니더냐?"

그 순간 칠갑은 혼비하여 오열했다.

"아이구, 나으리, 어찌 그리…… 그 말씀 그대롭니다…….."

야심한 그 광경에 권남을 비롯하여 삥 둘러선 경직된 시선들이 모두 입을 벌리며 경악으로 못박혔다.

잠시 후 가복들을 향하여, 권남이 정적을 깨고 칠갑을 광에 가두게 한 후, 여종을 시켜 간단한 제상을 마련케 하고, 거적을 치운 사월의 시신에 흰 비단을 갈아 씌운 다음, 향불을 피우고 예를 올려 못다 핀 청춘의 넋을 위로하자, 그 밤이 채 가기도 전에 이씨의 전신에 점차 생기가 돌아왔다.

그 새벽녘, 두 부부의 반색을 마지막으로 돌아서는 자준을 중문까지 따라온 권남이 손을 움켜잡았다.

"이 보게 친구, 자네의 그 천기를 읽는 도량에 내 그대로 따른 것밖에 없는 덕에, 이 사람의 오늘이 있는 걸세……. 정말 고마우이……."

"원 사람, 듣기 민망허이! 다 자네 선대의 공덕 때문이지 내가 무슨……?"

미명의 찬 이슬을 밟으며 꺼져가는 그 친구의 뒷모습이 저만치 일점으로 작아질 때까지, 권남의 바라보는 시선이 선선히 그대로 있었다.

3일 후―.

어전을 나와 마악 의정부에 이른 수양을 본 자준이, 그 자리에 자빠질 듯 놀란 얼굴을 했다.

"저……."

"왜 이러나, 한공?"

"나으리…… 곧 변괴가 일어나옵니다."

"변괴라니?"

자준이 수양의 찰색을 보고 예측했던 변괴가 그로부터 3일 후, 김종서의 수하였던 함경도절제사 이징옥의 반란으로 실재되었다.

한동안 잠잠했던 조정이 순식간에 발칵 뒤집히게 만든 반란 소식은 조정을 온통 벌집으로 만들어놓은 급보였다.

"이징옥과 자리 교체를 위해 내달았던 신임 절제사 박호문(朴好問)이 이징옥의 칼에 베어져 효수되었다 하옵니다."

급보를 접한 조정의 대소 신료들은 물론 상궁, 나인, 하다 못해 벌벌 떠는 내시들을 바라보던 궁녀, 무수리에 이르기까지 모두들 경색되었다. 이징옥의 맹위는 그만큼 대단한 것이었다.

일찍이 무관으로 출세길에 오른 이징옥은 실제로 호랑이를 맨손으로 때려잡아 가죽을 벗길 만큼 괴력을 지닌데다 운도 따랐던 인물이다. 생전에 병권을 장악했던 김종서의 눈에 들어 함께 예전 북벌에 참전하여 눈에 띄는 무공으로 적들을 길길이 물리쳤고, 그런 공을 김종서와 조정의 인정을 받아 김종서 등의 미소를 받으며 함경도 절제사라는, 천여 명에 가까운 병력을 거느린 대임을 맡았던 것이다.

그 용맹으로 각인된 이징옥을 머리속에 담은 대소 신료들이 긴장되어 정히 서열로 배석된 자리 중앙에, 수양이 박차고 앉아 경련이 지난 입술로 말했다.

"어찌하면 좋겠소?"

오래잖아 신료들의 중지를 모은 소리가 좌정승 정인지의 입을 통하여 나왔다.

"우선 이징옥의 형인 중추원사 이징석을 옥에 가두시고, 즉시 함경도 관찰사와 육진의 장수들에게 파발을 띄워, 남하하는 이징옥의 무리를 저지하고, 그 괴수 이징옥을 척살토록 명하십시오."

그 즉시 하달된 교서를 지닌 파발마가 한성 밖으로 득달같이 내달았다. 그리고…… 삽시간에 조정을 냉각시킨 그 이징옥의 반란은 흡사 아이들 장난처럼 싱겁게 끝났다.

멀리 여진땅이 바라보이는 두만강 접경지에서 군세를 모아 남하하기 시작한 그는 온성, 경원 지방을 뒤로 한 채 회령과 인접한 종성까지 파죽지세로 내달았다. 그 기세에 놀라 자빠진 종성판관 정종과 그 호종 이행검이 거느린 군사가 합류하게 되자, 득의에 찬 이징옥은 단순히 자신이 존경하던 김종서의 원수를 갚는다는 명분으로 그들을 끌어들여, 직방으로 남하를 계속하여 군세를 더욱 키우고 한성을 공격하겠다는 의지를 밝혔다.

허나 지략이 부족한 이징옥의 군세에 기겁하여 거짓으로 성문을 열고 동조를 구한 판관 정종과 호종 이행검은, 그 저녁 연회에서 마치 천하를 손에 쥔 양 기고에 찬 이징옥에 비유를 맞혔다.

"실은 이장군이야말로 김종서가 없어진 지금 조선 제일의 무관이요…… 이 변방에서 썩긴 진실로 아까운 인물이지요."

"그 정도야 지당하옵고, 마음만 잡수시면 조정의 대권도 능히 감당하고 남음이 있읍지요."

이런 말들로 부추기자, 이징옥은 벌어진 큰 입이 언제쯤 닫힐 것인가 염려될 정도로 대희색이 되어, 의도적으로 권하는 술을 기걸찬 몸이라 대여섯 동을 거뜬히 비우고 나서는, 어느 순간 기절하듯 만취로 쓰러졌다. 이때다 싶었던 판관 정종과 일보 늦은 이행검의 검이 거의 동시에 목과 뱃살에 꽂히면서, 이징옥의 부릅뜬 눈으로 캬악! 천장을 향하는 반시체에서 낭자한 혈기가 봇물처럼 쏟아졌고, 방금 마신 말술로 보이는 잡색된 물질액들이 터진 뱃살을 통해 흘렀다.

"너희 대장은 죽었다. 모두 병장기를 버리고 투항하라."

한 찰나에 손쓸 겨를도 없이 죽어가는 이징옥의 서슬 퍼런 낯색을 뻔히 바라보다, 그제사 검을 뽑아 든 수하들 몇과 떼거리로 일제히 바라보는 눈들을 향해, 판관 정종이 목에 핏대를 세워, 그러나 가슴 조이며 외치는 그 말에, 여기저기 땅바닥에 칼이 쨍그랑 떨어지는 소리가 들리더니, 얼마 안 가 그들 모두가 투항했다. 그 여파로 연회장 밖에 따로이 장막을 치고 술판을 벌였던 하급 군관과 병졸들도 모두 여지없이 뜻을 함께 했다.

어이없는 반란의 종막이었다. 이징옥의 반란이 평정되었다는 희보가 관찰사의 파발로 조정에 전해진 지도 어느덧 한 달 가량 지나, 동지를 며칠 남긴 해질 무렵, 퇴궐하는 자준의 발걸음이 일상과는 달리, 자신의 집에서 5리 정도 벗어난, 그간 부인 민씨의 권유와 또한 내심 자신의 은근한 바램이었던 월이와의 따로이 마련된 제법 규모를 갖춘 살림집으로 향했다. 고생해 온 민씨 부인을 생각하면 미안하기 짝이 없는 노릇이었으나, 월이 또한 자신을 돕느라 목숨을 내걸었던 여인인지라, 자준이 숙고 끝에 그리한 것이다.

"무자(無子)의 상이라시면?"

팔베개로 누운 자준을 향하여 다정스레 곁에 누운 월이가 미간에 교태를 담아 물었다. 그 말에 자준의 시선이 천장으로 옮겨지며 얇은 한숨을 토해냈다.

그간 자준이 만났던 사람들…… 그것은 단종이 보위에 있는 이상 왕비가 될 짝을 맞아야 한다는 조정 중신들의 분분한 의견과 수양의 동조가 있었기에, 자준은 수양과의 직접적인 언급은 없었지만, 그러한 것은 자신이 알아서 후일에 대비해야 될 소임이라 여겨, 지난달 후미부터 암암리에 '정난공신'이 아닌 조정 신료들의 집안에 혼기를 맞은 규수들의 관상을 은밀히 손을 놓아 구한 화상도와, 또는 친목을 위한 방문인양 찾아가 직접 대면할 기회를, 넌짓한 시선으로 여식의 읍한 모양을 체면치레로 불러들인 그 부모의 면전한 자리를 빌어 살필 수 있었다.

그러나 모두들 권세가의 여식이라 그런지 나름대로 복상을 하고 있는 좋은 관상들만 보았을 뿐, 자준이 기대하는 남편(단종)의 기운을 꺾고, 또한 어차피 보위에 오를 수양에게 화근을 없애고, 나아가 한 생명의 무고한 살생을 막을 수 있는 극부극자(克夫克子)의 관상을 한 규수를 적어도 평범한 여염집이 아닌, 그간의 알아본 명문가 규방에서는 찾을 수 없었다. 자준이 시름을 감춘 눈으로 월이를 끌어당겼다.

"나으리, 무슨 고민이라도 있사오니까?"

"아니다. 그냥……."

촉촉이 젖은 눈빛을 하고 월이가 파고들었다.

"아까 말한 무자의 상이란 어떤 것이온지?"

등을 다독거리는 손길로 자준이 기억을 더듬었다.

"무자의 상이란…… 말 그대로 혈손을 이어가고 가문에 기쁨을 가져다 줄 남아(男兒)를 생산치 못하는 여인의 관상을 말함이니라.”

“……?”

“그 상을 짚어보자면, 눈썹이 없거나 듬성듬성 나고, 눈동자가 생기를 잃어 힘이 없어 보이는 여인, 얼굴에 기미나 반점, 주근깨가 흡사 깨알을 뿌려 놓듯 많은 여인(설사 자손이 있다 해도 온전히 성장하기 어렵다)…….”

어느새 월이가 동경을 가져다가 황촛불을 당겨 자신의 상판을 비교하듯 살폈다.

“계속하오소서.”

“눈의 흰자위가 항시 붉다든가 또는 눈 주위가 검으며, 아울러 점이나 주근깨가 많은 여인, 이유인즉 눈동자의 좌우측은 태양과 달을 의미하는바, 그 일월의 정기를 받아 자라나는 눈밑살(와잠)은 대지의 식물(植物)에 비유되어 자식의 존부에 비유되는바, 그 부위에 암색이나 암점은 커다란 장애물을 뜻하기 때문이지.”

이야기에 취한 듯 월이의 안광이 빨려들었다.

“…….”

“입술이 청색을 띠었거나 혹은 백색을 띠고, 여기에다 혓바닥마저 푸르다면 무자상이 틀림없고, 입 모양이 쭉 튀어나와 뾰족하고, 이가 밖으로 튀어나와 평시에 입이 다물어지지 아니하여도 그러하지. 다음으로 그 몸의 상을 짚자면, 젖꼭지(유두)의 색이 희고, 또한 그것이 드문 경우나 살 속에 폭 파묻혀 있을 경우 무자의 상이요, 몸이 무겁기가 진흙처럼 묵직하고, 살빛이 흑빛으로 어둡고, 육다골소(肉多骨少)라 하여 몸은 큰데 뼈가 몹시 가는 경우도 그러하네. 다시 얼굴로 가서, 이마는 머리숱이 많아 뾰족한 모양에다 작고, 반대로 턱뼈가 크고 넓게 차지한 경우(자손이 없거나 또 있다 해도 몹시 불초하다), 또 인중에 상처가 있거나, 그저 평평하여 골이 분명치 않은 여인…… 마지막으로 음성이 남자처럼 쩌렁쩌렁 우렁차고, 용모 또한 남자 같은 관상의 여인이 모두 무자의 상이라 할 것이야.”

“들으면 들을수록 흥미롭사오니다.”

“그러더냐?”

“오늘은 그만하시더라도, 앞으론 자주 좀 들려주시오소서.”

그 월이를 끌어안은 채 연일 피로에 겹친 자준의 몸이 금세 풀어지며 깊은 잠 속으로 끌려갔다.

그 밤—.

어느결엔가 꿈결에 곧추세운 자준의 몸이 벌떡 튕겨지며 구르듯 앞마당으로 내달아, 멀리 북녘 하늘을 우러르다 무너지듯 무릎을 꿇고 소리쳐 흐느꼈다.

“사부님! 사……부……님!”

그 새벽녘 자준은 꿈결이 아닌 생시처럼 생생히 명인을 보았다. 그 명인은 생전과 조금도 다름없는 화기(火氣)스런 모습을 하고는 자준을 찾아왔던 것이다.

“고생이 많구먼……. 난 이제 멀리 떠나네.”

“사……부……님!”

“모두 잘될 걸세……. 그럼 잘 있으시게…….”

“사부님! 사부님! 사……부님!”

그 짧은 해후를 허락한 스승의 모습이 자준의 뇌리에 생생히 각인되었다. 멀리 스승이 마지막으로 그 생애의 육신을 남기셨을 금강산 쪽 북녘을 향하여 쉴새없이 조아리던 자준의 몸이, 재차 해탈한 명인이 가셨을 서방정토를 바라보며 고개 숙인 모습인 채, 언제까지고 무아(無我)인양 그대로였다.

## 천하가 이 손 안에 있소이다(상)

2001년 6월 25일 초판인쇄

2001년 6월 30일 초판발행

지은이 **최문재**

펴낸이 **박명호**

펴낸곳 **명지사**

등록 : 1978년 7월 8일 제5-28호

서울특별시 동대문구 장안동 369-1

전화 : 2243-6686 · 팩스 : 2249-1253

e-mail : myeongjisa@yahoo.co.kr

ⓒmyeongjisa

ISBN 89-7125-156-5 03810

잘못된 책은 바꾸어 드립니다.

값 8,500원

# 사기꾼을 잡는 역학

## 토담 김덕영

인류가 존재하는 한 지구는 멸망하지 않는다!

멀지사